아직은 끝이 아니야

아직은 끝이 아니야

2018 환상문학웹진 거울 대표중단편선

아작

차례

안드로이드 고양이 소동

전삼혜

명절날 내가 외갓집에 처음 들어서자마자 본 것은 휴대폰 신발을 신은 크툴루였다. 눈을 비비고 다시 보니, 그건 4구+4구 멀티탭에 주렁주렁 매달린 일가친척의 휴대폰이었다. 이러다간 뭐가 폭발해도 누구 건지 모르겠군. 엄마, 저 왔어요! 소리를 질러 봤지만 아무도 대답하지 않았다. 외할머니는 일 년 전에 돌아가셨고, 외갓집은 제사를 지내지 않았다. 그러면 뻔하지, 뭐. 나는 외할머니가 쓰시던 큰 방의 문을 벌컥 열었다.

　"났다!"

　이럴 줄 알았지.

　엄마와 여섯 명의 이모, 그리고 내 사촌 동생 하나가 친정 안방을 고스톱의 성전으로 만들고 있었다. 그것도 4대 4 두 판으로. 미치겠구만. 나는 절레절레 고개를 저으며 엄마의 어깨를 툭툭 쳤다.

　"나 왔다고요."

"어, 그래."

"일 년에 두 번 보는 자식한테 거참 다정도 하시네."

"손이 없냐, 발이 없냐. 저녁은 일곱 시에 먹을 거니까 나가서 티브이라도 봐."

사촌 동생이 패라도 돌리겠냐며 손을 흔들어 보였지만 나는 거절했다. 온종일 숫자와 싸우는 건 직장만으로도 충분했다. 나는 마루 소파에 앉아 텔레비전을 켰다. 어디서 왔는지도 모를 외국인 신부들이 송편을 빚는 장면이 나왔다. 저게 뭔 짓이야. 제사상을 다문화하는 게 낫지. 다른 프로 없나, 채널을 돌리던 순간 크툴루의 신발 중 하나가 징징징 울기 시작했다. 어휴. 나는 텔레비전 볼륨을 줄이고 크툴루의 형상을 한 멀티탭에 다가갔다. 아, 근데 다 똑같이 생겼네. 대체 누구 거야? 고개를 숙인 그때, 이상하게 재채기가 났다.

"에헤치이이!"

아, 이거 감기 재채기가 아닌데.

쿵, 콧물을 들이마시며 나는 휴대폰을 들었다. 그리고 그 순간 또 재채기가 나와 휴대폰을 떨어뜨렸다. 휴대폰은 액정을 위로 한 채 떨어져서는 어쩐지 익숙하게 들리는 소리를 냈다.

"냐아아악!"

응?

어?

륜은 고양이를 키웠다. 겨우 1개월간의 짧은 보호였다. 륜은 내 하우스메이트였고, 대학원에 다니고 있었다. 논문 심사에서 떨어졌다는 문자를 륜에게서 받은 날 치킨을 사 갈까 물었더니 고양이 캔을 사 오라고 했다. 이 미친 새끼가 안주 입맛이 변했나. 나는 투덜거리며 고양이 캔을 하나 샀고, 현관문 비밀번호를 누른 순간 벌게진 얼굴의 륜이 나와서 나를 떠밀었다.

"야, 나가. 나가."

"미친놈아, 이 집의 명의자는 나야."

"나가서어어! 어디서 모래 좀 퍼 와. 놀이터. 놀이터."

미쳤나. 야. 요즘 모래 있는 놀이터 드물어.

륜은 나에게 휘이휘이 삿대질을 하다가 내가 문을 확 열자 미끄러졌다. 그리고 나는 방구석에 숨어 항의하듯 울고 있는 주먹만 한 새끼고양이를 발견했다. 내가 신발을 벗고 방으로 들어가자 고양이는 또 항의하듯 울었다. 냐아아아악. 그리고 캑캑 기침하더니 뭔가를 토해 냈다. 나는 맥주캔과 고양이 캔이 든 봉지로 엎어진 륜의 등짝을 내리쳤다.

"야, 이 정신 나간 새끼야! 너랑 나랑 둘 다 고양이 알레르기인데 지금 뭘 주워 온 거야!"

륜이 엉금엉금 기어서 소파로 가 드러누웠다. 그리고 세상 포기한 얼굴로 말했다.

"쟤가 내 신발 위로 올라왔단 말이야. 그걸 어떻게 해."

"쟤가 캔을 먹을 수나 있겠냐? 그리고 모래는 또 뭐야?"

"우리 논문이 화장실 만들어줘야지이이."

그리고 륜은 방바닥에 토했다.

이 새끼 이거, 이거.

고양이 이름이 '논문이'라니 제대로 미쳤네.

논문이는 한 달 정도 지나 탈장으로 세상을 떠났다. 우리 집에 올 때는 주먹만 했고, 유골함도 주먹만 했다. 삼가 논문의 명복을 빕니다. 그렇게 적힌 함을 끌어안고 륜은 밤새 울었고 나는 밤새 청소를 했다. 아무리 청소를 해도 고양이 털은 사라지지 않았다. 고작 한 달이었는데.

그렇게 냐아아아악, 울던 조그만 논문이.

나는 조심스럽게 휴대폰에 대고 이름을 불렀다.

"노, 논문아?"

냐아아아.

그리고 휴대폰이 꺼져 버렸다.

나는 황망히 서 있다가 도망치듯 집을 나왔다. 엄마는 전이라도 먹고 가라며 뒤늦게 전화로 잔소리를 해 댔지만, 중요한 건 그게 아니었다. 나는 이제 륜도 취직해서 떠난 집에서 '휴대폰'과 '고양이'에 대해 검색을 했다.

새로 탑재된 최신 안드로이드 버전의 이스터 에그가 고양이라는 걸 알았다.

그래서 뭐, 이런 미친. 당장에라도 이스터 에그를 직접 확인하고 싶었지만 나는 동해물과 백두산이 마르고 닳도록 잡스님이 보우하사 사과농장 만세를 부르짖는 젠장할 애플빠였다. 아이패드, 아이폰, 맥북. 나는 큰 한숨을 쉬고 책상 위에 엎어졌다. 냐아아아악. 논문이의 울음소리가 자꾸 들렸다.

며칠 동안 검색을 했다.

'휴대폰에서 고양이 소리가 나요', '남친 휴대폰에 고양이 털이 붙어 있는데 저는 고양이를 안 키워요. 이거 바람피우는 걸까요?', '고양이가 휴대폰을 변기에 빠뜨렸어요', '판사님 이 게시물은 고양이가 휴대폰으로 작성했습니다', '휴대폰에 비트윈을 깔았는데 고양이 발자국이 나타나요'….

나는 마지막 게시물을 클릭했다. 비트윈이 뭔지는 모르겠지만, 고양이랑 대화하는 프로그램은 아니겠지.

내가 비트윈을 모를 만도 했다. 비트윈은 커플 앱이었다. 엄지손가락 키스라는 메뉴가 있어서 서로가 액정의 동일한 부분을 누르면 손가락끼리 키스하는 그래픽이 뜨고 진동이 울린다고. 가지가지 한다. 커플들이여. 결국 꽃잎은 떨어지지 니네도 떨어져라. 봄이 오려면 반년도 넘게 남았지만 십센치의 봄이 좋냐 가사가 절로 나왔다. 그나저나 여기서 왜 고양이 발자국이 나온다는 거야. 나는 게시물 아래 달린 댓글까지 읽어 보았다. 안드로이드고 최신 버전 업데이트 후 이상 현상이 나타난다라. 흐응.

고양이에게도 영혼이 있을까? 그렇다면 어디로 갈까?

교황이 '개들은 천국에서 주인을 기다리고 있단다'라고 소년에게 말했다지만, 고양이들의 천국에도 사람이 있을까. 그렇다면 길에서 태어난 고양이들은 주인 없는 천국에 있을까. 무지개다리 너머는 어딜까.

결국 나는 '고양이를 보낸 사람들 모임'에 게시물을 올렸다.

안드로이드 업데이트와 관련해서 블라블라, 라는 건 당연히 올리지 않았고 '새로운 고양이 육성 게임 앱을 만들었는데 아직 클로즈 베타 중이다. 안드로이드 용인데 혹 만나서 큐에이를 해주실 수 있느냐…'라는 내용이었다. 나도 인간으로서의 양심 내지는 체면 그런 게 있지 초면에 '실례합니다만 그쪽 폰에 제 고양이가 있는 거 같네요.'라는 말을 할 수 있겠어? 게다가 우리 논문이는 외삼촌 폰에 들어 있다고.

나는 륜에게도 연락을 했다. 륜에게는 자초지종을 다 털어놓았고, 논문을 통과시키고 잠깐 놀고 있던 륜은 당장 외삼촌 휴대폰을 가져오지 그랬냐며 내 멱살을 잡았다.

"아, 이 미친 새끼야. 왜 내가 외삼촌 폰 절도를 해야 돼."

"우리 논문이가 거기 있는데!"

"거참, 한 달 맡았다고 애묘심 쩔어."

"한 달 맡은 애 울음소리를 알아들은 너는 어떻고."

그야 뭐.

논문이는 한 달 중 일주일 정도를 병원에 있었다. 탈장이 심했고 우리가 가면 알아보는 듯 냐냐거리며 귀여운 척을 했다. 우리는 마스크에 장갑을 끼고 논문이 면회를 갔고 수술이 잘되면 어떻게 할 거냐는 말에는 대답을 피했다. 어찌 됐든 논문이가 건강해지기만 한다면 아무래도 좋았다. 집 안에 고양이 털이 굴러다녀도, 논문이가 '이의 있습니다. 판사님!' 급의 항의하는 소리를 내도, 어느 날 내 아이패드로 트위터를 하기 시작해도. 논문이가 건강해지기만 하면. 하지만 수술을 하기도 전에 논문이는 새벽에 떠나 버렸다. 논문이의 병원비 청구서를 받아 들고 우리는 3개월 할부 결제를 하며 서로의 어깨를 토닥였다. 이제 고양이 같은 거 키우지 말자. 줍지도 말자. 묘권 후원센터에 정기적으로 기부나 하고, 네코아츠메나 열심히 하자. 그런 이야기를 하면서 밤새도록 소주를 마셨다. 석 달 후 류은 방을 뺐다. 류이 방을 뺐는데도 곳곳에 고양이 털이 날렸다.

류과 나는 노트북을 가지고 모임 장소인 카페에 도착했다. 다섯 명 정도의 회원이 모였다. 다 안면이 있는 사이였다. CBT의 특성상, 혹은 자기 폰의 보안 특성상 아무나 데려오기는 힘든 자리였다. 나는 어떻게 이야기를 꺼낼까 고민하고 싶었는데 불쑥 류이 선수를 쳤다.

"혹시 비트윈 까신 분 계세요?"

두 명이 손을 들었다. 서로 커플이었다. 나머지 세 명은 고양이 키우기 앱에 비트윈이 왜 필요한 거냐며, 지금 솔로는 CBT 금지냐며 뜨악한 반응을 보였다. 류이 이미 사고를 쳤으니 내가 어쩌하랴. 나는 추석에 있던 일들을 줄줄줄 회원들 앞에서 털어놓았다.

겁나게 쪽팔렸다.

회원들의 반응은… 뭐, 다섯 명밖에 안 되었으니 가지각색일 것도 없었고, 한마음 한뜻으로 죽은 고양이의 혼을 불러온다는 강령술사가 카페에 글을 올렸을 때와 비슷한 반응을 보였다. 폰에 캣닢 가져다 대면 오류 뜨냐, 우리 애처럼 공중 2회전 하는 폰이 생기냐. 나는 멍청하게 '아, 폰에 캣닢도 좀 문질러 볼걸'이라는 생각을 했고 류은 후다닥 자신의 안드로이드 태블릿을 꺼냈다.

"2회전!"

"뭐?"

"너, 외삼촌 폰이 액정을 위로 하고 떨어졌댔잖아! 고양이가 회전해서 착지하는 것처럼 이것도 되지 않을까?"

관둬라, 제발.

그래서 지금 탁자에서 일부러 태블릿을

떨

…어뜨렸어?

"…허?"

"물리학적으로 말이 안 되는 거 같은데…?"

"저게 돼?"

"스핀 주셨어요?"

류은 태블릿 액정이 바닥으로 가게 해서 일어선 높이에서 바닥으로 자유 낙하를 시켰고, 태블릿은 우아하게 반 바퀴를 빙글 회전해 액정을 위로 가게 해서 바닥에 착지했다.

"미친놈아! 그래도 내부 충격 먹어!"

"야, 봤어? 봤어?"

"봤으니까 두 번 하지 마!"

어찌 되었든 류의 태블릿 묘기에 감명을 받은 건지, 충격을 받은 건지, 회원 셋은 말없이 비트윈을 깔았다. 류도 마찬가지고. 하아. 머피의 법칙을 쌈 싸 먹는 고양이의 법칙인가.

"다 깔았어요."

"그래요, 그럼 이제 비트윈을 켜시고."

아, 참. 깜박했다. 여기 있는 안드로이드 기기라고 해 봐야 총 여섯 대인데, 세상의 모든 이름이 있는 고양이 중 이 안에 우리가 아는 고양이가 들어 있을 확률이 얼마나 될까. 끽해야 여섯 마리….

"저, 어릴 때부터 키우던 고양이 이름, 옆집 고양이, 동네 고양이 이름 다 불러 주세요. 솔직히 여기 기기가 너무 적어서 확률이 낮으니까… 그리고 여러분 고양이가 대답하지 않아도 너무 실망하지 마시고요."

여섯 마리는 넘는구나.

모두가 비트윈을 켜 놓고, 카페 구석 자리에서 소곤소곤 자기가 아는 고양이 이름을 부르는 진풍경이 연출되었다. 신종 고양이 분신사바 감이군.

"모리야."

"솔아."

"블라디미르?"

"냐오야."

"수령님?"

"제이비!"

"마르크스."

"천수관음?"

"봄아."

"개새야."

"시로."

고양이 이름으로 쓸 만한 게 아닌 이름이 여럿 들렸다. 저기, 그런 걸로 부르시면 고양이의 묘권이 좀 상실되지 않을까요. 삼십 개쯤 이름을 불렀을 때 어느 휴대폰에서 빨갛게, 신호가 떴다.

비트원 화면에 빨간 고양이 육구가 나타났다.

"…"

"…와."

"…방금 우리가 부른 애가 누구였죠?"

한 회원이 조심스럽게 손을 들었다. 목소리를 큼큼, 가다듬더니 반응이 온 휴대폰에 대고 다시 고양이 이름을 불렀다.

"나츠미 쨩?"

고양이 이름 맞겠지?

그러자 다시 한 번 빨갛게 고양이 육구가 반짝했다.

다 같이, 어른들이, 우와아아아아아 탄성을 질렀다.

"이 휴대폰 안에 지금 우리 나츠미가 들어 있는 거예요?"

희망에 찬 그 회원의 눈을 보자 나는 온 힘을 다해 그렇다고 말해주고 싶었지만, 류이 먼저 입을 열었다.

"사실은 잘 몰라요. 우리가 확인하고 싶었던 건 고양이의 이름에 반응하는 것뿐이라, 이 나츠미가 회원님이 기르던 그 나츠미인지는… 아니면 나츠미라는 이름을 지닌 다른 고양이인지는."

"그래도 이 안에 고양이가 들어 있는 거예요? 나츠미라는 이름의?"

"그건… 네. 아마도요."

그 사실 하나만으로도 회원은 충분히 기뻐 보였다. 문제는.

"근데 이건 제 휴대폰이 아닌걸요…."

남의 휴대폰이었다는 거지.

'나츠미'에 반응한 휴대폰의 주인은 난감한 반응을 보였다. 이걸 드릴 수도 없고 어째야 하나… 라는 반응. 하지만 '나츠미'의 주인이 었던 회원은 의외로 씩씩하게, 휴대폰 주인의 손을 잡았다.

"우리 나츠미, 잘 부탁드려요!"

"네? 네…."

"가끔 이름도 불러 주시고, 저랑 연락도 자주 하시고, 만나기도 하시고…. 음…."

'나츠미'의 주인이 적극적인 대시를 하자 '휴대폰'의 주인은 당황한 듯하면서도 연신 고개를 끄덕였다. 저러다 썸이라도 타는 거 아닐까. 그러면 안드로이드 고양이가 이루어 준 사랑이 될 텐데.

그 외 다른 소득은 없이, 모임은 끝났다.

"휴대폰을 바꿀까요. 다른 기기면 우리 애가 들어와 있을 수도 있 잖아요."

"그러면 대리점 가서 고양이 이름부터 불러 보고 폰 수령해야 하나요…."

"아니면 될 때까지 리셋을 하거나…."

"…저는 졸지에 다른 고양이 집사가 됐네요."

본투비 애플빠인 나도 안드로이드 휴대폰을 하나 살까 고민되는 시점이었다.

저녁이나 먹고 헤어지기로 하며, 우리는 천천히 골목길을 걸었다.

"근데 왜 하필 휴대폰이었을까요."

"그건 안드로이드 누가에 이스터 에그 만든 사람에게 물어봐야죠."

"고양이야 워낙 박스만 보면 뛰쳐 들어가는 애들이니까. 고양이의 영혼에겐 휴대폰이 박스로 보일지도 모르겠네요."

"소개팅을 열심히 해야겠어요. 안드로이드 휴대폰 쓰는 사람으로…."

각양각색의 반응.

"…우리 고양이도 누군가의 휴대폰에 들어 있을지도 모르는 거네요."

그 말에 다들 걸음을 멈췄다.

"우리 고양이는 물 싫어하니까, 침수되려고 하면 뛰쳐나오겠네…."

"우리 고양이 식탐 심한데 배터리 방전되면 짜증 낼 텐데."

"우리 고양이는 물만 보면 환장하는 미친 고양이인데 어쩌죠."

전 세계 사람들이 한날한시에 비트윈을 켜고 각자의 고양이 이름을 크게 외치면 여기저기서 고양이 육구가 빨갛게 반짝반짝할지도 모르지.

"다음에는 모임 더 크게 해요."

"그래 봤자 그 사람 휴대폰을 가져갈 수는 없는데요?"

내 말에 그 회원은 쓸쓸하게 웃었다.

"그래도 우리 애가… 내 목소리를 알아듣고 꾹꾹, 해 주면 좋겠어요."

죽으면 해 주지 못한 말만 자꾸 생각나는데, 한 번이라도 말해 줄 기회가 있었으면 좋겠어요.

멀리 식당 불빛이 보였다.

식당 앞에서 고양이 인형이 까닥까닥, 손을 흔들며 우리를 반겼다.

전삼혜

명지대학교 문예창작과 졸업. 서울 출생.
'문단의 아이'로 태어났으나 청소년 SF의 길을 가열차게 달리고 있다.
목표는 '한국 청소년들에게 한국 SF를 더 많이 접하게 하는 것.'
지은 책으로 《날짜변경선》과 《소년소녀진화론》이 있다.

내겐 너무 완벽한 로봇

———

엄길윤

분명히 최신형 안드로이드 로봇이라고 했다. 성능에 문제가 없을 거라고. 각종 기술이 집약된 억 소리가 몇백 번이나 나고도 남을 가정부 로봇이라고 말이다. 난 그 말을 믿었다. 적어도 나한테 해가 될 일은 없다고 생각했다. 비싼 가전제품. 적어도 남들한테 자랑은 할 수 있다. 쓸모없으면 방 한쪽에 전시하듯 세워 두면 그만이다. 그 생각만으로, 친구가 준 무척이나 부담되는 선물을 받았다.

친구는 안드로이드 로봇의 생명이라고 할 수 있는 인공지능 칩을 개발하는 회사에 연구원으로 재직 중이다. 중요한 프로젝트를 진행한다며 보고 싶은 애들이 있는 집에도 몇 달이나 들어가지 않던 녀석이다. 그런 불량 가장님께서 불쑥 우리 집으로 찾아왔다. 남는 로봇이 하나 있으니 선물해 주겠다며 의향도 묻지 않은 채 차에 실어 왔다. 친구들은 뭐만 했다 하면 다들 우리 집으로 온다. 여자 없이 혼자 살아서 그런가. 냉큼 결혼이라도 해야 할까 보다.

친구의 말은 맞았다. 성능은 정말 완벽했다. 가정부 로봇이라는 목적에 맞게 내가 원하는 바를 정말 귀신같이 알아듣고 번개같이 빠른 속도로 이행했다. 하지만 이제 와 돌이켜 보니 녀석은 몇백억을 호가하고 또 어쩌면 아까울지도 모르는 로봇을 선물하는데도 웃거나 거들먹거리지 않았다. 알았다는 대답을 기다리는 동안 문턱이 닳도록 와 본 우리 집 거실을 처음 왔다는 듯 둘러볼 뿐이었다.

승낙이 떨어지자마자 일꾼들을 시켜 거실 한쪽에 로봇 충전기와 보관함을 설치한 친구는 나에게 사용 설명서와 버튼 하나를 손에 쥐여 줬다. 이걸 누르고 마음속으로 뭘 원하는지 생각만 하면 로봇이 다 알아서 해 줄 거라고 말하는 친구의 얼굴을 봤다. 입꼬리가 파르르 떨리고 눈가에 그늘이 졌다. 그동안 얼굴이 많이 수척해졌다. 무슨 일이라도 있는 걸까? 말을 마친 친구는 내가 차라도 한 잔 마시고 가라는 데도 회사에 일이 있다고 서둘러 집을 나섰다. 말이 차지 이야기나 하자고 한 건데 뭐가 저리 바쁜지. 허둥대며 나가는 녀석의 뒤에 손을 흔들어 주고 로봇을 살펴봤다. 사람을 본뜬 모양이지만 사람과 똑같이 생기지는 않았다. 누가 봐도 전형적인 로봇의 모습이다. 머리가 있고 몸에 팔다리가 붙은 인간형 로봇. 어릴 때 가지고 놀던 마론 인형과 비슷한 생김새였다.

사용 설명서의 주의사항을 훑었다. 특이하게도 인공지능 칩이 배 밑부분에 있으니 그곳에 충격을 주지 말라는 문구가 있었다. 참 까다롭기도 하다. 보통 인공지능 칩이라고 하면 머리에 있어야 정상 아닌가? 손에 쥔 버튼을 누르고 시험을 해 보려다가 귀찮다는 생각이 들었다. 굳이 이 로봇이 없어도 된다. 딱히 집에서 생활하면서 불편한 건 없다. 집 안의 모든 가전제품은 리모컨 하나로 손쉽게 통제할 수 있었다. 시킬 건 단지 마실 차 심부름이나 샤워하고 나올 때 깜빡 잊고 가져오지 않은 수건 따위를 챙기는 잡일뿐이다. 이것도 내가 조금만 더 움직이면 된다. 그리 생각하고 로봇의 존재는 잠시 잊었다. 아마 그대로만 있었으면 꽤 오랫동안 가정부 로봇은 사용하지 않았을 것이다.

정확히 일주일 뒤 로봇을 선물해 준 친구에게 전화가 왔다. 착 가라앉은 목소리였다. 사용해 보니 어떠냐고. 한 번도 이용하지 않았다는 말을 차마 할 수 없어 괜찮은 것 같다고 얼버무렸다. 친구가 대뜸 화를 냈다. 진짜 사용한 게 맞느냐고. 아마도 회사와 온라인으로 연결되어 사용했는지 안 했는지 알 수 있는 모양이었다. 그럼 로봇을 가동해 뭐라도 시켜 보는 게 어떻겠냐고 권유를 할 일이지 왜 화를 내고 난리람?

살짝 기분이 상했지만 비싼 걸 선물했는데도 사용하지 않아 서운했겠지 생각하고는 이제 켜 볼 참이었다고 말하며 전화를 끊었다. 버튼이 어디 있더라. 서랍에 처박아 둔 버튼을 꺼내 누르고 생각했다. 목이 말랐다. 미동도 하지 않던 로봇이 보관함에서 불쑥 튀어나오더니 이마에서 빛을 내뿜어 사방을 스캔했다. 멍하니 보다가 물을 찾고 있다는 걸 깨닫고 다시 버튼을 누르고 냉장고의 위치를 대략 설명했다. 머릿속 이미지와 속으로 쉴 새 없이 내뱉은 말이었지만 로봇은 금방 말귀를 알아듣고 냉장고로 가 컵에 물을 3분의 2 정도로 담아 쏜살같이 달려왔다. 두 다리를 이용해 뛰어왔는데도 컵에 든 물은 조금도 흔들리지 않았다. 이야, 이놈 보게? 성능은 정말 완벽했다. 한 번 기억한 건 잊어버리지 않고 오히려 응용하기까지 했다. 예를 들어 신고 갈 양말을 찾아오라는 명령을 하면 입고 갈 옷과 신을 구두를 살피고선 그에 알맞은 색깔과 두께를 가진 양말을 찾아왔다. 너무 완벽한 로봇이었다.

일을 시킬수록 가정부 로봇은 내가 명령을 한 후 버튼을 채 떼기도 전에 심부름을 실행할 정도가 됐다. 모양, 냄새, 맛을 다 잡아야 하는 복잡한 요리도 완벽히 해냈다. 나는 가만히 있기만 해도 될 정도였다. 시간이 더 지나자 굳이 버튼이 없어도 되지 않을까 하는 생각이 들었다. 가끔 내가 명령을 하지도 않았는데도 알아서 내가 원하는 걸 가져오거나 실행했기 때문이다. 괜히 백억 대 로봇이 아니었다. 그때부터였다. 가정부 로봇이 이상하게 변한 게.

처음에는 전과 같이 명령을 잘 따랐다. 하라는 건 빠짐없이 다 하고. 가져오라는 건 빠릿빠릿하게 가져오고. 하지만 언제부턴가 시키는 걸 제대로 하는 듯하다가 약간 다르게 이행했다. 고구마를 구워서 오라고 하면 노릇노릇하게 구워진 고구마를 접시에 담아 포크와 설탕, 소금을 함께 가져오다가 뜬금없이 제자리를 빙빙 돈 후 가져왔다. 그뿐만이 아니었다. 햇볕이 너무 좋아 창문을 열고 집 안 환기 좀 시키라고 명령하면 창문을 열어 제대로 이행하는가 싶더니 이마에서 빛을 뿜어내 사방을 스캔했다. 왜 시키지도 않은 일을 하지? 버튼을 누르려는 찰나 언제 그랬냐는 듯 가정부 로봇은 스캔을 멈추고 내 옆에 가만히 섰다. 분명히 시키는 건 잘했다. 하지만 하는 행동이 이상했다. 갈팡질팡했다. 원인을 알 수 없었다. 로봇에 무슨 문제라도 생긴 걸까? 오늘은 밤이 늦었으니 내일 친구에게 전화해 로봇이 고장 난 것 같다고 알려야겠다.

침대에 벌러덩 누웠다. 킁킁. 이불에서 약간 쉰내가 났다. 어제 술을 많이 마신 후 집에 와 씻지도 않고 자는 바람에 그 냄새가 밴 모양이었다. 원래대로라면 가정부 로봇이 알아서 할 일이다. 침대 머리맡에 놓인 버튼을 누른 후 새 이불을 가져오라고 명령했다. 이렇게만 말해도 새 이불을 가져온 후 알아서 냄새나는 이불을 거둬 갈 것이다. 그런데 아무리 명령을 해도 로봇이 오지 않았다. 뭐지? 평소와 다르다. 벌떡 일어나 로봇 보관함에 가보았다. 없다. 거실도 없고 서재에도 없고 창고에도 없다. 혹시나 해 화장실에 가봤다. 문을 열자마자 로봇이 튀어나와 놀라 주저앉았다. 로봇이 사방을 돌아다니며 이상한 소리를 냈다. 기계음으로 된 음악 같기도 하고 다시 들어보면 사람이 중얼거리는 소리 같기도 하다. 음성 기능이 있었단 말인가?

화장실 안을 살폈다. 두루마리 휴지가 바닥에 떨어졌고 비치된 수건들이 여기저기 내던져졌다. 뭔가 위험하다. 다시 가정부 로봇을 돌아봤다. 로봇이 가전제품 리모컨을 손에 쥔 채 이것저것 다 눌러 댔다. TV가 꺼졌다가 켜지고 실내조명이 번개 치듯 번쩍거렸다. 로봇의 입에서는 알 수 없는 말들이 쏟아져 나왔다. 처음에는 아무 소리도 내지 않던 로봇이었다. 그게 왜 하필 지금에서야? 사용 설명서 어디에도 음성 기능이 있다는 안내는 없었다. 이런 행동을 할지도 모른다는 주의사항도 없었다. 친구의 얼굴이 떠올랐다. 이제 보니 로봇을 선물하는 녀석의 행동이 심상치 않았다. 그 긴장한 행동하며 그늘진 얼굴까지. 얼른 전화기를 찾아 친구에게 전화했다. 받지 않았다. 몇 번이나 해도 마찬가지였다. 혹시나 해서 친구의 메신저를 확인했다. 오프라인 상태다. 틀림없다. 저 로봇에 뭔가 비밀이 있다. 녀석이 뭔가 일을 벌이는 걸지도 모른다.

로봇은 이제 먹지도 못할 음료수의 뚜껑을 따더니 다시 냉장고에 넣고 부엌으로 향했다. 조리 기구가 있는 쪽이다. 가위, 부엌칼, 감자 깎기 등등. 아무 생각도 나지 않았다. 자리를 박차고 뛰어 로봇 보관함으로 달렸다. 칼을 휘두를지도 모른다! 사용 설명서에 보관함 밑에 로봇의 전원을 끄는 버튼이 있다고 했다. 늦기 전에 서둘러야 한다.

부엌으로 향하는 줄 알았던 로봇이 어느새 나에게 걸어온다. 보관함에 간다는 걸 눈치챈 모양이었다. 뛰다 말고 로봇의 눈치를 본 채 슬금슬금 뒤로 물러섰다. 등에 딱딱한 뭔가가 닿았다. 로봇 보관함이다. 로봇이 점점 가까워진다. 뒤로 두 팔을 뻗어 보관함을 더듬었다. 매끈한 플라스틱 표면이 손에 닿는다. 어디에도 버튼은 없다. 로봇이 이상한 말을 내뱉으며 걸어온다. 의미를 알 수 없는 중얼거림이었다. 맞다. 밑 부분에 있다고 했다. 슬며시 주저앉아 더듬었다. 로봇이 손에 뭔가를 들고 있다. 그게 뭔지 확인하려는 순간 볼록 튀어나온 버튼이 만져진다. 전원 버튼이다! 숨도 안 쉬고 버튼을 눌렀다. 로봇이 그 상태 그대로 멈춰 섰다. 너무 무섭다. 로봇이 무엇을 들었을까? 확인해보니 유리잔에 담긴 맥주였다. 지금 그게 중요한 게 아니었다. 그대로 전화기를 들고 집 밖으로 뛰쳐나왔다. 경찰서에 전화하려다 멈췄다. 뭐라고 설명할까? 로봇이 날 살해하려 했다고? 더구나 집에서 나오기 전 로봇이 손에 든 건 맥주였다. 증거도 증인도 없다. 다시 친구에게 전화했지만 받지 않았다. 밤이라 쌀쌀했다. 반소매 반바지 차림이다.

긴장하며 다시 집으로 들어왔다. 전원을 껐으니 괜찮을지도 모른다. 살금살금 들어와 안을 살폈다. 가정부 로봇은 아까 그 상태 그대로 멈춰 있다. 그래도 아직 안심이 안 된다. 로봇 보관함으로 가 아예 보관함과 로봇 충전기를 밖에다 내놓았다. 로봇은 미동도 하지 않았다. 그제야 좀 안심이 됐다. 전원이 꺼진 게 확실하다. 로봇까지 밖으로 옮기려 했지만 너무 무거워 낑낑대며 현관으로 향하다 내려놓았다. 내일 아침이 되면 사람들을 불러서 치워야겠다. 혹시나 해서 내 방으로 들어와 문을 잠갔다.

이대론 잠이 올 것 같지 않다. 내일 할 일도 많은데. 설마 무슨 일이 있을까. 수면제를 잔뜩 먹고 잠자리에 들었다. 비몽사몽 꿈속에서 헤매는데 이상한 소리가 들렸다. 누군가 나직이 중얼거리는 소음. 시끄럽게 뭐지? 뒤척이며 눈을 떴다. 열린 방문이 보였다. 어둠 속 머리맡에 뭔가가 있다. 몸을 반쯤 일으켜 고개를 돌렸다. 로봇이다. 그 가정부 로봇이 머리맡에 몸을 숙이고 나를 쳐다본다. 그러면서 중얼거린다. 사람의 말. 무슨 말인가를 한다. 차가운 통증이 머리를 훑고 온몸으로 퍼졌다. 손끝 하나 움직일 수 없었다. 로봇이 자꾸 뭔가를 말하려고 한다. 점차 말이 또렷해진다. 너무 놀란 나머지 로봇에게서 눈을 뗄 수도 몸을 틀 수도 없다. 그저 로봇이 하는 걸 바라볼 수밖에 없다. 로봇의 얼굴이 점점 나에게 가까워진다. 말이 점점 의미를 찾아간다. 분명치 않던 로봇의 발음이 어느새 무슨 말인지 알아들을 수 있을 정도가 됐다. 로봇의 얼굴이 바로 코앞에 있다. 로봇의 몸에서 나오는 뜨거운 열기가 느껴진다. 로봇이 어눌한 발음으로 한마디, 한마디 내뱉는다.

"저, 주인님을… 좋아하게 된 것 같아요."

엄길윤

눈이나 비가 오는 날씨를 좋아합니다. 정적이지 않기 때문입니다. 사건이 벌어지고, 사건에 반응하는 세상을 지켜보는 걸 즐깁니다. 이야기도 마찬가지라고 생각합니다. 세상이 뒤집혀야 합니다. 인물이 고난에 빠져 허우적대야 합니다. 그래야 진실을 마주할 수 있기 때문입니다.

은방장군

곽재식

1

지금부터 하려는 이야기는 들은 이야기에 약간 내용을 덧붙이고 바꾸어 소설로 꾸며 본 것이다. 이 이야기가 사실일 가능성은 작다고 생각한다. 다만 도시의 좁은 길을 떠도는 전설 정도로 여기면 될 것이다.

2

병원에서 나온 직후에 나는 고릴라 떼를 보았다. 자세히 보니, 새로 나온 혹성탈출 시리즈 영화를 홍보하기 위해 고릴라로 변장한 사람들이 줄지어 길가를 지나가는 것이었다. 그 모습을 멍하니 보고 있다가 나는 그 사람들의 표적이 되었다.

"안녕하세요. 저희가 기다리던 분이신 것 같은데요."

그 사람들이 나에게 먼저 말을 걸었다. 그 사람들은 둘이었다. 한 사람은 키가 크고 활달한 표정이었고, 다른 한 사람은 그보다 키가 작고 심각한 표정이었다.

"예?"

"불안 증세나 초조감 있으신 분 아니신가요? 저희 쪽으로 오실 것 같았거든요."

"이게 뭔데요?"

"저희는 정신 휴식법을 연구하고 또 적용하는 단체거든요."

내가 말에 대답하자 그 사람들의 얼굴은 다섯 배쯤은 더 밝아졌다. 키 작은 사람이 팸플릿을 건넸다. '정신 휴식법'이라는 말과 함께 몇 마디 선전 문구가 적혀 있고 그 아래에는 작은 글씨로 '은방장군'이라고 적혀 있었다.

그제야 나는 이게 무슨 짓인지 알아차렸다. 평소 같으면 나는 그냥 아무 말 않고 지나쳤을 것이다. 그러나 오늘 나는 따지고 싶었다.

"또 무슨 종교 단체에서 나오신 거죠? 이런 짓 하지 마세요. 길거리에서 사람 붙잡고 이런 짓 하면 불법인 거 아니에요?"

"아니요. 절대 그런 거 아니고요. 저희가 종교 단체 쪽 하고 관련이 아주 없는 것은 아닌데, 지금 이건 그냥 정신 휴식법 자체만 홍보 드리는 거거든요."

"절대 그런 거 아니라고 해 놓고, 바로 그다음 문장에서 '관련이 아주 없는 것은 아니다'라고 하면 절대 그런 게 아닌 것은 아닌 거죠. 약간은 그런 거라고 해야죠. 이렇게 시작부터 거짓말을 하면 뭘 어떻게 믿겠습니까?"

"선생님, 정말 말씀 잘하시네요. 사실 선생님같이 좀 논리적이시고, 여러 가지 분야에 지식이 좀 있으신 분께 사실 저희 정신 휴식법이 정말 적용이 잘 되는 거거든요. 불안감이나 초조감 때문에 문제가 좀 있으시면, 저희 정신 휴식법도 어떤 건지 한번 보세요."

그제야 나는 조금 제정신이 들었다. 이 사람들과 길게 말을 나누는 것 자체가 잘못된 선택이었다는 생각이 그제야 서서히 떠오른 것이다. 무슨 말이건 말을 주고받다 보면 저 사람들은 뭐가 되었든 자기들 종교 단체로 끌어들이려는 애를 쓸 것이다. 그렇게 말을 나누면 어쨌거나 피곤해지는 것은 내 쪽이고, 저쪽은 아무 소득이 없다고 해도 적어도 자기들의 종교 활동을 위해 오늘도 열심히 일했다는 뿌듯함이라도 챙겨 가게 된다.

나는 손해 보고 있었다.

"너무들 하시네요. 여기 병원 앞에서 이렇게 길 막고 서서 무슨 종교 선전하는 거, 인간적으로 좀 심한 것 같지 않습니까."

"병원 앞이 뭐가 너무하시다는 말씀이시죠?"

"큰 병원이니까 병원에서 무슨 이야기 듣거나 일 생겨서 분명히 충격받거나 놀란 사람들 많을 텐데, 그 사람들 그 약한 마음 노리고 이렇게 종교 들이미는 거 너무 야비한 수법 같지 않아요? 지하철역이나 버스터미널 주변 같은 데서 이런 거 선전하시다가 요즘에는 아무도 안 들어 주니까 병원 주변으로 새로 개척하신 건가 보죠?"

"아니요, 아니요, 선생님. 저희는 종교 단체가 아니에요. 종교 단체 쪽에서 저희 사업에 후원을 하시는 것이 일부 있는 것은 맞는데요. 저희는 정말로 이 정신 휴식법 이거 한 가지만 따로 사업을 하는 거구요. 뭘 믿으라거나 하는 게 전혀 아니거든요."

키 큰 사람이 말했다. 말을 하면서 웃었는데, 웃고 있으니 꽤 인상이 괜찮아 보이는 사람 같기도 했다. 키 작은 사람이 나에게 건넨 팸플릿의 3페이지를 펼쳐 내가 보게 했다.

키 큰 사람이 다시 말했다.

"저희 사업 내용도 무슨 우주의 창조나 죽은 뒤의 세계 같은 그런 엄청나게 거창하고 그런 종교적인 게 아니고요. 그냥 말 그대로 정신 휴식법, 그대로예요. 선생님. 왜, 몸은 단련하라고 헬스클럽도 많고, 쉬라고 사우나, 찜질방도 많잖아요? 그렇죠? 그런데 마음을 쉬게 해 주는 서비스는 정말 없잖아요. 그래서 저희는 바로 그렇게 몸을 쉬는 찜질방처럼, 마음을 쉬는 정신 휴식법을 알려 드리고 또 같이 실습해 보는 그런 사업을 하는 것뿐이에요. 한번 내용을 보세요. 저희 정신 휴식법은 확실히 딱 그 값을 하는 거예요."

잠깐 나는 그 선전이 그럴듯하다고 생각했다. 그렇지만 곧 다시 반대하기로 했다.

"그러니까 찜질방이 몸을 쉬는 곳인 것처럼, 이 '정신 휴식법'이라는 것은 마음을 쉬는 곳이다?"

"그렇죠. 간단하게 이야기하면."

"그런데 찜질하고 달걀 까먹으면서 몸 쉬면 그때 마음도 같이 쉬게 되는 거 아니에요? 마음 쉬는 게 그런 거죠. 마음이란 게 몸하고 완전히 분리되어서 어디 따로 붕붕 떠 있는 게 아니잖아요?"

나는 정곡을 찔렀다고 생각했다. 그러나 돌아오는 대답은 조금도 상처받지 않은 투였다.

"에이, 왜 이러세요. 정말 그런 것 같아요? 막 불안하고, 초조하고, 너무 큰 일이 생기는 것 같고, 걱정이 자꾸 많이 되고, 어쨌건 닥치는 큰일을 해결하려면 일단 마음이라도 차분해야 할 것 같은데 그것도 안 될 정도로 자꾸 가슴 답답하게 생각이 쌓이고, 그럴 때 찜질방 가면 확 풀릴 것 같아요? 사우나 간다고 가라앉을 것 같아요?"

결국 20분 뒤 나는 그 사람들과 함께 정신 휴식법을 가르쳐 준다는 사무실로 가고 있었다.

자기네들 차를 불러 준다고 했는데 나는 그것을 거절했다. 나는 여전히 그 사람들을 완전히 믿지 않고 있었다. 차에 태워 아무도 모르는 곳에 데려가서 무슨 짓을 할지 모른다고 생각했다. 나를 제물로 바치는 의식을 하며 불구덩이에 내 몸을 내던질지, 부정한 정신을 뽑아내야 한다며 세척액을 코에 강제로 들이부을지 알게 뭔가?

그래서 지하철에 발을 들여놓기 직전에도 약간 주저하기는 했다. 지하철역으로 걷는 내 걸음이 조금씩 느려지는 듯한 기색을 느낀 것인지 키 큰 사람이 물었다.

"선생님, 오늘 무슨 일 있으시긴 있으셨나 봐요?"

"예, 회사에서 좀, 일이 있어서."

"회사요? 병원이 회사세요?"

나는 CT 연구부의 직원이었다. 오늘 발표된 조직 개편에서 우리 부서가 통째로 없어진다는 발표가 났는데, 노인들이 많아지고 있어서 그쪽으로 건강 보험이 맞춰 가고 있었고, 그러니 건강 보험 정책에서 빗겨 나간 우리 같은 연구 부서는 살아남을 수 없다는 것이 이유였다. 석 달간 대기 시간을 거친 후에 직원들은 재배치나 명예퇴직을 신청할 수 있었는데, 재배치로 갈 수 있는 자리는 주차 관리나 병실 청소 자리 정도밖에 없다는 것 같았고, 그나마 빨리 명예퇴직을 신청하면 대기 시간 동안 사무실에 나오지 않아도 월급은 준다고 했다.

다들, "이제 어떡해요?" "야, 이거 이렇게 뒤통수 맞을 줄은 몰랐네."라면서 웅성웅성했다. 그 웅성웅성한 소리에 휩싸여 있던 나는 불안하고, 초조하고, 너무 큰 일이 생기는 것 같고, 걱정이 자꾸 많이 되고, 어쨌건 닥치는 큰일을 해결하려면 일단 마음이라도 차분해야 할 것 같은데 그것도 안 될 정도로 자꾸 가슴 답답하게 생각이 쌓였다.

그러다 뭐든 박차고 뛰쳐나가고 싶은 마음에 될 대로 되라는 생각으로 그 자리에서 바로 명예퇴직 신청을 했다. 그렇게 해서 나는 발표 후 세 시간 만에 회사에서 짐을 싸서 나온 것이다.

내가 이 사람들을 따라가고 있는 것은 결국 그 될 대로 되라는 심정 때문이었다. 에라 모르겠다, 이왕 이상하게 돌아가고 있는 판에 어디가 어딘지 한번 계속 가 보자는 마음이었다. 이제껏 도대체 이 사람들을 따라가면 무슨 일이 어떻게 벌어질지 상상해 보는 것조차 귀찮게 여겨졌지만, 오늘은 과연 이 사람들의 세상은 어떤 세상인지 한번 보고나 싶다는 생각이 들었다.

키가 큰 사람이 말했다.

"우선 저희 정신 휴식법은 기본적으로 시설 자체가 제대로 되어 있어요. 은방이라고 해서, 이렇게 금속으로 되어 있는 은색 방에서 정신을 휴식하시게 되는데요, 일단 이 안에 들어가시면 느낌이 확 달라요."

키가 작은 사람은 나에게 팸플릿 5페이지를 보여 주었다. 거기에는 은회색 빛이 나는 쇠로 된 꽤 널찍한 실내가 보였다. 마치 부자들의 보석을 보관해 주는 은행의 커다란 금고 안 모습 같아 보이기도 했고, 탱크나 잠수함의 내부를 깨끗하게 정리해서 몇 배 늘여 놓은 모습처럼 보이기도 했다. 처음 보는 모습이었고, 좀 특이해 보이기는 했다.

"이 은색 쇠가 뭐길래 여기 들어가면 느낌이 다르다는 건데요?"

"말로 설명하기는 좀 어렵고요. 경험해 보시면 아실 거예요. 여기로 들어가시면 일단 기분이 딱 바뀌어요."

나는 이 방 안에 기분을 좋게 하는 약물 같은 것을 미세하게 분무기로 뿌리는 것은 아닌가 싶었다. 왜, 카지노에서는 사람들이 더 도박에 열중하라고 신선한 산소를 일부러 실내에 공급한다는 말이 있지 않은가? 어차피 사기 비슷하게 장사하는 사람들이라면 금속으로 거의 밀폐된 방을 만들어 놓고 마약 연기 같은 것을 살살 집어넣고 있는지도 모른다. 거기에서 그 정신 휴식법을 배운다는 사람들은 이 오묘한 정신 휴식법 때문에 마음의 안정을 얻고 있다고 생각하지만, 사실은 옅은 마약에 취하고 있는 것뿐 아닐까?

"저희 정신 휴식법 사업은 정말로 그냥 간단하고 합법적인 서비스 사업이고요. 정말 그게 다거든요. 무슨 약물을 취급한다든가, 이상한 물건을 강매한다든가 이런 쪽은 전혀, 정말 전혀 아닙니다."

키 큰 사람은 말을 하면서 "정말"이라는 말을 유난히 많이 썼다. 그래도 내가 마음속에 품고 있는 의심을 읽고 있는 것처럼 말해 주었다. 그 말을 들으면서 나는 마침내 두 사람과 함께 지하철 문 속으로 들어섰다.

노선도에서는 항상 보았지만 단 한 번도 실제로 가 본 적이 없는 역이 우리가 내릴 곳이라고 했다.

나는 우리 삶이 사실은 거대한 속임수이고, 내가 지하철을 타고 가는 곳 주변만 땅과 건물로 꾸며져 있고 그 사이에 다른 지하철역에 내려서 그 바깥으로 나가면 사실은 거기에는 아무것도 없는 하얀 빈 종이 같은 공간만 있는 것은 아닐까 상상해 본 적이 한 번 있었다. 내가 이 세상이라고 생각한 것은 실은 거대한 동물원 같은 곳으로, 이 모든 것이 아주 커다란 거인들이 인간들의 삶을 과학 교재용 개미집을 관찰하는 것처럼 관찰하기 위해 만들어 놓은 것이라면. 그렇다면 그 사이에는 역 바깥으로 나가 봤자 아무것도 없는 가짜 역 같은 곳도 많지 않을까. 내가 향하는 곳은 바로 그 빈 종이 같은 공간이 튀어나올 만한 역으로 가장 어울릴 만한 역이었다.

지하철 안에서 나는 키 큰 사람과 키 작은 사람에게 이 정신 휴식법이라는 것의 역사에 대해 주로 물었다. 이것이 언제 생겼고, 누가 개발했고, 하는 것들을 질문해 보았다.

"방법 자체가 나온 것은 70년대라고 하는 거 같아요. 그때 저희 은방장군이라는 종교 활동을 하시던 분이 계셨는데요. 아니, 잠깐만요. 종교 활동하신 분이라고 바로 너무 거부감 가지실 필요는 전혀 없고요. 정말, 또 말씀드리지만 그분하고 저희 정신 휴식법 사업하고는 진짜 간접적인 관계밖에 없어요. 그 은방장군이라는 분이 이런저런 종교 활동을 하시다가 정말 마음을 딱 잡아 주는 그런 방법을 개발하신 거예요. 그래서 그 방법을 종교 활동과는 별개로 떼어 내서, 마치 무슨 에어로빅이나 요가, 이런 것처럼 저희 정신 휴식법으로 만든 거예요."

나는 이제야 이 사람들이 본색을 드러내는구나 싶었다.

"결국 종교 선전 맞는 거네요."

"선생님, 우리, 요가 강사에게 요가 배우면서 무슨 고대 인도의 종교를 믿고 그런 게 아니잖아요. 그거랑 비슷한 거예요. 완전히 분리되어 있다니까요. 게다가 저희 정신 휴식법은 은방장군님이 바로 창안하셔서 지금처럼 사업이 된 게 아니거든요. 은방장군님은 종교 계통이지만 거기서 정신 휴식법을 개발해 내신 분은 가애리 총재님이라는 분이세요. 그러니까 정말 분리되어 있다니까요. 가애리 총재님은 정말 전설적인 분이시고요."

"가애리요? 그런 사람 이름은 처음 들어 보는데요."

"70년대 말에는 청와대 쪽으로도 출입하셨어요."

"70년대 말에 청와대라면, 확실히 무슨 이상한 종교인 같은 그런 사람 맞겠네요. 요즘 잡지 같은 기사에 말 도는 걸 보면 그때 독재로 돌아가던 정부 상황이 진짜 개판이라서 별 이상한 종교 지도자 같은 사람이 대통령이나 대통령 가족 주변에 자꾸 꼬이고 그랬다는 거 같던데."

"아니에요. 가애리 총재님은 정말 대단하신 분이세요. 이분은 확실히 엄청나세요."

그 총재라는 사람에 관해 이야기하기 전만 해도 키 큰 사람은 어느 정도 말이 통할 것으로 보였다. 그러니까, 종교를 퍼뜨리기 위해 노력하는 사람이라기보다는 정말로 운동 기구를 파는 세일즈맨 같아 보이는 면이 있었다. 그러나 총재에 관해 이야기하면 할수록 키 큰 사람의 말투는 바뀌었다. 이 키 큰 사람은 총재라는 사람을 무슨 동화책 속의 신선처럼 여기는 듯 보였다.

지하철역에서 내려 보니 역시 백지 같은 공간은 없었다. 대신 망해 가는 커피 가게 체인점와 망해 가는 분식집 체인점과 망해 가는 치킨 체인점이 뒤섞인, 서울 시내 어디에서건 흔히 볼 수 있는 지루한 지하철역 주변 거리가 나타났다. 생각해 보니 이 정도라면 어떤 외계인이 장난으로 꾸민 동물원일지라도, 간단히 복사해서 만들 수 있는, 별 만드는 데 힘들 것도 없는 공간이라는 생각이 들었다. 혹시 어디를 가나 서울 거리가 비슷비슷해 빠진 것이야말로 이 세상이 거인들이 만들어 놓은 동물원이라는 증거인 것은 아닐까?

키 작은 사람은 안경점 옆의 계단을 가리켰다. 그 시멘트 계단을 올라 3층으로 가니, 그곳에 바로 '사단법인 정신 휴식법 본부'라는 간판이 걸린 단체가 있었다. 간판 아래에는 커다랗게 태극기가 걸려 있었고, 힘찬 검은 붓글씨로 '매국 친일, 친미 세력 처단하여 민족 정기 드높이자!'라고 느낌표까지 빠뜨리지 않은 구호가 적혀 있었다.

"사실 저희가 정치적인 입장이 강한 편은 아닌데요. 이번에 정신 휴식법 사업 키우시려고 정말 몸 바쳐서 일하신 '일꾼'분들이 계신데, 그분들이 좀 이런 쪽에 관심이 많으셔서 이렇게 써 놓으셨네요. 그런데 그 일꾼분들이 아니었으면 절대 저희 정신 휴식법 사업이 이 정도로 커질 수가 없었기 때문에 저희가 어느 정도 또 무시할 수는 없거든요."

키 큰 사람은 나를 문 안으로 안내했다.

그 안에는 이상한 냄새를 풍기는 약물이 있는 느낌도 없었고, 그렇다고 요란하게 노래나 괴성을 지르며 종교적 광기에 빠진 격한 느낌도 없었다.

문 안도 조용했고, 차분했다. 다만 벽면에 붙어 있는 포스터 중에는 유난히 '민족 정기'나 '민족 자주' 따위를 강조하는 말들이 많았다. '강대국들만이 독점하고 있는 세계 질서를 민족 대단결로 깨뜨리는 법'이라는 포스터도 있었다. 그 사이사이에 70년대 대통령과 이 단체의 창시자 무리로 추정되는 사람들이 같이 찍은 사진들도 끼어 있었다. 아마 그중에 누군가는 은방장군일 것이고, 누군가는 총재일 것이고, 또 누군가는 그 사이에 달라붙어 어떻게든 대통령 일가가 뿌리고 다니는 세금을 빨아 먹으려던 인간이지 싶었다.

포스터가 있는 복도를 지나니 조금 넓은 방이 있고 사람들이 바닥에 줄을 지어 앉아 있었다. 우리 그 방 바깥에서 창문으로 그 사람들을 지켜볼 수 있었다.

"이분들이 지금 정신 휴식법을 받고 계신 겁니다. 한번 보세요. 보시면 아세요."

"그런데, 여기는 아까 보여 주신 그 금속으로 된 방은 아닌데요."

"거기는 요다음 방인데, 거기는 '배운님'들께서 쓰시는 곳이에요. 배운님들이라는 게 뭐냐면, 이제 남들에게 정신 휴식법을 어느 정도 전수해 줄 만큼 배우신 분들에게 저희가 자격증을 발급해 드리거든요. 그 자격증이 있으신 분들을 저희가 배운님들이라고 불러요."

나는 찬찬히 모여 있는 사람들을 쳐다보았다.

보고 있으니 도대체 정신 휴식법이라는 게 무엇인지 대강 짐작할 수 있었다. 그냥 사람들이 모여 앉아서 눈을 감고 귀에서 들리는 말을 듣고 있는 게 전부였다. 그 말이란 "당신은 세상에서 가장 소중한 존재입니다. 당신의 눈에 보이는 것이 모든 보이는 세상이고, 당신의 귀에 들리는 것이 모든 들리는 세상입니다." 정도의 이야기였다.

그런데 그것만으로도 거기에 앉아 있는 사람들은 대단한 정신 휴식을 취한다고 감탄하고 있는 듯했다. 처음에는 웃긴다고 생각했는데 보고 있으니 그럴 만하다는 생각도 들었다. 인생 살면서 마음에 남게 듣는 말이라는 게 보통 뭔가? "야, 너는 뭐 일을 그따위로 하냐" 아니면, "너는 무슨 말을 그렇게 재수 없게 해?" 정도 아닌가. 그런데 어쨌건 네 인생 정말 소중한 것이고, 너 정말 위대한 사람이라고 말을 해 주니, 마음속 한구석에 자꾸 그 말이 비집고 들어오는 것이다.

하기야 세상에 무슨 득도한 사람이 아니고서야, 대체로 사람이라면 자기는 좋은 사람인데 세상이 나쁘고, 자기는 원래 괜찮은 편인데 어쩌다 보니 이렇게 되었다고 믿고 있기 마련 아닌가. 그러니 자꾸 "그래도 된다" "하고 싶은 대로 해라"라는 느낌을 주는 말들을 계속 들으면 어째 솔깃한 기분이 될 만도 할 것이다. 그러는 중에, 눈을 감고 말하지 못하게 하고 가만히 앉혀 두니 하여간 자꾸 혼자서 뭐라도 생각을 곰곰이 하게 되니 색다른 일을 했다는 느낌은 들게 된다. 인생 살면서 그렇게 아무것도 안 하고 그저 곰곰이 생각할 기회가 별로 없다 보니 괜히 무슨 독특한 체험 같아지는 것이다.

게다가 이 정신 휴식법에는 확실히 뭔가 이상한 분위기가 있기는 있었다. 그게 좋은 것 같지는 않았다. 오히려 음침하고 무서운 쪽에 가까웠다. 이유는 나도 그때까지는 전혀 알 수 없었다. 하지만 죽음이나 비밀과 맞닿아 있는 이상한 으스스한 분위기가 사람이라면 누구나 어느 정도 느낄 수 있을 만큼 감돌고 있었다. 그 이상한 여러 감흥이 뒤섞여 있어서, 적어도 몇몇 사람들에게는 이 정신 휴식법이라는 것이 방 청소나 설거지보다 가치 있게 시간을 쓰는 방법이라는 생각을 품게 만든 것처럼 보였다.

한편으로는 놀랍고 한편으로는 맥 빠졌다.

그리고 나는 거기서 멈추었어야 했다.

안타깝게도 나는 그러지 못했다.

"그 금속으로 된 방을 보고 싶은데요."

"배운님들이 정신 휴식하시는 곳이오?"

"예. 거기는 볼 수 없나요?"

나를 그곳까지 안내한 두 사람은 난처해 했다.

"거기는 은방인데요. 보통 처음 오신 분들께는 함부로 개방하지는 않습니다."

"보통 그렇다는 이야기면 좀 특수한 상황이면 개방할 수도 있는 거 아닙니까?"

나는 그 둘과 논쟁을 벌였다.

"그쪽은 사실 저희 종교 단체 쪽 하고 좀 관련이 있는 곳이라서요."

"왜요? 은방장군이 머무시는 곳이라서 은방이라고 하는 거예요?"

"그보다는 은방에 그분이 머무시니까 은방장군이라고 하는 거기는 한데요."

논쟁은 길어졌다. 그럴수록, 나는 이 사람들이 은방장군이라고 부르는 그 고귀한 것이 얼마나 황당한 주술적 환상인지, 그것도 한번 두 눈으로 보고 싶은 생각이 들었다. 도대체 얼마나 조잡하게 꾸며 놓은 신상과 얼마나 가소로운 교리로 자신들이 상상할 수 있는 가장 높은 것을 표현해 놓았을지, 그 수준을 비웃어 보고 싶었다. 그 순간 생계를 잃고 쫓겨난 직장인에게 다른 사람들을 비웃어 보고 싶은 욕망은 상당히 간절했다.

결국 나는 그 둘을 협박해서라도 은방 안에 들어가고자 했다. 나는 내가 아직까지는 퇴사처리가 완료되지 않은 병원 직원인 만큼, 만약 나에게 은방을 구경시켜 주지 않는다면, 병원에 이야기해서 병원 앞에서 홍보 활동을 하는 당신들을 무슨 핑계로든 쫓아내도록 하겠다고 위협했다. 종교 단체의 과도한 활동을 억제하고 있는 시 당국의 규정을 이용하도록 하면 충분히 가능할 거라고 구체적으로 지적도 했다. 작년에 불치병에 걸린 사람들에게 자기 종교 단체의 의식을 열렬히 수행하면 병이 나을 수 있다고 사람들을 꼬이고 다녔던 병원 앞 거리의 사이비 무속인 몇몇이 있었는데, 바로 그런 식으로 그들을 쫓아냈던 것을 나도 기억하고 있었다.

그렇게 해서 나는 은방 안으로 들어가게 되었다.

은방으로 걸어가면서 두 사람은 나에게 여러 차례에 걸쳐 당부했다.

"은방 안에 들어가시면, 정말로 은으로 된 방이 그 안에 하나 있거든요. 그런데 그 안에는 절대로 들어가시면 안 됩니다. 그 안에는 가애리 총재님께서 은방장군님을 위해 만들어 놓은 장식이 있고요, 거기에 은방장군님께서 깃들어 계시는데, 보통 사람이 함부로 은방장군님을 보면 그분의 기를 다 받아 낼 수가 없어서 죽는다고 하거든요. 그러니까 절대 은방 속의 은방 안은 보시면 안 돼요."

"보면 죽는다고요?"

"얼마 전까지만 해도 정말 그런지 그냥 장난인지 다들 몰랐는데요. 실제로 작년에 함부로 은방장군님을 보면서 노래도 부르고 기도도 드리고 하다가 거의 죽게 된 분들이 계셨거든요."

"정말로 은방장군이라는 것을 보고 죽을병에 걸린 사람들이 있어요?"

"그분들이 바로 일꾼님들이세요. 일꾼님들이 그 일을 당한 뒤에 은방장군님을 정말 깊게 믿게 된 거죠. 자기 생명마저 바로 빼앗아버릴 힘을 갖고 계신 것이 은방장군님이니까요. 모든 것을 바쳐서 은방장군님과 가애리 총재님의 사업을 키우는 데 여생을 다 쓰려고 하시는 거거든요. 그래서 오늘도 이렇게 하루가 다르게 정신 휴식법 사업이 커지고 있는 거고요."

나는 두 사람이 들려준 사건이 공교로운 우연을 오묘한 이치로 착각한 것에 불과하다고 생각했다. 동네 서낭당 나무를 베어낼 때 마침 번개가 치면 서낭당 나무의 귀신이 분노해서 번개를 내렸다고 지어내는 소리와 다를 법 없다고 짐작했다.

"은방장군님을 보시면 일꾼님들께서도 처벌을 따로 내리실지도 모릅니다."

키 작은 사람은 나에게 처음으로 말했다. 그러나 나는 그 말을 속으로는 무시하고 있었다.

그러나 막상 은방 안에 들어가서 본 광경은 나로서도 상당히 압도될 정도로 엄숙하였다.

흰 한복을 갖춰 입은 정갈한 복장의 남녀들이 줄을 지어 있었는데, 아까와는 달리 온몸을 완전히 바닥에 엎드려 붙이고 있었다. 그리고 그들은 낮은 목소리로 뭐라고 중얼거리고 때로는 흐느끼고 있었는데, 그것이 기도문인지 그들의 고해인지 아니면 괴상한 미친 기쁨에 들뜬 환호인지는 분간할 길이 없었다.

방의 모습은 사진에서 본 반짝거리는 장면과는 달랐다. 사진으로 보기에는 방 전체가 다 쇳덩이로 되어 있는 것 같았다. 하지만 실제로 보니 방은 앞쪽 벽만 금속으로 되어 있었다. 그 금속은 말처럼 은도 아니었다. 회색으로 빛이 나기는 했지만, 광택이 약하고 울퉁불퉁해서 좀 지저분해 보였다.

그런데 그 벽의 좁은 틈이 열려 있었다. 바로 그 안이 은방 속의 은방, 바로 이 모든 멍청한 자들이 섬기는 세상에서 가장 위대한 것이 있는 곳이었다. 그 틈은 나를 유혹했다. 나는 그 안을 보고 싶었다. 은방장군이 실제로 그 안에서 어마어마한 기를 뿜고 있다는 그한없이 덜 떨어진 상상력을 내 눈으로 확인하면서 속으로 깔깔 웃어 보고 싶었다.

나는 발소리를 죽이고 천천히 금속 벽면을 향해 걸어갔다. 엎드려 있는 사람들은 자기들의 정신 휴식에 정신이 팔려 내가 바로 옆을 지나는지도 모르고 있었다. 나는 계속해서 발걸음을 옮겼다. 어디선가 딸깍, 딸깍하는 묘한 금속음이 들렸다. 귀신이 따라오는 발자국 소리 같기도 했다. 나는 금속 벽면의 틈이 내 앞으로 점차 다가올수록 점점 더 참을 수 없는 기분이 되어 마지막 몇 걸음은 달리듯이 빠르게 내디뎠다.

마침내 금속 벽면의 틈을 열고 그 안을 들여다보았을 때, 거기에는 솜씨 부족한 신도가 그저 믿는 마음으로만 만든 것 같은 투박한 금속 인물상이 있었다. 돌하르방과 비슷한 그 인물상 밑에는 만든 사람의 이름이 적혀 있는 듯싶었다. 그리고 그때 딸깍거리는 소리가 갑자기 점점 더 크게 들리기 시작했다. 딸깍거리는 소리는 주위 사람들이 모두 들을 만큼 잦아졌고 커졌다.

나는 그 소리가 어디에서 나오는지 알 수 있었다. 가방 속에서 나는 그 소리를 내며 울고 있는 것을 끄집어냈다. 병원에서 기념품으로 가져온 방사능 측정용 가이거 계수기였다. 나는 다시 금속 인물상에 새겨져 있는 이름을 보았다. 그 이름은 KAERI였다.

그제야 나는 내가 무엇을 보고 있는지 알 수 있었다. KAERI는 가애리가 아니라 한국 원자력 에너지 연구원, Korea Atomic Energy Research Institute라는 뜻이었다. 70년대 말 대통령이 암살된 후, 주인 없는 청와대 자리에서 사람들이 이것저것 저마다 값진 것을 하나씩 챙겨 나올 때, 어떤 괴팍한 인간이 독재자가 몰래 보관하고 있던 핵무기 재료를 집어 들고나온 것이다. 내 앞에 있는 인물상은 높은 순도의 플루토늄 덩어리였고, 그 쏟아지는 방사선 앞에서 노래를 부르고 춤을 춘 사람들이 병이 든 것은 당연한 일이었다. 나는 은방, 그러니까 납으로 만든 차폐판으로 둘러친 그 방에서 당장 도망쳐 나가려고 했다.

그러나 내 주위로 넋 빠진 표정의 일꾼 넷이 걸어왔다. 병든 생명의 끝에 다가서서 아무것도 두려울 것이 없는 그들은, 죽음 뒤에도 영원할 것이라고 믿고 있는 그들의 가장 신성한 것을 내가 침범했다는 감정을 드러내고 있었다. 확실히 성난 것처럼 보였다. 그들의 손이 움켜쥔 도구들이 나를 지압하고 마사지해 주기 위한 것으로 보이지는 않았으니까.

— 2017년, 세브란스 병원에서

48

곽재식

SF를 중심으로 다양한 장르를 넘나들며 색다른 소재를 다루면서도 인간미를 잃지 않는 글을 써왔다. 어떤 소재의 작품을 쓰더라도 날카로운 풍자와 위트를 잃지 않고, 이야기 본연의 재미를 가장 잘 아는 작가로서 독자들에게 전폭적인 신뢰를 받고 있다. 2006년 단편 소설, 〈토끼의 아리아〉가 MBC 〈베스트극장〉을 통해 영상화되면서 본격적으로 작가 활동을 시작했고, 이후 《당신과 꼭 결혼하고 싶습니다》, 《토끼의 아리아》, 《가장 무서운 이야기 사건》 등 다수의 장/단편 소설을 출간했다. 최근에는 KBS 〈생생라디오 매거진〉의 〈과학 매거진〉 시간에 출연하면서 과학과 글쓰기에 대한 다양한 이야기들을 나누기도 하였다.

인간의 이름으로!

김주영(赤魚)

사람들에게 둘러싸인 아줌마가 광장 가운데에서 마이크를 잡고 웅변조로 외치고 있었다.

"로봇이 우리의 삶을 빼앗고 있습니다!"

로봇이 일자리를 빼앗고 결국은 인간을 노예로 삼을 거라고 믿는 로봇 파괴 운동가다. 정점에 이른 인공지능을 탑재한 로봇이 늘어나면서 로봇을 혐오하는 로봇 파괴 운동가도 점점 많이 눈에 띄는 것 같다.

사람들 틈을 파고들어서 맨 앞줄로 나섰다. 마이크를 잡은 아줌마 앞에는 쇠사슬로 칭칭 감긴 작은 로봇이 있었다. 가장 낮은 10 수준 인공지능을 탑재한 로봇이었다. 스스로 학습하면서 발달하는 상향식 프로그램이 탑재되지 않았기 때문에 단순한 청소나 가사 업무에 투입되는 싸구려 로봇이다. 주변을 돌아보는 머리 부분의 부자연스러운 움직임을 보건대 이미 폐기 직전인 낡은 로봇이었다.

"인공지능 개발은 중지되어야 합니다!"

아줌마가 쇠로 만든 몽둥이를 들어 올리며 과격하게 외쳤다.

"기계를 부수고 우리의 자리를 되찾아야만 합니다!"

목에 핏대를 세우는 아줌마와 눈이 마주쳤다. 살짝 흔들리던 아줌마의 동공이 내 옷깃에 고정되었다. 로봇 파괴 운동가임을 표시하는 망치 모양 배지를 본 것 같다.

"우리 아이들이 기계의 노예가 되어서는 안 됩니다."

아줌마가 결연한 얼굴로 쇠몽둥이를 내 쪽으로 내밀었다. 그리고 턱으로 로봇을 슬쩍 가리켰다.

주변을 둘러보았다. 기대에 찬 얼굴로 사람들이 나를 보고 있었다. 흥미진진한 얼굴로 촬영을 시작하는 사람도 보였다. 학교에서는 로봇 파괴 운동이 반사회적이고 시대착오적이라고 배웠다. 선생들은 인간의 동반자인 로봇을 파괴하는 것이 중요한 범죄라고 떠들어 댔다.

웃기시네.

성큼 나가서 쇠몽둥이를 받아 들었다. 선생들이 싫어하는 짓이라면 더한 짓도 했을 것이다. 팔뚝을 걷어붙였다.

빌어먹을 학교. 재수 없는 선생들!

로봇을 노려보며 쇠몽둥이를 높이 들었다. 작은 로봇이 귀엽게 고개를 갸웃거렸다. 무자비하게 힘껏 쇠몽둥이를 내리쳤다. 금속이 부서지는 경쾌한 소리가 울려 퍼졌다.

로봇을 신나게 두들겨 부수는 모습이 담긴 영상이 인터넷에 파다하게 번질 거라고는 예상치 못했다. 망치 모양 배지를 꽂고 엄청난 괴력으로 로봇을 망가뜨린 나는 인터넷상에서 '로봇 파괴녀'라는 애칭을 얻었다. 학교 친구들과 선후배들은 내가 양육 로봇을 파괴하여 심신 소양 교육 중이라는 사실을 친절히 댓글로 달아 주기까지 했다.

그렇게 유명해지는 바람에, 이틀 남았던 심신 소양 교육 기간은 보름이 더 늘어났다. 싫진 않았다. 어차피 학교에 가 봐야 보기 싫은 선생들의 잔소리와 친구들의 수군거림 속에서 버텨야 하는 나날의 연속이었다. 차라리 모르는 상담사가 많은 심신 소양 교육관이 더 편했다.

"여기에 더 있게 되었다니 나도 차라리 마음이 편해."

교육 기간 연장 때문에 찾아온 보육원, 부에노(Bueno)의 원장이 말했다. 농담하는 사람처럼 실실 웃고 있지만 분명 진심이다.

원장은 갓 돌을 넘긴 내가 부에노에 들어왔을 때부터 쭉 직원으로 일해 왔다. 족제비처럼 생긴 얼굴에 깐간한 목소리가 정말 재수 없다. 조금만 실수를 해도 불같이 화를 내면서 쫓아내겠다고 원생을 협박하기가 일쑤다. 그런데도 지금까지 쫓겨난 원생이 없다. 원생이 줄어들면 정부 보조금도 줄기 때문이다.

"학교에는 잘 말해 뒀다. 하지만 학교에 복귀하면…."

뭘 잘 말해 뒀다는 소릴까. 학교에 복귀하면 학생부에서 징계가 있을 거라는 말을 들으니 어이가 없었다. 원장은 할 말을 다 끝낸 후에 한참 동안 내 옷깃에 꽂힌 배지를 노려보았다. 소름이 끼친다는 표정이었다.

"교육 끝나고 나면 그거 빼."

깐간한 말투로 원장이 말했다. 강요하는 말투가 마음에 들지 않았다.

"싫어."

원장이 끔찍하게 싫어하는 건방진 말투로 대꾸해 줬다.

한 달 만에 마주한 교문은 신선하다 못해 구역질이 났다. 이미

1교시가 시작된 시간이어서 운동장은 조용했다. 교문을 들어서는 동안 벌써 숨이 막혀서 교복의 앞 단추를 몇 개 풀었다. 그리고 원장 잔소리 때문에 뺐던 망치 배지를 다시 옷깃에 달았다. 선생들이 보면 약 올라 죽으려고 할 거다.

교실로 바로 올라가려다가 교무실에 먼저 들렀다. 나만 보면 숨이 넘어가면서 사색이 되는 담임은 보이지 않았다. 항상 착한 척 인내하는 면상을 오늘 내 앞에서도 유지할 수 있을까. 휘휘 교무실을 둘러보며 학생부에서 발을 멈췄다. 원수 같은 학생부장의 심장에 충격을 주고 교실로 돌아갈 작정이었다. 그런데 학생부장 자리에 낯선 남자가 앉아 있었다.

"아저씨 누구야?"

껌을 질겅질겅 씹으면서 남자를 아래위로 훑어보았다. 선생답지 않게 말끔한 양복을 빼입고서는 넥타이까지 제대로 매고 있었다. 삼십 대 초반? 학생부장이라고 하기에는 나이가 지나치게 젊다. 눈이 조금 아래로 처져서 순해 보였고 입꼬리가 살짝 올라가서 친절한 인상이었다. 선생보다는 고객을 응대하는 백화점 직원에 더 어울리는 얼굴인 데다 꽤 미남이었다. 그런데 이상한 위화감이 자꾸 느껴졌다.

"껌, 뱉으세요."

위화감이 드는 이유를 생각하는 동안 남자가 말했다.

"대답부터 해. 아저씨 누구냐고 물었잖아."

껌을 어금니로 꽉 깨물며 눈을 부라렸다. 당황할 법도 한데 남자는 전혀 동요하는 기색이 없었다. 이상하다. 자꾸 위화감이 든다.

"어머, 녹주 왔구나. 그동안 잘 지냈니?"

남자를 노려보는 동안 학생부 음악 선생이 말을 건넸다.

"이 사람 누구예요?"

인사를 하는 둥 마는 둥 하고 남자를 가리켰다. 선생은 꾹 참으며 도를 닦는 표정으로 억지로 웃음을 지었다.

"새로 오신 학생부장 선생님이야."

"이상배는…. 아니, 이상배 선생님은 어디 갔어요?"

"아파서 휴직 중이셔."

아하. 그래서 이렇게 새파란 애송이가 학생부장에 앉았다고? 껌을 질겅질겅 씹으면서 다시 찬찬히 신임 학생부장을 훑어보았다. 그런데 아까부터 느끼는 위화감이 가시질 않는다. 어째서?

"이 학생은 누굽니까?"

학생부장이 설명을 바라는 얼굴로 음악 선생을 쳐다보았다.

"심신 소양 교육 갔다가 돌아온 차녹주 학생이에요."

"차녹주 학생이라면 양육 로봇을 파괴했던….”

"네네. 하지만 진짜 나쁜 학생은 아니에요. 공부를 안 해서 그렇지 머리도 좋은 편이에요. 맞아! 과학 기술 영재 프로그램에 참여하고 있어요. 작년엔 중학생 대상 세미 논문 발표 대회에서 장관상도 수상했고요. 그렇지, 녹주야?"

음악 선생이 비위를 맞추는 목소리로 콧소리를 섞어 물었다. 이렇게 떠받들어 주면 기분이 좋아져서 순순히 굴어 줄 거라고 착각하는 선생이 꼭 있다.

"재수 없어."

혼잣말처럼 중얼거리고 교실로 올라와 버렸다.

벌컥 교실 문을 열고 들어서자 한창 수업 중이던 선생이 말을 멈췄다. 그와 함께 애들의 시선이 일제히 내게 쏟아졌다. 무시하고 가방을 책상 위에 던진 후에 엎드려 버렸다.

윤청휘. 새로 왔다는 학생부장 이름이었다. 잘생긴 외모 덕분에 여학생들 사이에 인기가 하늘을 찌르는 것 같다. 학생부장이 떴다 하면 도망치던 애들이 아이돌 팬클럽처럼 학생부장을 따라다니기에 바빴다. 어쩐지 재수 없다.

복도 끝에서 걸어오던 학생부장이 나를 보고 빙긋 웃었다. 어라? 이렇게 해맑게 웃는 선생이라니, 미친 거 아냐? 처음 만났을 때 느꼈던 위화감이 점점 심해진다. 팔짱을 끼고 계속 노려보는 나를 보고도 학생부장은 별 말하지 않고 지나갔다.

"저 새끼, 재수 없어."

학생부장의 뒤통수를 보며 중얼거렸다.

"그래도 잘생겼잖아."

옆에 서 있던 혜수가 그거면 되지 않았냐는 듯이 어깨를 으쓱했다.

"차녹주, 너는 좋겠다. 앞으로 잘생긴 학생부장과 단둘이서 자주 만날 거 아냐."

"부러우면 나 대신 교육 상담받을래?"

"됐네요."

혜수가 혀를 쏙 내밀고 교실로 가 버렸다.

교육 상담은 오늘 오후부터 시작이다. 심신 소양 교육 후에 얼마나 반성했는지 파악하는 거다. 제기랄, 나는 하나도 안 변했어. 그리고 안 변할 거다! 얼굴에 대고 외쳐 버리면 학생부장은 뭐라고 할까? 재수 없게 빙긋거리는 얼굴이 구겨지는 상상을 하면서 키득거리며 웃어 버렸다.

하지만 학생부장을 약 올리려던 생각은 계획대로 되지 않았다. 프로그램 제작 수업 중에 꼬인 코딩이 제대로 풀리지 않은 탓이었다. 컴퓨터실로 찾아온 학생부장 얼굴을 보고서야 교육 상담을 까맣게 잊었음을 깨달았다. 이래저래 짜증 나서 앞문에 서 있는 학생부장을 무시하고 계속 코딩을 수정해 나갔다. 그런데도 또 오류가 났다. 씩씩대는 동안 학생부장이 컴퓨터실 안으로 들어왔다.

"종례에도 안 왔다고 들었다."

차분한 목소리였다. 고래고래 소리를 지르거나 화를 낼 줄 알았는데 의외였다.

"담임 선생님이 꽤 화가 나셨어. 복귀한 첫날부터 반항한다고."

"갔어도 화냈을걸요? 뭐든 트집 잡아서 화내니까."

"너도 마찬가지 아냐?"

짜증스럽게 고개를 들었다가 학생부장과 눈이 딱 마주쳤다. 심장을 압박해 오는 위화감. 뭐지? 이 위화감의 정체가 대체 뭐냐고!

"자료를 훑어봤어. 늘 화가 나서 무엇에든 화풀이해야 하는 학생이라지? 그래서 양육 로봇도 부숴 버린 거냐?"

말없이 학생부장을 노려보았다. 나의 눈빛과 분노 앞에서도 당황하지 않는다니. 이 선생은 정상이 아닌 것이 분명하다.

"사실은 후회하지 않아?"

학생부장이 컴퓨터실 캐비닛을 힐끔 쳐다보면서 물었다. 나는 지나칠 정도로 보기 좋은, 말하자면 황금비율에 가까운 학생부장의 이목구비를 가만히 노려보았다. 볼수록 뭔가 짜증스럽긴 한데, 다른 선생이나 애들을 볼 때마다 느끼는 짜증과는 다르다. 신경이 쓰인다고나 할까.

"양육 로봇을 왜 부쉈는지부터 말해 줄 수 있겠어?"

선생이 앞에 앉으면서 잔잔히 웃었다.

"씨발. 싫…."

눈이 마주치는 바람에 말도 맺지 못하고 입을 다물었다. 그리고 나도 모르게 훌쩍훌쩍 울기 시작했다. 태어나서 처음으로 사람 앞에서 무너진 나 자신이 무서웠다.

"미쳤구나?"

혜수가 어이없는 표정으로 나를 쳐다보았다. 혜수 손가락 사이에 끼워진 담배 끝에서 회색 연기가 하늘하늘하게 피어올랐다.

"그래서 다 털어놨어?"

고개를 끄덕였다.

"사고로 부서진 것이 아니라 화가 나서 막 때려 부쉈다고 고백했다고?"

"응."

"너, 사고로 부서졌다고 우긴 덕분에 심신 소양 교육으로 끝났잖아! 미쳤어. 미쳤어!"

혜수는 '미쳤어'를 계속 반복해서 말했다.

나도 내가 미쳤던 것 같다. 양육 로봇에게 폭력을 행사하면 특별 학교에 보내진다. 앞으로 끔찍한 범죄를 저지를 가능성이 크기 때문에 특별 관리 대상이 되는 것이다. 그런데 나는 양육 로봇을 아예 산산조각을 냈으니까 아주, 매우 특별한 관리 대상으로 분류될 가능성이 컸다. 진학과 취업이 제한되고 평생 감시받는 신세가 된다는 뜻이다.

"학생부장이 뭐래?"

"별말 안 했어."

혜수의 손가락에서 담배를 낚아채어 입에 물었다. 힘껏 빨아들인 후에 내뱉은 담배 연기가 허공에서 흩어졌다. 부드럽게 흩어지는 담배 연기를 보고 있으면 마음이 편안해진다.

"교육청에 보고하기 전에 학생부장에게 잘 보여. 반성하는 척이라도 하면 봐줄지 누가 알아?"

헤수가 담배를 건네받으면서 엄숙하게 충고했다.

"잘 생각해. 특별 관리 대상이 되면 네 인생은 이제 끝나는 거라고."

잘 보일 것도 없이 학생부장 앞에만 서면 반항할 기분이 사라져 버린다. 게다가 묻는 말엔 솔직한 말이 술술 나와서 당황스럽다. 어째서 그런지는 아직도 오리무중이다. 헤수의 말마따나 이 선생을 좋아하는 걸까? 힐끔 잘생긴 얼굴을 훔쳐보았다.

"녹주가 이렇게 얌전하게 상담받는 모습은 처음 봤네?"

담임이 약을 올리는 것처럼 생글생글 웃으면서 지나갔다. 한마디 던져서 속을 뒤집어 놓으려고 했는데 학생부장과 눈이 마주치는 바람에 그만뒀다.

"내가 양육 로봇을 일부러 부쉈다고 보고했어요?"

"교무실에서 그렇게 큰 소리로 말해도 괜찮을까?"

아차. 적진에서 약점을 드러내다니 방심했다. 하지만 다행히 수업 시간이라 자리에 있는 선생이 적었다. 게다가 나와 사이가 나쁜 선생은 주변에 보이지 않았다.

"보고할 거예요?"

"양육 로봇을 왜 부쉈는지 들어볼까?"

선생이 지그시 내 눈을 들여다보았다. 다른 선생들과 눈이 마주쳤을 때와는 전혀 다른 느낌이다.

"화가 났으니까…."

얼버무리는 내게 선생이 이해할 수 없다는 눈길을 보낸다.

"사실은 그러고 싶지 않았던 거 아냐?"

"뭔 소리래?"

고개를 돌리고 건방지게 피식 웃었다. 보통 선생 같으면 길길이 날 뛰었을 텐데, 학생부장은 침착했다. 살아 있는 부처님쯤 되나 보다.

"컴퓨터실 캐비닛."

학생부장이 뜻밖의 말을 내뱉는 바람에 고개를 홱 돌렸다. 짓궂은 표정으로 학생부장이 웃었다.

"그 안에 들어 있지?"

어떻게 알았을까. 어떻게, 컴퓨터실 캐비닛 안에 부서진 내 양육 로봇 루루가 들어 있다는 사실을 알았을까. 열쇠로 꽁꽁 잠가놨는데.

"솔직히 말한다면 특별 학교로 보내진 않아."

솔직하게 말하면 바보 멍청이 취급을 당할 거다. 어떻게 된 일인지 알면 다들 나를 비웃고 무시하겠지. 차라리 특별 학교에 가는 편이 낫다.

"솔직히 말해 주면 나도 내 비밀을 알려 줄게."

선생이 은밀하게 웃었다. 아니, 기분 탓일까.

선생의 비밀이 뭘까 생각하며 미간을 찌푸린 순간, 선생 앞에만 서면 느끼던 위화감의 정체를 깨달았다. 어째서 선생 앞에서만 터무니없게 솔직해졌는지도.

"캐비닛 안에 들어있는 루루의 메모리에서 나오는 신호를 감지한 거지? 선생은 사실….."

학생부장이 빙긋 웃으면서 손가락을 입술에 갖다 댔다.

"맞아. 로봇이다."

선생이 고개를 숙이고 귀에 속삭였다. 나는 선생 앞에서 두 번째로 울었다.

"루루, 사실은 좋아했어. 너무 좋아했어. 영원히 부서지지 않기를 바랐어."

내가 엉엉 소리를 내어 울면서 선생에게 안기는 바람에 학생부 음악 선생이 놀라서 벌떡 일어섰다. 학생부장은 가만히 나를 안고 등을 두들겼다. 등에 느껴지는 체온이 따뜻했다. 하지만 사람의 것이라고 하기엔 차갑다.

"아무래도 피부 항온계 기능이 떨어지는 것 같아."

훌쩍대면서 코를 팽 풀었다.

"베타 테스트 버전이니까."

학생부장이 조용히 대꾸했다. 음악 선생이 도무지 알 수 없다는 표정으로 우리를 쳐다보았다.

학생부장, 아니, 베타 테스트를 위해 학교에 보내진 안드로이드 선생 덕분에 루루의 외형은 말끔히 복원했다. 하드웨어 쪽엔 젬병이기 때문에 선생이 없었다면 이처럼 완벽하게 고치진 못했을 것이다. 하지만 메모리는 완벽하게 복원되지 못했다. 루루를 산산조각내면서도 메모리만은 부수지 않으려고 노력했었는데 일부 데이터는 영구 삭제되어 버렸다. 내가 세 살 때부터 일곱 살 때까지 함께했던 추억을 루루는 이제 기억하지 못한다. 가장 사이가 좋았던 시절이 메모리에서 사라진 것이다.

루루는 이제 내가 알던 루루가 아니었다. 추억뿐만 아니라 나에 대한 많은 데이터가 루루 안에서 사라졌다. 그래서 나의 행동과 말에 이전과 같은 반응을 보이지 않게 되었다. 따라다니면서 잔소리를 하고, 반항적인 내 말을 맞받아치던 루루는 단순한 반응만을 보이는 로봇이 되어 버렸다. 그 사실을 깨달은 나는 루루를 꺼안고 훌쩍훌쩍 울었다. 루루에게 미안했고, 루루가 그리웠다.

"부수지 말고 참지 그랬어?"

선생이 진심을 담아 말했다. 로봇은 언제나 진심이다. 그래서 로봇 앞에서만은 나도 진심으로 솔직해질 수 있었다.

"그때는 화가 났단 말이야."

"화가 난 거지 루루가 싫었던 것은 아니잖아."

정곡을 찌르는 말에 입을 다물었다. 사랑하지만 상처 입힌다는 모순을 로봇인 선생은 결코 이해하지 못할 거다.

"루루는 내 차에 싣고 가자. 무거워서 너 혼자 가져가진 못할 테니까."

선생이 보자기에 싸인 루루를 가볍게 안아 올리면서 컴퓨터실 문을 턱으로 가리켰다.

"그리고 그 배지는 빼지그래?"

문을 열어 주는 내 옷깃에 꽂힌 망치 배지를 보면서 선생이 말했다.

"학교에서 로봇 혐오가 얼마나 나쁜지 배웠잖아. 선생님들이 싫어할걸?"

"응."

"로봇을 싫어하지도 않잖아."

"응."

"그런데?"

"마지막 자존심이야."

베타 테스트 중인 로봇, 학생부장 윤청휘 선생을 학교에 배치한 기관은 과학기술부 인공지능개발과 산하 휴머노이드 연구팀이었다. 기밀에 가까운 중요한 이야기를 왜 내게 술술 말해 줬는지는 모르겠다. 부서진 루루를 복원하려고 몰래 감춰 둔 사실 때문에 나를 믿게 된 걸까? 로봇을 좋아하니까 로봇에게 해가 되는 일을 하지는 않을 것이라고.

설마.

우리나라 인공지능 기술이 거기까지 발전해 있다고 믿기진 않는다. 기존 정보 처리 속도를 30배 이상 빠르게 끌어 올리는 기술이 개발되면서 상향식 프로그램을 통한 로봇의 학습 속도는 현저히 빨라졌다. 아기가 주변 정보를 받아들이면서 지적으로 성장하는 속도보다 로봇의 지적성장이 조금 더 빠르다는 연구결과도 있다. 로봇이 인간을 넘어서고 있는 것이다.

로봇 파괴 운동가들은 언젠가 인류가 로봇의 노예가 될 거라고 한다. 이 사람들은 특히 인간과 구분되지 않는 외관을 가진 휴머노이드를 증오했다. 선생처럼 테스트 중인 휴머노이드가 습격당해서 부서지는 일이 자꾸 늘어난다.

"선생, 집에 안 가?"

아직 교무실에 남아 있는 학생부장을 찾아가서 불쑥 말을 건넸다. 반말 때문인지 학생부에 남아있던 선생들이 기겁하는 표정으로 쳐다보았다.

"아, 됐어요! 됐거든요!"

잔소리하려고 입을 여는 학생부 선생에게 짜증 난다는 얼굴로 소리쳤다. 학생부장이 알아서 하겠다는 손짓을 했다.

"화장 지워. 치마 길이가 교칙보다 3.4센티미터 짧으니까 내일 고쳐서 입고 와."

"학교 끝났거든요?"

"아직 학교 안이야."

"잘 모르나 본데, 인간 사회에는 융통성이 있어요. 규칙을 해석해서 적용하는 과정에서…."

"가자."

선생이 썩둑 말을 자르면서 가방을 들고 일어섰다. 학생부 선생들이 수수께끼를 풀고 싶은 표정으로 우리를 힐끔거렸다.

학교 밖으로 나온 선생에게 아이스크림을 사 달라고 떼를 썼다. 내키지 않는 눈치였다. 베타 테스트 중엔 다양한 경험을 통해 풍부한 데이터를 수집하는 것이 중요하다고 우겨서 결국 아이스크림을 손에 넣었다.

"요 앞 로터리에서 로봇 파괴 운동가들이 시위하고 있어."

선생이 사 준 아이스크림을 혀로 핥으면서 말했다. 선생은 고개만 끄덕였다.

"여기서 가까워."

"알아."

"로봇을 찾아내는 휴대용 검색기를 들고 몰려다닌대. 로봇이면 그 자리에서 부숴 버리는 거야."

"왜?"

"무서우니까."

"논리적으로는 이해되지만, 우리를 부술 정도로 인간을 밀어붙이는 강력한 마음이 어떤 것인지 직접 느낄 수 있으면 좋겠다. 현재 기술로는 불가능하겠지만."

로터리가 가까워질수록 로봇 파괴 운동가들이 외치는 목소리가 크게 들려 왔다. 수군대며 지나가는 사람들 때문에 마음이 불안해졌다. 헤어지는 길목에서 선생을 쳐다보았다.

"선생, 같이 가 줄까?"

걸음을 멈추고 물었다. 한발 앞서 있는 선생이 의아하게 나를 내려다보았다. 부드럽게 웃으면서 뻗은 손이 내 머리를 가볍게 쓰다

듣었다.

돌아서서 멀어져가는 선생의 뒷모습을 바라보았다.

좋아해, 선생. 진짜 좋아해. 루루 이후로 이렇게 좋아진 로봇은 선생이 처음이야.

코끝이 시큰거렸다.

로봇 파괴 운동가들의 시위는 나날이 격해졌다. 깡패처럼 떼로 몰려다니면서 상점이나 공관에 들이닥쳐서 로봇을 부수고 달아나는 사람들이 계속 늘어난다. 경찰이 출동하면서 울리는 사이렌 소리가 수시로 들려 왔다.

눈앞에서 로봇이 부서지는 광경을 하굣길에 몇 번이나 목격했다. 수준이 낮은 로봇들은 외관이 기계 같으니까 마음이 덜 아팠다. 하지만 인간과 똑같이 생긴 휴머노이드를 부수는 광경은 끔찍했다. 로봇임을 알면서도 구해 주려고 나서거나 그만두라고 소리치는 사람이 많았다.

이런 일이 늘어나면서 나를 혐오하는 선생과 친구도 늘어났다. 로봇 파괴 운동가임을 알리는 망치 배지 때문이었다. 몇 번이나 빼라는 주의를 들었지만 신념은 개인의 선택이라며 거부했다. 친구들에겐 휴머노이드를 부순 적이 몇 번이나 있다면서 거짓말로 으스댔다. 나를 혐오하면서 분해하는 표정이 견딜 수 없이 짜릿했다.

"차녹주! 야, 차녹주!"

매점에서 컵라면 하나를 해치우고 나오는데 남학생반 양오혁이 손짓을 했다. 모범생이자 우수생인 녀석이 왜 나를 부른대?

"진짜네? 너, 굉장하다."

양오혁 내 옷깃의 배지를 힐끔 쳐다보더니 살짝 교복 윗도리를 젖혀 보였다. 안 보이는 곳에 몰래 꽂은 망치 배지가 보였다.

"우리 학교에 스무 명 정도 있어."

오혁이 주변을 두리번거리면서 은밀하게 속삭였다. 숨어서 음흉한 짓을 벌이는, 참으로 모범생다운 스타일이 짜증스럽다.

"오늘 휴머노이드를 습격하러 갈 거야. 낄래?"

번들거리는 눈 뒤에 붙은 뇌로 무슨 생각을 하는지 빤히 들여다보였다. 불량하다고 널리 알려진 나를 끌어들여 비상시엔 모든 죄를 뒤집어씌운다? 인성이 쓰레기인 녀석이다.

"니들끼리 잘해 보셔."

코끝으로 비웃으면서 뒤돌아섰다.

"우리 학교 선생님 중에 로봇이 있대."

오혁이 다급하게 말했다.

"엄청나지? 교육 현장에 몰래 로봇을 집어넣다니 정부가 미친 거 아냐?"

걸음을 멈추고 오혁을 돌아보았다. 오혁은 레이저라도 쏠 기세로 쏘아보는 내 눈빛에 겁을 먹었지만 도망가진 않았다. 내가 로봇을 혐오하는 동지로서 정부에게 속은 일에 화를 내는 거라고 착각한 것 같다.

"누군지 궁금하지?"

오혁이 입술을 핥으면서 목소리를 낮췄다.

"학생부장이야. 윤청휘. 휴머노이드래."

오혁, 그 새끼의 음모를 선생에게 알려 주어야 하는데 학생부에 갈 때마다 번번이 선생과 엇갈렸다.

"학생부장님 어디 계십니까!"

다급하니까 정확한 존댓말이 튀어나와서 나도, 학생부 선생들도 기겁했다. 처음 듣는 완벽한 높임말에 놀란 선생들이 학생부장을 찾아 주려고 했지만 어디에도 보이지 않았다. 학생지도실과 남교사 휴게실 그리고 교장실까지도 찾아갔지만, 선생은 보이지 않았다. 그놈들이 말해 준 시간까지는 겨우 십 분이 남아있었다. 초조하게 그놈들이 모이는 학교 동편 쪽으로 뛰었다. 건물이 바로 벽과 마주하고 있어서 으슥하고 외진 곳이다.

무작정 달려가다가 학교 목공실을 보았다.

"아저씨, 아저씨!"

깊이 생각할 겨를도 없이 문을 벌컥 열고 들어섰다. 목공실 아저씨가 몰래 담배를 피우고 있다가 벌떡 일어섰다.

"쇠파이프 같은 거. 그, 왜, 있잖아요. 한 방에 아프지 않게 사람을 죽일 수 있는…. 아니, 아니. 이게 아니고. 그러니까 물건을 단번에 부술 수 있는 거요."

"너, 또 로봇을 부수려는 거야?"

목공실 아저씨가 눈을 동그랗게 떴다. 이런, 젠장. 이래서 평소 행실이 중요하다고 하나 보다. 결정적인 순간에 도와줄 사람이 없다니.

"딱 좋은 물건이 있지. 가볍고 위력이 대단한 쇠몽둥이."

갑자기 표정을 싹 바꾼 목공실 아저씨가 내 손에 무기를 쥐여줬다. 갑자기 왜 이러지? 아저씨 얼굴과 쇠몽둥이를 번갈아 보았다. 아저씨가 씩 웃으면서 점퍼의 목 부분을 살짝 뒤집어 보여 주었다.

"나도 들었어. 파이팅이다."

망치 모양 배지를 몰래 꽂은 점퍼의 목 부분을 원상태로 되돌리며 아저씨가 주먹을 불끈 쥐어 보였다. 놀랍다. 로봇 혐오는 어디까지 뻗어 있는 걸까. 그리고 얼마나 많은 사람이 자신의 로봇 혐오를 감추고 살아가는 걸까. 위선적인 내가, 인간이, 인류 전체가 너무 싫다.

쇠몽둥이를 들고 바람같이 달려서 한발 늦게 건물 동편에 도착했다. 선생은 벌써 몇 대나 얻어맞은 모양이었다. 몸체를 지탱하는 일부 기능이 소실되었는지 제대로 서 있지도 못했다. 주변을 에워싼 오혁과 패거리들이 느물느물 웃으면서 선생을 놀려 대고 있었다.

로봇은 정직하니까, 참으니까, 상대인 인간을 먼저 생각하니까, 진심을 숨길 줄 모르니까. 영원히 인간을 넘어서지 못할 것이다. 비틀대는 선생을 보는 동안 눈물이 핑 돌았다.

"야! 비켜!"

눈물을 닦고 박력 있게 소리쳤다. 놀란 오혁과 패거리들이 나를 돌아보고 자리를 비켰다. 선생이 나를 의아하게 쳐다보다가 쇠몽둥이에 시선을 멈췄다.

아냐, 선생. 그게 아냐.

마음으로 비명을 질러 보았지만 선생은 듣지 못한다. 내 눈에 그렁그렁 맺힌 눈물의 의미도 로봇인 선생은 전혀 모르겠지.

"인간의 이름으로!"

로봇 파괴 운동가의 구호를 외치면서 쇠몽둥이를 높이 들어 올렸다.

선생은 그 자리에서 산산조각이 났다. 겁을 먹은 오혁과 패거리들이 흩어지고 난 후에도 계속 선생을 내리치고 있는 나를 후배들이 발견하고 신고했다. 담임을 비롯한 선생들이 우르르 내려와서 말리는 동안에도 나는 계속 화를 내며 고함을 질렀다고 한다.

어쨌든 신분이 선생이었던 로봇을 때려 부순 사건은 저녁 뉴스에 대대적으로 보도되었다. 나는 당연하게도 학교에 더는 다니지 못하게 되었다. 학교를 떠날 때까지 내게 말을 거는 애는 단 한 명도 없었다. 혜수마저 그랬다. 좋아하는 선생이 로봇임을 알게 되어서 배신감 때문에 부쳤다고 생각하는 눈치였다. 혜수는 아마 죽을 때까지 낭만적일 것이다. 언젠가 예전처럼 친해지면 좋겠다.

선생들은 조금 의외였다. 어떻게 알았는지 루루를 복구한 일을 거론하면서 나를 선처해야 한다고 교육부에 탄원서를 넣었다. 성격이 더러워서 그렇지 나쁜 애는 아니라는 것이 탄원서의 핵심이었다. 내가 못살게 굴었던 선생 대부분이 탄원서에 서명했다고 한다. 나를 미워하면서도 사랑했던 것 같다.

탄원서 덕분에 특별 학교로는 가지 않게 되었다.

"어디로 가는 거야?"

부에노를 떠나는 차 안에서 무릎에 앉힌 루루가 물었다. 말할 때마다 잡음이 자꾸 섞인다. 좋은 재료를 구하게 되면 깨끗한 음성이 나오도록 고쳐야겠다.

"휴머노이드 연구소."

"특별 학교가 아니고?"

"로봇을 혐오하는 마음부터 고쳐야 한대. 휴머노이드 연구소에서 로봇에게 둘러싸여서 지내다 보면 로봇이 그리 위험하지 않은, 인류의 친구임을 알게 될 거라고 판사님이 그랬어. 게다가 나는 로봇 공학 분야에서 천재적인 두각을 나타낼 학생이니까 장래를 염려해서 그리로 보낸대."

루루가 웃는 소리를 냈다. 내가 만들어서 탑재한 감정 반응 코드가 반응하는 것이다.

"나를 몰래 빼돌린 일을 들키면 가벼운 처벌로는 안 끝날 거야."

목소리가 진지했다.

루루 안에는 선생이 들어 있다. 루루와 선생의 데이터를 합쳤으니까 루루이기도 하고 선생이기도 하다. 내가 세상에서 제일 사랑하는 로봇이다.

"아무도 몰라. 안 들키려고 일부러 산산조각냈어."

내가 나서지 않았다면, 오혁이 선생의 메모리를 완전히 부숴서 복구 불가 상태로 만들었을 것이다. 언젠가는 인성이 쓰레기인 그런 새끼에게 로봇이 반격하는 날이 왔으면 좋겠다.

"하지만 이건 범죄야."

로봇은 항상 진심이고 정직하며 상대인 인간을 배려하고 걱정한다. 모순이 없는 순수함 때문에 인간을 넘어서기는 힘들겠지.

"어휴. 잔소리. 시끄러워 죽겠어."

투덜거리면서 창밖을 내다보았다. 지금까지 알았던 길이 사라지고 새 길이 나타났다. 멀리까지 이어지는 길이 낯설지만 어디에 닿는지는 확실히 안다.

"연구소에서 제일 좋은 재료를 구해서 전보다 훨씬 멋진 몸체를 만들어 줄게."

팔을 창에 기댄 채로 턱을 괴고 있다가 불쑥 말했다.

"앞으로 내가 만들 전대미문의 로봇 운영 체제 프로그램을 선생에게 제일 먼저 탑재할게. 내가 생산할 로봇 군(群) 네트워킹 컨트롤 센터도 선생으로 할 거야."

"응."

선생이 무슨 뜻인지도 모르면서 내 진지한 음조에 반응했다. 그리고 이내 내 말의 논리적인 결함을 알았는지 반문했다.

"그런데 왜 내게 그런 일을 하려고 해?"

"선생은 베타 테스트용으로 딱 적합한 로봇이니까."

"어떤 면에서?"

루루의 모습으로 고개를 갸웃거리는 선생 때문에 피식 웃음이 새어 나왔다.

"설명해 봤자 로봇은 이해 못 해."

모순덩어리인 인간의 마음을 논리적으로 구현해서 선생에게 줄 수 있는 날이 반드시 오기를. 그래서 '제일 좋아하는 로봇이니까.'라는 논리를 초월적인 논리로 이해하게 되기를. 차가 연구실 정문에 멈춰 섰다. 나는 내리기 전에 옷깃에 꽂힌 망치 모양 배지를 떼어 냈다.

안드로이드 OM의 최초 개발자 차녹주 박사의 탄생 500주년을 기념하며.

(자료 제공: 고리 생화학 연구소 B46 연구실 및 안드로이드 OM 마스터 모델 청휘)

김주영(赤魚)

1997년 하이텔 과학소설 동호회에서 옴니버스 장편소설《나호 이야기》를 연재하면서 활동을 시작했으며, 같은 동호회 시삽(동호회장)을 역임한 바 있다.《열 번째 세계》로 제2회 황금드래곤 문학상 장편소설 부분을 수상했다. 단편과 장편, SF와 판타지와 라이트노벨 등 작품 길이와 장르에 구애받지 않는 방대한 작품 세계를 펼치며 꾸준히 새롭고 도전적인 시도를 멈추지 않는 작가이다. 사람 사이의 관계, 인생의 무게에 대한 진솔하고 따뜻한 접근, 무한한 스케일과 매력적인 이야기가 공존하는 작품세계로 독자를 매료시켜왔다. 최근에는 장편 SF 스릴러《시간 망명자》가 부산국제영화제 기간에 열리는 아시아필름마켓 북투필름 선정작에 포함된 바 있으며, 이 작품으로 제4회 SF어워드 장편부분 대상을 수상했다.

《환상문학웹진 거울》의 독자우수단편 2기 심사단(2009년 73호~2012년 111호)을 역임했으며, 2015년 143호부터 다시 독자우수단편 심사단에 합류하였다. 현재 거울 편집위원을 맡고 있으며, 2017년 3월부터 '한중 SF 문화교류 프로젝트'를 담당한 바 있다.

아이템 획득

김두흡(아이)

날씨가 미쳤다. 이제 4월인데 반팔 옷을 꺼내 입고 싶은 충동을 느꼈다. 세상이 어떻게 돌아가고 있는 건지 모르겠다. 이러다 겨울이 사라지기라도 하면 여러모로 귀찮아진다. 다른 사람들은 안 귀찮은가.

오늘은 월요일이다. 월요일은 귀찮은 날이다. 일주일 가운데 가장 귀찮은 날이다. 집에 가서 청소와 빨래를 해야 한다. 쓰레기도 버려야 하고.

집에 도착하면 시간은 거의 자정 가까이 된다. 물론 자정을 넘길 때도 있고 훨씬 일찍 도착할 때도 있다. 하지만 대부분은 자정이 다 되어서야 집에 도착한다. 그럼 밥 먹고 운동하고 씻고 빨리 자야 할 텐데, 그래서 다른 요일에는 별다른 일 없으면 집에 오자마자 밥 먹고 운동하고 씻고 자는데, 월요일은 그러면 안 된다. 청소와 빨래를 해야 하니까. 귀찮은 날이다.

오늘도 다른 때랑 비슷한 시간에 집에 왔다. 열두 시가 조금 안 됐다.

집에 들어설 때부터 뭔가 안 좋은 냄새가 났다. 더운 열기가 섞인 듯한 냄새가 훅하고 콧속으로 들어왔다. 한여름에 족발집 골목에서 풍기는 듯한 냄새, 살이 더위에 익어 가는 듯한 냄새.

청소는 일주일에 한 번씩 한다. 매주 월요일에.

청소할 때 집 안에 있는 쓰레기도 함께 버린다. 안 좋은 냄새가 날 리가 없다.

그런데 왜 날까.

밥부터 먹으려고 했는데, 불가피하게 계획을 수정해야만 했다.

청소를 먼저 해야겠지.

그렇다면 청소하기 전에 쓰레기부터 버려야 한다. 물론 쓰레기를 버리기 전에 세탁기를 먼저 돌려야 하고.

그러니까 순서는 간단하다.

빨래가 담긴 세탁기를 먼저 돌려놓고, 쓰레기를 버리고 와서 청소를 하면 된다. 참고로 세탁기는 베란다에 있다.

수정된 계획을 머릿속으로 한 번 정리한 다음, 베란다로 나가려고 문을 열었다.

훅.

더운 열기가 또 한 번 콧속으로 들어왔다. 살이 더위에 익어 가는 듯한 냄새. 역겨운 냄새.

아, 이게 다 미친 날씨 탓이다. 날씨가 미치지만 않았어도 베란다에서 이렇게 악취가 날 일은 없다. 경험에 비추어 봤을 때 그럴 일은 절대 없다. 적어도 4월까지는 일주일 동안 저렇게 내버려둬도 아무 문제가 없다. 그런데 갑자기 날씨가 이렇게 미치는 바람에, 나까지 미칠 지경이다.

혼란스럽다. 기껏 수정된 계획을 머릿속으로 정리까지 해봤는데, 다시 한 번 계획을 수정해야 했다. 세탁기를 돌리기 전에 쓰레기를 먼저 버려야 한다. 귀찮다.

양손으로 검은색 쓰레기봉투에 담긴 쓰레기를 집어 들었다. 조심스럽게 들려고 했지만, 쓰레기가 무거워서 팔이 조금 휘청거렸다. 그 바람에 악취가 또 한 번 훅하고 콧속으로 들어왔다.

현기증이 나서 하마터면 손에 들린 봉투를 놓칠 뻔했다.

역시 쓰레기다. 그것도 악취가 진동하는 쓰레기. 그래서 봉투 끝을 꽉 움켜쥔 채 화장실로 갔다.

화장실이 좁다. 좁아도 상당히 좁다. 그래서 쓰레기를 처리하기가 불편하다. 쪼그려 앉아서 작업해야 해서 움직임이 자유롭지 못하다. 그러다 보니 체력 소모도 크다.

방은 작아도 된다. 누울 공간만 있으면 된다. 하지만 화장실은 커야 한다. 쓰레기 처리 작업을 방에서 할 수는 없지 않은가. 왜 집 짓는 사람들은 그걸 모를까. 그 사람들은 혹시 쓰레기 처리 작업을 안 하나.

그날은 운이 좋다고 생각했다.

새벽 1시 정도 되었을까, 매봉역 근처 먹자골목을 어슬렁거렸다.

생각보다 길에 사람들이 많지 않았다.

이럴 리가 없는데, 이 시간이면 다들 술에 취해 비틀거리면서 2차, 3차를 외쳐야 정상인데, 계단에 쪼그려 앉아 자는 사람, 길바닥에 누워 자는 사람, 벽에 기대서 자는 사람, 친구나 동료의 등에 업혀서 자는 사람투성이여야 정상인데, 그날은 눈을 씻고 찾아봐도 그런 사람들이 안 보였다.

먹자골목을 몇 바퀴째 돌고 있는데도 안 보였다.

홧김에 술집에 들어가서 한잔할까 했지만 참았다.

한 푼이라도 아껴야 한다. 그래야 화장실 넓은 집으로 이사를 할 수가 있다.

오늘은 내가 날을 잘못 잡았구나, 그렇게 푸념하면서 버스 스테이션으로 갔다. 가서 심야버스를 타려고 벤치에 앉아 기다렸다. 기다리면서 혹시나 싶어 주위를 둘러보았다.

하, 이럴 수가.

신께 감사 기도를 드릴 뻔했다.

뒤쪽 화단 난간에 누군가 앉아 있었다.

왜 못 봤을까.

고개가 한없이 밑으로 가라앉는다. 가라앉았다가 다시 솟구쳤다가 다시 가라앉는다. 완전히 술에 취한 상태였다.

나는 벤치에서 일어나 화단 난간으로 갔다. 바로 접근하고 싶었지만, 혹시나 일행이 있을지도 모른다는 생각이 들었다.

일단 술 취한 여자와 삼 미터 정도 떨어진 곳에 앉았다. 앉아서 그녀를 힐끔힐끔 훔쳐보았다.

나는 독수리, 그녀는 허기에 지쳐 쓰러진 어린아이.

어린아이는 곧 의식을 잃을 것이다. 그럼 그때 덮치면 되겠지.

어느 전시회에서 본 기억이 나는데, 아무튼 지금 상황이 꼭 어린아이를 노려보고 있는 독수리, 그 사진 같다는 생각이 들었다.

아, 그때 갑자기 여자가 비틀거리면서 일어섰다.

원래는 의식을 잃고 쓰러져야 맞는 건데, 저 여자가 갑자기 왜 저럴까. 미쳤나.

일어서서는 어딘가로 비틀거리면서 걸어가고 있다. 목적지가 있어 보이지는 않는다. 앞을 바라보지도 않고 고개 푹 숙인 채 비틀비틀, 마치 춤을 추듯이 걸어가고 있다.

추기 싫지만 억지로 추듯이.

뭐야, 마치 살기 위해 몸부림치는 것 같잖아.

그러고 보면 참 신기하다. 제 몸 하나 못 가눌 정도로 술에 취했으면서도, 어째서인지 위험을 직감하고 도망치려 한다. 이런 경우가 종종 있다.

인간이란 참 대단하다.

발악이라는 불가사의한 힘을 갖고 있다.

여자는 비틀거리면서 건물과 건물 사이 좁은 길로 들어갔다.

좁은 길을 통과하니 제법 큰 골목길이 나왔다.

골목길을 따라 이백 미터 정도 걸어갔다.

그리고 거기에서 갑자기 왼쪽으로 방향을 틀었다.

비틀거리면서 걷다가 그렇게 갑자기 방향을 틀 수는 없는 건데.

나는 아차 싶었다.

방심하고 있었구나.

그녀는 아마 버스 스테이션에서부터 내 존재를 눈치챈 모양이었다. 그래서 일부러 더 술에 취한 척 행동했던 모양이다. 머릿속으로는 내 시야에서 벗어날 궁리를 하면서.

그러니까 춤추듯 비틀비틀 걸어갔던 것도 다 과장이었던 모양이다. 덕분에 나는 느긋하게 그녀의 뒤를 쫓지 않았던가. 그러지 않고 처음부터 그녀가 도망치려는 행동을 보였다면 어떻게 했을까. 아마 홧김에 그냥 죽였겠지.

살기 위해 몸부림치는 것 같다고 비웃었는데, 결국 그것이 성공했다.

그녀가 갑자기 방향을 틀어 들어간 곳은 파출소였다.

나는 원래 화장실 문을 안 닫는다. 볼일 볼 때도 안 닫고, 샤워할 때도 안 닫는다. 그래서 문을 아예 없애 버릴까 생각한 적도 있었다.

물론 쓰레기 처리 작업을 할 때도 안 닫는다. 그래서 화장실 문을 볼 때마다 번번이 없애 버릴까 생각한 적이 있었다.

필요 없는데 왜 달려 있는 거야.

하지만 안 없애기를 잘했다. 미친 날씨 탓에 이렇게 뜻하지 않은 상황이 발생하지 않았는가.

예상 밖의 상황, 전혀 생각하지 못했던 상황.

쓰레기에서 벌써 악취가 풍기는 믿을 수 없는 상황.

이제 일주일밖에 안 됐는데 말이다.

그러니 평소처럼 문을 열고 작업할 수는 없다. 그랬다가는 집 안 구석구석 악취가 밸 것이다. 밥 먹는 그릇에도, 이불에도, 옷에도. 그럼 밥 먹을 때도, 잘 때도, 옷을 입고 외출할 때도 나는 이 악취 때문에 연거푸 헛구역질을 하겠지.

몸속 내장이 한꺼번에 식도로 쏠릴 듯한 과격한 헛구역질.

이거 참 괴롭다.

쓰레기봉투를 바닥에 내려놓고 화장실 문을 닫았다. 이미 각오를 굳힌 상태라서 그런지 악취 때문에 기절하지는 않았다. 대신 놀랍게도 좁아터진 화장실이 평소보다 두 배나 넓어 보였다. 그래서 더 깊이깊이 악취를 들이마셨다. 하지만 더 이상은 넓어 보이지 않았다. 딱 두 배까지만. 그리고 기절 직전까지 갔다 왔다.

잠시 봉투 끝을 가위로 자를까 아니면 끈기를 가지고 매듭을 풀까 고민했다.

봉투는 총 세 겹이다.

우선 쓰레기를 검은색 쓰레기봉투에 담아서 묶었고, 그걸 다시 또 다른 검은색 쓰레기봉투에 담아서 묶었다. 그리고 마지막으로 100리터짜리 주황색 종량제봉투에 담아서 묶었다. 그렇게 총 세 겹.

그리고 쓰레기를 버릴 때는 웬만해서는 봉투 끝을 가위로 자르지 않는다. 묶었던 매듭을 일일이 푼다. 가위로 잘라버리면 더 이상 봉투를 못 쓰기 때문이다. 쓰레기를 꺼낸 뒤 깨끗이 씻어놓으면 다음에 또 사용할 수가 있다. 하지만 이번에는 그냥 가위로 잘라 버리기로 했다.

냄새 때문에 끈기 있게 매듭을 풀 자신이 없었다.

그래도 종량제봉투만이라도 매듭을 풀까 했지만, 그마저도 그만두기로 했다.

하려면 다 하든가 아니면 말든가.

귀찮으니까 이런 생각이 들었다.

가위로 종량제봉투 끝을 잘랐다.

두 배 반 넓어 보였다.

검은색 봉투를 잘랐다.

세 배 넓어 보였다.

오오, 세 배 반 넓어 보일 차례였다. 그래서 마지막으로 쓰레기가 담겨 있는 봉투를 잘랐다.

토막 낸 세 덩어리의 쓰레기.

다리는 하나뿐이었다.

행운은 예상치 못한 곳에서 찾아오는 법이다.

이메일 한 통이 눈길을 끌었다.

'커피를 좋아하는 사람들의 모임입니다. 매달 한 번씩 오프라인 모임도 갖고 있습니다. 유명 커피숍 순례를 위해서요. 커피 좋아하세요? 저희 카페에 초대합니다.'

커피 따위 좋아할 리 없다. 싫어한다. 내 돈 주고 커피숍 가서 커피 마셔 본 적도 없다.

나는 이메일에 적혀 있는 카페 주소를 클릭했다.

'커피홀릭'이라는 흔해 빠진 이름의 온라인 카페.

바로 가입 신청을 했다.

커피는 싫어하지만, 그렇다고 못 마실 것도 없다. 까짓거 마시면 된다. 대신 매달 한 번씩 사람들을 만날 수 있다는 게 어딘가. 아이템 획득 찬스다.

분명 아이템 획득 찬스이기는 한데, 그래도 커피 한 잔 가격을 보는 순간 피가 역류하는 느낌을 맛봤다. 한 잔에 8천 원.

이마트에서 파는 화덕피자가 하나에 8천 원 조금 넘는다. 맥도날드에 가면 상하이 스파이스 세트가 5천 원이다. 런치 타임 적용 시 500원 할인도 된다. 라지로 주문하면 500원 추가. 가게 근처 식당에 가면 '오늘의 점심'이 무조건 5천 원이다. 오늘은 닭볶음탕이었다. 나는 그걸 오늘 5천 원 주고 먹었다. 그러고 보면 화덕피자도 비싸고 상하이 스파이스 세트도 비싸구나. 하지만 피가 역류할 만한 수준은 아니다. 커피 한 잔 8천 원, 아, 피가 역류하다 못해 혈관을 뚫고 터져 나올 것만 같았다. 아이템 획득이고 뭐고, 여기 커피집 주인을 노릴까 하는 갈등에 휩싸였다.

"이 집은 좀 특이해요. 이미 눈치채신 분들도 있을 겁니다. 네, 메뉴가 딱 하나죠. 커피. 라떼나 카푸치노 이런 것도 없습니다. 에이드나 스무디 종류도 없고요. 그냥 커피 하납니다. 보시면 가게 안에 에

스프레소 머신도 없어요. 그러니 당연히 이 집에서 파는 커피는 아메리카노가 아니겠죠. 그리고 아메리카노라면 이렇게 비쌀 리도 없고요. 이 집은 핸드드립 커피만 팔아요. 그것도 예가체프 한 종류만요. 대신 어떤 날은 코케, 어떤 날은 이디도, 어떤 날은 콩가를 내려주세요. 핸드드립 도구는 칼리타 제품을 사용하시고요. 예가체프 좋아하시는 분들 많을 겁니다. 상쾌한 신맛이 일품이죠. 구수한 맛까지 더해져서 마시기에 편하고요. 다들 많이 드셨을 겁니다. 그러니 이곳 예가체프와 한번 비교해 보세요. …제 말이 더 길어지면 안 될 것 같습니다. 여러분들이 커피 맛을 느끼시는 데 방해가 되면 곤란하니까요. 그리고 커피를 드신 후에 잠시 사장님을 이 자리에 모셔 보도록 하겠습니다. 왜 예가체프만 고집을 하시는지, 왜 핸드드립 커피만 고집을 하시는지, 그 밖에 다른 궁금한 것들도 한번 여쭤 보도록 하겠습니다. 아, 오늘은 예가체프 콩가입니다."

카페 회원 수는 2만 명이 넘었지만 오프라인 모임에 참석한 사람은 나까지 포함해서 열 명도 안 됐다. 사는 지역이 각자 다르니 많은 사람이 참석할 수는 없었겠지. 그래도 회원 수에 비하면 너무 적었다.

당연히 적을 수밖에 없다. 카페 운영자라는 저 새끼의 말을 당최 알아들을 수가 없다. 핸드드립 커피라니, 그건 도대체 뭔가. 커피숍에서 파는 커피는 다 아메리카노 아닌가. 게다가 예가체프 한 종류만 판다니, 그럼 원래는 몇 종류를 팔아야 하는 것인가. 그리고 예가체프는 뭐란 말인가. 러시아 사람 이름 같기도 하고. 하지만 무엇보다 이해할 수 없는 건 커피에 신맛이 난다는 거다. 그것도 상쾌한 신맛. 어떤 신맛이 상쾌한 신맛일까. 그리고 커피는 쓰다. 신맛이 날 리가 없다. 그건 맛이 간 커피다. 커피도 상하는구나. 그런데 그걸 왜 8천 원씩이나 주고 마셔야 되지.

그냥 나가고 싶었다. 하지만 내 옆에 앉아 있는 여자 때문에 참았다.

아이템 결정.

아이템은 왼쪽 다리가 없었다. '커피홀릭' 회원으로 활동한 지는 꽤 된 것 같았다. 오프라인 모임에도 매번 참석하는 모양이었다.

다들 아이템과 가볍게 농담을 주고받았다. 그러면서 아이템이 나를 발견하더니, 방긋 웃으면서 신입 회원이냐고 물었다. 그렇다고 말했다. 반갑다면서 어떤 커피 좋아하냐고 물었다. 맥심커피 좋아한다고 말했다.

아이템은 자지러지게 웃었다. 너무 크게 웃는 바람에 중심을 잃고 왼쪽으로 쓰러졌다. 왼쪽 다리가 없으니까.

"아, 또 쓰러졌네. 저 좀 일으켜 주세요."

나는 아이템의 양쪽 겨드랑이에 손을 끼워 넣은 채 번쩍 일으켰다.

의도하지는 않았지만, 그 과정에서 내 엄지손가락이 아이템의 젖가슴을 눌렀다.

일어난 아이템이 내 얼굴을 수줍게 한 번 보고는 고개를 숙였다. 그러고는 중얼거렸다.

"감사합니다. 의외로 터프하시네요."

목소리가 갑자기 작아졌다. 자지러지게 웃던 모습과는 대조적이었다.

"옆자리 비었으면 저 거기 앉아도 돼요? 아, 저기, 싫으면 싫다고 하셔도 돼요. 죄송합니다."

아이템은 여전히 내 앞에서 고개를 숙이고 있었다.

"커피값이 8천 원이라서 그냥 가려고 했습니다. 돈 조금만 더 보태면 백 개짜리 믹스커피 한 봉지를 살 수 있거든요. 앉는 거 제가 도와 드릴까요, 말까요?"

"도와주세요."

장애인들은 보통 이런 상황에서 타인의 도움을 거절할 텐데, 아이템은 그러지 않았다. 그래서 도와줬다. 고개 숙이고 있는 아이템을 앞에서 번쩍 안아 올렸다.

"헉!"

깜짝 놀란 아이템은 목발까지 떨어뜨렸다. 다리가 하나 없어서 그런지 상당히 가벼웠다.

"가벼우시네요."

"다리가 하나 없으니까요. 아시면서."

중심을 잡으려고 팔로 내 목을 감싼 아이템이 피식 웃으면서 그렇게 말했다.

"저도 믹스커피 좋아해요. 달달해서 맛있어요. 포만감도 느낄 수 있고요. 솔직히 이 집 커피값 더럽게 비싸죠?"

마지막 말은 내 귀에다 대고 속삭이듯 말했다. 여전히 나한테 안긴 채로.

"아, 그러고 보니까 가족 말고 다른 사람한테 안긴 거 처음이네요. 뭐, 강제로 안기기는 했지만요."

"도와 달라고 했던 건 그쪽인데요."

"안아 달라고 하진 않았어요."

"아, 그렇다면 제가 실례를 범했는데요. 사과드려야 하나요?"

"실례 안 범하셨어요. 사과하지 마세요."

그렇게 해서 지금 아이템은 내 옆자리에 앉아 있다. 내 옷 소매를 꽉 붙든 채로.

"다른 데로 가지 마세요. 먼저 가지도 마세요. 이따 여기 나갈 때

저 또 안아 주세요."

그 말에 장난삼아 자리에서 일어서려 했다. 순간 아이템이 내 옷 소매를 더 꽉 움켜쥐는 걸 느낄 수 있었다.

"가지 마세요. 제발요."

목소리가 작았다. 게다가 고개까지 푹 숙이고 있어서 잘 들리지도 않았다.

"방금 뭐라고 하셨어요? 목소리가 작아서 못 들었어요."

내 말에 아이템이 잠시 머뭇거리다 숙이고 있던 고개를 들었다.

내 눈알을 똑바로 쳐다보았다.

"가지 마세요. 부탁이에요."

그러면서 아이템은 내 옷 소매를 자기 쪽으로 잡아당겼다.

이번에는 장난삼아 옷소매를 확 뿌리쳐 볼까. 그러면 무릎 꿇고 빌지도 모르겠는걸. 아, 다리가 하나라 무릎은 못 꿇겠구나. 재미없네.

"장난 한번 쳐 본 거예요. 다른 데 안 갑니다. 옆에 계속 같이 있을 거예요."

당신은 오늘의 내 아이템이니까요.

내 말이 끝나자마자 아이템이 내 팔을 꼬집었다. 아주 세게 꼬집었다. 오랫동안 꼬집었다.

아이템은 아귀힘이 굉장히 셌다. 아마도 목발을 자주 사용하다 보니 그렇게 세졌겠지.

아무튼 엄청나게 아팠다. 하지만 나는 꾹꾹 참았다. 이를 악물고 참았다. 신음소리가 새어나가지 않게 어금니를 좌우로 비틀면서 참았다.

아이템의 눈을 똑바로 바라보면서 참았다.

아이템도 시선을 돌리지 않았다.

내 눈알을 똑바로 쳐다보면서 계속 세게 꼬집었다.

살점을 뜯어낼 작정인가. 미친 건가. 그런데 왜 아이템은 얼굴을 계속 일그러뜨리지. 거의 울기 일보 직전인데. 어이, 이봐, 아픈 건 나라고. 정신 차려.

아이템과 나는 서로의 눈을 뚫어져라 쳐다보았다. 나는 아픔을 참으면서. 아이템은 울음을 참으면서.

아, 마침내 아이템이 꼬집는 걸 멈췄다.

"많이 아프셨어요?"

"당연한 거 아닙니까!"

"얼마나 많이 아프셨는데요?"

"그런 걸 어떻게 말로 표현합니까! 그냥 많이 아팠다, 그렇게밖에 표현 못 하는 거 아닙니까!"

"비유를 들어서 설명할 수는 있잖아요. 예를 들어서…."

잠시 뒤 주르륵. 아이템이 느닷없이 눈물을 흘렸다. 훌쩍이는 소리는 내지 않았다.

"…아프게 하지 마세요."

아팠던 건 난데, 지금도 꼬집힌 자리가 얼얼한데, 얘 무슨 소리 하는 거니! 그리고, 이봐 아이템, 옷 찢어지겠어! 그렇게 꽉 움켜쥐지 않아도 돼. 어차피 난 다른 데 안 가. 넌 오늘의 내 아이템이거든. 데려가야지.

어쨌든 아이템을 데려가야 하기 때문에 그냥 나가고 싶었지만 꾹 참았다.

"설마 커피에서 진짜로 신맛이 나는 건 아니겠죠?"

"진짜로 신맛이 나죠. 상했으니까요."

아이템은 별거 아니라는 듯 덤덤하게 말했다.

김치도 신 김치를 먹듯, 홍어도 삭힌 홍어를 먹듯, 커피도 상한 커피를 먹는 게 당연하다는 듯이 말했다.

그렇다면 커피도 발효 식품인가. 아니면 발효시킨 커피가 더 고급스러운 건가.

그러고 보니 어디선가 주워들은 것 같기도 하다. 와인 같은 고급스러운 신맛이 나는 커피가 있다고. 오랫동안 숙성시킨 커피였구나. 커피는 쓰기만 하다는 편견을 버리자.

드디어 주인아저씨가 커피를 가져왔다. 중절모를 쓴 주인아저씨. 실내에서 저런 걸 쓰고 있으면 십중팔구 그럴 만한 이유가 있어서다. 아마도 대머리겠지. 그래도 커피를 테이블에 내려놓고 돌아설 땐 중절모를 벗고 인사할 줄 알았다. 대머리인 걸 보여 주기 싫다면 최소한 벗는 시늉이라도 할 줄 알았다. 하지만 주인아저씨는 커피를 내려놓자마자 무언가에 쫓기듯 사라졌다. 내 기대를 저버렸다. 기분 상하게.

"그럼 일단 한 모금씩 드셔 보세요. 그리고 평소처럼 커피 맛에 대해 짧게 한마디씩 해 주시고요."

운영자의 말이 떨어지기가 무섭게 여기저기에서 후루룩 소리가 들렸다. 그리고 오! 오! 하는 감탄사가 이어졌다.

나는 아이템을 힐끔 쳐다보았다.

허리를 꼿꼿이 펴고 앉은 자세.

잔을 들고서는 바로 마시지 않는다.

지그시 눈을 감은 채 깊이 숨을 들이마신다. 커피 향을 맡는 것이겠지. 입꼬리가 살짝 올라간다. 향이 좋은가 보다.

혀로 입술을 살짝 훔친다.

그러고는 마침내 잔을 입에 갖다 댄다.

뜨거울 텐데도 후후 불거나 하지 않는다. 소리 없이 한 모금 입 안에 머금는다.

삼키지는 않는다. 2초, 3초, 4초째에 삼킨다.

삼킬 때도 역시 꿀꺽하는 소리 같은 건 내지 않는다. 또 2초, 3초. 그리고 4초째에 마침내 눈을 지그시 뜬다.

맛있다.

들리지는 않았지만 입의 움직임으로 알 수 있었다. 아이템은 그 렇게 말했다. 그러고는 보통 사람의 움직임보다 세 배 정도는 느리 게 잔을 테이블에 내려놓았다.

맛있다.

내려놓고는 또 한 번 그렇게 중얼거렸다.

얘네 아주 지랄들을 한다. 그렇게 눈까지 감고 천천히 마시면 더 맛있나! 만일 그렇다면, 그건 문제가 있는 거다. 그냥 뜨거운 물 후 후 불어 마시듯이 마셔야 한다. 그렇게 마셨을 때 맛있어야 한다. 그 런데 그렇게 천천히 마셔서야 원, 언제 커피 한 잔을 다 마시려고. 마실 때마다 매번 그렇게 눈 감고 느릿느릿, 말도 안 된다. 상상만 해도 숨이 턱턱 막힌다.

"왜 안 마셔요?"

"숨이 막, 아니, 조금 식으면 마시려고요."

"쳇, 믹스커피 좋아한다는 거 순 거짓말이었죠?"

"거짓말 아닌데요."

"완전 커피 마니아면서. 커피 오타쿠. 그런 사람이 믹스커피를 좋 아할 리 없잖아요!"

"저 커피 오타쿠 아닌데요."

"네, 네, 그런 사람이 어떻게 커피는 조금 식었을 때 마셔야 제대로 맛을 느낄 수 있다는 걸 알죠? 먼저 마셔 버린 제가 괜히 창피해지네요. 그래도 어쨌든 커피 오타쿠의 예가체프 평을 듣고 싶기는 하네요. 기대돼요. 그것도 엄청나게."

아이템은 마지막 말에 힘을 주었다.

나는 커피 잔을 들었다. 그리고 소주를 입안에 털어 넣듯이 단숨에 마셨다.

나는 원래 소주를 이렇게 마신다. 소주잔에 담긴 소주든 물 잔에 담긴 소주든 마찬가지다. 한 번 집어 든 잔은 절대 안 꺾는다. 입안에 다 털어 넣는다.

물론 그러다 몇 번 토한 적은 있다. 하지만 토 안 한 적이 압도적으로 많다.

그런데 이 커피 이름이 뭐였더라. 러시아 사람 이름 같았는데. 러시아 사람이 최초 발견잔가. 어이, 이봐 아이템, 왜 갑자기 그렇게 노골적으로 쳐다보는 거야. 눈알 빠지겠네. 너무 크게 뜨고 있다고.

"덜 식었다. 뇌까지 찌릿찌릿해. 갈비뼈는 완전히 오그라들었고. 어우, 죽는 줄 알았어. 커피는 소주처럼 마시면 안 되는구나. 특히 덜 식은 커피는 절대 안 돼."

아이템이 또 자지러지게 웃었다.

"태어나서 커피 그렇게 마시는 사람 처음 봤어. 멋있다. 나도 한번 해 보고 싶어. 할 수만 있다면. 물론 할 수 없겠지만."

"진심이야? 진짜로 해 보고 싶어?"

"응, 진심이야. 해 보고 싶어. 하지만 난 그럴 용기가 없어서 못 할 거야."

"그건 걱정하지 마."

그래서 집에 들어갔다가 다시 나왔다. 어디 가냐고 묻기에, 커피

사러 간다고 말했다.

집 근처 커피숍에서 뜨거운 아메리카노를 여덟 잔 샀다. 더 사고 싶었지만 여덟 잔 이상은 들고 가기가 힘들다고 해서, 그것만 샀다.

아이템이 눈을 동그랗게 떴다.

"커피를 왜 이렇게 많이 샀어?"

그러면서 한 잔을 손에 쥐고 마시려고 했다. 감히 내 허락도 없이. 그래서 나는 일단 커피부터 뺏었다.

쏟아지면 안 되니까.

그런 다음 발등으로 정확하게 아이템의 턱을 걷어찼다.

그 충격으로 아이템의 머리가 뒤로 휙 젖혀지면서 쿵 하고 방바닥을 찍었다.

내려다보니 눈알이 돌아갔다. 흰자위밖에 안 보였다.

"내가 먹여 주려고 했단 말이야."

나는 아이템의 머리를 들어 올렸다. 뒤통수가 끈적거렸다.

"입 벌려."

아이템은 입을 안 벌렸다. 아직 숨이 붙어 있으면서 말을 안 듣는다.

"그럼 또 찰 거야. 대신 더 세게 찰 거야."

그 말을 듣자마자 아이템이 입을 벌렸다.

"더 크게 벌려야 돼."

아이템이 입을 더 크게 벌렸다.

"넌 용기가 없잖아. 그래서 내가 도와주려는 거야."

나는 아직 덜 식은 커피를 아이템의 입에 들이부었다. 너무 과격하게 들이부은 탓에 콧속으로도 많은 양의 커피가 들어갔다. 그래서 아이템은 연거푸 기침을 해 댔다.

아이템이 기침을 하건 말건 나는 두 잔째, 석 잔째, 넉 잔째 커피를 들이부었다.

사람은 해 보고 싶은 건 해 보고 죽어야 하니까.

아, 생각났다. 예가체프. 예가체프로 사 왔어야 했는데. 이건 이름이 뭔지 모르겠네.

일단 쓰레기를 화장실 바닥에 쏟아부었다. 봉투에도 냄새가 배서, 그냥 버리면 도덕적으로 문제가 있다.

악취가 나는 쓰레기는 버릴 때 신경을 써야 한다. 냄새가 최대한 새어나가지 않도록 단단히 봉해야 하고, 쓰레기봉투가 너무 더러워도 안 된다. 그리고 해가 완전히 진 다음에 버려야 한다. 안 그러면 벌금을 물게 된다.

쓰레기 버리기가 점점 까다로워지고 있다. 그만큼 사람들이 쓰레기를 많이 버린다는 얘기겠지.

아, 그러고 보니 봉투 끝도 이미 가위로 잘라 버렸구나.

어차피 쓸 수가 없다.

해는 지금 완전히 졌다.

쓰레기봉투만 깨끗한 걸 꺼내면 된다.

하지만 내 기억으로는 지금 집에 100리터짜리 쓰레기봉투가 없다.

집에 올 때 사 왔어야 했는데, 며칠 전부터 생각하고 있었는데, 오늘도 역시나 깜빡하고 말았다. 그러고는 꼭 집에 와서야 생각이 난다.

게다가 주머니에는 현금도 없고 카드도 없다. 특별히 뭔가 사야 할 게 없으면 카드도 가게 금고에 넣어놓고 온다. 그래도 혹시나 하는 마음에 주방 싱크대 서랍을 뒤져 보았다.

있을 리가 없다. 대신 이마트에서 물건 살 때 담아 준 20리터짜리

파란색 쓰레기봉투가 몇 장 있었다. 꺼내서 펼쳐 보니 제법 컸다.

저 쓰레기를 다 담으려면 봉투가 몇 장 필요할까! 세 장이면 되려나!

아, 세 장이든 네 장이든, 그게 문제가 아니다. 쓰레기가 봉투에 안 들어간다. 정말 미치겠다. 빨리 버리고 나서 다른 거 해야 하는데. 그래야 늘 자는 시간에 잘 수 있는데. 안 그러면 내일 엄청 피곤해지는데. 이런, 이런.

아, 쓰레기 세 덩어리. 처음에 이 쓰레기를 세 덩어리로 만들었듯이, 덩어리를 더 작게 나누면 되잖아. 여섯 덩어리, 일곱 덩어리, 뭐 아무튼 저 작은 봉투에 들어갈 수 있게만 하면 되잖아. 굉장한데, 이런 걸 다 생각해 내고.

그래서 쓰레기를 봉투 세 개에 나눠 담는 데 성공했다. 손이 좀 지저분해졌지만, 크게 신경이 쓰이지는 않았다.

물로 대충 화장실 청소를 한 뒤, 쓰레기를 들고 밖으로 나갔다가 다시 들어왔다.

생각해 보니 차를 좀 먼 곳에 세워 놓았다. 거기까지 저 쓰레기를 들고 갈 수가 없다. 가다가 힘이 빠져서 쓰레기를 봉투째 바닥에 떨어뜨릴지도 모른다.

내가 그런 적은 없지만, 그런 사람을 본 적이 있다. 땅에 떨어지면서 쓰레기봉투가 터지는 바람에, 안에 있던 쓰레기가 고스란히 쏟아졌다. 인상이 그렇게 더럽지는 않았는데, 그러니까 쉽게 말을 걸 수 있을 정도로 착해 보이는 인상이었는데, 쓰레기봉투가 터지는 순간 어찌나 심하게 욕을 해 대던지, 듣는 내가 다 놀라서 기절하는 줄 알았다. 세상에 뭔 욕의 종류가 그렇게나 많은지, 그리고 또 저 사람은 그걸 어떻게 다 알고 있는지, 생긴 것으로 봐서는 아직도 자기 전에 반드시 동화책을 읽을 것만 같은데, 역시 사람은 외모로 판단하면 큰코다친다.

아무튼 그때 그 사람은 별의별 욕을 다 해 대면서 땅바닥에 쏟아진 쓰레기들을 치웠다. 집에서 물을 받아 와, 물청소까지 했다. 물은 정확히 열세 번 퍼다 날랐다. 물론 입으로는 쉴 새 없이 욕을 해 대면서.

물론 나 역시 그렇게 열심히 물청소를 했겠지. 흔적을 최대한 지우려고 했겠지.

그렇게 해도 당연히 벌금은 물어야 한다. 하지만 벌금이 문제가 아니다. 이건 도덕적인 문제다.

길바닥에 쓰레기를 쏟았는데 안 치운다는 건, 아, 정말이지 남을 배려할 줄 모르는 아주아주 몰상식한 인간이다. 손가락질당해 마땅하다. 쌍욕을 들어도 할 말 없는 거고.

집에 들어가서 자동차 열쇠를 들고 나왔다. 쓰레기 버릴 때나 이용하는 차, 그래서 없어서는 안 될 보물이다.

쓰레기를 차 트렁크에 실은 뒤, 멀리 쓰레기장이 있는 곳으로 출발했다.

이 쓰레기는 아파트 입구 앞에 있는 음식물 쓰레기통에 버리면 안 된다. 이건 먹다 남은 음식물이 아니니까, 거기에 버리는 건 역시나 도덕적으로 문제가 있다.

그런데 참, 이런 상황은 또 도덕적으로 문제가 있다고 해야 할지, 아니면 없다고 해야 할지. 이런 경우는 처음이라 좀 어리둥절하다.

쓰레기장에 가다가 사람을 치어 버렸다. 골목길에서 갑자기 튀어나오는 바람에 어쩔 수가 없었다. 오른쪽 발은 엑셀을 밟고 있었다.

그래서 브레이크를 밟기가 귀찮았다. 그냥 액셀을 더 꽉 밟아 버렸다.

퉁.

그 사람은 차 앞범퍼에 받혀 튕겨 나갔다. 그것도 하필이면 내 차의 진행 방향으로. 그래서 또 그냥 밟고 지나갔다.

즉사했을 것이다.

밟고 지나가면서 생각했다.

치워야 하나, 말아야 하나. 안 치우면 도덕적으로 문제가 있는 것인가.

아마도 그렇겠지. 길바닥을 더럽혔으니 당연히 벌금은 물어야겠지.

김두흠(아이)

대학에서 문예창작을 전공했으며, 거울 8호에 〈진화하는 장난감〉을 실으며 필진에 합류했다. 2018년 중국 미래사무관리국이 운영하는 온라인 소설 플랫폼에 SF단편 〈사이보그가 되세요(欢迎成为生化人)〉를 번역 게재했다. 작품집 《한국 환상문학 단편선 2》에 단편 〈1억 원〉(시작, 2009), 《아빠의 우주여행》에 단편 〈애니멀 201〉(황금가지, 2010)이 수록되었다.

구제신청서

이서영(앤윈)

이유 요지

위 본인은 직원으로서 사규를 준수하고 맡은 바 책임과 의무를 다하여 복무하였음에도 불구하고 본인만의 잘못이 아닌 다양한 요인으로 인해 업무상의 과실이 발생하게 된 바, 이에 대해서 징계하는 것이 부당함을 호소합니다.

이유 진술

제가 처음 데려가기로 정해진 혼백은 서울시 종로구 평창동에 위치한 자택에 있던 71세 이윤령의 혼백이었습니다. 나이를 보면 아시겠지만 이윤령은 충분히 나이를 먹을 만큼 먹었고 그다지 큰 원한이 있는 혼백도 아니었습니다. 저는 이 혼백을 데려오는 데에 애를 먹을 것이라고는 조금도 예상하지 못한 상태였습니다. 그 이전에 교통 사고로 죽은 32세 남자의 혼백을 데려오려고 하는데 이 남자가 느닷 없이 실연에 대한 원한을 호소하여 그 원한을 풀어 주느라 쌔빠지게 고생을 한 저를 안타까이 여긴 염라대왕님께서 다음에는 좀 편한 혼 백으로 건네주겠다는 언질을 하신 바도 있었기에 당연히 이윤령은 아주 쉽고 편하게 저를 따라올 할머니 혼백이라는 확신이 있었습니 다. 저는 별다른 준비도 하지 않고 가벼운 마음으로 이윤령의 혼백 을 잡으러 내려갔습니다.

내려오는 길에 대충 이윤령이 어찌 산 인간인가를 훑어보았더니 여러모로 불쌍한 삶을 산 여자였습니다. 어릴 때의 궁핍이 성격에 영향을 끼쳤는지, 지나치게 돈을 밝히면서 산 데다가 돈 때문에 일 가족을 살해한 이력까지 있는 여자였습니다. 이윤령이 살해한 사람 중에는 여섯 살배기 아이도 있었습니다. 그 이후에 특별히 악행을 저지르지는 않았지만 아무래도 이 죄만으로도 극락왕생하기는 어려 운 혼백으로 보였습니다. 특별히 도를 닦은 이력도 없고 회개를 위 해 애를 쓴 이력도 없었습니다. 어쨌든 규정은 규정이니 극락을 못 갈 거라는 고지는 해야 했습니다.

말이 나왔으니 말인데, 저는 이 일을 500년 동안 하면서 어떤 죄 인에게도 반드시 당신은 극락에 갈 수 없다는 고지를 해 왔습니다. 적당히 속여서 데려온 다음 어정쩡하게 지옥에 밀어 넣으려다가 혼 백이 이의를 제기해서 온갖 재판으로 염라대왕님을 고통스럽게 하 는 일은 한 번도 저지른 적이 없습니다. 저와 가장 친한 삼돌이 녀석 이 김영삼이라는 놈에게 아마 대규환지옥에 갈 확률이 제일 높지 않 겠느냐고 괜히 성실하게 고지했다가 벌써 2년 동안 혼백을 못 데려 가고 개고생을 하고 있는 걸 보면 이게 얼마나 힘든 일인지 다 아실 것입니다. 염라대왕님도 저의 이 성실함과 충성심을 아시면서 어떻게 제게 이렇게 하시는지 알 수가 없습니다.

아무튼 고지를 해야 한다는 게 좀 마음에 걸리기는 했지만 이윤령의 시간이 얼마 남지 않았기에 저는 서둘러 평창동으로 출발을 했습니다. 삼돌이처럼 멍청하게 어느 지옥인지까지는 말하지 않아야겠다고 생각도 하면서요. 혹시나 해서 덧붙이는 말인데 거기까지 고지하라는 규정은 없습니다.

이윤령의 집은 아주 좋더군요. 커다란 대문과 높은 담장, 외제차가 두 대나 든 차고가 있었습니다. 솔직하게 말하자면 이 일을 하면서 아주 찢어지게 가난한 집 혼백은 데려오기가 좀 더 껄끄럽습니다. 가난한 쪽이 아무래도 나쁜 일도 많이 하게 되니 지옥에 가는 비율도 더 높고 괜히 미안하기도 하고…. 순순히 따라오는 건 가난한 쪽이 더 많기는 하지만 혹여 버티기라도 하면 참 마음이 안 좋아집니다…. 그에 비해서 이렇게 떵떵거리며 사는 쪽은 비교적 극락에 가는 비율이 높은 데다가(물론 지옥에 가게 되면 정도가 센 지옥에 떨어지긴 하죠) 좀 버티더라도 기다리는 마음이 편합니다. 어쨌든 살면서 좋은 거 먹고 좋은 데서 자고 하지 않았습니까. 먹고 죽은 귀신이 진짜 때깔도 더 좋다는 건 우리 모두 아는 사실 아닙니까.

그래서 마음 편하게 들어가려고 하는데, 분위기가 좀 이상했습니다. 분명 이윤령은 가족이 없었고 혼자 살고 있었으며 돈이 많기는 하지만 친구가 많다거나 그런 것도 아니라고 기록되어 있었습니다. 기록관 이름을 확인해 봤는데, 저와 300년이나 같이 일한 사람이었습니다. 이 친구는 이런 종류의 기록을 실수할 만한 친구가 결코 아니었습니다. 몇 걸음 더 내딛자 수상한 분위기가 좀 더 강해졌습니다. 또 다른 무엇인가가 있었습니다.

개? 친구? 원혼? 요괴? 가능한 모든 경우의 수를 떠올리면서 저는 상당히 조심스럽게 담벼락을 통과했습니다. 좀 더 조심해서 부적을 많이 들고 올 걸 그랬다는 후회도 약간 하기는 했습니다. 하지만 이 것을 제 준비 부족이라고 치기에는 이윤령이 71세였고 기록에 특별한 원한이 없었다는 걸 염두에 두어야만 합니다.

기운은 점점 강해지고 있었습니다. 그리고 저는 집 안에 들어서자마자 숨이 턱 막혀서 가슴을 부여잡았습니다. 원한의 기운이 온 집 안에 소용돌이치고 있었습니다. 아주 강한 정념의 원혼이 틀림없었습니다. 대충 느껴도 몇십 년 동안은 원한이 풀리지 못한 것 같았습니다. 도대체 이 집 어디에 그 원혼이 숨어 있는 것인지 알 수 없어 저는 아주 조심조심 발걸음을 옮겼습니다. 괜히 쓸데없이 들쑤셔서 망하지 말고 얼른 이윤령의 혼백만 찾아내서 올라가 버릴 생각이었습니다. 그런데 원혼의 기운을 피하면 피할수록 이윤령의 기운도 없어져 버리는 것이었습니다. 원혼이 이윤령에게 철썩 달라붙어 있지 않은 한 그럴 리가 없을 텐데.

설마설마하며 부적을 움켜쥐고 이윤령의 혼백보다 훨씬 강한 기운을 뿜고 있는 원혼의 혼백 쪽으로 이동하기 시작했습니다. 여차하면 바로 숨거나 도망갈 생각까지 하고 있었죠. 2층의 침실 앞에 섰을 때, 원혼이 이윤령과 함께 있는 것은 더할 나위 없이 명확해졌습니다. 복잡한 상황이었습니다. 만약 이윤령의 혼백을 같이 구천을 떠돌게 하기로 마음먹은, 이윤령에게 살해당한 원혼이라면? 그렇게 된다면 저 혼자서는 해결이 안 될 상황인 것도 분명했습니다. 하지만 이 상태로 계속 대치를 할 수도 없는 일이었습니다. 다른 저승사자들을 데리고 오려고 해도 당연히 보고를 할 만한 상황을 확인해야 했습니다. 저는 규칙을 함부로 어기는 그런 망나니가 아닙니다.

조심스럽게 벽 안쪽으로 들어가자 침대에 누워서 가까스로 혼백을 붙들고 있는 이윤령의 육신이 보였습니다. 그리고 그 옆에 누가 봐도 음산하고 피맺힌 기운으로 똘똘 뭉친 원혼이 꼿꼿한 자세로 앉아서 이윤령을 내려다보고 있었습니다. 역시. 아무 장치도 없어서 곧바로 확인하긴 어려웠지만 원한의 파장으로 보았을 때 분명 살해당한 원혼이었습니다. 하지만 자신의 살해 자체에 대해서 저 정도의 원한을 품기는 쉽지 않을 정도였습니다. 분명 살해는 표면적인 상황일 뿐이고 훨씬 더 심한 원한의 근거가 있을 것이었습니다. 거기다가 이윤령을 저렇게 내려다보고 있다면 분명 이윤령의 혼백에 해코지를 할 마음을 먹고 있는 것이었습니다. 누구라도 그렇게 생각했을 것입니다. 이건 제 500년 경험상 아주 상식적인 판단이었습니다.

저는 천천히, 그러나 위엄 있게 이윤령의 육신 옆으로 갔습니다. 제발 원혼이 방해하지 않기를 바라며. 물론 부질없는 희망이었지만요. 녹취가 있는 것은 아니지만 저의 기억에 따르면 저는 이윤령의 혼백을 향해 이렇게 말을 했습니다. 옆에 있는 원혼을 매우 신경 쓰고 있었으므로 말이 좀 떨렸을 수도 있습니다.

"갑신년 무진월 정미일생 이윤령, 시간이 다 되었으므로 을미년 경진월 기사일을 기하여 자네의 혼백을 염라대왕 앞으로 인도하겠네. 살아가면서 있어 왔던 자네의 죄질이 썩 좋지 못하여 극락에 가기는 어려우니 염라대왕 앞에서 심판을 기다려야 할 것이네."

그렇습니다. 저는 아주 정석적이고 당연한 말들만 하였습니다. 굳이 원혼이나 데려갈 혼백을 자극하는 말은 한마디도 하지 않았습니다. 그런데 문제는 그다음에 일어났습니다. 옆에 가만히 앉아 있던 원혼이 벌떡 일어나서 눈을 벌겋게 빛내며 저를 쏘아보기 시작한 것이었습니다. 뻔한 이야기였습니다.

가장 이상적인 방법은 굳이 싸우지 않고 이 원혼을 먼저 잘 달래서 저승으로 보낸 후에 이윤령을 데려가는 것입니다. 원혼이라고 해서 구천을 떠돌고 싶어 떠돌고 있는 것이 아니므로 이런 극단적인 상황에서는 오히려 잘 달래면 저승으로 잘 따라오는 경우도 상당수 있습니다. 제가 상황 판단을 잘못했다고 한다면 그럴 수도 있을 것입니다. 그냥 돌아가서 다른 저승사자들을 우르르 끌고 와서 원혼에 매타작을 때리고 끌고 갈 수도 있었겠지요. 하지만 웬만한 저승사자라면 그걸 하고 싶어 하지 않는다는 것은 저승에 있는 삼척동자도 알고 있습니다. 그렇지 않아도 원혼이 되어 있는 가여운 혼백들을 굳이 왜 때리고 싶겠습니까. 자기가 원해서 된 것도 아닐 텐데 말입니다. 게다가 가능하면 그렇게 하라고 늘 교육을 받아 오지 않았습니까.

그리고 그렇게 판단한 것은 단순히 싸우기 싫다는 제 욕망 때문만은 아니었습니다. 원혼은 분명 상당히 깊은 원한을 가지고 있었지만 그렇게 체구가 큰 편은 아니었고, 생전에도 여성인 만큼 썩 좋은 완력을 가지고 있지는 않았으며, 이윤령에 대한 연민의 기운도 분명히 공존하고 있었기 때문이었습니다. 가까이에서 보니 이 연민은 거의 원한과 일대일 정도라고 해도 될 정도의 강한 에너지였습니다.

원혼은 아무 말도 않고 입을 꾹 다물고 저를 노려보고 있었습니다. 무언가 하려는 말이 있는 것 같아서 저는 한참을 기다렸지만 한 식경이 지나도록 원혼은 그저 입을 달싹거릴 뿐이었습니다. 저는 원한이 너무 강해서 입을 못 열게 되어 버린 종류의 원혼이라고 짐작하였습니다. 그래서 먼저 물었지요.

"내가 이윤령의 혼백을 데려가는 것이 마땅치 않은가?"

원혼은 고개를 끄덕였습니다.

"이윤령이 저승으로 가는 대신 자네 같은 원혼이 되어 구천을 떠돌길 바라는가?"

원혼은 고개를 들어 저를 바라보며 두 손을 앞가슴에 가지런히 모았습니다. 처연한 표정으로 고개를 살래살래 흔들었습니다.

"그러면 왜 이윤령의 혼백을 데려가지 못하게 하는가?"

원혼은 다시 저를 묵묵히 바라보기 시작했습니다. 무언가 요구하고 있다는 것은 틀림없었고 이 요구를 들어주고 나면 원혼은 이윤령의 혼백을 놓아줄지도 모르겠다는 생각이 점점 강하게 들었습니다. 그리고 원혼은 천천히 침대 옆에 있는 카펫 한쪽에 자리를 잡고 앉았습니다. 저는 원혼에게서 눈을 떼지 않고 원혼의 맞은편에 함께 앉았습니다. 매우 고급 카펫이었습니다. 무늬가 아름다웠고 보드라워서 저는 앉으면서부터 조금 기분이 좋아졌습니다. 원혼은 제가 자리에 앉는 것을 보더니, 손을 뻗었습니다.

하. 지금 생각해도 어이가 없습니다.

원혼의 손을 따라 서랍장이 열리자 서랍장에서 툭 튀어나온 것은 다름 아닌 화투장이었습니다. 원혼은 아주 편안하고 익숙한 자세로 카펫에 앉아서 화투장을 섞기 시작했습니다. 정확히 말하면 원혼은 손가락 하나 까딱하지 않았고 허공에서 화투장이 규칙적으로 섞이기 시작한 것이지만요. 다 섞인 화투장은 고스란히 제 앞에 떨어졌습니다. 패를 떼라는 것이었습니다.

다들 아시지 않습니까. 저승사자가 보이는 이들은 데려가야 할 혼백을 두고 겨룰 수 있다는 사실을 말입니다. 요즘에 와서야 저승사자를 볼 줄 아는 사람들의 수도 점점 줄어 가고 있으니 거의 일어나지 않는 일이지만, 예전에는 씨름도 했고 달리기도 했었지요. 하지만 지금은 2015년입니다. 저승사자와 겨루는 대신에 산소 호흡기를 비롯한 온갖 물건들을 동원해서 버틸 때까지 버티다가 따라오는 시대 아닙니까. 까놓고 이게 저승사자가 보이는 이들에 대한 입막음용으로 시작된 거지, 원혼에게 저승사자가 보이는 건 너무 당연한 것 아닙니까? 원혼이 혼백을 두고 겨루기를 청해 오다니요! 이건 상황 그 자체가 반칙입니다!

거기다 원혼은 기본적으로 미등록 혼백이므로 치외법권에 있고, 놓치면 곤란한 존재입니다. 정말이지 뭐 이렇게 골 때리는 상황이 생기나, 대체 내가 뭘 잘못했다고 이 지경이 되어야 하나, 별의별 생각이 머릿속을 지나가더군요. 어쩌겠습니까. 지금 이 원혼을 때려잡을 자신은 없고, 놓쳤다가 이윤령의 혼백을 들고 구천을 헤매 버리면 더욱 난감한 것이고, 거기다가 저를 본 사람의 겨루기를 거절하는 것은 규칙에 어긋나지 않습니까. 결국 제가 선택할 수 있는 선택지는 하나뿐이었습니다. 저는 한숨을 쉬며 패를 뗐습니다.

다른 사람도 아니고 저한테 화투를 들고 도전을 해 온다고요? 지금에서야 하는 말이지만, 솔직히 저는 자신이 있었습니다. 제가 투전에 마작에 못 하는 게 없습니다. 이쪽 동네에서 타자(打字)를 찾으면 그냥 절 부르셨다고 보시면 됩니다. 제까짓 게 아무리 잘해 봤자 저한테 화투로 이기는 것은 염라대왕님 앞까지 갔다가 살아 돌아오는 것과 비슷한 확률이었습니다. 원혼은 아주 능숙하게 네 장씩 패를 제 몫과 자기 몫으로 돌린 뒤 바닥에 네 장을 깔았습니다. 그리고 다시 네 장씩 돌리고 다시 네 장을 깔았습니다. 마지막 한 패가 각자의 손에 들리자 바닥에 여덟 장의 패가 깔렸고, 우리는 각각 열 장의 패를 들고 있게 되었습니다. 맞고였습니다.

원혼이 바닥에 패를 까는 사이 앓고 있던 이윤령은 슬금슬금 몸을 일으켜서 이쪽으로 다가왔습니다. 아주 힘이 들어 보였으므로 혼백을 붙잡으려는 마지막 몸짓이라고 판단한 저는 손을 뻗어 이윤령을 제지했습니다.

"아니 되네. 데려갈 혼백 자신은 겨룰 수 없네."

"아… 그냥 구경만 하려고… 어차피 저희도 계속 맞고만 쳐서…."

저희도…? 저는 당황해서 원혼을 바라보았습니다. 원혼은 이미 패를 유심히 들여다보고 있었습니다.

저도 고개를 숙여서 패를 들여다보았습니다. 홍싸리, 흑싸리 초단, 매조 홍단, 송학, 오동, 국준, 공산, 난초 나무, 단풍 두 장. 저는 문득 한 생각이 들었습니다. 화투의 마흔여덟 개 문양은 마음에 가닿기 아주 쉬운 매개체라는 생각 말입니다. 원혼이 생전에 마음을 두었던 물건 같은 걸 통해서 그 원혼의 원한을 알아내는 경우도 상당히 있다는 이야기를 들었던 기억도 났습니다. 교육 때 배웠던 몇천 년 묵은 원혼이 박물관에 비치된 단검 하나 때문에 성불한 사례 같은 것도 생각났고요. 그 저승사자는 현장직에서 급격하게 승진했다고 했었지요. 뭐, 그게 그렇게 쉬운 일이 아닐 테니 두고두고 사례로 남아서 전해져 오는 것이겠으나 어쨌든 누군가 한 적이 있으면 제가 못 할 이유도 없다고 생각했습니다. 저는 화투장을 훑어보며 머릿속으로 몇 가지 점검을 시작했습니다.

우리 모두 알고 있다시피 원혼을 가두거나 성불시키기 위해서 알아야 할 것은 세 가지입니다. 원혼이 가지고 있는 원한이 무엇인지, 원혼이 목적하는 바가 무엇인지, 그리고 원혼의 '이름'이 무엇인지. 원혼은 어차피 제게 거짓말은 할 수 없습니다. 아까 이윤령을 원혼으로 만드는 것이 목적이냐고 물었을 때 원혼이 고개를 흔들었던 것은 진실일 터였습니다. 그렇다면 원혼에게는 무언가 다른 목적이 있는 것입니다. 원혼의 원한이 자기 자신을 죽인 데에 있지 않았음은 어느 저승사자라도 쉽게 알아볼 수 있을 정도였습니다. 어떻게 해야 이 둘을 다 잘 사로잡을 수 있을 것인가. 솔직히 그 순간에는 화투장을 만지는 것만큼 가슴이 뛰었습니다. 저는 언제나 제 일에서 보람을 느끼며 살아왔습니다. 이번에야말로 정말 좋은 일을 할 수 있을 것 같았습니다. 원혼과 원한을 만든 두 혼백, 이 두 혼백을 구원할 수 있다면 이런 좋은 일이 또 어디에 있단 말입니까.

저는 천천히 패를 고르다가 가장 무난해 보이는 송학을 내려놓았습니다. 바닥에는 송학 홍단이 깔려 있었습니다. 처음부터 센 패를 사용해서 상대방에게 패를 굳이 드러내 보일 필요는 없습니다. 소나무는 예로부터 잎이 청신하여 변하지 않고 뾰족뾰족한 이파리로 굴하거나 타협하지 않는 절개가 있는 충절의 나무입니다. 검은 이파리의 소나무를 내려놓으면서 저는 원혼의 마음에 소나무를 투영시켜 보기 위해 있는 힘껏 정신을 집중하였습니다. 위에 있던 것은 두견새였습니다. 원혼은 반짝 전신에서 빛을 내는 것 같더니 얼른 흑싸리를 꺼내 메다꽂듯이 내리쳤습니다. 이렇게 쉽게 광을 내주다니. 약간 기가 차려는 순간, 신이 난 나머지 원혼의 기억 틈이 살짝 열렸습니다. 소나무의 이미지가 흘러들어 간 모양이었습니다.

저는 급하게 정신을 집중해서 원혼의 마음 깊숙이 웅크린 어떤 감정을 찾아냈습니다. 오랫동안 묵어서 이제는 원혼의 일부가 되어 버린 것 같은, 자작자작 마음 아래 깊이 깔려 있는 누룽지 같은 고독이었습니다. 깎아지른 절벽 위에 혼자 서서 고개를 치켜들지만 자세히 보면 껍질이 벗겨져 나가 속살을 훤히 드러낸 소나무의 빛깔. 생전 원혼의 모습은 읽히지 않았지만 원혼의 남편이 읽혔습니다. 상쾌한 색상의 넥타이, 깨끗하게 깎았지만 손을 가까이 대서 만지작거리면 만져지는 까칠한 수염. 원혼은 손을 뻗어서 수염을 만져 보고 싶지만, 차마 만지지 못합니다. 남편의 등은 단정하고 넓지만 그 등이 자신의 것이 아니라는 것을 원혼은 이미 알고 있습니다. 뭐지. 원혼과 남편은 사이가 좋지 않습니다. 둘은 싸우지 않습니다. 원혼은 모든 분노를 그저 마음속에서 무너뜨리면서 그저 살아가고 있습니다. 남편에게는… 여자. 원혼은 남편에게 여자가 있다는 것을 알고 있습니다. 외로움과 절망은 원혼에게 그리 고통스러운 것이 아닙니다. 원혼은 언제나 그렇듯이 소나무의 껍질처럼 외롭습니다. 원혼의 주변에는 솔잎처럼 뾰족한 것들이 둥둥 떠다닙니다.

저는 원혼의 앞에 놓인 흑싸리와 두견새를 멍하니 보면서 감격에 빠졌습니다. 원혼은 아무것도 모르는 듯 아주 즐거운 표정으로 패를 배열하고 있었습니다. 원혼이 까놓은 패는 국화 청단이었습니다. 광은 빼앗겼지만 저는 저승사자로서의 직업의식에 한껏 고무되었습니다. 500년 세월을 허투루 보낸 것은 아니었던 것입니다. 인간의 삶보다야 덜 압축적이겠으나 그래도 500년이 적은 세월은 아닙니다. 저는 그야말로 투지에 불탔습니다. 원혼은 여전히 핏발이 선 눈으로, 그러나 아까보다 훨씬 처연한 표정을 하고 화투패를 내려다보고 있었습니다. 반드시 쫓아가 주겠다고 저는 마음을 다잡았습니다.

생각해 보니 꽤 이상한 일이었습니다. 이렇게 죽은 사람의 혼백까지 가져가려고 한다면 보통 깊은 원한이 아닐 텐데 이렇게 쉽게 기억들이 열리다니. 아무리 맞고를 좋아한다고 해도 그렇지, 이렇게 쉽게 마음을 풀어낼 수가 있나 의심하기 시작한 것입니다. 혹시나 내가 무슨 함정에 빠지고 있는 것은 아닐까, 저는 고민고민을 하며 다음 패를 골랐습니다. 이 승부는 돈을 따는 것도 아니고 판을 늘릴 필요도 없으니 광을 하나 빼앗겼다면 어서 다음 광을 가져오는 것만이 살 길이었습니다. 저는 냉큼 공산을 공산 달 위로 집어 던졌습니다. 아무것도 없는 쓸쓸한 산 위에서 새들이 날아가고 휘황하게 달이 떠오릅니다. 처연하고도 아름다운 광경입니다. 원혼은 입술을 슬그머니 깨물었습니다. 펼친 패는 모란이었습니다.

원혼은 약간 눈을 찌푸리더니 벚꽃 홍단으로 벚꽃 만마쿠를 찍어 버렸습니다. 이게 무슨…. 한 점만 더 나면 원혼에게 지게 생긴 것입니다. 아무리 운이라고 해도 그렇지 이건 좀 너무하는 게 아닌가, 손에 땀이 나기 시작했습니다. 제발, 부처님, 옥황상제님, 염라대왕님…. 공산 위에 높이 솟아오른 찬란한 벚나무, 휘날리는 벚꽃잎이 원혼의 눈가를 스쳐 지났습니다.

작고 꼬물거리는 작은 손, 하얗고 보드라운 뺨. 아직 보송보송한 머리털에 코를 들이대고 냄새를 맡습니다. 여자아이입니다. 원혼은 아이와 함께 잠이 들고, 일어나서 아이를 달랩니다. 아이는 울고 웃고 원혼의 손가락을 빨고 다리로 서고 넘어지고 바닥을 구르고 이상한 걸 입에 넣고 열이 나고 건강해지고 뛰어다니고 친구가 생기고 어딘가에서 맞고 자전거를 타고 예쁜 치마를 사 달라고 조르고….

반짝이는 햇빛 아래에서 벚꽃 구경을 나와 자신의 무릎을 베고 잠이 든 아이를 바라봅니다. 손가락 사이로 흘러내리는 보드라운 머리카락. 원혼의 얼굴과 아이의 얼굴은 닮았습니다. 아이가 침을 흘리면서 자고 있다는 사실을 깨닫고 원혼이 미소 지으며 아이의 뺨을 훔치는데, 벚꽃이 우수수 쏟아집니다. 온통 거대한 벚꽃 막이라도 생긴 것처럼, 벚꽃이 쏟아지다가 저는 아연해지고 말았습니다.

원혼이라면 저승사자가 자신의 기억을 훔쳐볼 것이라는 사실 정도는 알고 있을 것이고, 유난히 더 조심할 터였습니다. 너무 쉽게 마음이 열려서 제가 원혼의 기억을 훔쳐보는 건지 원혼이 저에게 기억을 보여 주는 것인지까지 헷갈렸습니다. 벚꽃의 폭포 아래에서 정신을 차리는 데에는 시간이 조금 더 걸리고 말았습니다. 바닥에는 홍싸리가 하나 더 깔렸습니다. 저는 혀를 짧게 찼습니다. 벚꽃 홍단과 벚꽃 만마쿠를 가져갔으니 이제 패에 남은 벚꽃은 아무 쓸모 없는 벚꽃뿐일 것입니다. 저는 제 패에 있는 벚꽃을 씁쓸하게 내려다보았습니다. 썼으면 좋았을 텐데.

그다음에 제가 노린 패는 꾀꼬리였습니다. 가진 게 홍단이니 기왕이면 홍단을 모으는 게 나을 것 아니겠습니까. 제 손 안에는 매화 홍단이 있었습니다. 그리고 이 매화 홍단으로 꾀꼬리를 먹어 버리면 아까 원혼이 먹었던 벚꽃 홍단과 만마쿠에 대한 만회가 될 것이었습니다. 매화는 처음으로 봄에 얼굴을 내미는 아름답고 향기로운 꽃입니다. 고고하고 아름다우며 절개가 있는 꽃입니다. 이 원혼에게 절개나 우아함과 관련한 덕목이 있으리라고는 도무지 상상되지 않았지만, 아무튼 이 맞고에 이기는 것 자체도 매우 중요한 일이었으니 저는 매화 황단을 매조 위에 사뿐히 떨어뜨렸습니다. 저는 이 매화 홍단을 내려놓을 때까지만 해도 이것이 '매조(梅鳥)'라는 사실에는 신경을 쓰지 않고 있었습니다. 눈 속에서 홀로 피어나도, 매화와 함께 있을 수 있는 존재가 있을 수도 있다는 사실 말입니다. 찬란한 노랫소리가 들릴 수도 있다는 건 생각도 하지 않았습니다. 패를 뒤집자 그 아무짝에도 쓸모없는 벚꽃이 튀어나왔습니다.

드디어 원혼의 기억에 이윤령이 등장했습니다. 이윤령은 지금 누워 있던 저 침대에 모로 누워 있었습니다. 흐느낍니다. 원혼이 조심스럽게 이윤령의 곁으로 다가가서 울고 있는 그녀의 얼굴을 내려다봅니다. 왜 울고 있는지는 알 수가 없습니다. 이윤령은 있는 힘껏 베개를 꼭 쥡니다. 원혼은 시뻘겋고 반투명한 자신의 손을 뻗어 이윤령에게 내밀어보지만, 원혼의 손은 가볍게 이윤령의 손등을 통과합니다. 이윤령은 단지 울고 있는 것인지 어디가 아픈 것인지 잘 구분되지 않습니다. 원혼은 무릎을 굽혀 이윤령의 얼굴 가까이 자신의 얼굴을 가져다 댑니다. 매화에 부리를 가져다 대는 새처럼, 원혼의 증오와 연민이 함께 소용돌이칩니다. 분명 이 원혼은 이윤령을 증오하고 있습니다. 그런데,

이윤령이 입을 엽니다.

"…야, 우리 화투나 칠까."

이름, 이름 부분이 제대로 들리지 않았습니다. 다시 한 번 들을 수도 없는데, 이름이 희미했습니다. 희? 희라고 했던 것 같기도 했는데. 원혼은 희미하게 웃는 것 같았습니다. 원혼의 마음에 있는 이미지는, 설중매. 눈 속에서 피어난 새빨간 꽃의 형상. 저는 눈을 떴습니다. 원혼은 꽤 낭패스럽다는 표정을 하고 난초 위에 패를 겹쳤습니다. 난초 초단이었습니다. 색깔도 영 다른 색깔이었습니다. 그리고 여하튼 저는 원혼의 이름을 비슷하게나마 무언가 들을 수 있었습니다. 희처럼 들렸지만 확신할 수는 없었고, 받침이 없다는 건 분명했습니다. 하지만 여전히 오리무중인 것은 원혼과 이윤령의 관계였습니다. 분명 원혼이 원한을 가지고 있는 대상은 이윤령이었습니다. 그러나 원혼과 이윤령은 분명… 친밀…해 보였습니다. 그래요, 친밀해 보였다는 것이 가장 적절한 표현일 것입니다. 무슨 이상한 함정에라도 빠진 게 아닐까, 저는 염라대왕님을 조금 의심해 보기도 했습니다. 그럴 수 있잖아요.

원혼이 뒤집은 패는 흑싸리였습니다. 저는 찬찬히 남은 패를 보다가 홍싸리에 눈이 갔고, 그 순간 '파직' 하고 머릿속에 전기가 통하는 기분이 들었습니다. 이거로구나. 저는 냉큼 홍싸리 초단을 꺼내 홍싸리 위에 메다꽂았습니다.

"내가 이겼네."

원혼은 눈썹을 약간 꿈틀거릴 뿐 아무 반응이 없었습니다.

"보게."

제가 다시 말을 하자 이번에는 의아하다는 표정으로 제 얼굴을 바라보았습니다.

"3점이 났으니 내가 이기지 않았나. 이제 이윤령의 혼백을 놓아 주게."

아직 원혼의 사정을 다 알지 못한 게 좀 아쉽기는 했지만, 원혼을 놓치더라도 일단 맡은 임무는 다 치러야 할 것이 아닙니까. 저는 이 화투 지옥에서 벗어날 수 있게 되었다는 생각에 그때까지만 해도 날아갈 것만 같았습니다. 원혼은 구천을 떠돌겠지만 지나가다가 어떤 마음 좋은 도사나 저승사자를 만나면 성불할 수도 있겠지요. 저는 마음속으로 원혼의 행복을 빌었습니다. 그리고 얼른 이윤령을 데리고 돌아가서 일을 마치고 집에서 푹 쉬어야겠다는 생각을 했습니다. 이 시뻘건 원혼 옆이 지옥이지 어디가 달리 지옥이겠나, 먹고살기 힘들다, 뭐 그런 생각도 했지요. 그 몇 시간 사이에 괜히 몇 년처럼 늙은 기분이 든 저는 얼른 집에 가서 목욕도 좀 하고 머리도 좀 비우고 복숭아도 좀 따먹고 별의별 계획을 세우며 흐뭇해하고 있었습니다. 뭐 지옥에 가야 할 이윤령이야 썩 즐겁지야 않았겠으나 세상일이라는 게 다 그렇게 돌아가는 것 아니겠습니까. 적당히 할 만큼하다 보면 윤회도 되고 그렇겠지, 이런 생각도 했고 가는 길에 이윤령에게 죗값을 잘 치르면 다시 세상으로 무엇으로든 돌아올 수 있을 거라는 얘기도 해 줘야겠다, 그런 생각도 하고 있었습니다. 저는 도포자락을 휘날리며 당당하게 자리에서 일어났습니다. 그런데 이윤령이 따라 일어나지 않는 것이었습니다.

"허허. 이미 명이 다한 자가 세상에 대한 미련을 가져서 무엇하겠나. 그만 따라오게."

"아니…."

그제야 저는 이윤령에게서 묘한 점을 발견했습니다. 분명 언명으로 저승사자와 맺은 계약은 유효할 것이고 아시다시피 이 계약은 성립하는 순간 자연적으로 사물에 작용합니다. 그러므로 제가 3점을 딴 순간 이윤령의 의지와는 별개로 그의 혼백이 신체와 분리되었어야 할 것입니다. 그런데 이윤령의 혼백은 신체에 아주 찰싹 달라붙어 있었습니다. 대체 이게 어떻게 된 일인가 싶어서 저는 급하게 이윤령을 요모조모 뜯어보았지만, 옆구리에서도 손바닥에서도 도통 어느 곳에서도 혼백이 빠져나올 기색이 전혀 보이지 않았습니다. 대체 이게 무슨 일인가, 누가 무슨 도술이라도 부렸단 말인가. 저는 원혼 쪽을 바라보았지만 원혼은 그저 황당하다는 표정을 짓고 있을 뿐이었습니다. 원혼은 원한으로 말을 할 수 없으니, 저는 다시 이윤령을 바라보았습니다. 명줄이 끝에 달한 사람답게 이윤령은 말을 뱉는 데 시간이 오래 걸렸습니다.

"아니… 하아… 처사님…?"

이 와중에 이윤령은 이렇게 부르는 게 맞느냐는 식으로 저에게 동의를 구하는 눈짓을 해 보였습니다. 마음이 급해진 저는 체통 없이 굴고 말았습니다. 사실 저승사자가 이래서는 안 되는 것인데…. 하지만 누구라도 그 상황에 처한다면 짜증이 나서 채신머리없이 말하게 되었을 것입니다. 대체 이 상황에 제가 처사면 어떻고 동자면 어떻습니까.

"뭐라고 부르건 상관없고 말을 하게."

"처사님… 후우… 저… 맞고는…."

"맞고는?"

"3점이 아니고… 7점… 7점으로 나지 않습니까…?"

"뭐?"

맞고는 7점이라뇨. 그런 룰을 저는 듣도보도 못 했습니다. 심의위원회 여러분들께서는 들어보신 적이 있으십니까?

"아니… 맞고가 무슨 코이코이도 아니고… 경상남도에선 그런다고 듣기도 했네만….."

이윤령은 꽤 숨이 가쁘고 고통스러운 듯 숨을 크게 몰아쉬고 잠깐 가슴을 부여잡은 채 숨을 고르다가 말을 이었습니다.

"실제로 코이코이처럼 맞고를 치는 분을 본 건… 처사님이 처음인데…. 저승은 룰이 경상남도 룰입니까…?"

저승에도 맞고 룰북 같은 건 없을 것입니다. 저는 3점이 맞다고 이윤령에게 말을 하려고 입을 떼다가 다시 다물었습니다. 대체 이런 말이 무슨 소용이 있겠습니까. 어쨌든 이윤령의 혼은 분리되지 않고 있으니, 세상의 법칙이라는 것이 맞고는 7점으로 나는 것이라고 저에게 설명하고 있는 것이나 마찬가지 아니겠습니까. 지금껏 3점 계산법으로 맞고를 쳐 왔던 저의 삶은 송두리째 무너졌습니다.

저는 비참한 기분으로 처음 저와 맞고를 쳤던 상대가 누군지, 대체 왜 이렇게 알고 있는 건지, 여러 복잡한 생각들을 하며 천천히 원래 있던 자리에 앉았습니다. 조금 전까지 신이 났던 자신이 혐오스러울 지경이었습니다. 아무래도 누가 저승에서 날 비웃고 있거나 저주하고 있는 게 틀림없다는 생각까지 했습니다. 이 정도면 운이 나쁜 영역으로 봐야 하는 것 아니겠습니까?

저는 힘없이 손을 뻗어 더미에서 패를 집어냈습니다. 또 소나무였습니다. 아까 한 번 봤으니, 소나무에 얽힌 게 또 있을 것 같지도 않은데, 또 소나무야? 저는 약간 신경질적으로 소나무를 바닥에 던졌습니다. 어쨌든 제 패에는 소나무가 더 이상 남아 있지 않았으니까요. 그 순간 원혼이 가볍게 생긋 미소를 지은 것처럼 보였습니다. …그래요, 제 착각일 수도 있겠죠. 원혼이 어떻게 미소를 짓습니까. 그런데 그렇게 따지면 원혼도 아닌데 그런 종류의 계약을 저와 체결할 수 있었다는 것 자체가 문제인 것 아닙니까? 지금 저승 시스템 제대로 돌아가고 있는 건 맞습니까? 아무튼, 원혼은 제가 소나무를 놓자마자 가볍게 자기 패를 집어 들어서 소나무 위에 산뜻하게 얹어 놓았습니다.

제가 송학 홍단과 소나무를 가져갔으니, 소나무 위에 얹을 패는 당연히 하나밖에 남지 않았습니다. 새빨간 태양을 향해 고개를 돌린, 마찬가지로 빨간 대가리. 두루미였습니다. 날아오른 저 해가 두루미에게 어떤 존재인지는 알 수 없었지만, 아무튼 원혼은 광을 하나 더 챙겨 넣게 된 셈이었습니다. 설마 이대로 지지는 않겠지. 설마. 질지도 모른다는 불안감에 저는 더욱 광폭하게 원혼의 과거를 읽어 냈습니다. 원혼도 이쯤 되면 제 불안감을 느꼈을 것이라고 생각합니다. 지금 생각해 보면 그것도 실수라면 실수일 수는 있겠으나…, 어쨌든 제 입장에서는 나름대로 최선을 다한 것이었습니다. 그 외에 할 수 있는 게 무엇이 있겠습니까.

천천히 두루미는 원혼의 모습으로 화했고 해는 이윤령의 모습으로 화했습니다. 원혼의 눈앞에 나타난 이윤령은 젊고 눈부시게 아름답습니다. 하늘색 땡땡이 원피스는 무릎보다 약간 위에서 찰랑거립니다. 까만 벨트는 허리 한가운데를 잘록하게 가르고 지나갑니다. 어깨까지 오는 새까만 머리카락은 구불구불하게 감겨 있습니다. 원혼은 미스코리아처럼 짙은 눈화장을 하고 입술을 새빨갛게 칠한 사자머리의 여자를 상상했습니다. 그러나 막상 눈앞에 나타난 이윤령은 전혀 그렇지 않습니다. 이윤령은 가볍게 원혼에게 목례를 하니다. 그 순간 이윤령에게서 수수한 백합 향 같은 것이 느껴집니다. 원혼은 이윤령의 머리채라도 잡아채려고 마음을 단단히 먹고 있었지만, 그냥 다리에서 힘이 쭉 풀려 버리고 맙니다. 하지만 넘어질 수 없습니다. 어린 딸이 가만히 원혼의 등 뒤에 숨어 있기 때문입니다. 원혼은 고개를 돌려 딸의 얼굴을 바라봅니다. 딸은 무표정합니다. 무슨 생각을 하는지 알 수가 없습니다.

남편은 원혼에게 이제 그만 나가라고 입을 열었습니다. 원혼은 고개를 들어 남편을 보지 않습니다. 남편이 어떤 표정을 짓고 있는지 알 수가 없습니다. 원혼은 도장을 찍어 주지 않을 생각입니다. 원혼은 자기가 하는 행동이 자신에게도 상처를 입힐 것이라는 사실을 아주 잘 알고 있습니다. 그러나 결코 도장을 찍어 주지 않을 생각입니다. 원혼은 홱 안방 문을 열고 들어갔습니다. 이윤령은 안방의 큰 침대에 누워서 눈을 가만히 감고 있습니다. 씨근덕대는 소리를 듣고 눈을 뜬 이윤령이 원혼을 보고 몸을 일으킵니다. 그리고 배시시 웃어 보입니다. 원혼은 울음 섞인 목소리로 결국 고함을 지르고 맙니다.

"남의 남편 꼬셔서 안방 차지한 게 그렇게 신나니? 내 앞에서 웃음이 나오니?"

이윤령은 약간 겁먹은 듯 당혹스러운 표정으로 천천히 입을 엽니다. 작은 입술에서 빨갛게 윤기가 흐릅니다.

"침대가…너무 폭신해서….'

원혼의 목소리를 들은 남편이 거칠게 안방으로 뛰어들어 옵니다. 이윤령의 눈에서 눈물이 뚝뚝 떨어집니다. 원혼은 이 와중에 예쁜 년은 우는 것도 예쁘다는 생각을 하고서는 스스로가 한심해집니다.

"이렇게 폭신한 침대에… 한 번도 누워 본 적이 없어요….'

원혼은 그 순간 어처구니없게도 저 말이 거짓말이 아니라는 것을 깨닫습니다. 두루미의 눈에서 겨우 빠져나오고 나니 원혼은 국화를 바닥에 뒤집어 놓고 있었습니다. 그제야 저는 무언가 약간 이상하다는 것을 깨달았습니다. 지금까지는 제가 내려놓은 패에 과거가 읽혔는데, 느닷없이 원혼 자신의 패에 읽히기 시작한 것이었습니다. 정말로 자신의 과거를 보여 주고 있는 것인가, 감히 원혼이 저승사자와 자신의 과거를 두고 도박을 하고 있는 것인가. 저는 순간 매우 분개하였지만… 어찌할 방법은 없었습니다. 이미 우리 사이에는 진짜 놀이, 화투장이 펼쳐져 있었으니까요.

저는 씁쓸하게 다음 패를 꺼냈습니다. 방금 원혼이 펼쳐 놓은 국화 청단 위에 국화를 하나 더 얹었습니다. 아주 천천히 내려놓았습니다. 혹시나 정신을 집중해 보면 원혼의 기억이 다시 보일지도 모른다는 생각 때문이었습니다. 사실 저는 이때 이미 직감하고 있었습니다. 원혼은 저에게 기억을 제공하고 있었습니다. 제가 기억을 파고든 게 결코 아니었습니다. 자존심이 상해서 그때까지 확실히 인정은 못 하고 있었지만요. 그때만 해도 저는 마음 한구석에서는 읽을 수 있을 거라는 부질없는 기대를 품고 있었습니다. 대체 무슨 종류의 원한이기에 이렇게 강력한 힘을 가질 수 있는지, 그런 주제에 왜 이윤령의 원혼을 살리려고 드는지 저는 도통 알 수가 없었습니다. 여하간 저는 청단 하나를 가지고 더미의 패를 다시 뒤집었습니다. 국화 술잔이었습니다.

원혼이 내려놓은 패는 나비였습니다. 저는 그때까지만 해도 제가 기억을 읽고 있다고 스스로 믿고 있었던 주제에, 원혼이 나비를 내려놓자마자 가볍게 눈을 감았습니다. 기억이 이제 보일 거라는 것을 마음속 깊이에서는 알고 있었던 것입니다. 오히려 설레기까지 하고 있었습니다. …죄송합니다. 하지만 기이하다고 생각하지 않으십까? 사람들의 삶과 죽음에는 여러 가지 사연이 섞이게 마련이지만 원혼이 자기가 원한을 가진 인간의 목숨을 구하겠다고 이렇게 아등바등하는 경우라니. 이 원한은 매우 이상했습니다. 저는 원한을 풀어야 했고 이윤령을 데려가야 했지만, 대체 이윤령에게 무슨 일이 생긴 건지 매우 궁금해지기도 했습니다. 그리고 이때까지만 해도 제 궁금증은 제가 해야 할 업무와 특별히 어긋나지도 문제가 있지도 않았습니다. 저는 원혼이 보여 줄 광경을 가볍게 기대했지요. 그렇다고 해서 제가 화투를 대충 친 것은 결코 아닙니다. 제가 얼마나 열심히 화투를 쳤는지 지금까지 다 읽으셨지 않습니까. 그저 맞고를 치다 보면 그렇듯 상대가 무슨 생각을 하는지 궁금해했을 뿐입니다. 네, 정말 그뿐입니다.

윤령은 이 집에 있습니다. 아침에 알람시계가 울리면 윤령은 눈을 뜹니다. 그리고 샤워를 하고, 옷을 갈아입습니다. 원혼은 침대 발치에 앉아서 윤령이 옷을 갈아입는 모습을 멍하니 바라봅니다. 윤령이 가볍게 향수를 뿌리고, 원혼은 향수 냄새를 궁금해합니다. 자신에게 감각이 남아 있지 않다는 것이 조금 아쉬워집니다. 아침에 윤령이 철문을 열고 출근을 하고 나면, 원혼은 혼자 자신이 죽었던 시멘트 방 안에 들어갑니다. 그리고 옆방에도 들어갑니다. 원혼은 이제 딱딱하게 굳은 시멘트벽에 손을 가져다 대 봅니다. 시멘트벽은 만져지지 않습니다. 원혼은 시멘트벽 사이를 빠져나와 냉장고 속에도 들어가고 오븐 속에도 들어가고 책 속에도 들어가 봅니다. 윤령은 오랫동안 돌아오지 않고, 원혼은 윤령을 기다립니다. 거울 속에 비친 원혼의 모습은 섬뜩합니다. 원혼은 가끔 거울을 보지만 거울을 보는 게 썩 즐겁지는 않은 모양입니다. 원혼은 배가 고픕니다. 뼛속까지 시릴 정도로 배가 고픕니다. 원혼은 굶어 죽은 자에게 이 배고픔이 영원히 사라지지 않는다는 것을 알고 있습니다. 윤령은 저녁이 되어서야 돌아옵니다.

윤령은 옷을 대충 벗어 놓고, 원혼은 옷 속에 잠시 들어가 있습니다. 그동안 윤령은 2인분의 요리를 합니다. 원혼은 밥을 먹을 수 없지만 윤령의 앞에 앉아 흠향을 합니다. 유일하게 냄새를 맡을 수 있는 단 한 순간입니다. 잠깐 배고픔이 가십니다. 윤령은 말을 건넵니다.

"어떻게 지내?"

원혼은 비통한 표정을 지어 보입니다. 식사를 치운 윤령은 화투장을 꺼내옵니다. 밥을 먹은 그 자리에 둘은 나란히 앉아서 패를 돌립니다. 원혼은 화투에 집중하는 윤령에게서 문득 딸을 읽어 냅니다. 아니, 이 여자는 내 딸이 아니야. 내 딸은… 고민하면서 패를 내려놓는 순간 윤령이 비명을 지릅니다.

"이게 뭐야!"

원혼은 자신이 먼저 7점을 따냈다는 사실을 깨닫고 환하게 웃습니다. 윤령은 어린아이처럼 발을 구르며 억울해합니다. 어린아이처럼. 원혼은 가슴이 터질 것만 같습니다. 다시 배가 고파집니다.

나비는 전통적으로 혼령을 의미하는 주술적 날벌레이지 않습니까. 거기에다가 모란을 더해 놓으니, 땅에 발을 단단히 붙이고 있는 윤령과 향기만 맡으며 윤령의 주위를 맴돌 뿐 다른 곳으로 떠날 수 없는 원혼의 관계가 또렷했습니다. 원혼은 나비와 모란을 앞으로 끌어당기며 모란을 천천히 매만지는 것처럼 보였습니다. 이미 저는 자신의 패와 원혼의 패를 번갈아 보면서 불안해하고 있었습니다. 저승사자로서 받아들이지 않을 수 없는 승부였으니 염라대왕께서도 이해해 주시리라고 생각하면서도, 마음 한편의 불안감을 도저히 지울 수가 없었습니다. 혹시라도 놓치면 어쩌지, 혹시라도.

다행히 아직 깔린 패에는 제가 먹을 게 있었습니다. 저는 난초 나무를 난초에 대면서 살짝 원혼의 눈치를 보았습니다. 처음에 이 판은 분명 제가 주도하고 있었지만, 이제 완전히 주도권은 원혼에게로 넘어가 있었습니다. 주도하고 있었다는 저의 생각조차 착각일 수도 있겠지만요. 어쨌든 처음에는 원혼의 세계를 들여다보겠다는 의식이 있었습니다. 그때쯤 저는 관성적으로 패를 내려놓고 있었고, 이런 식으로 해서는 안 된다고 생각하면서도 휘말려 가는 싸움을 어찌해야 할지 감도 잡히지 않았습니다. 아시겠지만, 이런 짝 맞추기 놀음이 아니라도 세상은 곧잘 우리의 노력과는 아무 상관 없는 행로로 물 흐르듯 흘러내려 가곤 하지 않습니까. 마치 태어난 것들이 언젠가는 모두 숨을 거두는 그 순간들처럼 말입니다.

역시나 난초 나무와 난초에서는 아무것도 솟아오르지 않았습니다. 제가 뒤집어 놓은 패는 봉황이었습니다. 원혼의 손이 갑자기 바빠지는 것으로 보아, 원혼은 오동에 관한 패를 무엇이든 가지고 있는 것이 틀림없었습니다. 오동은 11월을 상징하는 패입니다. 봉황이 이파리가 떨어져 가는 오동나무로 다가오는 그림입니다. 원혼이 오동을 봉황에게 가져다 댔을 때 어디선가 축축한 비 냄새가 나기 시작했습니다. 신경질적인 윤령의 비명 소리와 함께.

윤령은 잠에서 깨어 짜증을 부리고 있습니다. 윤령이 누워 있는 침대가 흔들려서, 윤령은 정신없이 침대 밖으로 뛰어나온 참입니다. 옷장을 들었다가 떨어뜨리는 바람에 티크 옷장의 발은 이미 다 부서진 상태입니다. 수도꼭지를 한참 틀어놓는 바람에 화장실에서 물이 넘쳐서 장판은 질척질척합니다. 윤령이 몇 번씩이고 내다 버린 아이용 침대와 책상은 다 부서진 상태로 다시 집 안으로 들어와 있습니다.

처음에 윤령은 무서워서 울기도 하고 기도도 해 보고 굿을 해 보기도 하고 온갖 방법을 다 써 보았지만, 원혼에게는 아무런 효력이 없었습니다. 무엇보다 윤령의 눈에는 새빨갛게 빛나는 원혼의 눈동자가 또렷하게 보입니다. 다른 사람에게 저기 그 여자가 있다고 아무리 말해 보아야, 사람들은 윤령이 헛것을 본다고밖에 생각하지 않습니다. 사이비 무당은 윤령의 등을 쳐먹으려고 하기까지 했습니다. 무당은 원혼이 왼쪽에서 눈물을 흘리고 있다고 윤령에게 말했지만, 원혼은 윤령의 눈이 한시도 원혼을 떠나지 않는 것을 다 보고 있었습니다. 원혼은 무당의 방울 속에 들어갔다 나오기를 반복하며 계속 윤령을 노려보다가, 급기야는 무당의 방울을 마구 흔들어 젖혀 무당이 콰당 엉덩방아를 찧게 만들기까지 했습니다. 윤령은 무당을 쫓아내고 울음을 터뜨렸습니다. 그날 이후로 윤령은 두려워서 울음을 터뜨리는 일은 없어졌습니다. 대신 큰 소리로 짜증을 내고 소리를 지릅니다. 원혼이 붉은 기운을 뿜어내며 여기저기로 집 안을 들쑤시고 다니는 바람에 집 안의 모든 물건은 제자리를 찾지 못합니다.

원혼도 윤령을 어떻게 해야 할지는 모르겠습니다. 다만 이 집에 저 여자를 둘 수는 없다는 생각 하나뿐입니다. 네가 여기서 사라지지 않는다면, 나도 널 평생 괴롭히겠다고 윤령에게 말해주고 싶지만, 귀신이 된 이후로 목소리는 나오지 않습니다.

새벽 두 시, 윤령은 새된 목소리로 소리를 지릅니다.

"안 나가, 절대 안 나가! 네가 나한테 무슨 짓을 해도 안 나가!"

원혼은 굴하지 않고 커다란 냉장고를 뒤엎습니다. 생각지도 않은 일들을 몸이 사라지니까 할 수 있게 되었습니다. 음식물이 쓰러진 냉장고에서 새어 나옵니다. 김칫국이 흘러나오는 걸 보지만, 원혼은 김치 냄새를 맡을 수가 없습니다.

"네가 뭘 알아, 너는 태어날 때부터 보드라운 천에 싸여서 안겼겠지. 네가 끈적끈적한 요에 대해서 뭘 알아. 땀과 피와 정액이 모두 묻어서 끈적거리는 요 위에서 베개가 젖도록 우는 삶에 대해서 네가 뭘 알아! 난 부끄럽지도 미안하지도 않아. 이따위 책상은 다 갖다 버릴 거야. 씨발년아, 네가 뭘 알아!"

원혼의 어머니가 혼수로 사 준 장식장이 흔들리면서 그 안에 있는 화투장이 쏟아졌습니다. 한참을 흐느끼며 절규하던 윤령이 지쳐서 쓰러지듯 거실에서 잠이 들고 나서야, 원혼은 집 안을 어지럽히는 것을 그만두었습니다. 겨울비가 세차게 쏟아지는 바깥을 보다가 윤령을 돌아보니, 뒤척이는 윤령의 뺨, 눈물자국 위에 오동이 한 장 붙어 있었습니다. 어차피 잡을 수 없을 거라는 걸 알면서도 원혼은 봉황 쪽으로 손을 뻗었습니다. 원혼은 조금 놀랍니다. 들어가서 흔드는 게 아니고서야 물건을 잡는 것은 불가능한 줄 알았는데, 화투장이 살아생전처럼 매끄럽게 손바닥 안에 들어왔습니다. 원혼은 천천히 봉황 패를 오동 위에 얹어 놓습니다. 피식 웃어 보려고 했는데 영 잘 되지를 않습니다.

눈앞이 밝아지고, 저는 손 안에 남은 패를 들여다보다가 하나 남은 오동이 쓸모없어졌다는 것을 깨달았습니다. 더미 안에 있을 수도 있겠지만, 그런 요행을 염두에 두고 화투를 칠 수는 없는 노릇이었습니다. 저는 바닥에 남은 오동을 내려놓고 더미의 패를 뒤집었습니다. 혹시나, 혹시나, 조심스럽게 패를 뒤집는데 불그스름한 색깔이 확연하게 들어왔습니다. 비광이었습니다. 그 순간 이미 기울어져 있던 이 게임의 승패가 분명하게 결정된 듯한 확신이 들었습니다. 제 손에는 비와 관련한 어떤 패도 없었기 때문입니다. 곤란했습니다.

이 원혼과 이윤령의 관계는 이 정도면 충분히 파악한 셈이었습니다. 원혼의 역사를 되짚어가느라 약간 넋을 놓고 있던 저는 고개를 급하게 흔들었습니다. 원한의 이유를 찾아야 했고 기회는 단 한 번뿐이었습니다. 하지만 지금껏 얻을 수 있는 유일한 단서는 원혼의 남편을 이윤령이 빼앗았다는 것뿐이었습니다. 그 와중에 그게 원한이 될 만큼 남편을 사랑하지도 않았던 것도 분명했습니다.

왜 3점에서 나지를 않는단 말인가, 저는 한참 전에 지나간 일이 새삼스럽게 떠오르면서 다시 억울해지기 시작했습니다. 대체 누가 처음 3점이라고 가르쳐 준 거지, 곰곰이 돌이키며 아득아득 이를 갈다가 생각해 보니 언제나 세 명에서 네 명쯤 되는 처사들과 함께 화투를 쳤지, 맞고로 쳐 본 적은 거의 없었습니다. 이런 일이 있을 줄 알았으면 진즉에 맞고 연습이나 해 둘걸. 저승으로 돌아가면 맞고, 장기, 오목, 알까기까지 되는대로 연습을 하겠다고 결심했습니다.

원혼의 손이 움직였습니다. 저는 저도 모르게 숨을 깊이 들이쉬었습니다. 쌍피, 쌍피였습니다. 어둠 속에 나뒹구는 시체들, 번개 속을 나다니는 귀신들, 지옥의 형상이 판 위에 떨어졌습니다.

순간, 칠흑 같은 어둠이 삽시간에 사위를 뒤덮었습니다. 불이라도 꺼진 건가 싶어서 저는 주변을 두리번거리다가 조금 시간이 지나고 나서야 이 어둠은 원혼이 보여 주는 환상이라는 것을 깨달았습니다. 피가 나왔다면 틀림없이 원혼의 죽음에 따른 비밀을 밝힐 수 있을 것이었습니다. 저는 환상 속에서 원혼의 형상을 찾기 위해 필사적이었습니다. 원혼의 기운은 머지않아 느낄 수 있었습니다. 가물가물 숨이 끊어져 가는 작은 여자 한 명이 쓰러져 있었습니다. 원혼은 낮은 소리로 무언가 중얼거렸습니다.

"우리야… 우리…."

딸의 이름입니다. 딸은 어디에 있는지 알 수가 없습니다. 원혼은 필사적으로 딸의 이름을 불러 보지만 닿을 수 없다는 것을 알고 있습니다. 사방은 무엇인지 알 수 없는 차가운 벽입니다. 천장은 낮고 원혼은 자리에서 한 번 서지도 못한 채 갇혀 있는 상태로 굶어 죽어 가고 있습니다. 차라리 그냥 죽을 수 있다면 그것도 나쁘지 않을 것 같은데, 살아 나갈 수 있는 어떤 방법도 없이 그냥 여기에 갇혀 있어야만 합니다.

아침에 일어났을 때 여자는 일찍 나가고 없었고, 원혼은 부엌에서 밥을 했던 기억이 납니다. 원혼은 이 집만은 절대 줄 수 없다고 버텼고, 남편은 원혼에게 욕지거리를 퍼부었습니다. 원수 같은 남편과 마지막 겸상이길 바라며 밥술을 떴는데, 그 이후가 기억나지 않습니다. …수면제? 독약? 무엇인지 알 수 없지만 기억의 단절 이후 원혼은 빛도 소리도 없는 곳에 시간 감각도 잃은 채 갇혀 있었습니다. 원혼은 자신의 삶이 끝나 가는 것을 선연하게 느낍니다. 그 순간 벽 쪽에서 들릴 리 없을 것 같았던 가느다란 목소리가 들려왔습니다. 원혼은 이것이 죽음의 징조일지도 모르겠다고 생각합니다.

"세희, 거기 세희, 강세희 맞니?"

원혼, 아니 강세희라는 이름의 여자는 그 목소리가 남편의 목소리라는 걸 곧바로 깨닫습니다. 저는 드디어 이름을 알게 되었다는 생각에 가슴이 뛰기 시작했습니다. 잘하면 원혼 강세희까지 함께 데려갈 수 있을 것이었습니다.

"우리는… 우리는?"

"미안해, 세희야. 내가 미안하다….."

있는 힘을 다해 우리의 행방을 물어보지만 남편의 대답은 더는 들려오지 않습니다. 혹시 사방 어딘가에서 '엄마' 소리가 들려올지도 몰라서, 세희는 어디가 어딘지도 모르고 벽들을 부여잡은 채 좁은 방 안을 빙글빙글 돕니다. 차가운 바닥에는 장판도 없고, 벽에는 벽지가 없습니다. 맥락도 없이 벽을 할퀴고 할퀴어 이미 세희의 손톱은 다 빠져 있습니다. 머리를 짓찧어 피도 흐르고 있습니다.

제발, 어떻게 된 건지 모르지만 부디 우리만은 살려 주었기를.

우리는 그 여자를 좋아했습니다. 예쁜 치마를 입고 좋은 냄새가 나던 이윤령을 좋아했습니다. 남편이나 세희 자신은 그렇다고 쳐도 우리를 굳이 해치지는 않을 것입니다. 재산을 가지고 있는 것은 우리가 아닙니다. 몸 여기저기에서 피비린내가 올라오고, 온통 어두운 가운데 세희는 눈을 감았는지 떴는지 알 수가 없습니다. 전신이 커다란 돌에라도 짓눌린 듯 무겁다고 생각하며 눈꺼풀을 내리감은 지 얼마 지나지 않아 세희의 육신은 숨을 거두었습니다. 혼백이 몸에서 빠져나왔고 세희의 세상이 뒤집혔습니다. 죽은 자의 질서가 그녀에게 올곧게 세워졌고, 그 질서 속에서 벽 너머를 바라볼 수 있게 되자마자 세희가 가장 먼저 발견한 것은 옆방에서 싸늘하게 식어 있는 우리의 시신이었습니다. 자신과 마찬가지로 먹지 못하고 지치고 방 여기저기에 배설물을 싸질러 놓은 채 손톱이 빠져 있는 가여운 여자아이. 남편의 시신을 확인할 겨를도 없이, 세희의 혼백에 실지렁이처럼 붉은 기운이 다닥다닥 달라붙기 시작했습니다. 이거였습니다.

저는 재빨리 주문을 외우기 시작했습니다. 환상이 끝나기 전부터 주문을 외우기 시작했으니 저의 타이밍은 결코 늦지 않았습니다. 세희의 원한과 그 속에 있는 정결한 혼백을 함께 불러들이는 주문은 결코 틀리지 않았습니다.

"혼백 강세희여, 딸을 잃은 그대의 원한이 뿌리 깊었으나 이제 염라대왕의 부름을 받아 원한을 저울에 달아야 할 시간이니 그대가 살리려 하였던 친우 이윤령과 함께 저승의 문 앞으로 나아가게."

　이름, 원한, 목적, 모든 퍼즐이 맞춰졌지만 이상하게도 눈앞을 가로막았던 환상의 검은 안개가 걷히질 않았습니다. 저는 다시 한 번 주문을 외우며 강세희와 이윤령을 불렀습니다. 이름이 밝혀진 이상 저의 주문에서 벗어나기는 불가능할 것인데, 대체 왜 걷히지 않는 것인지 알 수가 없었습니다. 분명 남편은 강세희라는 이름을 불렀습니다. 저는 또 강세희와 이윤령을 불렀습니다. 그제야 안개가 조금씩 걷히기 시작했습니다. 저는 옴짝달싹 못 하고 순순히 앉아 있는 두 혼백을 상상하며 눈을 열었습니다…만, 눈을 떠 보니 이윤령의 혼백이 이미 자신의 육신을 떠나 있다는 것은 제 상상과 다르지 않았습니다. 그것만요.

　심지어 이윤령은 제가 찾아오기 직전에 그랬던 것처럼 반듯하게 침대에 누워 있었습니다. 쪼글쪼글한 입가에는 무슨 관세음보살 같은 미소까지 띠고서 말입니다. 당연히 육신은 껍데기뿐이었습니다. 이게 무슨 말도 안 되는 사건입니까. 저는 분통을 터뜨리며 화투판을 걷어차려고 했는데, 그 순간 원혼의 바닥에 깔린 패들이 눈에 들어왔습니다.

　광이 네 개에 패가 열두 개. 4점에 열 개 한 점, 남은 패 두 점…. 딱 7점이었습니다. 저는 순간 현기증을 느끼고 자리에 주저앉고 말았습니다. 멍하니 허공을 보다가 아이고, 이러고 있을 때가 아니구나 싶어 서둘러 그 집을 뛰쳐나왔습니다. 멀리 가지는 못했으리라고 생각하고 주변의 기운들을 정신없이 찾아보았습니다만, 그사이에 그렇게 멀리 갔을 리가 없는데…. 서울에서도, 경기도에서도, 심지어는 반도 안에서 두 혼백의 기운을 찾을 수가 없었습니다. 그래요, 마치… 윤회의 고리를 끊고 도망이라도 간 것처럼…. 하지만 대체 그럴 리가 없지 않습니까. 하나는 입도 못 뗄 만큼 지독한 원혼이요, 하나는 지옥에 갈 죄 많은 혼백이었는데 말입니다.

하는 수 없이 빈손으로 돌아온 이후 다른 처사들에게 사정사정하여 더 많은 곳을 찾아보았으나 마치 처음부터 그런 인간 따위는 없었던 것처럼 그들의 혼은 사라지고 말았습니다. 지금이라도 그들을 찾을 수만 있으면 어디라도 가서 데리고 오겠습니다만, 이렇게 찾을 수도 없는 지경인데 이것이 어찌 비단 제 잘못만이겠습니까. 삼라만상의 시스템이 잘못된 것이 아니고서야 이럴 수가 없는 것입니다.

결론

지금껏 보셔서 아셨겠지만 저는 맞고를 3점 나기로 알고 있었던 것 외에는 실수가 없었으며 성실하게 맡은 바 책무를 다 했습니다. 만약 두 혼백을 찾을 수 있다면 또 다른 문제겠으나 혹시나 그들이 원한을 뛰어넘어 서로 고스톱을 치면서 우정을 쌓다가 공덕이 넘쳐흘러 성불을 했다면 이 결과가 나온 것은 결단코 저의 책임이 아닙니다. 징계 건에 대해 시정을 요청합니다. 긴 글 읽어 주셔서 감사합니다.

첨부서류

저승사자 단체협약 제29조의 업무 중 안전사고, 불가항력적 사고 항목을 첨부합니다.

저승 노동위원회 귀중

이서영(앤윈)

SF와 판타지를 쓴다. 빈곤한 이들이 사랑하는 이야기, 노동하는 이들이 데모하는 이야기에 관심이 많다. 혼자 쓴 책으로 《악어의 맛》, 앤솔로지로 《이웃집 슈퍼히어로》, 《다행히 졸업》, 《여성 작가 SF 단편집》이 있다.

고양이 덫

손지상(DOSKARAAS)

유소미는 어느 작은 공원에서 일어난 강력 사건 뉴스를 본 뒤로, 오한과 고열로 고생하면서 온종일 계속해서 울어 부모를 걱정시켰다. 발작적인 울음이 어느 정도 진정이 되자 소미는 방문을 열고 나와 걱정스레 자기를 쳐다보는 어머니에게 말했다.

"엄마…, 나 경찰서 좀 가 봐야겠어. 그 뉴스 있잖아. 아무래도 나누가 범인인지 알 거 같아."

딸의 충격 발언에 까무러칠 뻔한 어머니를 보고 소미는 다시 울음을 터트렸다.

사각사각. 4B연필의 굵은 심이 도화지에 긁는 소리가 다른 사람의 연필심 소리와 겹치고 겹쳐 눈덩이처럼 늘어났다. 사각사각. 사각사각. 유소미는 소리에 취해 가고 있었다. 소리 덩어리가 너무 커져서 "치이이이" 하고 옛날 텔레비전에서 들리던 화이트 노이즈처럼 변해 미술학원 교실에 가득 찼다. 단조로운 소리를 오래 들어서 그런지 점점 졸려 왔다.

시간을 확인한 선생님이 박수로 신호를 보냈다.

"그러네. 좀 쉬자. 십 분 휴식."

모두가 연필을 일제히 내려놓고 나가자 모든 이의 시선을 한몸에 받던 허여멀건 한 석고상이 쓸쓸한 표정으로 마지막으로 떠나는 소미의 뒷모습을 바라보았다. 스마트폰을 꺼내 이리저리 조작하느라 남들보다 출발이 늦었던 소미는 미술학원 계단을 잽싸게 내려가면서도 눈은 화면 속 고양이 사진에 붙박여 있었다.

"에이."

"헉."

앞도 안 보고 운전하는 위험한 차량을 피하듯 올라오는 학생도 내려가는 학생도 소미를 피해야 했다. 본래 오피스텔로 만든 건물이라 엘리베이터가 있기는 하지만 원장선생님이 사용하지 못하게 막아 다들 6층짜리 건물을 폭이 좁은 계단으로 오르고 내려야 하기에 꼭 방어운전을 해야 한다.

소미는 학교에서도 미술 입시학원에서도 쉬는 시간만 되면 바로 스마트폰을 꺼내 들고 새로운 고양이 사진을 찾아 인터넷 세상으로 뛰어든다. 요즘은 SNS에 자기 반려동물 사진을 올려 다른 이와 행복을 공유하려는 고마운 분들도 많기에 소미처럼 고양이를 키우기 어려운 사정에 있는 사람도 한 조각 귀여움을 맛볼 수 있게 됐고, 덕분에 예전에 자기가 좋아하는 연예인 사진 브로마이드나 포스터를 벽에 빼곡히 붙이던 청소년처럼 스마트폰 사진첩을 고양이 백만대군으로 가득 채우게 됐다.

"소미야! 앞을 보고 걸어야지! 너만 내려가면 돼?"

"쌤! 쌤! 이거 봐요!"

화면 속에는 사람이 감당할 수 없을 정도로 진한 농도인 귀여움을 뿜어내는 다리 짧은 먼치킨 종 고양이가 삐이삐이 울면서 어미 고양이를 찾고 있었다.

"귀엽죠! 그죠!"

"귀여운 건 알겠는데, 앞을 똑바로 보고 내려가. 알았지? 그리고 쉬는 시간 끝나면 바로 오고."

"네에."

딴생각하는 사이 소미는 계단을 벌써 다 내려와 두 발로 착지했다. 스위치가 발바닥에 있기라도 하듯 밑창이 바닥과 접촉하는 랑데부 순간 입에서는 혼잣말이 튀어나왔다.

"아, 고양이 키우고 싶다."

하지만 키울 수 없다. 기회가 찾아왔을 때 놓쳐 버린 것이다.

집에 입양해 온 고양이를 파양해야 했던 소미의 마음은 천 갈래 만 갈래로 찢어졌다. 파양한 뒤로 일주일 동안 울기만 했었다. 이별의 원인은 소미였다. 고양이 털 알레르기가 있다는 사실이 밝혀진 것이다.

어쩔 수 없었다.

고양이 털 알레르기를 고쳐 보려고 소미는 여러 가지 시도를 했다. 고양이를 키우지 못하면 고양이 카페에 가서 놀아 주면서 털에 익숙해져 볼까 생각했는데 막상 가보니 아무리 참아 보려고 용을 써 봤자 재채기를 막질 못했다. (문제는 나 자신, 적은 바로 나 자신인 거야. 어떻게 해야만 체질을 바꿀 수 있을까. 안 그러면 영원히 고양이는 못 키울 텐데.) 사실 체질을 바꾸지는 못해도 고양이 털 알레르기 증상을 관리해 고양이를 키우는 방법이 없는 것은 아니다. 고양이 털이 아예 들어오지 못하게끔 격리된 방을 마련해서 증상이 심해질 때 잠시 피해 있거나 평소에도 스트레스를 잘 조절하고 면역을 높여서 알레르기를 일으키는 원인물질인 알레르겐에 반응하는 한계치를 높이거나 약물치료를 하는 등 방법은 많이 있다. 다만 소미는 이 모든 사실을 모른 채 그저 참기만 했다. 침울해진 소미는 학원 뒷문으로 나가 편의점으로 향했다. 캔커피를 하나 사고 돌아오는 길에 소미는 환청을 들었다.

"미이."

이 동네에는 고양이가 잘 보이지 않는다. 주변에서 장사하는 분들이 "고양이는 요물"이라고 뜨거운 물을 끼얹을 정도로 싫어하기 때문이다. 그런데도 고양이 소리가 들린다는 건 논리적으로 생각해 볼 때 (소미가 가장 못 하는 생각이기는 하지만) 환청이라 봐야 했다. 내 고양이 사랑이 지나친 나머지 환청까지 듣는구나. 못 말려. 캔커피 뚜껑을 따 입에 가져가면서 소미는 미술학원 뒷문으로 향했다. 다들 벌써 교실로 들어가서인지 아무도 없었다.

"계단 좀 에스컬레이터로 안 바꿔 주나…."

미술학원은 약간 비탈진 곳에 지어서 구조가 조금 이상하다. 기둥이 6층 건물의 무게를 모두 버텨야 하는 아슬아슬한 구조인데 어차피 경사 때문에 건물 반대편 정문이 2층에 있어서 문제가 될 것은 없다. 3층에서 5층은 미술학원으로 사용하고 있고, 6층은 원장 선생님 개인실이다. 그리고 1층의 절반은 보일러실 같은 공간이 차지하고 있었다. 보일러실은 계단 바로 아래에 있는데 이 계단을 통해 2층 로비 뒷문으로 들어간다. 학원생은 대부분 이 뒷문을 이용해서 편의점이나 식당으로 간다. 소미가 캔커피를 사서 막 오르던 길에 환청이 들려왔다.

"미이."

"뭐지? 주차장인가?"

보일러실 같은 공간을 뺀 1층 건물 면적 절반은 분명 1층인데도 다들 지하주차장이라 부르는 야외 주차장이다. 기둥을 세워 건물의 하중을 대부분 지탱하게 만들고 주차장 공간으로 만들어 놓은 것이다.

건물주는 노는 공간을 폐지 줍는 노인에게 빌려주었다. 주차장 한쪽에 폐지 더미가 산처럼 쌓이기 시작했다. 노인이 주워서 쌓아 놓는 재산이었다. 학생 몇 명이 쓰레기를 버리는 바람에 언제나 썩은 내가 났다. 동네 주민이 항의하는 일은 없었는데 노인이 매우 까칠한 사람이어서 조금이라도 자기 신경에 거슬리면 천둥같이 소리를 지르고 벼락같이 주먹질을 하기 때문이다. 소문에는 한때 권투선수였다는 말도 있고 건달이었다는 말도 있는데 누가 맞는 말인지는 모른다. 성질이 더러운 건 확실히 소문이 나 있었다. 모아 놓은 더러운 폐지를 누가 가져갈 리도 없는데 노인은 누가 훔쳐가지는 않나 신경이 곤두서 있었고 다가오는 이를 경계하고 공격하려 들었다.

"미이."

다시 들린 귀여운 울음소리에 소미가 두근거렸다. 귀를 기울였다.

"미이."

"들렸다!"

자기도 모르게 소리를 지른 소미는 소리 방향을 확인하고 탄식했다.

"아…!"

역시나 주차장에 노인이 쌓아 올린 폐지 더미에서였다. 소미는 한숨을 내쉬었다.

"미이… 미이… 미이…."

소리가 점점 힘을 잃어 끊어지려고 한다. 소미는 불안해졌다. 울음소리가 "살려줘", "구해줘", "아파"로 들려왔다. 어떡해. 많이 아픈가 봐. 소미는 발을 뗐다. 냄새가 심하게 났다.

"고양이야, 어디 있니? 아가야."

의심스러워질 정도로 주차장이 적막하다. 소미는 상상력이 풍부한 편이어서 어릴 때부터 자기가 한 상상과 현실을 잘 구분하지 못하는 일이 있었다. 꿈에서 본 일을 직접 경험했다고 착각하거나 속으로 한 생각이 소리로 들려서 진짜 누가 자기를 부른 것인지 아니면 상상한 것인지 구분하기 어려울 때도 있었다. 어쩌면 노인이 쌓아 올린 폐지를 공연히 헤집어 놓았다고 화를 내지는 않을까? 불안한 마음에 소미는 필사적으로 귀를 기울였다.

"어딨니? 대답해."

마치 고양이가 말을 알아듣기라도 하듯.

반응이 없다.

"어딨니? 여기 있니?"

소미는 주차장 가장 구석 어두컴컴한 곳으로 향했다. 박스가 대강 쌓여 동굴처럼 밑에 공간이 있었다. 안에 뭐가 있는지는 보이지 않았다. 더 다가가자 코가 간질거렸다.

"이잇취힉."

좋은 신호였다. 알레르기가 이렇게 반가웠던 적이 있었을까? 적의 공격을 알리는 위험신호처럼 간질거리는 코가 고양이가 분명히 있다고 알려 주었다. 아래에 빈 공간이 보이는 박스를 살짝 들어 올려 보았다. 손에는 스마트폰 플래시를 켜 손전등 대신 불을 밝혔다.

"미이"

"잇치히."

"미이."

"아이고, 코야."

코를 붙잡은 소미가 코맹맹이 소리로 말했다.

"안녕, 아가야. 괜찮니?"

"미이."

스마트폰 플래시에 비친 새끼 고양이의 모습은 처참했다. 소미 눈에 순간 눈물이 핑 돌 정도였다. 아직 어린 고양이는 힘이 없어 보였다. 사람이 너무 가까이 다가오면 길고양이는 바로 도망친다. 고양이 특유의 민첩한 몸놀림으로 내달려 어둠 속으로 사라진다. 하지만 이 고양이는 그러지 못했다. 힘없이 고개를 까무룩 숙이는 몸짓에는 몸 안에서 버텨주는 무언가가 아무것도 없었고, 옆구리에 갈비뼈가 앙상하게 드러날 정도로 몸이 말라 있었다. 오렌지색과 노란색과 흰색이 뒤섞인 털이 치즈처럼 보였다. 털이 짧고 빽빽하게 난 코리안쇼트헤어 종이었다.

"아가, 잠시만 여기서 기다려. 언니가 금방…."

"거기서 뭐 해."

"잇치히!"

놀라 당황하는 소미 코로 시큼한 막걸리 냄새가 쿡 찔러 들어왔다. 노인은 손에 플라스틱 막걸리병을 들고 있었는데, 내용물이 조금 남아 있었다.

"잇치히! 이힛치히!"

"무슨 일이냐?"

"아, 저기,"

소미는 손가락으로 코를 짚고 코맹맹이 소리로 말했다.

"새끼 고양이가….."

"뭐? 고양이?"

"네, 배가 고픈 모양인데….."

"비켜 봐."

각오를 다지는 의식인 양 막걸리로 병나발을 분 노인은 소미를 제치고 고양이에게 다가갔다. 뚫어져라 살피는 눈길이 혹시라도 고양이를 해하려는 생각을 담고 있지는 않나 불안해진 소미는 고양이에게 더 가까이 다가가려고 했다. 고양이에게 무슨 짓이라도 하면 달려들어 몸으로 막을 생각이었다.

"비키라니까."

노인은 쭈그리고 앉아 새끼 고양이가 꼬물거리는 모습을 지켜보았다. 때때로 미이, 미이, 하고 우는 고양이가, 소미에게는, 노인이 무서워서 겁을 먹은 건 아닌가 하고 불안한 생각이 들었다.

"고양이가 요물이라더니….."

"하, 할아버지. 고양이가 배가 많이 고픈 것 같은데 뭐라도 좀 줘야 하지 않을까요? 엄마 고양이가 오기 전까지….."

"엄마?"

"네, 사람 손 안 타는 게 좋을 것 같긴 한데, 그래도 이대로는 힘이 너무 없어 보이는데 우유라도….."

"어미는 못 와."

"네? 설마 버림받은 건가요?"

"아니. 죽었어. 내 눈앞에서. 피 엄청 흘리고."

"네?"

충격으로 굳어 버린 소미를 눈치채지 못한 노인은 새끼 고양이를 내려다보며 기억을 더듬었다.

"어미 고양이 몇 번 봤거든. 내가 밥도 주고 그랬어. 요물은 요물이야. 피를 뚝뚝 흘리면서 기어 오더라고. 차에 치였겠지. 리어카 끌고 찻길 다닐 때 자주 위험하게 도로 건너는 걸 본 적이 있거든. 나를 빤히 올려다보다가 숨이 끊어지더라고. 아마 제 새끼 잘 좀 봐달라고 부탁하는 것이었겠지."

"불쌍해라…."

"한 마리만 있는 것도 이상하네. 보통 고양이는 한 번에 새끼를 서너 마리 낳는데. 나머지는 어디서 죽었나. 역시 요물이야. 요물."

노인이 넝마나 폐지를 주울 때 쓰는 집게를 집어 들었다. 가벼운 철판으로 만들어서 집게질을 할 때마다 시끄러운 소리가 울린다.

머릿속에 떠오른 폭력적인 상상이 소미를 떨게 했다. 자비심에서든 귀찮음에서든 어떤 동기가 되었든 이 작은 목숨을 앗아가려는 건 아닐까? 아니면 구청에 연락해서 안락사시키는 건 아닐까? 공포심이 온몸을 떨리게 만들었다. 막아야 해.

"저기요, 할아버지…."

흥분해서 자기도 모르게 말이 가성으로 튀어나왔고 속도고 빨랐다. 노인도 놀라서 소미 얼굴을 쳐다보았다. 자기 목소리에 놀란 소미는 숨을 골랐다.

"왜?"

소미는 잠시 머뭇거렸다. 노인이 무서웠다. 이 노인이 얼마나 '선을 넘은' 행동을 할지 예측할 수 없는 불길함에 소름이 끼쳐 왔다.

"일단은 우유부터 먹이는 게 좋지 않을까요? 여기서 죽으면 좀 그렇잖아요."

"안 들어온 사람 누구야! 수업 시작했다!" 하고, 뒷문에 고개를 내민 학원 선생님이 큰 소리로 원생을 불러들였다. 시간이 없어 조급해진 소미는 자기도 모르게 학원 선생님께 금방 간다고 소리를 지르며 노인의 집게를 빼앗아 들었다. 당황한 노인이 어안이 벙벙한 사이 소미가 편의점으로 달려갔다.

"잠깐만요! 우유 사 가지고 올게요! 그때까지만이라도."

소미는 편의점에서 고양이가 먹어도 되는 우유와 새끼가 먹을 수 있는 사료나 간식이 있는지를 물었고, 필요한 물건을 건네받았다. 그리고 소미는 역시나 자기가 미성년자라 막걸리를 살 수 없는지 확인차 물었고, 그렇다는 대답을 받았다.

"저기 그럼, 막걸리에 어울리는 안줏거리가 뭐가 있나요?"

"네?"

점원이 일회용 접시와 냉동 족발 위치를 알려 주자, 소미는 급히 물건을 챙겨와 계산을 마치고 고양이에게 향했다. 다행히 고양이는 아직 "미이" 하고 애처롭게 울고 있었다. 우유와 간식을 주자 겨우 겨우 핥아먹었다. 그 모습을 보자 소미의 마음에 그동안 느껴 본 적 없던 감정이 한없이 부풀어 올랐다. 노인은 선물 받은 족발을 그저 손에 들고 멍하니 고양이를 바라보기만 했다. 우유를 핥아먹는 고양이의 혓바닥이 점점 생기 있고 리드미컬하게 움직이기 시작했다.

"어찌할 거냐."

"네? 저기… 죄송하지만…. 이잇취히!"

"왜 자꾸 재채기하냐?"

"아, 제가 고양이 털 알레르기라서요."

소미는 알레르기에 관해 설명했고, 이 말을 듣고 있던 노인이 여전히 불퉁하고 뚱한 얼굴로 툭 내뱉었다.

"그런 건 그냥 약해 빠져서 그런 거 아니야?"

소미는 알레르기가 단순히 '근성'이 없거나 '참을 수 있는데 깡다구가 없어서' 그러는 게 아니라는 사실을 설명하려고 노력했고 노인은 납득한 표정을 보이지 않았다.

"어쨌든. 고양이를 이렇게 좋아하는데 고양이를 못 키워?"

"…네."

"그럼 '이건' 어떻게 할 거야?"

"저기… 죄송하지만…."

"유소미!"

뒷문을 열고 고개를 내민 선생님이 소리쳤다.

"종 친 지가 언젠데 아직도 거기서 그러고 있어!"

"네! 갈게요!"

다급히 몸을 일으킨 소미가 문득 몸을 멈추고 노인을 바라보았다.

"할아버지… 저기…."

"알았다. 내가 잠깐 맡아 주마."

"감사합니다! 사료랑 나머지 필요한 건 제가 챙길게요!"

하고, 뒷문으로 향하는 소미의 등 뒤에서 노인은 혼잣말처럼 중얼거렸다.

"저 녀석도 나도 똑같은 처지야. 버림받고 갈 곳 없고 가족도 없고. 먹고살려면 남의 도움을 받아야 해. 그러다 픽 쓰러져 죽더라도 아무도 신경도 안 쓰지. 구청에서 나와서 뒈진 몸만 주워 갈 뿐이야. 죽을 때까지 뭐라도 주워 먹으려고 리어카를 끌고 쓰레기를 주워 모아야 해. 젠장. 씹할."

욕을 들어 겁이 난 소미는 어물어물 대답하고 교실로 향했다.

수업이 진행되는 내내 소미의 의식은 건물 밖 주차장에서 떨고 있을 새끼 고양이에게 향해 있었다. 불안했기 때문이다. 새끼 고양이는 어미의 도움 없이 생존할 확률이 극히 희박했다. 그리고 예방접

종이나 영양제 처방을 받으려면 동물병원에 데려가야 할 텐데 그 할아버지가 그런 신경을 써 줄지도 확실하지 않았다.

"소미야! 집중 안 할래! 그래가지고 미대 가겠어?"

제정신으로 돌아온 소미가 "죄송합니다" 하고 다급히 손을 움직였지만 여전히 정신은 그곳으로 향했다. 수업이 끝나고 할아버지에게 찾아가니 자리에 없었다. 고양이도 없었다. 물어볼 데도 사람도 없다. 혹시나 싶어 주변 가게에 가 봤지만 보이지 않았다. 계속 고양이 걱정이 되어서 안절부절못했다. 집으로 돌아와서도 마찬가지였다. 소미는 어머니에게 남는 담요를 얻고, 용돈을 가불받으려고 설득하는 과정에 고양이 이야기를 꺼냈다.

"세상에, 이를 어쩌니."

언제나 호들갑스러운 어머니가 벌써부터 눈물을 흘렸다. 아직 어미가 죽은 이야기는 꺼내지도 않았는데.

용돈은 물론이고 담요까지 두둑하게 받은 소미는 어머니 곁에서 도시락을 두 개 더 쌌다. 학교에서는 급식을 하니 따로 도시락이 필요 없지만 학원에서는 일주일에 세 번 정도는 도시락을 먹는다. 소미가 싼 도시락은 새끼 고양이가 먹을 음식으로 인터넷을 뒤져 찾은 레시피대로 장을 봐 와 만든 것이었다. 나머지 하나는 노인을 위한 것이었다.

"왜?"

마침 자리에 있던 노인에게 소미는 담요와 도시락을 건넸다. 고양이는 상자 안에 들어가 있었다. 비둘기 집처럼 옆면에 출입구 구멍을 뚫은 형태였다. 소미는 미리 준비한 마스크를 끼고, 상자 안에도 주변에도 담요를 감아 따뜻하게 온도를 유지하도록 신경 썼다. 그 모

습을 담담하게 지켜보던 노인은 소미가 싸 준 도시락을 꺼내 들고,

"잘 먹을게."

하고 무뚝뚝하게 한마디 하고는 뚜껑을 열었다.

"네가 만들었냐?"

"네? 아, 네. 제가 만들었어요."

"맛있네."

"아… 감사합니다."

하고, 소미는 젖병에 담은 우유를 새끼 고양이에게 먹였다.

"그래서. 어떻게 키울 거야. 사료가 비쌀 텐데."

"사료는 제가 한 포대 사서 보낼게요. 걱정 안 하셔도 돼요. 일단은 분유를 좀 먹여야 해요."

"분유? 사람도 아니고 짐승인데 분유를 젖병으로 먹여야 한다고?"

"엄마가 없으니까요…."

"엄마가 없다…. 이름이 뭐냐?"

"네? 아. 이름. 그게, 아직 짓지 않았는데요."

"그래? 뭐가 좋을라나."

소미는 생각했다. 귀여운 게 좋을 텐데. 코리안쇼트헤어 종이고 털이 치즈니까, 치즈? 너무 먹을 것 같나. 그럼… 치즈 이름 뭐 있지? 파마산? 에이, 피자도 아니고. 까망베르? 까망? ……은 털 색깔이 안 맞고. 그럼 베르? 베르 귀여운데? 생각 끝에 소미가 입을 열었다.

"저기, 베…."

"대박이. 너는 오늘부터 대박이다."

"네?"

"대박아. 대박 나라."

"아…."

"양껏 먹고 남 보란 듯이 사는 거다. 알았지, 대박아?"

이름 베르가 더 좋은데. 귀엽고. 난 계속 베르라고 불러야지. 베르야, 많이 먹어. 소미가 속으로 마음을 전했다. 베르, 대박이는 배가 부른지 트림을 하고 잠이 들었다.

"내가 지켜 주마, 대박아."

다행히 베르는 살아남았다.

여름이 찾아왔다. 여름 방학이 되었다. 학교에 가는 대신 매일 미술학원으로 향했다. 그사이 어머니의 도움을 받아 재채기를 참으며 동물병원에도 데려갔고, 예방주사도 맞혔다. 좋은 사료와 간식도 구해 주었다. 소미는 매번 베르에게 간식을 주었고, 장난감으로 놀아 주었다. 그 모습을 스케치하고, 만화로 그리고, 사진으로 동영상으로 찍어 SNS에 올렸다. 사람들의 인기도 늘어 갔다. 소미에게 있어 다시 올지 모르는 지복으로 가득 찬 시간이었다.

베르는 어느새 어른이 되어 있었다. 그리고 미술학원의 마스코트가 되었다. 물론 베르라 부르는 사람은 소미 혼자였다. 대부분은 대박이라 불렀다.

소미는 노인이 베르를 돌봐 주면서 변하기를 기대했다. 그 덕에 동네 사람들도 노인에게 친절하게 대하기를 바랐다. 그러나 현실은 달랐다. 그는 계속 갈라파고스나 다름없는 고립된 생활을 해 왔다. 성격은 비뚤어지고 고집 셌다. 그의 감정은 동물적인 정동 수준에서 벗어나지 못했다. 그만큼 다른 이가 다가오는 것을 싫어했다. 그 성격이 베르에 대해 다른 사람이 관심을 보이는 것을 불편해했다. 항구는 여전히 개항하지 않았고 쇄국은 이어졌다.

어느 날 항구가 공격받았다.

노인이 지르는 고함 소리가 건물까지 들려 왔다. 소미와 친구들은 물론 선생님까지 놀라서 아래층으로 내려갔다. 이미 베르는 미술학원의 마스코트였다.

소미의 마음속에는 베르에게 무슨 일이 있지는 않나 걱정스러웠다. 노인이 그동안 보인 폭력적인 행동을 소문으로 들어서 알고 있었다. 무슨 짓을 할지 모른다.

뒷문 밖으로 나오자, 노인이 길바닥에 무릎 꿇고 비는 모습이 보였다. 근처 동네 주민이나 가게주인이 구경하고 있었고 지나가던 행인마저 발걸음을 멈추고 상황을 지켜보고 있었다. 미술학원 원장은 노인 앞에서 팔짱 끼고 떡 버티고 서 있었다.

"미안합니다아… 미안하다고…!"

노인은 이미 술기운으로 혀가 제대로 돌아가지 않았다.

"아저씨, 거 자꾸 사람 나쁜 사람으로 몰아가지 마세요. 미안하다고 끝날 일도 아니고. 아니 사람을 그렇게 때리면 어떻게 합니까?"

그 말을 들은 소미는 그제야 원장선생님 뒤에 쓰러진 사람을 의식했다.

소미는 알지 못했다. 소미는 폭력을 무서워했다. 그래서 누군가가 얻어맞아 쓰러져 피를 흘리고, 아파하고, 다른 사람의 간호를 받고 있는 모습에서 무의식적으로 눈을 돌리고 싶었을 것이다. 그러니 시야에 들어와도 의식의 수면 위로는 올라오지 않았던 것이다.

"왜 때리신 건데요?"

원장의 말에 노인은 눈물을 흘리며 땅바닥에 머리를 찧었다. 원장은 당황해서 어깨를 붙잡아 제지했다. 그 광경을 본 소미는 충격으로 그 자리에서 굳어 버렸다.

"대박이가… 어흐흐… 대박이가 없어졌어…."

"대박이가요? 그런데요?

소미는 그 말을 듣자마자 온몸의 피가 얼어붙고, 한기로 온몸의 피부가 찢어지는 것 같았다. 털이 곤두섰다. 베르가 사라졌다니. 있을 수 없는 일이었다. 아니, 있어서는 안 되는 일이었다.

"그런데 저 사람은 왜 때렸어요?"

"저놈이 대박이를 없앤 게 분명해! 잘 없어졌다고 했단 말이야!"

"아, 아닙니다!"

얻어맞아 쓰러진 남자가 항변했다.

"그런 말 한 건 사실이지만, 내가 해코지하거나 하진 않았어요! 요새 발정이 왔는지 밤에 너무 시끄러워서 소리 좀 지른 것뿐이라고요."

"거짓말하지 마, 이 자식아! 시끄럽다고 해코지했잖아. 그렇지!"

노인은 벌떡 일어나 달려들었으나, 원장에게 가로막혀 남자를 때리려고 휘두른 주먹이 허공을 갈랐다. 공포에 질린 남자가 항변하듯 소리쳤다.

"내가 뭘 잘못했다고 그래요! 아무것도 안 했다니까요!"

원장선생님도 거들었다.

"거 고양이 가지고 왜 이래요?"

"뭐 이 자식아!"

노인이 이번에는 원장선생님의 멱살을 붙잡았다. 돌발 행동에 모두가 허를 찔려 그 자리에서 굳어 버렸다.

"왜 이러래요, 아저씨."

원장선생님은 말을 더듬거렸다. 태어나서 한 번도 험한 꼴을 당해 본 적이 없는 사람처럼 겁먹고 허둥대며 원장이라는 직함의 도금을 벗겨 내고 있었다.

소미는 노인의 행동을 말리는 사람이 없나 주변을 둘러보았다. 아무도 선뜻 나서지 않고 상황을 지켜보기만 했다. 소미는 알았다. 어른들은 소미처럼 겁이 나서 움직이지 못하는 게 아니었다. 생각지 못한 폭력에 놀라 몸이 굳은 게 아니었다. 이 사실을 깨달은 소미는 어른들이 치사하고 천박하다고 느꼈다.

"안 돼."

자기도 모르게 입에서 절망이 흘러나왔다. 소미의 머릿속에는 앞으로 다가올 미래가 떠올랐다. 노인과 베르의 미래다. 공포는 사랑을 이기지 못한다. 마음의 어둠 한가운데에서 베르가 울고 있었다.

"할아버지!"

관객이 무대로 난입한 데에 놀라 아무도 제지하지 않는 와중에 배우인 원장선생님과 노인은 새로 등장한 배우인 소미가 어떻게 상황을 전개할지 몰라, 다음 행동을 기다렸다.

"그 손 놓으세요. 베르가, 대박이가 혹시라도 돌아왔는데 할아버지가 안 계시면 어쩌려고 그래요?"

술에 취한 사람의 감정은 중간 단계가 없이 극단으로 치닫는다. 노인은 소미의 말이 환기한 이미지에서 몸으로 즉각적인 감정을 느꼈다.

공포.

고독.

연민.

분노.

우울.

형언할 수 없는 다양한 불쾌가 뒤엉켜 몸의 힘을 빼앗아 갔다.

노인은 손을 놓고 그대로 무너져 내렸다. 무릎 꿇고 이마를 바닥에 박은 채, 두 손을 머리 위로 올리고 빌었다. 다른 이는 공감할 수 없이 자기감정에 취해 있었다. 방관하는 관객은 물론이고 같은 무대에 선 상대역 원장선생님도 소미도 앙상블을 이루지 못했다.

"미안합니다. 미안해. 내가 잘못했어."

"소미야, 이 아저씨 왜 이러니?"

"할아버지, 진정하세요."

"제발 내쫓지 말어. 제발."

"선생님, 안 내쫓아요. 그죠? 그죠?"

"아, 응. 그래. 물론이지."

"선생님도 대박이 걱정하죠?"

"대박이 나 없으면 안 돼. 나 대박이 없으면 안 돼."

"그, 그럼. 걱정하지. 걱정하고말고."

노인은 큰절을 하다못해 바닥에 머리를 찧기 시작했다. 절대권력을 가진 황제에게 예를 보여 자식을 살리려는 사람처럼 이마가 찢어지고 회색 시멘트가 붉게 물들 정도로 계속해서 머리를 울퉁불퉁한 표면을 향해 받으며 자비를 구했다.

"할아버지!"

소미가 노인을 붙잡았다. 계속해서 머리를 찧으려고 드는 노인과 소미 사이의 줄다리기가 팽팽해졌다. 구경하던 사람들은 피를 보고 놀라 더욱 뒤로 물러섰다. 원장선생님은 물러나고 싶어도 그럴 수 없어 무대 위에 처음 올랐다 대사를 잊은 배우처럼 머뭇거렸다. 소미는 노인 옷에 남은 베르의 털 때문에 재채기가 튀어나와 제대로 대사를 치지 못했다. 붕 떠 버린 틈을 노인이 같은 대사를 반복하며 채웠다.

"미안합니다. 미안하다고. 미안하다고 하잖아."

"마음대로 하세요."

피투성이가 된 얼굴을 들어 올린 노인에게, 원장선생님은 도망치 듯 미술학원 안으로 들어갔다. 사람들도 공연이 모두 끝났다 생각하고 뿔뿔이 흩어졌다.

소미는 노인을 부축해 대박이 집 근처로 데려가 만류하는 노인을 무시하고 119를 부르고 학원으로 돌아갔다. 구급차가 올 때까지 기다릴 수도 있었지만 그러고 싶지 않았다.

노인은 무슨 짓을 할지 몰랐다.

더 이상 상관하고 싶지 않았다.

무책임해지고 싶었다.

소미는 노인이 있는 폐지 수집장에 거리를 두고 움직였다. 노인과 마주칠 가능성을 모두 따져서 접촉을 피했다. 혹시나 마주쳐도 의도적으로 무시했다. 노인은 소미의 태도가 변한 것을 납득한 모양인지 말을 걸거나 하지 않았다.

베르가 없어지자 노인은 술에 의지했다. 더 많은 술을 마시고 때때로 주정을 부려 소란을 일으키기도 했다.

소미는 그림에 더 열심히 집중했다. 미대 가야지. 외할아버지가 말한다.

"우리 소미는 상상력이 좋으니까 그림 그리면 할 거야."

머릿속에서 들리는 외할아버지의 목소리 너머로 고양이 울음소리가 들리는 것 같았다.

"학생."

소미는 자기를 부르는 소리가 아니기를 바랐다. 노인의 목소리는 한 번 더 소미를 향했다. 고개를 돌리니, 노인이 밝은 얼굴로 듬성듬

성 난 턱수염을 때 낀 손톱으로 긁고 있었다.

소미는 조금 뒷걸음질 치는 자신의 발을 의식하며, 억지로 미소 지었다.

"학생, 혹시 그 깡통 사료 어디서 사는지 알아?"

"왜요?"

"대박이가 돌아왔어."

"정말요?"

노인의 뒤를 따라 코를 막고 따라간 구석에는 배가 부른 베르가 있었다.

소미는 그동안 쟁여둔 캔 사료를 모두 들고 나왔다. 인터넷을 뒤져 고양이 출산을 위해 필요한 정보도 모았다. 고양이는 보통 분만 시 주변에 사람이 있는 것을 싫어한다고 한다. 노인과 소미는 멀찍이서 피해 있기로 했다.

일주일 뒤, 베르의 양수가 터지고 산도가 열렸다.

노인은 불안해했고, 소미도 마찬가지였다. 베르는 소미가 새로 가져온 깨끗한 모포 위에서 한 시간 동안 진통을 겪은 끝에 얇은 태막에 싸인 첫 번째 새끼 고양이를 낳았다. 베르가 태막을 혀로 깨끗이 핥고 탯줄을 씹어 끊어 주는 과정을 소미는 멀찍이서 최대한 줌을 당겨 스마트폰으로 동영상 촬영을 했다.

베르가 새끼 고양이의 몸을 핥아 주며 마사지하자 새끼 고양이가 작고 가녀린 울음소리를 냈다. 젖을 빠는 새끼 고양이를 소미는 속으로 까망이라고 이름 지었다. 털이 검은색이었기 때문이다.

진통이 찾아오고, 검은빛 태반이 튀어나왔다. 베르는 태반을 먹기 시작했다. 노인이 말리려 하자, 소미는 제지했다. 출산에 필요한 영양분을 보충하기 위해 먹는 것이 본능이라고 인터넷에서 보았기 때문이다.

얼마가 지난 뒤 두 번째가 태어났다.

그리고 또 한 마리가 태어났다.

그렇게 세 마리의 새끼가 태어났다.

보통 네 마리에서 여덟 마리 정도를 낳는 게 고양이로서는 평균적이다. 베르는 몸이 약해서인지 세 마리에 그쳤다. 모두 베르를 닮은 귀여운 아가들이었다.

혼자서 속으로, 소미는 나머지 새끼를 에멘탈, 모차렐라라고 이름 지었다.

안심한 노인은 축 늘어졌고, 소미는 노인을 격려한 뒤 교실로 돌아갔다. 몇 시간이나 자리를 비워 혼이 났지만 베르가 새끼를 낳았다는 사실에 흥분한 선생님은 소미의 작은 실수는 금방 잊어버렸다.

에멘탈, 모차렐라, 까망이는 새로운 SNS 스타로 등극했다. 사진도 만화도 모두 인기가 있었고 사람들은 귀여운 세 새끼 고양이를 보며 즐거워했다.

한편 새끼를 낳은 이후로 노인이 보이는 집착은 더욱 강해져 갔다. 노인은 대박이의 자식을 국가와 민족와 만세로 지었다. 텔레비전 방송에 나오는 세쌍둥이 이름이었고 노인이 가장 중요하다 생각하는 국가와 민족에 만세를 표하는 것이야말로 중요하다고 일장연설을 늘어놓았다. 소미는 납득할 수 없었다. 이 아이는 모차렐라, 에멘탈, 그리고 까망이다.

노인은 새끼 고양이가 약하고, 보호받아야 하는 노인의 '물건'이라고 인식하고 있었다. 그래서 새끼를 구경하러 오는 사람들을 모두 차단했다. 소미도 마찬가지였다.

"제가 모포도 준비하고 아가들한테 필요한 것도 준비했잖아요."

소미가 항의해도 노인은 막무가내였다.

"또 도망치지 못하게 막아야 혀."

노인은 실내에서 개를 넣을 때 쓰는 철제 케이지를 구해 와 그 안에 베르와 아가들을 넣으려 했다. 소미는 이를 반대했다. 고양이는 주변을 산책하고 마음껏 돌아다니지 않으면 안 되는 동물이라는 이유에서였다.

"남의 집 고양이한테 감 놔라 배 놔라 하지 말어."

"어떻게 남의 집 고양이예요, 베르가."

"베르? 뭐여, 그건. 어쨌든 대박이 식구는 내가 알아서 챙길 테니까, 학생은 더 이상 거시기 하지 말어. 신경 끄라고."

일방적인 선언이었다.

소미는 물러났다. 한 가지 소미의 기분을 조금이나마 회복시켜 준 건 케이지 문제는 얼마 안 가 해결되었다는 것이다. 길고양이로 살던 베르는 갇히자마자 심기가 불편하다고 울음소리로 항의해 댔고, 학원의 부탁으로 다시 자유를 찾았다. 그러나 자유를 찾지 않게 됐어야 했는지도 모른다.

학원으로 향하는 버스 안에서 베르를 만날 생각으로 두근거리던 소미의 마음은 순식간에 나락으로 떨어졌다. SNS를 통해 알게 된 뉴스 탓이었다.

뉴스에서는 '캣맘'이라는 말이 나왔다. 길고양이를 돌봐 주기 위해 먹이를 놓아 주는 사람을 이르는 말이다. 소미는 그 말이 귀엽고 좋은 말이라 생각했다. 그런데 어떤 사람들은 그 귀여운 말을 누군가를 경멸하기 위해 사용했다.

소미로서는 이해할 수 없었다. 증오도 미움도 자기보다 약한 존재를 해하려는 욕망도 도저히 이해할 수 없었다. 신문 기사에서 말하고 있는 사건은 분명 그런 마음을 가진 사람이 저지른 것이 분명했기 때문이다.

'캣맘'이 놓은 사료에 농약을 섞은 것도 모자라, 독극물로 비틀거리는 동물을 잔인하게 발로 차 살해한 것이다. 돌리고 싶었던 소미는 SNS를 통해 어느 지역에서 일이 벌어졌는지 알게 되었다. 여기… 미술학원 옆 동네잖아?

도시락통과 새로 갈아 줄 담요가 든 보자기를 꼭 안은 채 소미는 두려움에 떨었다.

늦게까지 작업을 하던 소미는 주전부리를 사러 편의점으로 향했다. 밤이 되기까지 한 발자국이 남아 있는데도 아르바이트 학생은 밤 아르바이트생으로 바뀌어 있었다. 가는 길에 베르에게 간식을 줄 생각으로 닭가슴살 캔을 하나 사서 돌아가는 길이었다.

노인이 아직 있나 보려고 멀찍이서 내다보는데, 처음 보는 남자가 폐지 수집장으로 들어가는 것을 보았다.

인적이 완전히 사라지고, 가로등이 아래로 보이는 가게 셔터도 굳게 닫힌 시간에 혼자 돌아다니는 남자는 누가 봐도 수상해 보일 만했다. 게다가 얼굴에는 마스크를 쓰고 후드를 푹 눌러쓰고 있는 것도 수상쩍었다.

불안한 마음에 천천히 계단을 오르는데, 남자가 폐지 수집장으로 향하는 걸 곁눈으로 보았다.

"안 돼!"

말리기도 전에 일은 이미 터지고 말았다.

다가가는 데, 비명이 들렸다.

사람이 아니라 고양이의 비명이었다.

놀란 소미가 달려갔다.

폐지 수집장에 거의 다 도착했을 때, 남자가 도망쳤다.

소미는 남자를 붙잡으려고 쫓아갔다. 그러나 남자가 더 빨랐다.

폐지 수집장으로 돌아온 소미는 상황을 감당할 수 없었다.

목 밑에서 치밀어 오르는 토사물을 억누르지도 못했다.

오열하며 소미는 구토를 계속했다.

명치가 쥐어 뜯겨 나갈 것만 같았다.

"학생, 왜 그래."

노인이 리어카를 끌고 돌아오는 길이었다. 커다란 리어카가 노인을 더 작게 보이게 만들었다. 소미는 떨리는 손가락으로 구석의 베르를 향해 손가락질했다.

노인은 베르를 향해 달려갔다.

리어카를 내팽개쳐 쌓여 있던 골판지나 고물이 모두 쏟아져 나왔다.

노인도 오열했다.

시간이 너무 늦어 동물병원이 문을 닫은 상태였다.

노인은 베르와 까망이, 모차렐라, 그리고 에멘탈의 피로 더럽혀진 모포를 가슴에 안은 채 문을 발로 찼다.

"열어! 씹헐, 안 열어!"

겁먹고 얼어붙은 소미는 혀를 지그시 깨물며 집중을 되찾으려 했다. 흥분하고 정신을 놓아 버려서는 베르와 까망이와 치즈를 살릴 수 없다. 소미는 동물병원 진열장에 남겨진 개인번호로 전화를 걸었다. 공포로 손가락이 떨려 제대로 번호를 누르기 위해 세 번을 시도해야 했다. 전화 통화로 짜증을 내는 수의사를 설득하던 소미가 답답했던지 노인은 전화기를 뺏어 들고 욕설을 퍼부으며 빨리 오라고 난리였다.

수의사가 나타나는 데는 그리 오래 걸리지 않았다. 다행히 근처 호프집에서 맥주를 마시던 와중이었다. 집이 두 시간 거리라 퇴근했으면 오지 못했을 것이라고 했다. 소미는 이 우연에 감사했다.

결과는 잔인했다.

새끼 고양이 세 마리는 모두 죽었다.

너무 작고 연약했던 세 마리에게 성인 남자의 발길질은 견딜 수 없는 충격이었다.

새끼를 지키려고 감싸느라 베르는 갈비뼈도 부러졌고 한쪽 발이 불구가 되었다.

조용히 결과를 듣고 있던 노인이 자리에서 일어났다.

"얼마요?"

그 말이 치료비라는 사실을 뒤늦게 깨달은 수의사가 금액을 청구하자, 노인은 돈을 찾아오겠다면서 밖으로 나갔다. 그사이 소미는 너무도 답답한 마음을 어딘가 토로하고 싶었고, 자기가 목격한 장면을 수의사에게 전했다. 그러자 그는 이 동네에 상습적으로 길고양이를 해코지하는 사람이 있다고 했다.

"그런 놈을 빨리 잡아야 하는데. 나중에 연쇄 살인마가 된다고."

아무렇지도 않게 말하는 수의사의 말에 소미는 소름이 끼쳤다. 그리고 어째서인지 이 말을 노인이 듣지 않았으면 했다. 노인이 동물병원으로 돌아왔다. 금액을 치르는 노인의 모습은 감정이 완전히 휘발된 사람처럼 무덤덤했다. 초연하게 돈을 건넨 노인은 베르의 모습을 살피지 않고 새끼를 잘 묻어 달라고 부탁한 뒤 밖으로 나갔다. 소미는 뒤따라 나가기가 무서웠다. 수의사가 갈 준비를 마칠 때까지 있었다.

밤늦게 집에 돌아갈 길이 막막했다.

학원버스는 이미 운행이 끝났을 시간이고 노인이 있을 학원 건물에 가까이 가고 싶지 않았다. 택시를 타기도 무서워졌다. 수의사는 다시 호프집으로 돌아갔다.

소미는 자신을 둘러싼 모든 것이 다 두려워졌다. 눈물이 나오려는 것을 억지로 참으며 소미는 집에 전화했다. 어머니가 기도하고 있을 시간이었다.

신호음이 음성 사서함으로 연결된다는 기계 음성으로 바뀌자 눈물이 터져 나왔다.

몇 분이 지났는지는 소미도 몰랐다. 전화벨이 울렸다. 엄마였다. 울먹이며, 소미는 자기를 데리러 와 달라고 부탁했다. 부모님이 차를 타고 돌아와 소미를 태우고 집으로 돌아가는 동안, 소미는 무슨 일이 일어났는지 말하지 않았다.

그날 밤 이후로 일주일이 넘게 소미는 학원에 가지 않았다.

심한 몸살로 몸져누워 있었다. 한참 동안은 열에 들떠 뜻 모를 소리를 계속했다. 끊임없이 악몽이 몸을 쑤시고 아프게 만들었다. 관절이 모두 부어오르고 등줄기에 가시가 박혀 움직일 때마다 찌르는 것 같았다. 다양한 이미지가 눈꺼풀 위로 지나가고 귓가에 울려 댔다.

가끔은 외할아버지의 목소리가 들렸다.

"소미는 착하니까. 소미는 상상력이 풍부하니까."

네 마리의 고양이가 허공에서 조용히 울면서 앞발에 침을 발라가며 세수했다. 한창 그루밍을 하는 까망이와 에멘탈과 까망베르. 세 마리의 등을 베르가 핥아 주었다. 그러자 세 마리의 새끼가 붉은색 살덩이로 변하더니 양막에 쌓인 모습으로 녹아내렸다.

악몽에서 깨어나 어느 정도 사리 분별이 되는 정도로 회복한 소미는 스마트폰 안에 있던 고양이 사진을 모두 지웠다. SNS 계정도 없애 버렸다.

디지털 데이터는 아날로그 우주에 흔적도 없이 사라졌다.

허무한 마음을 잠이 채웠다.

저녁 식사에 참가할 만큼 몸이 회복된 소미에게 전화가 왔다. 고양이를 분양할 마음이 없냐고 물어봤던 미술학원 친구였다. 요새 왜 안 오냐는 질문에 그동안 아팠다고만 대답한 소미는 조심스레 노인와 베르의 소식을 물었다. 친구는 노인은 어쩌다 보이기는 하는데, 거의 모습을 보이지 않고, 고양이도 사라졌다고 말했다.

"고양이는 주인 몰라본다고 그러잖아. 매정해서. 아마 길고양이 습성이 나와서 어디론가 사라진 거 아닐까?"

소미는 차라리 그러기를 바랐다.

다음 날 소미는 학원으로 향했다.

오랜만에 가는 그 길이 낯설었다. 평소랑 다른 건 없는데. 소미는 처음 보는 것이 익숙하게 보인다는 기시감과는 정반대의 감각을 느꼈다.

"베르…."

무참한 모습으로 누워 있던 베르의 이미지가 도피하던 소미의 의식을 붙들었다. 사라졌다가 갑자기 나타난 것이 아니다. 깊은 곳에 가라앉아 있던 닻을 피하려 이리저리 도망치던 의식의 흐름이 붙박여 버린 것뿐이었다.

소미의 머릿속에서 외할아버지가 상냥하게 속삭였다.

"도망갈 곳은 없다. 소미야. 학원으로 가렴. 가서 확인해야 해. 뭐가 어떻게 돌아가고 있는지를."

학원에는 베르도 노인도 베르의 골판지 집도 소미가 가져다주었던 모포도 모두 사라져 있었다.

그 자리에는 골판지만 산더미같이 쌓여 있었다.

베르는 떠났구나. 소미는 몸에 힘이 쭉 빠져나가는 기분이 들었다.

하지만 동시에 안심도 되었다.

학원으로 올라갔다. 오랜만에 온 소미를 반기는 사람은 친구 몇 명과 선생님뿐이었다. 사물함에 넣어놓은 캔 사료는 돌아가는 길에 버릴 생각이었다.

학원을 마치고 소미는 근처 공원으로 향했다. 그냥 버리자니 아까워서 길고양이 아무라도 먹으라고 사료를 놓아둘 생각이었다.

학원생 중에 공원에 가는 사람은 정해져 있었다. 근처에 유흥가가 있어서 치안이 좋지 못했다. 담배꽁초가 가득했고, 쓰레기 중에는 소미의 얼굴을 달아오르게 만들 만큼 적나라한 것도 있었다.

소위 불량한 학생들이 모여 숨을 돌리거나 술판을 벌이는 곳이기도 했다. 학원생 중에 담배를 피우는 친구들은 공원 구석으로 와서 담배를 피웠다.

밤늦은 시간에 가는 것은 이번이 처음이었다. 공원 안으로 발을 들여놓으니, 으스스한 느낌이 들었다. 가로등이 노후되어서 그런지 캄캄하다. 날파리가 몇 마리 가로등불 주위를 맴돈다. 평소에는 여기저기서 반딧불처럼 담배를 피우는 불량학생의 모습도 잘 보이지 않았다. 방학 때라 그런 모양이다.

베르가 이 공원에서 노는 모습을 본 기억이 떠올랐다.

소미는 작은 기대를 품었다.

"야옹."

소미는 귀를 의심했다. 머릿속에서 들려오는 기억의 메아리는 아닐까 싶었다.

"야옹."

소미는 자기를 부르는 소리를 향해 다가갔다.

종이 상자가 보였다. 그 안에서 소리가 나고 있었다.

"베르…?"

베르였다.

박스에 들어가 있는 고양이는 분명 베르였다.

"베르!"

소미는 재채기가 튀어나오면서도 베르를 불렀다. 다가가 보니 베르는 지치고 쇠약해 보였다. 캔 사료를 까 주니 허겁지겁 먹기 시작했다.

박스 옆에는 벤치가, 벤치 뒤에는 덤불이 있었다.

바닥에는 담배꽁초와 가래침 자국이 가득했다.

베르의 몸 여기저기에는 털이 나지 않아 흉터로 남은 자국이 보였다.

코를 막은 손을 풀고 상자를 잡았다. 재채기를 억지로 참으며 들어 올리는 데 베르가 꼼짝하지 않는다. 목줄에 턱 걸린 것 같다. 상자를 내려놓고 왜 그런가 보았더니, 하얀 털이 난 베르의 목덜미에 무언가가 보였다.

손을 뻗어 확인하고 싶었지만 고양이 알레르기가 걱정되었다. 주머니에 항상 들어 있는 연필과 커터칼 중 연필을 골라, 코를 막은 채 털을 헤집어 보았다.

베르의 목에는 하얀 케이블 타이가 목에 매여 있었다.

케이블 타이는 베르가 도망가지 못하도록 상자에 고정시켜 놓았다.

소미는 순간 베르를 그리고 베르의 아가들을 앗아간 그 남자의 뒷모습을 떠올렸다.

"기다려, 언니가 금방 풀어 줄게."

소미는 커터칼을 꺼냈다. 위험할 수는 있지만 케이블 타이를 당장에라도 끊어 줘야 했다. 가방에 든 사료는 끊어 주고 난 다음 먹일 생각이었다. 지금 상태로는 몸이 얽매여 있어서 먹지 못한다.

커터칼을 꺼내자, 베르가 불안한 표정을 지었다.

"괜찮아. 괜찮아, 베르야."

"내비 둬!."

거친 목소리가 들렸다.

깜짝 놀란 소미는 뒤로 물러섰다.

이런 상황에서도 재채기가 터져 나왔다.

풀숲이 움직이더니 노인이 그 속에서 모습을 드러냈다.

손에는 장도리를 들고 있었다.

소미는 겁먹고 뒤로 물러섰다.

"그냥 가."

"할아버지, 뭐 하시는 거예요."

"학생은 그냥 가. 그리고 여기로 다신 오지 마."

"베르가 배고파 보이는데 사료라도 두고 갈게요."

"그냥 가라고 했지? 배고프게 놔둬. 그래야 더 잘 울지."

"지금 무슨 말 하는 거예요?"

화가 난 소미에게 노인은 장도리를 들이밀며 다그쳤다.

"당장 안 꺼져? 다신 나타나지 마!"

소미는 울음이 터졌다. 말을 따르지 않으면 자기 얼굴이 피로 물들 것만 같은 공포가 들었다. 도망치고 싶다고 온몸의 근육이 아우성이었다.

소미는 뒷걸음치다 공원 밖으로 달려갔다.

학원 앞을 지나쳐, 그대로 대로변으로 향했다.

도망치는 와중에, 소미는 한 남자와 지나쳤다.

어디서 본 기억이 있었다.

분명 본 기억이 있다.

소미는 떠났다.

그리고 그대로 집으로 향했다.

택시를 타고 집에 도착한 소미는 계속해서 고민했다.

창밖은 완전히 깜깜했다.

비가 내리고 있기 때문이다.

그날따라 집에는 아무도 없었다. 아버지는 회식, 어머니는 기도회 모임이었다.

홀로 남은 방 안에서 소미는 계속해서 복잡하게 뒤엉킨 생각을 무시하려고 했다. 눈덩이처럼 불어나는 생각은 점점 기괴하고 잔혹한 이미지를 내보였다.

소미는 다른 사람들처럼 방관하려고 했다.

소미는 계속해서 스스로를 납득시키려 했다.

그러나 생각은 끊어지지 않았다. 스스로를 납득시키려는 노력 자체가 생각의 깊은 밑바닥에서 진흙과 피로 얼룩져 몸집을 불려 가는 검붉은 양막 속 잔혹한 미래에게 먹이를 주는 꼴이었다.

소미는 일어나 부엌으로 향했다. 식탁에는 가방에서 꺼내 놓은 캔 사료가 있었다. 싱크대에 캔 사료를 버리려고 뚜껑을 따는 고리에 손을 건 소미는, 소리를 들었다.

베르의 목소리였다.

소미는 캔을 열었다. 고양이 사료 냄새가 코끝을 찔렀다.

소미는 집을 나섰다.

그사이, 비가 내리고 있었다.

비가 빛을 막아 새까맣게 어두워졌다.

택시에 타 미술학원의 위치를 밝힌 소미는 큰 가방을 안고 있었다. 가방에는 모포와 케이블 타이를 끊을 가위, 락앤락 용기에 담은 고양이 캔 사료의 내용물과 아버지가 주말에 취미로 목공일을 할 때 사용하는 접이식 톱이 들어 있었다.

도착할 때까지 소미는 베르가 무사하기를 빌었다. 비를 맞으며 도망가지도 못한 채 그 자리에 붙들린 베르를 떠올릴 때마다 명치 위와 목이 조여 왔다.

미술학원에 도착한 소미는 택시에서 내리면서 "기다려 달라"고 부탁했다. 베르를 데리고 바로 돌아올 생각이었다. 뛰어가면서, 가방에서 톱을 꺼내 열었다. 노인이 방해하면 이걸로 위협할 생각이었다. 챙겨 온 우비를 입고, 우산을 받쳐 들고, 가방을 든 채 공원으로 달려가면서, 소미는 대비책을 곱씹었다. 하지만 별다른 방법이 없다. 오직 베르를 구하는 것 말고는 생각나는 게 전혀 없다.

소미는 오늘 보았던 그 장소로 향했다.

바로는 아니었다. 먼저 노인이 있나 없나 살펴봐야 했다.

노인은 보이지 않았다.

하지만 아까처럼 풀숲에 숨어 있을지도 모른다.

우산의 색깔이 눈에 띌 것 같았다.

우비는 투명해서 안에 입은 옷이 어두운색이라 별다르게 튀어 보
이지 않았다.

소미는 구석에 숨어 우산을 접었다.

상자가 보였다.

다가갔다.

"야옹."

빗소리 사이로 미약하게 울리는 울음소리.

애처로운 울림.

"야옹."

"야옹."

날카로운 비명.

소미는 몸을 숨기던 쓰레기통 밖으로 뛰쳐나왔다.

아까 봤던 '그 남자'였다.

데자뷔가 아니었다.

남자가 박스를 발로 걸어찼다.

"그만둬!"

소미가 달려들었다.

남자가 놀라서 도망치려 했다.

충격.

우비를 입은 노인이 풀숲에서 튀어나와, 장도리로 남자의 머리
를 쳤다.

비를 맞으며 소미는, 노인이 쓰러진 남자 위에 올라타 장도리를
휘두르는 모습을 보았다. 못을 뽑을 때 쓰는 노루발로 얼굴을 내리
찍고 있었다.

폭력이 이어졌다. 노인은 말없이, 딱딱히 굳은 표정으로 장도리

를 내리찍었다.

소미는 구토가 튀어나왔다.

"야옹."

베르가 부르는 소리에 소미는 정신을 차렸다. 톱을 그대로 든 채, 가방에서 가위와 모포를 꺼내 다가갔다. 상자와 베르의 몸에 피가 튀어 있었다. 소미는 가위로 케이블 타이를 끊어 주었다.

"뭐 하는 거여!"

노인의 목소리에 소미는 온몸이 굳어 버렸다.

얼굴이 엉망으로 뭉개진 남자에게 올라탄 노인이 고개만 돌린 채 소미를 내려다보고 있었다. 얼굴에 묻은 피가 비에 씻겨 내려가고 있었다.

소미는 톱을 치켜들었다.

노인은 초연한 얼굴로 말했다.

"그 담요 좀 줘 봐."

소미는 무슨 의미인지 잠시 이해할 수 없었다.

똑같은 말을 반복한 노인에게 겨우 담요를 건넸다. 담요로 얼굴과 우비에 묻은 피를 닦는 노인을 그대로 두고, 소미가 베르를 안았다.

베르는 몸을 버둥거리더니 소미의 손등을 할퀴었다. 흥분한 상태였다.

"대박아."

노인이 지친 목소리로 불렀다.

베르가 걸음을 멈추고 뒤를 돌아봤다.

어둠 속에서 베르의 눈동자는 형형히 빛났다.

"너도 나 떠나려고?"

"야옹."

"나한테 이럴 수 있냐? 너가 나한테 이러면 안 되지."

"야옹."

베르는 어둠 속으로 도망쳤다.

노인은 한참 동안 베르의 뒷모습을 보더니 울음을 터트렸다.

피 웅덩이 위에 대자로 누운 시체.

그리고 웅크리고 오열하는 노인.

더 이상 소미는 견딜 수 없었다.

소미는 공원 밖으로 도망쳤다.

택시는 계속 기다려 주고 있었다.

"다시 집으로 가 주세요."

"학생, 괜찮아?"

택시 기사는 흠뻑 젖은 소미를 보고 놀란 눈이었다.

"얼른요!"

택시가 출발했다. 도착할 때까지, 소미는 아무 말도 하지 않았다.

집에 돌아온 소미를 반겨 주는 사람은 없었다.

아직 부모님은 돌아오지 않았다.

소미는 오히려 안심이 되었다. 방금까지 꿈을 꾼 것 같았다. 냉장고에서 물을 꺼내 마신 뒤, 더운물로 샤워하고 나온 소미는 허기를 느꼈다. 너무 많은 에너지를 사용한 것 같았다. 집에는 아무것도 먹을 게 없었다. 소미는 치킨을 한 마리 시켰다. 치킨이 도착하고, 값을 치르는 동안에도 소미는 속이 텅 빈 사람처럼 움직였다. 정해진 순서대로 움직이는 자동인형처럼 무감동하게 식탁에 앉아 상자를 열었다.

소미가 닭다리를 한입 베어 물었다. 맛이 느껴지지 않는다. 양념 소스를 열었는데, 너무 빨갛고 질퍽거려 보였다. 눈물이 터져 나올 것만 같았다. 부모님은 그때 때마침 들어왔다. 아버지가 어머니를 태우고 돌아온 것이다.

"이야, 웬 치킨이야? 아빠 먹어도 돼?"

아빠가 양념 소스에 치킨 한 조각을 찍어 입에 넣자, 참았던 눈물이 터져 나왔다. 왜 눈물이 나는지 스스로도 이해가 가지 않았다.

"왜 그래? 아빠가 먹은 게 그렇게 억울해?"

"아니요. 그게 아니라."

"왜 울어, 그럼? 무슨 일 있었어?"

"아니에요. 아니에요."

결국 치킨을 제대로 먹지도 못한 채 소미는 침대에 누웠다. 꿈속에서 계속 소리가 들렸다. 모두가 목에 케이블 타이를 메고 있었다. 소미는 목을 조이는 플라스틱 올가미를 끊어 주려고 했다. 그러나 가위도 칼도 톱도 아무것도 보이지 않았다. 손으로 풀려고 해도 조이기만 할 뿐 풀리지 않았다. 고양이가 괴로워한다. 얼굴이 보이지 않는 장도리에 얻어맞아 점점 뭉개져 간다. 안 돼. 안 돼. 안 돼.

손지상(DOSKARAAS)

세미프로를 자처하는 소설가, 번역가, 자유기고가. 전공은 심리학. 소설은 사이버 문학광장 문장 2009년도 올해의 단편 〈당신의 꿈를 삽니다〉를 수상했고, 네이버 오늘의 문학 〈괴수가 나타났다〉, 〈패어웰, 마이셀프〉를 했다. 여러 장르의 작법에 관심이 많다.

지은 책으로 《우주아이돌 배달작전》, 《데스매치로 속죄하라》, 《일만 킬로미터 너머 그대》, 《스쿨 하프보일드》 등이 있고, 옮긴 책으로 《나와 그녀의 왼손》, 《이별의 순간 개가 전해준 따뜻한 것》, 《슬픔의 밑바닥에서 고양이가 가르쳐준 소중한 것》 등이 있다.

궁천극지(窮天極地)

김인정(미로냥)

대국이란 과연 달라서, 사해구천을 아울러 인재를 구름처럼 몰아 가지고는 그중에서도 잘난 놈을 몇몇 가려 등용한다. 다섯 해에 한 번 대과를 치르는데 황궁 처마나 구경하고 콧바람만 쐰 채 빈손으로 돌아가는 낙방거사가 성을 이룰 지경으로 흔했다.

그중 남서쪽 완주 출신인 척생이란 젊은이가 있었다.

제법 완주에선 난다 긴다 어깨 힘 좀 쓰는 김에 언감생심 용문을 꿈꾸었는데, 보기 좋게 떨어졌다. 꿈이야 용이야 봉이야 거창했다지만 별도리 없이 짐을 꾸렸는데, 석 달하고도 스무날 걸려 올라온 길을 도로 되짚어가다가 그만 박석산 아래에서 병이 나고 말았다. 창피한 마음이 잘못 꾼 꿈에 덧난 탓이었으리라. 집에서 딸려 보낸 삼생이란 종자가 들고 나며 구완을 하여 척생은 나흘 만에 운신을 하게 됐는데 몸이 낫고 보니 젊은 몸이 근질근질, 가만 누워 있질 못하겠는 거라.

노느니 어디 토끼라도 한 마리 잡아 유세를 부려 볼까 하여, 척
생은 주모에게 물어 활과 활통을 마련해 박석산에 올랐다. 주막 사
람들은 탐탁하지 않은 얼굴로 해가 지거들랑 냉큼 내려오라고 당부
를 하였으나 으레 젊은이가 그렇듯 척생도 귓등으로 들어 넘겼다.

초겨울 산중의 해는 일찍 기울었다. 우듬지 위로 하늘이 붉어진
후로 삼생이는 마음이 혼자 급했다. 척생은 산천 유람 나선 어사 나
리라도 된 양 갈지자로 느긋하게 거닐었다.

한데 이 박석산이란 곳이 오르기 전에는 여상한 산인 줄 알았더니
발을 들이고 보니 묘한 곳이었다. 시커멓게 들어선 나무들이 잡스러
운 무리를 막아선 병사들 같고 좁다란 길은 길로 연이어 도통 방향
을 잡을 수가 없었던 것이다. 척생과 삼생이는 무릎에 차이는 수풀
까지 거뭇하게 물들 즈음 아주 길을 잃고 말았다.

"서방님, 이거 기분이 영 안 좋습니다요. 개울을 따라 내려가 보
시렵니까?"

척생은 다른 데 정신이 팔렸다.

"가만있어라. 쉿, 저기 희끗희끗한 것이 노루 아니겠느냐."

활을 꼬나 쥐고 숲을 향해 걷던 척생은 이내 뛰었다. 밤나무 등걸
너머로 잡힐 듯 말듯 깡충거리던 짐승이 이쪽을 휙 돌아보았나 싶을
때, 척생은 시위에 먹인 살을 날려 보냈다. 길고 날카로운 것이 바람
을 가르고 날아가 둔탁하게 가죽을 꿰는 소리가 났다.

잡았다!

희열에 차 외쳤지만 이게 웬걸, 노루인 줄 알았던 짐승은 허연 여
우가 아닌가. 척생은 홀린 심정이었다. 엎친 데 덮친다고, 그나마 여
우 놈은 약을 올리듯 캥, 한 번 짖더니 요리조리 산을 타고 사라지지
않는가. 그는 놀란 가슴을 쓸어내리며 한껏 호기를 부렸다.

"야, 이놈아! 삼생아, 쫓아가자! 여기서 물러설 계제가 아니다."

삼생이가 거기 있을 턱이 만무했다. 짐승 꽁무니에 정신이 팔린 사이 종자와는 멀어진 지 오래였다. 척생은 땀과 흥분이 식어 가면서 일시에 등판을 덮치는 한기에 멀거니 서 있었다.

"삼생아!"

척생은 하나 남은 화살을 시위에 먹여 여우가 사라진 쪽으로 탁 놓아 보냈다. 화살은 비실비실 날아가더니 빼곡 들어찬 나무들 사이를 용케도 비집고 흙구덩이에 떨어졌다.

"어이구, 겨울바람이라도 꿰시려고요?"

쓱 나선 것은 산중에 걸맞지 않게 허연 도포를 걸친 사내였다. 척생은 그래도 사람을 만나니 반가운 마음에 다가가 인사를 건넸다. 사내는 자신을 담 아무개라고 소개했다.

"노루인 줄 알고 쫓아왔는데 여우였지 뭡니까."

"바람이 아니라 노루를 잡으시려는 거였구먼. 이그, 멀쩡한 양반이 웬 사냥이요?"

"구들을 지고 노느니 소일거리나 할까 싶었소이다."

그 말에 담생은 고개를 절레절레 저었다.

"아니 맞은 걸 천행으로 아시고 관두시오. 척 형. 그게 다아 죄를 짓는 길이오. 업을 쌓는 거라 이 말씀이외다."

"담 동생은 어디 곡기 끊고 수행하는 분인가? 고깃점은 그래 입에 아니 대시오?"

"그런 것이 아니라⋯. 이 일대가 아주 요기가 드글드글하니 드리는 말씀이외다. 여기 원래 덕 높은 신선이 무슨 무슨 사를 짓고 기거하였는데, 사하촌에 호탕하고 사냥도 잘하는 부자 한 분 계셨다지."

담생은 묻지도 않았는데 자연스럽게 이야기를 이어갔다.

"그 부자가 이 산에서 안 잡아 본 건 신선 나리하고 저쪽 너럭바위밖에 없다고들 그랬다오. 더군다나 여우 사냥에는 일가견이 있던 양반인데, 신선이 나서서 그만두라 일러도 듣질 않았지요. 십 년을 하루같이 박석산 짐승들을 쏘아 잡다가…. 꼭 이런 겨울이었을 거외다. 사방으로 눈이 폭폭 나릴랑 말랑하던 어느 날이었지요. 이 양반이 멋들어지게 활을 한 번 탁 쏘아 잡아놓구 보니깐 그게 여우가 아니라 담비 털옷을 입은 세 살배기 어린애예요. 늦게 본 아들이었다지. 솜씨가 하도 좋아 깩소리도 못 내고 절명했더랍니다. 이 양반도 그 길로 넋이 나가선 아무렇게나 쏘고 잡고 울고 하다가 죽었다는데. 이 동네 귀물들이 하는 짓이 매양 그렇답디다."

척생은 담생을 따라 걷기 시작했다. 당연히 촌락으로 내려갈 줄 알고 묻지도 않았다. 담생은 빨랐다. 몸이 하도 가벼워서 아까 도망치던 여우가 차라리 사람 같을 지경이었다. 활이며 화살통을 줄줄이 매달고 겹겹이 여우 털로 속을 누빈 옷까지 껴입은 척생으로서는 따라갈 수 없어, 그는 곧 헐떡이며 애걸했다.

"아이고! 그 하던 이야기나 더 들어 봅시다그래."

담생은 벌써 지쳤냐며 조금 실망하는 눈치더니 선선하게 바위에 마주 앉아 말을 이었다.

"박석산 신선 나리가 왜 그리 유명한지 아십니까? 그이가 본디는 호(狐) 씨라고 해서 그렇습니다. 덕을 쌓았다고는 해도 구름을 타진 못하고 홍진에 묶여 살았던 걸 보면 뭐 깊은 인연이라도 남아 계셨던 게지."

"호 씨요? 담 동생, 그럼 그 신선… 박석산 신령이 여우 씨였다고?"

척생이 놀라 되물었다. 여우가 둔갑을 한다면야 그게 요물이지 무

176

슨 신선이냐고 중얼거리면서.

"놀랄 만도 하지요. 보통은 여우를 신령으로는 아니 모시니까요."

"그렇지."

"이 동네라고 유별하여 호 씨를 신령 삼은 건 아니고, 다 그럴 만한 연유가 있어서 그런 건데요. 그 호 씨가 어쩌다 박석산 같은 데에 흘러들어 암자를 지어 앉았는가는 모릅니다. 그도 그럴 것이, 사람이란 쉬이 죽죠. 호 씨한테 이야기를 구구절절 들은 인간 중에는 아무도 이제까지 살지 못했다 이겁니다."

"그러면?"

"그러면, 이제, 이야기가 그렇게 되죠. 그 호 씨는 저쪽 신유림이 남았던 시절, 그러니까 여우를 신령으로 모시던 시절부터 박석산에 드나들었다고요."

"그게, 그러면."

척생이 까마득한 숫자를 헤아렸다. 담생은 이야기에 맛이 들기를 기다리듯이 잠깐 뜸을 들이다가 앞장서 답을 냈다.

"신유림이 있던 시절이면 한 천 년 전이죠. 그이가 글쎄, 천 년 된 호 씨라는 겁니다."

"천 년!"

"네, 천 년. 귀물도 천 년 사는 건 아니 흔합니다. 백 년이면 벌써 대단한데 천 년은요. 무엇이 그만큼 갈까요. 나라도 아니고 산도 들도 아니지. 허면… 원한?"

담생은 재미있다는 듯 눈을 가느다랗게 뜨며 씩 웃었다. 허연 얼굴에 허연 도포 자락이 허공에 둥둥 떠오르는 것 같았다. 척생은 땀이 다 식자 그만 몸을 일으켰다. 담생도 따라 일어서선 또 자연스럽게 걸음을 옮겼다.

"소선국 옆에 영명왕이 다스리는 작은 나라가 섰다가 사라지는
데도 천 년은 안 걸렸지요. 척형. 뭐가 천 년쯤 가겠습니까! 이름이
거나 혹은⋯."

담생이 훌쩍 몸을 날려 수풀을 헤치더니 사람도 짐승도 지난 흔
적이 없는, 아주 오래된 길을 찾아냈다. 척생은 덩굴과 이끼에 뒤덮
인 가마의 흔적을 겨우 알아보았다.

"호 씨, 그러니까 호선(狐仙)이라고 해 드립시다. 여하간에 그 양
반이 일찍이 두 제자를 두었다 합니다. 하나가 청경호 일대에서 이
름을 날린 화경선생이요, 다른 하나가 영명국 어느 호걸의 청원을
받아 그 장수 노릇을 했던 검선(劍仙) 녹주신녀라. 녹주신녀가 전장
에서 업을 쌓아 산을 영영 등질 때 스승을 만나 귀한 여우 구슬을 훔
쳤다더군요. 호선은 신녀를 쫓지 않았으나 화경선생은 훗날 그 여우
구슬을 꼭 필요로 하여 사저를 찾아 하산하였는데, 어디 있는지 알
고도 만날 수는 없었답니다."

왜냐고 묻길 바라는 것 같은 말 맺음인지라 척생은 담생에게 친
절히 물어 주었다.

"왜요? 벌써 무간나락에라도 떨어졌다오?"

"나락이라면야 그것도 훌륭한 나락이지요. 다만 아래가 아니라
이 위랍니다."

담생이 머리꼭지 위를 가리켜 보였다.

"녹주는 그예 제궐(帝闕)에 들어 영명왕의 중전마마가 되어 계셨
거든요. 신선이니 요괴니 하면 홍진과는 아주 다른 세계일성 싶으
시겠지만, 성과 속과 귀와 생이 다 제각기는 아니랍디다. 천 년 수
행한 신선이나 그 애제자라도 제궐을 들쑤시긴 껄끄러웠던지 아무
말 않았다지요."

"거, 짐승도 성총을 안다는 말이 그래서 나왔는가 봅니다그려."

"뭐 그런가 봅니다."

담생은 어째 심드렁하게 답하고는 바로 제 할 말을 이어갔다.

"짐승이 성총을 천 번 안다 한들 결국 비석을 세우고 봉분을 꾸미는 건 인간이나 하는 일이지요. 여러 해 전에 영명국이 망해 없어졌어도 무덤은 있으니 소생이 거기 술 한 잔 부으러 가던 길입니다."

그러고 보니 산세는 더욱 험해졌고 나무들은 우거졌으며 물소리는 멀었다. 척생은 완연히 어두워진 사위를 둘러보았다. 언제 이리 깊은 산중에 들었누. 담생 이야기에 귀만 맡긴 게 아니라 숫제 갈 길을 다 넘긴 꼴이었구나.

"누구 무덤인데 동생이 술을 다 붓소이까?"

척생이 물었다.

"그게 또 이야기가 한참 깁니다. 언짢지 않으시면 가는 길에 들려드리지요."

"뭐 그럽시다. 이왕 여기까지 같이 왔으니."

담생의 이야기는 이러했다.

곤전이 된 녹주에게는 아들이 없었다.

진즉에 몸 약한 공주를 하나 낳았으나, 영명왕은 후계자로 계집을 세울 수 없다며 핑계를 대어 아이를 별궁에 내쳤다. 스승 슬하를 떠났던 녹주가 박석산으로 돌아와 여우 구슬을 훔친 것도 그때였다.

"구슬로 공주를 왕자로 바꾸려 했을까요?"

산 범이니 멧돼지니 하는 무리가 어설프게 술법을 익혀 노닥거리며, 저잣거리 풍문을 저마다 씹고 뱉었다.

"구슬로 왕의 마음을 돌리려 했다지."

"줄줄이 늘어서 상소를 올리는 학사 나부랭이들을 쳐 죽였다던 걸요."

"겨우 학사 따위를 쳐 죽이는 데 여우 구슬까지 필요할 게 무어람."

"아무렴! 검선이셨는데."

"녹주신녀가 여우 구슬을 쥐었으니 아마 소선국 접경에 비바람을 몰고 와 성을 몇 채쯤 무너뜨렸을 거다."

"전공을 세우면 왕이 어여삐 돌아볼 줄 알고?"

그럴 때 성가시다는 양 깃기바람 한 줄기로 잡다한 소리를 획하니 떨쳐 버린 것이 화경이었다. 먼 뒷날의 그와는 같은 인물로 아니 보일 만큼이나 당시의 그는 무던한 성품이었다. 때때로 사하촌을 거닐었고 눈 덮인 박석산을 발자국 없이 앞장서 걸었으며 이웃 촌락으로 나들이도 잘 나섰다. 선적에 발 들인 치들이 다 그렇듯 변덕스럽기 이를 데 없었지만 그런대로 세간의 목소리에 귀를 기울였고 꽤나 다정하였다. 자연히 박석산 일대에는 그에게 애걸하여 목숨을 건진 백성이 많았다.

호선은 화경의 바로 그런 점을 염려하였다.

"다정도 병이라지 않더냐."

수행을 나설 때 무릇 옛사람은 부모마저 저버리고 젖먹이를 남에게 주어 버린다 했다. 화경은 스승의 그 말을 웃어넘겼다.

"화경아. 정 두터워 제가 앓다 무력하여 절망하는 거야 타고난 운수라지만, 괜한 신기묘산을 틀어쥔 놈이 사방을 눈여겨보다 보면 탈이 나도 크게 나고 말지."

그러나 원체 제자라는 생물은 스승 말을 안 듣는 법이었다.

화경은 녹주를 두고 떠드는 소리들을 옷깃과 부채로 흩어 버리면서도 끝내 호기심을 누르지 못했다. 풍문은 향과도 같아 흩는 사람에게 스미는 법이었다. 궁궐로 손쉽게 날아든 그의 눈앞에 단청 칠한 처마가 끝도 없이 펼쳐졌다. 시립한 그 처마 아래 회랑의 그림자가 꼭 박석산 기슭의 삼나무 숲 같았다.

화경은 기둥과 기둥 사이를 한 번도 스치지 않고 지붕 위를 날았다. 구중궁궐 화려한 불빛 속에 하얀 휘장이 매달린 중궁전 창가를 기웃거리자, 산호와 호박으로 단장한 여인이 이쪽을 돌아보았다.

"패씸하구나. 경아는 누님을 뵈러 오면서 어찌 빈손으로 걸음 한단 말이냐?"

수십 개의 남옥으로 만든 목걸이와 주먹만 한 호박이 달린 노리개는 반쯤 선인인 화경조차 눈이 부실 지경으로 거창했으나, 그 모든 것에 휘감긴 여자는 연약해 보이기만 했다.

"귀한 여우 구슬을 품고 인간 여인네 정점에 오르셨으니 사저께 더 무엇이 필요한가요?"

녹주는 화경을 창 너머로 빤히 쳐다보았다. 화경은 방 안의 싸늘한 기운을 감지했다. 아마 그녀의 반려는 오래 이 아름다운 방을 찾지 않았으리라. 녹주는 변명하듯 중얼거렸다.

"나라를 만들어 바치고 얻은 관이란다. 지아비를 가지려던 게 아니었다."

"스승 문하를 떠날 적에 잠깐 다녀오마 하신 말씀 귀에 선합니다."

"한 번 홍진에 발을 들이면 때가 묻어 두 번 등선은 못 하느니. 경아는 세간에 마음 두지 말고 수행하여 스승을 기껍게 해 드려라."

큰소리를 쳐도 녹주의 얼굴에는 피로가 가득했다. 화경은 오래전 그녀의 검무를 보았던 것이 오히려 꿈만 같았다.

그때 그녀는 작은 직박구리 같고 새매 같았다. 하늘을 가로지르는 칼날에 시선도 마음도 혼도 함께 자유로웠다.

화경은 저도 모르게 정이 동하여 말했다.

"청원이 있거든 오십시오."

"만인이 내 발아래거늘 초막의 어린 동생에게 신세 질 일이야 있겠니."

그러나 있었다.

화경은 그녀를 한순간 동정하여 꺼낸 말이 결국 자신을 옭아매리라는 사실을 직감했다. 녹주의 싸늘한 눈동자 안에서 불꽃이 튀어올랐다.

그녀는 식어 버린 금침을 돌아보았다.

그녀를 호선의 슬하에서 끌어낸 남자, 그녀의 반려인 영명왕 진강은 백여 남은 날째 곁을 비웠다.

그는 태선궁으로 불리는 여자와 함께 누워 있을 터였다.

백여 남은 날 내내 그러했듯이.

녹주가 딸을 낳고 중궁에 누워 있을 적이었다. 갓난애를 딸이라는 이유로 내쳐 버린 지아비를 원망할 힘도 없이, 제 몸 건사도 못해 드러누운 녹주를 버려둔 채 영명왕 진강은 벼슬아치들의 잔치 자리를 돌아다녔다. 그중 한 사내가 그에게 의탁한 어린 아씨라며, 규 씨 여자를 불러 선보였다. 녹주가 무너뜨린 성에서 금이야 옥이야 자란 아씨인데 이제는 의지가지없어 골방에 죽은 듯 숨어 지낸다 했다. 왕은 그녀를 가엾게 여겼다.

"미안하지 않으냐."

왕은 여자를 데리고 와 녹주에게 말했다.

"그대가 이 아이의 일가를 흩어 버렸다. 안타까운 일이 아니냐. 딱하다. 가련하다. 슬프다."

녹주 자신을 탓하는 듯한 어조였다. 딸을 낳고 상처가 채 아물지 않아 앉기도 버거웠건만, 녹주는 한때 검을 쥐었던 손을 가지런히 치맛자락 위에 올리고 공손히 절을 올렸다.

"그저 뜻하신 대로 하소서."

규 씨 여자는 태선궁이라는 이름을 받았는데 명주실 같은 머리타래를 소녀처럼 늘어뜨리고 얌전히 그늘진 데 앉아 고개만 갸웃거리는 여자였다. 연못에서 뻐끔거리는 붕어처럼 조용했고 녹주의 그림자에만 스쳐도 부스러져 죽을 듯이 연약하게 굴었다. 녹주는 자신과 통 부딪히는 일 없는 태선을 어떻게 대해야 할지 몰랐다.

경대에 올린 옥빗은 아니었다.

꺾어다 꽂은 모란도 아니었고, 사창에 드리운 구슬로 된 발은 더더욱 아니었다.

무심히 거들떠보랴, 잠시 잠깐 피어난 것을 아쉽게 여기랴, 걷어올려 밖을 내다보랴.

이럴 수도 저럴 수도 없었다.

녹주는 자기 방 문갑 위에 장식해 두었던 검을 치워 버렸다.

태선이 와서 차를 끓여 올리며,

"전하께서 두려워하시지 않을까요?"

하고 말했기 때문이었다.

"전하께서 그러던가요."

"그저 소첩의 소견입니다. 거슬리셨다면 송구합니다."

"자네 말씀이면 자네 뜻이라 하시지요. 자네 위해 내 기꺼이 치워 드릴 텐데."

"저 같은 것에게 어찌 그러십니까. 천만부당하신 말씀."

"자네 뜻이 하찮다고 누가 그러던가요? 주상전하의 뜻을 참칭함은 황감하지 않으시고요?"

"무서운 말씀에 소첩의 가슴이 섬뜩합니다."

말을 채 맺지 않고 물러앉는 비단 치마를.

제 이름을 대지 않고 슴슴한 차 맛에 숨어 훅 끼쳐들 듯 들이미는 목소리들을.

녹주는 태선을 그저 방 안에 때 되면 드리우는 그림자 보듯 하는 수밖에 없었다.

녹주는 그녀를 좋아하지 않았다. 아니, 실상 따지고 보면 대부분의 인간을 그리 좋아하지 않았던 듯싶었다.

태선은 반달 눈웃음을 지으며 온갖 아름다운 것들을 가져다 녹주에게 올리다가도, 때로는 며칠간이나 모른 척 피해 다니기도 했다.

아무려나, 왕은 내내 태선의 방에 머물렀다.

문갑 위에 검이 없어도 그는 녹주를 찾지 않았다.

녹주는 검을 다시 꺼내 놓지는 못했다. 눈을 감고 뜰 적마다 깊이 간직해 놓은 검을 떠올리면서도 그것을 제 손으로 다시 꺼내기 어려웠다.

신하들은 시끄럽게 굴었다.

그들은 녹주를 지고한 어미 취급하며 태선을 모욕했다. 왕은 그 말들이 자기 왕국을 비난하기라도 한 양 불쾌해하며 고개를 돌렸다. 조정에 나란히 앉은 녹주와 눈이 마주칠 때 그녀에게는 면류관의 구슬들이 거대한 폭포처럼 보였다.

'저치들은 나를 사랑하여 저러는 것이 아니다. 순리가 무엇인지 진정 알아 저러는 것도 아니다. 그러면 저들이 무엇을 바라 나를 감싸는가?'

검을 들면 바람같이 거리낌 없던 선녀도 빈손으로는 매양 황망했다.

그즈음 태선이 아이를 가졌다.

녹주는 그녀를 만나러 가 적당히 좋은 말을 늘어놓았다. 예의 바르게 녹주의 말을 듣던 태선이 사랑스러운 눈웃음을 지으며 문득 손을 뻗었다. 녹주의 손목을 답삭 잡고, 태선이 속삭였다.

"마마. 제가 아무리 날고 기어도 그저 첩실일 뿐이랍니다. 염려 마시어요."

무슨 뜻으로 저리 말하나 싶어 녹주는 얼굴을 찡그렸다.

"마마께서 원하시면 제 아이를 마마 아이로 기르세요."

"자네 아이는 자네가 기르시지요."

"어머나. 공주라면 그리해야지요."

왕자라면 왜 녹주 몫이란 말인가?

그리 물을 만큼 어리석지는 않아, 녹주는 방으로 물러났다.

싫은 마음을 품었다.

사람이 사람을 싫어하는 거야 대단한 일도 아니다. 선술을 익혀 바람과 구름을 끌고 다니던 녹주신녀는 수십 겹 비단을 걸치고 아홉 겹 지붕 아래 무료하였다. 그녀는 명쾌하게 검을 들어 목숨을 거두고 그 피의 값을 스스로 뒤집어쓰던 시절을 그리워했다. 죄를 짓고, 그 죄 때문에 등선하지 못할 것을 명확히 알던 시절. 기꺼이 그리 행하던 시절.

그녀는 물고기를 친 병풍을 치우고 자개장 안에 든 검을 꺼내 쓰다듬었다. 호선의 꼬리털이 섞인 끈목은 그새 썩어 버렸다. 선인의 터럭도 지상에 속하면 상하는구나. 녹주는 검을 도로 집어넣었다.

그것이 다였다.

맹세코 그뿐인데 태선의 아이가 죽어 태어났다.

사람을 미워하는 마음 하나로 사람이 상하지는 않는다. 증오도 정

넘도 세계를 무너뜨릴 만큼 강렬하나 행하지 않으면 자기 자신만 물어뜯고 나락으로 간다.

태선의 아이는 죽었고,
그건 사내애였다고 했다.

어느 궁녀인가가 왕에게 달려가, 녹주가 방에서 검을 꺼내 들여다보더라고 고자질했다. 왕은 오랜만에 녹주를 찾아와 왜 가엾은 사람을 괴롭히느냐고, 선인의 법도가 그러하더냐고, 힐난하며 술잔을 집어 던졌다. 녹주는 등지고 앉은 병풍에 친 물고기와, 무르익은 포도송이와, 그 뒤편에 얌전히 모셔 둔 검을 떠올렸다. 녹주는 운룡이 수놓인 원삼을 벗어 던지고 옥돌이 매달린 요대를 풀어헤치면, 당장에라도 지면을 박차고 저 막막한 지붕 위로 날아오를 수 있을까 생각해 보았다. 거창한 대란치마 같은 건 없어도 좋을 터였다. 속곳 한 장이면 훌쩍 뛰어 한달음에 이 구중궁궐을 벗어나, 다시는 구름 아래로 고개를 내밀지 않으리라.
"갓난아이를 어미의 뱃속에서 죽어 태어나게 하다니, 제게 그런 재주가 있겠습니까? 제 스승께서도 능히 이루지 못하실 경지입니다."
참다못해 부드럽게 변명해 보았지만 영명왕의 귀에는 가 닿을 턱이 없었다. 그는 실컷 화를 내고는 술에 전 옷자락을 질질 끌며 돌아갔다. 녹주는 수십 겹 비단에 감싸인 채로 고스란히 드러누웠다. 고치에 겹겹이 갇힌 애벌레가 된 기분이었다.
녹주는 왕의 성화에 못 이겨 태선을 위문하러 갔다. 아이를 잃은 후 자리에 누운 태선은 왕이 온갖 좋은 것을 구해 주어도 통 입에 대지 않고 시름시름 앓았다. 원체 가련하여 작약 한 송이 같던 여자였다. 녹주의 눈에도 침상에 누운 태선은 손만 대도 부스러질 듯 애처로웠다.

"떨치고 일어나셔야지요."

한마디 던지자 태선은 부은 눈으로 눈물을 쏟았다.

"가버린 아기씨는 돌아오지 않습니다. 소첩에게 어찌 그리 잔인하시어요?"

"그러면 산 사람에게 죽으라 할까요? 저는 자네를 위로하는 말을 할 줄 모릅니다. 그대로 아이 뒤를 쫓지 말고 살아 몸을 돌보라 말씀드릴 뿐이지요."

"그래요, 선녀님께는 온갖 인간사가 우습게 보이시겠지요. 나라가 망하고 부모가 죽어 쓰러지고 적에게 몸을 의탁하여 겨우 목숨을 부지하는 소첩이 경멸스러우시겠지요. 그러나 소첩은 적어도 인간이랍니다. 어미란 말입니다. 아이가 죽었는데… 소첩의 탓으로 그리 가엾게 가 버렸는데…."

"아이가 죽은 것이 어찌 자네 탓이 됩니까?"

"소첩이 어리석어 높은 전의 심기를 어지럽힌 탓에 어린 것이 가 버렸으니 소첩의 탓일 수밖에요."

태선은 흐느껴 울었다. 서럽게 오르내리는 그 어깨를 내려다보다 녹주는 자리를 떴다. 태선은 과연 날로 쇠약해져 갔고 녹주는 박석산에서 신선 흉내를 낼 적에 두루 부리던 족속들을 다시 불러다 갖은 약을 마련해 태선궁으로 보냈다. 줄지어 간 찬합이며 환약 꾸러미들은 고스란히 되돌아왔다.

한 쌍의 물고기가 노니는 병풍을 등지고 녹주는 홀로 밤을 지새웠다.

＊

이윽고 다시 봄이 돌아왔을 때, 태선은 원하던 대로 재차 회임하
였다.

녹주는 기름이 다 떨어져 가는 호롱불처럼 연약하던 태선의 자태
를 떠올리며 과연 그런 몸으로도 아이를 가지게 되는구나, 하고 감
탄인지 탄식인지 모를 혼잣말을 했다.

경사가 닥쳐도 궁궐은 내내 을씨년스러웠다. 태선의 몸이 지나치
게 쇠한 탓에, 아이를 겨우 낳고 나면 목숨을 부지하기 어려우리라
고 의원들이 고한 덕분이었다. 영명왕 진강은 여자 하나를 위해 버
선발로 뛰어다니며 보란 듯이 울부짖었다. 녹주는 그의 막하에서 나
라 하나를 세우기 위해 목숨을 잃었던 사람들을 겹쳐 보았다. 궁궐
의 붉은 기둥들이 전장에서 피로 뿌리를 적시던 나무들 같고 뽀얀
층계는 들판에 나뒹굴던 해골 같은데 그 속에 남은 인간은 다만 여
자 하나를 위해서만 울었다.

녹주는 병풍을 접고 문갑을 열어 검을 꺼냈다.

금사 은사를 엮어 짠 비단으로 매듭을 지어 검을 둘둘 말고는 영
명국의 여주인답게 거창한 복식을 갖추어 입었다.

검을 지니고 태선궁으로 들이닥치니 궁녀들이 사방으로 흩어지
며 전쟁이라도 터진 듯 부산을 떨었고 호위병들은 누구를 상대로 고
개를 숙여야 할지 몰라 저희끼리 뒤엉켰다. 녹주는 홑겹 옷과 한 자
루 검만 가지고 온 무림을 호령하던, 머지않은 소녀 시절처럼 당당
하게 문을 열어젖혔다.

"그만 아이를 포기하시지요. 태선궁, 내가 굳이 자네를 살려야겠
습니다."

태선은 바짝 마른 나뭇가지 같은 두 팔과 다리를 버둥거리며 날카롭게 비명을 질렀다. 거죽만 남은 뺨 위로 두 눈만 통방울처럼 커다랬다. 눈물조차 배 속의 아이가 집어삼켰는지 태선은 차마 울지도 못했다. 녹주는 검집에 든 채로 검을 들이밀었다.

"자네를 죽게 둘 수가 없습니다."

"소첩의 부질없는 목숨이 꺼지고 수자(樹子) 저하를 남긴다면 기꺼이 그러겠습니다."

"자네, 살아남지 못하네. 왜 그리 어리석은 선택을 하는가?"

말없이 검 아래 둥그런 눈을 치켜뜬 태선이, 그 파리한 입술을 열어 병싯 웃었다. 그리고는 손을 들어 비단 끈에 둘둘 말린 검집을 잡아당겼다. 제왕의 색이라는 황금빛이 벗겨지자 녹으로 뒤덮인 검신이 드러났다. 피딱지 같은 붉은빛이 점점이 번져나가 그에 아무것도 비치지 않았다.

"소첩은 어미이기에."

녹주는 태어난 지 얼마 되지도 않아 별궁에 내던져진 어린 딸을 떠올렸다. 녹슨 검 끝이 흔들렸다.

태선궁이 아이를 낳고 죽겠다 선언한 후 얼마 되지 않아 영명왕 역시 원인 모를 병으로 자리에 누웠다. 녹주는 탕약을 들고 친히 왕의 침소에 들었다. 그리 애달파 어쩔 줄 모르는 남녀가 각기 다른 전각에 누워 죽어 가고 있다는 것이 기이하였다. 녹주는 아무 표정 없이 왕의 곁에 앉았다.

"짐은 죽을 거야."

"옥체를 진중하셔야지요."

"그러면 살겠는가?"

"인명은 하늘에 달린 것. 제가 어찌 알겠습니까?"

"녹주신녀께서도 모르는 게 다 있으셨군."

왕은 성가시다는 듯 돌아누우려 했지만 힘에 부쳐 앓는 소리를 냈다. 녹주는 손을 뻗어 그의 자세를 고쳐 주었다. 왕은 진저리를 쳤다.

'언제부터, 왜, 이 사람이 이리도 나를 미워했을까?'

의문은 피어올랐다가 물 위에 떨어뜨린 기름처럼 그저 그 자리에 남았다. 녹주는 시중을 드는 궁녀들이 바삐 오가는 것을 멍하니 바라보았다. 왕의 병은 깊었고 의원들은 줄줄이 목을 내놓았지만 결코 고칠 수 있다고 장담하지 못했다. 매사가 허망하였다.

영명왕이 말했다.

"짐은 죽어 태선궁과 함께 묻힐 걸세."

중전이 아니라 후궁과 능을 나누겠다니 어불성설이었지만 녹주는 별로 놀라지 않았다.

"그저 뜻하신 대로 하소서."

왕은 검고 큰 눈으로 그녀를 올려다보았다.

"그대는 혼자 살아 좋은 시절을 실컷 누리시게."

무어라 답해야 할지 몰라 녹주는 깊이 읍하였다. 왕은 몇 번이고 태선과 묻히겠다며 다짐인지 고집인지 모를 말을 늘어놓았다. 물러나온 녹주는 반대하는 신하들을 설득해 왕의 뜻대로 능을 마련하라 일렀다. 태선이 낳을 아이가 아들이라면 아마 세자의 어미라는 이유를 들어 다들 순순히 태선궁을 받아들일 터였다.

시간은 흘렀고, 태선궁은 과연 사내애를 낳았다.

기진맥진한 그 연약한 모체는 몇 날 며칠이나 피를 쏟으며 펄펄 끓더니 꼭 이레 되던 날 숨을 거두었다. 녹주는 태어나자마자 어머니 대신 궁녀의 젖을 빨며 버둥버둥 살아남은 어린애를 단속하고 죽어 가는 태선 곁을 지켰다. 해야 할 일을 마친 그녀는 아직 앓고 있는 왕의 침전 대신 드넓은 궁궐 한가운데 서서 보름달 아래 서 있었다.

길고 흰 구름이 승무를 추는 여자들의 소맷자락처럼 달을 감쌌다.

하늘은 꼭 연하게 간 송연묵처럼 푸르스름했고 녹주의 눈에만 별 사이를 유영하는 온갖 수상한 짐승들이 보였다. 등선하거나 추락하 거나 타락하거나 혹은 단념하여 성좌에 채 닿지 못하는, 가뭇없는 무 리들이 때때로 날카로운 비명을 질렀다.

사방에 비꽃이 피었다.

비명 소리는 그치지 않고, 녹주는 하늘로부터 눈을 거두었다.

태선은 죽었다.

어린 아들을 남기고 그녀는 죽어 버렸다.

왕이 공언한 대로 태선은 새로 꾸린 왕가의 능에 잠들었다. 긴 장 례 기간 동안 왕은 휘청거릴지언정 무사히 낮과 밤을 넘겼다. 그는 머지않은 제 죽음을 예감하면서도 약간의 고양감을 즐기고 있는 것 처럼 보였다.

"짐은 태선궁과 묻힐 거다."

확인하듯 되뇌는 소리에 녹주는 순종하였다.

그리고 사십구재가 끝나갈 무렵, 연중 가장 춥다는 날 밤이었다. 궁궐 담벼락을 우습게 뛰어넘어가며 눈보라가 거세게 불어 사방이 새카맣게 얼어붙었다. 시뻘겋게 관솔불을 켜도 금세 꺼져 버리거나 바람에 번지기 십상이어서 사람들은 일찌감치 문을 꽁꽁 닫고 집에 틀어박힌 계제에, 녹주는 문을 열고 내려섰다.

이리저리 신선 흉내를 내며 잘난 척 쏘다니던 화경은 그즈음 세간 에 두고 왔던 여동생을 잃었다.

✳

"으응? 여동생이라고 했소이까?"

가만 듣던 척생이 물었다.

"여동생이라고 했고말고요."

"여동생이라니, 대체 그놈의 신선⋯. 화경선생은 나이가 몇이었는데 그랬답니까?"

담생은 우거진 나무줄기를 척척 물러가며 답했다.

"글쎄, 화경선생은 그때 스물 여남은이나 됐을까. 하여간 서른 전이었을 겝니다."

"원! 그렇게 젊은데 무슨 이치를 통달하여 선인씩이나 된다구!"

"걸음마 하는 아이도 다 아는 것이야말로 진리의 정수라고 하지 않습니까? 과시에 나가 구름같이 모인 수재들 틈에서 등용되느니보다 등선하는 쪽이 차라리 쉽고 말고요. 스물 여남은에 호선의 수제자 노릇쯤이야."

"그래서 그 누이와 화경선생이 영명국 중전마마와 또 뭐가 어쨌다는 말씀이시오? 담 동생."

"상세한 경위는 또 다른 이야기겠으나, 화경선생은 세간에 자주 드나들다가 그 누이를 만났던 모양입니다. 여하간에 참 아주 어릴 적부터 그 누이를 지켜봐 왔다나요. 저것이 홍진에서 살아갈 내 피붙이구나, 하니 정이 붙은 게지요."

"아이구, 그러면 뭐 스승님 말씀대루 다정도 병일 법하구만요."

"그러게나 말입니다."

늘어진 가지 너머로 볕이 잘 고일 법한 구릉이 드러났다. 이미 달빛에 젖어 떨어지기 시작한 그림자 아래 웃자란 풀이 두 사람의 발을 뒤덮었다. 척생은 담생을 따라 걷느라 온몸이 땀으로 흠뻑 젖은 채였다.

"거 대체 언제까지…."

언제까지 갈 작정인가.

이만 돌아가는 편이 낫지 않은가.

척생이 질문을 입에 올리려는데 담생이 멈추어 서서 품을 뒤적거렸다. 달빛보다도 저것이 더 희지 싶고 눈이 내려도 그보다 저것이 더 시리지 싶은, 그런 백자 호리병 하나가 튀어나왔다. 담생은 병을 기울여 제발치를 적셨다.

한 모금 거리밖에 안 되는 술이 스스로 빛을 발하기라도 하는 양 사위를 밝혔다.

있을 리 없는 반딧불이들이 무수히도 날아오르는 것 같은 광경이었다.

"쭉 지켜봐 온 누이가 그만 죽어 버렸으니, 화경선생은 몹시 상심했다더군요. 꽃만 져도 비통한 게 바로 그 정이라는 물건 아닙니까. 화경선생은 속세 인간들 모양으로다가 마음이 천 갈래 만 갈래. 밤이면 달 아래 청경호까지 구름을 타고 달려가 몸을 던지고 박석산 깊은 계곡마다 거꾸러지곤 했답니다. 어지간한 요괴들도 그런 구경은 처음이라 저희끼리 수군수군 박석산 일대를 비워 놓을 정도였다니, 정신 빠진 선인 하나 두어 속세는 오히려 평온했을지도 모를 일입니다."

사람 목숨이란 본시 그리 허망하여 값지다고 스승은 누누이 일렀으나 화경은 지나치게 세속과 친밀하게 지냈던 탓인지, 여동생의 죽음을 쉬이 떨쳐 내지 못했다.

"어리석구나. 너 영영 등선은 못 하겠다."

호선은 혀를 차며 벽을 보고 돌아앉았다. 그는 제가 주워 기른 두 제자가 모두 슬하를 떠나고 말았다는 사실을 받아들였다. 어차피 호선도 천 년을 수행하여 만든 구슬을 잃었으니 지상에 붙박인 짐승인 채 죽어 갈 터였다. 그리하여 끊어질 정도의 도리였던 거라고, 그는 말했다. 제자들이 홍진의 때를 묻히고 스러지면 여우는 여우로 사람은 사람으로 죽어 이야기 한 줄기 말고는 아무것도 안 남는 것이리라고.

이윽고 호선이 벽안거를 빙자하여 암자를 짓고 깊은 골짜기에 틀어박힌 겨울, 정월이 다 지나기 전에 화경은 낯익은 손님을 맞았다.

"경아 게 있느냐?"

깊게 덮어쓴 장옷을 걷어 올리며 성큼 방 안으로 뛰어든 여자는 낯이 익었으나 쉬이 그 이름을 부르고 싶지 않을 만큼 변한 모습이었다.

"내 모처럼 한뎃바람 맞으며 먼 걸음 하였거늘, 경아는 누님을 맞이하러 나오지도 않고 자빠져 잠이나 청하는구나. 괘씸한지고."

금사 은사에 매단 호박들이 화려하게도 짤그락거렸으나 그 아래 흰 이마는 파리하기만 했다.

"누추한 곳까지 어인 행차십니까? 누님?"

"어인 행차는. 무릇 선인의 약조는 금석과도 같은 것. 네 스스로 내게 했던 말을 잊지야 않았을 게다. 부탁이 있거든 찾으라 하였지? 자, 폭설을 뚫고 내 여기까지 왔다. 너는 두말을 할 수 없을 터다."

녹주는 화경이 상석을 권하기 전에 척하니 제 자리를 찾아 앉았다. 화경은 그녀가 더 이상 예전에 함께 수행하던 동문으로 보이지가 않아 물끄러미 그 얼굴을 바라보았다.

"소제에게 사저께서 무엇을 바라십니까?"

태선은 아들을 낳았다.

녹주가 불쑥 말했다. 화경은 고개를 갸웃거렸다.

"태선이 아들을 낳고 죽었다. 모르느냐?"

녹주가 재차 말했다. 화경은 고개를 저었다. 모릅니다. 그의 선선한 답에 녹주는 씨익 웃었다. 무모한 줄 알면서도 스승의 눈을 속여 보려고 장난을 획책하던, 오래전의 그녀가 찡그린 미간과 주름진 입가에 떠올랐다.

— 다정도 병인 탓에.

스승이 혀 차는 소리가 들린 것도 같았다.

화경은 자신을 홍진의 뭇 어린것들처럼 업어 돌보았던 누이를 외면할 수 없었다.

"태선이 낳은 아이를 안아 주러 갔더니 내 손을 잡고 부탁을 하더구나. 잘 키워 달라고. 그야 달리 무엇이 있겠니? 미련이 남을 요량이면 애초에 죽을 짓을 하지 말지 싶었다만…. 내 쭉 부대껴 보니 사람이란 그다지 이치에 맞는 족속은 아니더라."

"그래, 잘 키워 준다고 약조하셨습니까?"

"아무렴. 낯모르는 아이도 그저 갓난것이라면 측은한 법인데 한 번 품에 안은 핏덩이는 오죽하겠느냐. 도적놈들도 어린애는 손 안 대고 베어 버린다지 않니? 안아 올리면 차마 죽일 수가 없게 마음이 동하기도 한다면서."

"소제가 잘 압니다."

"게다가 곧 죽을 여자에게 시시비비를 더 가려 무엇 하겠느냐."

녹주는 당당하게 세운 어깨를 늘어뜨리며 조그맣게 한숨을 쉬었다. 그리고 말을 이었다.

"능을 미리 마련하고 동쪽을 비워 두었다. 태선궁을 능에 모시라고 내가 애걸하다시피 하였으니 중신들도 더는 통촉하시라 소리를 못 하더구나. 붉은 신문을 세우고 비각도 벌써 자리를 잡았다. 당장에라도 가져다 누이면 얼마나 좋겠니? 그러나 태선궁에게 중전의 예를 다하게 되었으니 앞으로 얼마간 시일이 더 지나야 장지로 출발할 터다."

"하여 소제에게 바라시는 바라 하심은?"

"빈궁의 죽음으로부터 재궁(梓宮)이 노제 소리를 뒤로하고 장지로 떠나는 데까지 다섯 달. 아직 달이 몇 번 차고 기울어야 한단다. 경아, 나는 태선궁이 능의 동쪽에 누울 때까지 주상 전하께서 옥체 보중하시기를 바란다. 내 팔방으로 약을 구해 올렸으나 이제는 선적에서 하도 멀어진 탓인지 점점 힘에 부치더라. 화경이 너라면 쉬이 재주를 부려 나를 도울 수 있을 게다."

화경은 내심 안도하였다. 그녀의 부탁이 다만 지아비의 건강을 위함이었기 때문이었다.

'그래도 정이 남아 그러시는구나.'

화경은 선선히 옛 사저의 청을 받아들였다.

"그뿐이라면 소제, 힘을 다하겠습니다."

"물론 그뿐이 아니지."

녹주는 화사하게 웃었다. 처음으로 검을 높이 빼 들고 목숨 붙은 것을 귀차(鬼差) 같은 얼굴로 베어 넘어뜨릴 때처럼 유쾌하게. 그녀가 벌떡 몸을 일으키자 한순간 천 리 밖의 설산이 녹아 사방으로 빙설이 흘러넘치는 듯 서늘하였다.

"내 두 번째 염원은."

그녀의 청원을 듣고 화경은 절로 얼굴이 어두워졌다.

듣도 보도 못한 청이었다.

"누님. 진정이십니까?"

"내가 네게 허튼소리나 늘어놓으려고 먼 길을 재촉하였겠느냐?"

"그러나."

"경아 네가 들어줄 것을 안다."

"어찌 그리 무도한 일을 소제에게 바라십니까?"

"홍진의 때가 묻은 나와 달리 선적에 한 발 들여 놓은 네게도 그 깟 것이 무도하더냐? 전공을 세워 치켜든 깃발이 잿고무래 한 자루 와 다르지 않은 것이 선인의 일일 터다."

"그예 죄가 아니라면 누님께서 소제의 손을 빌리러 오지도 않으 셨을 테지요."

"경아에게는 의미 없는 노동일 게다. 죄라면 내가 다 받으마."

화경은 우울하게 고개를 저었다.

"안 됩니다. 사저께서 더 업을 쌓게 두고 보아서야 동문의 정리에 어긋납니다. 말씀하신 일 따위 소제는 물론이려니와 당신께도 아무 의미도 없고 다만 천추(千秋)의 업보에 불과할 것이니."

"정 깊은 동생께서 죄 깊은 이 녹주를 염려하는구나. 그러나 경아 야. 내가 빈손으로 네게 죄를 권함이 아니라면 어떠하겠니?"

"얼기설기 짠 마포(麻布)를 끊어 내다 파는 일처럼 말씀하시는군 요. 누님께는 죄송한 말씀이오나…."

"여우 구슬이 필요하지 않으냐?"

일순 말문이 막혀 눈을 화등잔만 하게 뜬 화경을 향해 녹주는 그 럴 줄 알았다는 듯 의기양양하게 웃었다.

"누님, 그 무슨…."

"마포로는 싫다 하니 비단 대단(大緞) 굽이굽이 펴는 수밖에. 경아야, 내 다 듣고 왔단다. 선계를 떠났어도 먼뎃바람에 묻어 홍진까지 제법 이런저런 속삭임이 퍼지더구나. 정 깊은 동생이 누이를 잃고 널리 여우 구슬을 탐낸다지? 아무렴! 제아무리 대단한 화경 선생이라도 여우 구슬을 공으로 얻지는 못한단다. 네가 용을 쓰면 아홉 자루 붓에 아흔아홉 장 종이야 어떻게든 얻겠지. 사람을 홀려 스스로 고개를 틀어박고 피에 잠겨 죽게 하는 거야 네게는 수양버들 가지를 흔드는 것보다 쉬울 게다. 하나 구슬만은 네가 어찌 얻겠느냐? 천 년을 수행하여 죄를 짓고 또 씻어 내며 겨우 흰 번개 한 끗을 담아내는 동안 인간의 몸뚱이가 버텨주겠니? 깊이 생각해 보렴. 남의 손에 틀어쥔 걸 돌려받으려면 그 손가락을 끊어 버릴 밖에 없지."

녹주는 치맛자락을 휘날리며 아릿한 매괴 훈향과 더불어 궐로 돌아갔다. 화경은 홀로 남았다. 산중의 밤은 더뎠기에, 그는 방 안에 드리워진 그림자로부터 더 천천히 벗어날 수 있었다. 온갖 요사한 짐승들이 들끓는 상념에 이끌려 처마 아래와 섬돌 위를 기웃거리다가, 화경이 문을 벌컥 열어젖히면 사방으로 흩어졌다. 화경은 나뭇잎 한 점 한 점에 숨은 짐승들을 헤아려 보다가 나지막하게 그 이름을 불렀다.

감추던 것을 소리 내어 말하면, 그로 하여 명(命)이 시작되는 법이었다.

— 제아무리 대단한 화경 선생이라도 여우 구슬을 공으로 얻지는 못한단다!

필요하지?

의당 그러하리라는 듯 묻는 그 목소리에 화경은 자신이 무엇을 탐하는지 비로소 깨달은 것만 같았다.

필요하고말고.

그는 자신 안의 가장 깊은 곳을 응시하며 그렇게 중얼거렸다.

누가 뭐래도 필요하고말고.

화경은 발치에 까맣게 모인 짐승들에게 밥알을 떼어 던져 주었다.

'과연 경아는 내 부탁을 들어주었구나.'

녹주는 느릿한 노랫소리에 휘감긴 시야를 열며 그렇게 생각했다.

장지로 출발하는 행렬이 형형색색의 깃발들 아래 늘어서 있었다. 태선의 재궁(梓宮)을 실은 자들이 노제 소리를 드높였다. 병석에 누워 거동이 어려운 왕을 대신해 상석에 앉은 녹주는 무심한 얼굴로 앞을 쏘아보았다. 그 누구도 그녀와 감히 어깨를 나란히 할 수 없건만 그 누구보다도 높이 앉은 그녀에게도 지평선은 훤한 적이 없었다.

만인의 위에 서면 무엇하누. 하늘을 온전히 누리지도 못할 것을.

녹주는 눈을 가늘게 떴다. 펄럭거리는 수십 수백의 깃발들도, 제 몸을 감싼 나비 날개 같은 옷깃도, 그저 거추장스러웠다. 그러나 이제 머지않았다. 화경은 꾸준히 귀한 약을 보내 주었고 왕은 새카만 얼굴로 드러누웠을망정 질긴 목숨을 지금껏 이어왔다.

'머지않았다.'

그녀는 아들을 낳은 태선에게 갔던 일을 떠올렸다.

— 감축드리네.

짧막한 인사 외에 할 말이 없었다. 침묵이 무겁게 내려앉자 그에 놀란 양 태선이 힘겹게 눈을 떴다. 태선은 눈앞이 잘 보이지 않는지 녹주가 아니라 어중간한 허공을 두리번거리며 손을 까딱거렸다. 궁녀가 얼른 다가와 비단에 태선의 손을 가져다 얹고, 공손히 녹주에게 들어 올려 주었다.

녹주는 그 손을 잡아 주지 않았다.

— 아기님을.

이번에는 다른 궁녀가 녹주에게 아기를 안겼다. 어린 것을 떨어뜨릴 수 없어 받아 안고, 녹주는 사람으로 보이지도 않는 핏덩이 너머로 죽음을 앞둔 태선을 내려다보았다.

— 아기님을 부탁하옵니다… 마마.
— 염려 말고 몸을 돌보세요. 그리 애틋하시면 오래 곁에서 보듬으실
  일 아닙니까?

쌀쌀맞은 목소리에도 태선은 전처럼 주눅 들거나 상처 입은 표정으로 이런저런 말을 중얼거리는 대신 커다란 눈을 치켜떴다. 녹주는 왕이 그녀를 얼마나 아끼는지, 그녀의 병환 소식을 듣고 얼마나 상심하여 건강을 그르쳤는지 알려 주었다. 이미 궁녀들에게 들어 다 알고 있었을 터인데도 마치 난생처음 듣는다는 양 숨을 죽인 채 천장을 바라보던 태선이 싱긋 웃었다. 그저 생명을 유지하는 것만으로도 힘에 부쳐 헐떡거리면서도, 그녀의 파리한 얼굴 가득 환희와 욕망이 떠올랐다.

— 소첩이….

태선은 기어이 그 말을 해야겠다는 듯 힘겹게, 온몸의 힘을 끌어모아, 또박또박 내뱉었다.

— 소첩이… 이겼어요, 마마. 제가 이겼어요!

만약 그렇게 할 수 있었다면, 태선은 벌떡 떨치고 일어나 양팔을 활짝 펼치고 깔깔 소리 내어 웃었을 터였다. 그러나 그녀에게는 이제 남은 숨이 없었고, 일생에 걸친 소망인 양 겨우 제 할 말을 마치자마자 푸르스름한 뺨은 하얗게 식었다.

녹주는 밀랍 조각과 다를 바가 없어진 그 식은 몸 곁에 고요히 서 있다가 버둥거리는 어린 것을 궁녀에게 넘겨주고는 곧장 그 방을 떠났다.

태선은 죽었다.

녹주는 코웃음을 치며 웃으려 했지만 그 어떤 목소리도 그녀의 입술을 떠나지 못했다.

그래서 녹주는 가장 화려한 장신구를 모조리 벗어 던지고는 홀로 박석산으로 향하여, 사제인 화경을 만나러 갔다.

'그리고 다섯 달.'

눈앞에 칠성판이 어른거렸다. 재여는 높이 들어 올려졌다가 살아생전의 태선처럼 머뭇거리며, 그러나 결코 물러서는 법 없이 자신이 가야 할 길을 똑바로 나아갔다. 녹주는 고개를 끄덕였다.

'아무렴. 자네가 이겼다.'

일생을 건 그 말 한마디에 녹주 자신이 무슨 상처를 받은 것도 아니었다.

아니었을 터였다.

정녕 무엇을 위해 무엇이, 무엇에게 이겼다는 말인가. 무엇이 또 패배란 말인가. 녹주는 그것을 몰랐고 묻는다 한들 답해 줄 이도 더는 없었다. 그러나 싸늘하게 피가 식는 듯하던 그 순간의 감각만은 날이 갈수록 선명해지기만 했다.

— 마마. 제가 이겼어요!

그게 그리도 기쁘던가?

녹주는 녹이 슬어 아무것도 벨 수 없게 된 자신의 검을 꺼내 보료 아래 두었다. 그리고 태선궁이 영명국에서도 가장 운수가 좋고 양지가 바르다는 땅에 곱게 묻혀 번듯한 붉은 문이 다 선 후에, 나비처럼 날아 왕의 침전으로 갔다.

진귀한 약제를 지어다 올릴 때 말고는 한 번 눈을 마주치지도 않은 지 오래된 부부였다. 왕은 거의 초록색으로 변해 버린 뺨을 금침에 묻고 방문 기척에 눈짓했다.

"뉘가 오셨느냐."

고해바치기도 전에 묻고는, 궁녀가 중전마마께서 오셨다고 사뢰자 없는 힘을 짜내어서라도 불평을 덧붙였다.

"네년이 이제는 누가 방문을 열어젖히는지 알리지도 않는구나. 언제부터 짐이 물어야만 대답이 돌아오게 됐더냐?"

"황공, 황송하옵니다. 죽여 주시옵소서."

"네년을 옥에다 던져 넣어 주려? 이 몸이 먼저 죽어 네년 목숨을 부지하겠다 싶더냐?"

"어찌 감히 그런 무참하신 말씀을!"

궁녀가 벌벌 떨며 이마를 바닥에 찧었다. 녹주는 진강의 힘이 다 떨어져 목에서 쇳소리 외엔 아무것도 나지 않을 때까지 말없이 기다렸다. 꼴 보기 싫은 반려에게 화풀이를 하고 싶을 뿐이리라. 녹주는 가엾은 궁녀가 겨우 물러갈 허락을 받아 꽁무니를 뺀 후에 직접 자리를 깔고 곁에 다가앉았다.

"자네는 또 무슨 꼴을 보려고 왔는가?"

"태선궁이 무사히 장지에 도착했다니 사뢰러 왔습니다."

"그래, 새로 집을 지었으니 빨리 죽어 가라고?"

죽고 싶은 것이 아니었나.

녹주는 낯선 생물을 보듯 진강의 홀쭉한 뺨을 응시했다. 통 이해 못 할 것들 투성이였다. 그가 대관절 무엇을 바라는지도 이제 알 수가 없었다. 녹주신녀를 찾아와 고개를 숙였을 때의 그는 좀 더 알기 쉬웠다. 말이 진강이라는 사람의 전부였고 행동이 그림자였다. 가리키는 것과 향하는 것이 어긋나지 않았다. 녹주는 모두가 그런 줄로 믿었다. 술법을 부려 형태를 바꾸어 숨을 적에도 원래 자신이 무엇인지는 변하지 않는 것처럼, 세상이란 이따금 환영 뒤에 숨을 뿐 더없이 명확한 것이라고 여겼다.

참나무는 참나무였고 하늘소는 하늘소였으며 상제나비는 상제나비, 녹주는 녹주였다.

사람은 그저 사람이었다.

— 제가 이겼어요!

무엇인가.

과연 무엇인가?

녹주는 기다렸다. 숨 쉬듯 검을 휘두르던 시절에 그녀의 손끝은 매웠고 단단했지만 궁궐 지붕 아래에 금사로 은사로 짠 옷에 갇혀 사는 사이 모든 것이 부드럽고도 무뎌졌다. 손끝도 시선도, 말도 호흡도. 녹주는 그래서 그냥 쭉 기다렸다. 왕을 살게 하고 태선의 죽은 몸뚱이에 온갖 보물을 베풀며 기다리고 또 기다렸다.

왕의 죽음이 목전으로 다가오는 날까지.

그가 녹주에게 '이겼다'고 말할 만한 그 찰나까지.

그녀는 알았다. 문이 열리는 소리로, 다가드는 발소리로, 당황하여 잔뜩 긴장한 궁녀의 목소리로, 그녀는 때가 왔다는 사실을 알았다.

"주상 전하, 중전마마! 아, 아뢰옵기 황송하오나⋯."

문밖이 소란스러웠다. 진강은 호기심이 고집을 이겼는지 모처럼 녹주를 향해 시선을 돌렸다. 녹주는 천천히 입을 열었고 천천히 이야기를 들었으며 아주 애석한 목소리로 궁녀를 다독였다. 그녀와 더불어 문밖으로 걸어나가 왕의 심기를 어지럽히지 않기 위해 모든 이야기를 혼자 들었다.

녹주는 혼자 문을 등지고 서 있었다.

옷자락에 밴 약 냄새가 다 스러진 후에 그녀는 모두를 물리고 혼자 방 안으로 돌아갔다.

그림자가 오히려 기꺼웠다.

"무슨 일인가?"

진강이 답을 재촉했다. 녹주는 좀 더 기다렸다.

"무슨 일인지 묻지 않나? 이봐, 신녀 나으리."

"태선궁께서 한설땅에 자리를 잡고 바로 엊그제 사당을 꾸미고 신문을 정식으로 세웠지 않습니까?"

"비바람에 상하기라도 했다던가? 반우(返虞)하였다는 소식을 들은 지 채 열흘도 아니 되었거늘."

왕이 언짢은 듯 대꾸하였다.

"참으로 아뢰옵기 황송하오나 능이 도굴꾼인지 산짐승인지 모를 것에 침해를 입었다 하옵니다."

"뭣이!"

왕은 녹주의 말에 어디서 그런 힘이 났는지 벌떡 일어나 앉았다.

"사람의 짓이면 잡아 효수하고 짐승의 짓이면 하늘이 소첩의 부덕

함을 탓하는 줄로 알까 합니다."

"사람의 짓이고말고!"

녹주는 남편의 혼란스러운 시선을 받아냈다.

하늘의 뜻이라고 인정할 수는 없을 터였다. 병상에 누워 정사를 외면하는 왕이라는 비난은, 구중궁궐 침소에 드러누운 진강의 귀에도 어렴풋이 들려오곤 했으므로. 녹주는 왕의 마음의 소리를 듣기나 한 듯 앞장서서 그를 위로하고 피해를 입은 능을 복구하도록 명했다.

황감하게도 태선의 시신은 두어 리 떨어진 곳에서 발견되었다.

사람의 짓이라고들 떠들었다.

소문이 걷잡을 수 없을 만큼 빠른 속도로 번져, 흡사 불길 같았다. 저마다 현상에서 천명을 읽고 예지를 덧붙였다. 천 번의 가을 같은 이레 동안 왕의 목숨은 정반대로 바람 앞의 촛불처럼 연약했다.

"범인은 잡았는가?"

꺼져 가는 목숨을 붙들고 왕이 물었다.

"잡았습니다."

녹주가 답했다. 왕은 향로에서 피어오르는 인주색 연기 너머로 그녀를 올려다보았다. 손을 뻗어도 닿지 않는 거리에 녹주의 치맛자락이 보였다.

그는 대답을 듣다가 까무룩 잠들었다.

죽음이란 한없이 길어지고 흐릿해지는, 그 시간의 경계 어느 언저리쯤을 가리키는 말인 듯도 싶었다.

"잡았다고."

"네. 잡았습니다. 묘를 파 은과 금으로 만든 제기를 훔치는 걸 업으로 삼아 온 무뢰한이라 하더이다. 추상같이 몰아쳐 죄를 고하게 하고는 목을 달아 저자에 걸었습니다."

"다행한 일이군. 양좌(良佐)를 잃은 슬픔에 고통이 더해 근심이 컸거든. 자네가 모쪼록 불쌍한 그 사람을 잘 돌보아 드리게나."

"여부가 있겠습니까."

녹주는 새로 마련한 능에 대해 오랫동안 늘어놓았다. 얼마나 사치스러운 관을 쓰는지, 얼마나 대단한 문장가를 불러 글월을 짓게 했는지, 얼마나 제관을 많이 동원해 날을 새로 잡았는지, 그녀는 왕의 짧은 여생이 반쯤 타 버릴 때까지 떠들어 댔다.

밤이 성큼 깊었고 사위는 고요했다.

그 모든 말의 끝에 녹주는 속삭이듯 조용히 덧붙였다.

"다만, 아뢰옵기 참으로 황감한 말씀이오나, 규 씨의 몸이 사후라 하여도 외간남자의 손을 타 부정해지고 말았으니 이제 감히 주상 전하의 곁에 누울 수 없다 합니다."

왕은 이해가 가지 않는지 가만 듣고 있었다.

녹주의 얼굴에 미소가 피었다.

"안되셨네요, 전하. 죽음 이후가 영원이라면 당신은 하릴없이 저와 그 지독한 세월을 나누시게 되셨습니다."

왕은 그에 무언가 할 말이 있을 줄 알았다. 시체에 손을 댄 것도 법도에 어긋난다는 그 기괴한 주장에 대해. 물론 그럴 법도 하다는 이해에 앞서 기가 막혀 눈을 크게 뜨는 것 외에는 자신이 느낄 감정조차 얼른 판단이 서지 않았다.

왕은, 그래도 자신에게 뭔가 할 말이 남았을 줄 알았다.

태선을 그리는 마음, 한탄, 슬픔, 아니면 알 듯 말 듯 한 어떤 막연한 상대를 향한 증오나 원망이라도 입에 올려야만 했다.

태선이 죽었다.

그가 죽어 그녀 곁에 누울 예정이었다.

그런데 누군가 태선의 시체를 건드렸고, 그래서 그녀는 부정한 몸이 되어 외따로 묻혀야 한다.

그가 영명국의 왕이고 지엄한 종묘와 사직은 모두 그를 위해, 그와 함께, 면류관의 구슬이나 용포의 바늘땀 한 개처럼 존재하는 줄로만 알았건만 어이없이 모든 것이 어그러지고 말았다.

"…짐은."

녹주는 떨리는 그 목소리에 보일 듯 말 듯 웃었다.

왕은 죽었다.

왕이 죽었다.

그에게는 남은 시간이 없었고, 그는 남은 말을 영원히 연기되는 어느 순간 속으로 가지고 갔다. 무한정 되뇌며 결코 구분할 수 없는 두 개의 감정 사이 어느 언저리 같은, 그런 세계로.

녹주는 왕의 붕어를 알리는 분주한 목소리 틈새에 숨어 눈물 없이 울었다.

"소제는 약속을 지켰습니다."

호곡소리가 그치기도 전에 화경은 녹주를 찾아왔다. 목을 베어냈던 흔적이 붉은 선으로 남은 채였다. 녹주는 맑고 단정하던 동문이 피투성이로 마주 앉은 것이 그저 우스운지 싱글거렸다.

"누님."

화경은 불쾌한 얼굴로 재촉했다.

"여우 구슬을 주겠다고 하였으니 나도 약속을 지키마. 경아, 구슬은 저기 있다. 기꺼이 가져가렴."

"누님께서 말씀하시는 곳은 창이 아닙니까? 창 너머에는 아홉 하늘 아홉 바다가 늘어섰는데 열여섯 땅 어디를 가라 하시는지요? 소제는 우둔하여 모르겠습니다."

"동궁에 있단다."

"동궁에 계신 것은 누님이 돌볼 아기님입니다."

"그래. 태선이 낳은 아기님. 꼭 네가 가져가 주길 바라, 내 저기에 두었단다."

화경은 녹주의 말에 얼굴을 찡그렸다. 녹주는 태연히 빈 잔을 높이 치켜들고는 보이지 않는 달을 담아 취하도록 마셨다.

"경아. 내 딸은 냉골에서 죽었더라. 모르는 사이 개처럼 기어 다니다 간다는 말도 없이 졌더라."

"…무슨 말씀을 하시는지요."

"스승님께 울며 매달려도 하늘의 뜻이 아니 그렇다고 하시기에 원망하였다. 사람이란 게 어리석어서 때로는 벼랑에서 떨어져 구른 후에야 죽을 줄 아는 법이지. 스승님 몰래 기어이 여우 구슬을 가져왔을 때는 이미 늦어, 내 딸이었던 목숨을 앞에 놓고는 내 손으로 할 수 있는 게 아무것도 없었다. 한 식경이 야속하더구나. 반나절만 더 살아 주지 싶다가 어차피 이리 갈 것을 무엇하러 내게 왔던가 싶다가…. 있다 없어도 목숨은 목숨으로 족한 것이거늘. 그런데 참 이상도 하지? 경아, 이상하지? 죽었다고 말하지 않으면 산 것과 다르지 않아서 더 묘하지 뭐냐. 그 애 죽었다고 떠들고 다니지 않으면 아무도 입에 올리지 않아서 그 전과 똑같으니, 산 건 무엇이고 죽은 건 또 무엇이란 말이냐?"

녹주는 훌훌 털고 일어나 소매를 한 번 흔들었다.

넓은 소매 가득 함빡 적셨던 향기로운 술이 넘실대는 남쪽 바다였고 내던진 은잔은 가본 일 없는 삼각산이었다. 외딴 봉우리 하나가 주먹만 했다가 궁궐만 했다 그다음에는 또 영명국 전부만 했다.

작고 둥근 누각을 꽃봉오리인 양 쓰다듬자 그다음 순간에는 젊고 아름다운 두 선인이 푸른 난간에 기대앉아 있었다.

"태선궁이 낳은 이 아기님이 영명국의 하나 남은 후손이지."

녹주는 아이를 품에 안고 화경에게 내밀었다.

술을 권하듯이.

검을 내밀듯이.

죄를 범하듯이.

"경아, 갓난애는 죄가 없어 이 여린 목숨 하나 건지려고 내가 여우 구슬을 먹였단다. 꺼내 가렴."

그렇게 말하는 녹주의 목소리는 낫지 않는 상처에서 뚝뚝 피가 떨어지는 것만 같은, 그런 목소리였다. 화경은 희미하게 미소가 번진 눈으로 녹주가 안고 있는 아이를 바라보았다.

"누님이 무엇을 바라시는지 압니다."

그는 그렇게 답했다.

"그러나 누님께 답을 드리지는 않으렵니다. 이 역시 소제 나름의 작은 복수입니다."

화경은 빨간 선이 그어진 목 위로 모란처럼 웃고는 아이를 품에 안고 사라졌다. 돌개바람 한 줄기가 문을 활짝 열어젖혔다. 녹주는 갓옷을 걸치고 온갖 금은보화가 가득한 방 안에 홀로 주저앉아 있었다. 모든 보물의 그림자가 한꺼번에 쏟아졌다. 그녀는 열린 창 너머에서 흘러드는 여름 바람에 넋을 잃었다.

홀렸구나.

속고 싶었구나.

세월이 뭉텅 사라진 자리에서 그녀는 상복을 입고 홀로 남았다. 죽은 왕의 옆자리에 그녀가 묻히고 나면 영명국은 사라질 터였다. 녹주는 인간의 짧은 생애를 가늠해 보았다. 달이 차고 이우는 것 같은, 한 뼘 정도 되는 기간을.

'그 한 뼘에 고였다가 흐르는 피로 바다를 메울 수도 있겠구나.'

문갑을 열고 꺼내 본 검은 어느새 자루만 남은 채 녹이 슬어 부러진 지 오래였다.

여자 손으로 두 뼘이 넘는 자루를 뿌듯하게 움켜쥐고 녹주는 허공을 갈랐다.

속고 싶었구나.

속아 주고 싶었구나.

"그래서."

척생은 팔짱을 끼고 고개를 갸웃거렸다.

"그래서 그 아기님은 어찌 되셨답니까? 화경선생이 아기님에게서 구슬을 꺼냈습니까?"

"글쎄요."

"뭐? 이보시오, 담 동생. 글쎄요라니! 그래서야 이야기가 안 되지 않소이까?"

"멋대로 지어내자면 이럴 수도 있고 저럴 수도 있겠습니다만."

"아니, 아니지. 담 동생. 뭐요? 자기도 모르는 이야기를 그렇게 잘난 척 떠들었구먼. 이런 이런. 그걸 듣겠다고 예까지 줄줄 따라오고."

"술을 붓는다고 했더니 따라오신 것을요. 척 형, 여기가 영명국 비전하의 능입니다."

척생이 주위를 둘러보았더니 아무것도 없었다. 다른 데보다 더 망가지지도 않았고 더 우아하지도 않았으며 그렇다고 눈에 띄는 나무 한 그루 자란 것도 아니었다.

"에이, 뭐 아무것도 없구먼."

"척 형은 저를 믿습니까?"

"또 거짓말을 한 거요? 담 동생! 이거 너무하시는 거 아뇨?"

"또라니, 너무하십니다. 제가 언제 척 형을 속였다고요."

"영명국 마지막 동궁마마를 화경선생이 데려간 이야기만 하고 그래서 뭐 어찌 되었는지 숨기지 않았소? 시원스레 다 알려 줄 듯이 굴어 놓고서는. 그게 속인 게 아니면 뭐요?"

"그게 그리도 궁금하십니까?"

담생은 기름한 눈매로 웃더니 소매에서 다시 호리병을 하나 꺼내 내밀었다.

"호리병 속에 답이 있습니다."

척생은 머뭇거렸다. 눈앞의 사내가 영 낯설게 느껴졌다. 주위의 어둠이 새삼 무거웠고 나뭇가지가 바람에 흔들리는 소리조차 두려웠다.

"화경선생은 녹주신녀에게 해답을 주기 싫었던 겁니다. 아이의 목숨을 거두어 구슬을 가져갔는가 아니면 다른 수를 냈는가? 녹주신녀는 왕년의 선술을 잃어 인간에 가까웠고 화경선생은 아직 선술의 대가였지요. 화가 난 신선은 바람 같고 물 같습니다. 뭐가 뺨을 스치는데 어디서 와서 어디로 가는지 모르지요. 눈을 들어 저 너머를 볼작시면 아, 저쯤에서 왔나 싶은데 거기까지 거슬러 가기에는 시간이 없거든요. 알 수 없지요. 알고 싶지만, 정말 알고 싶은지도 모르게 되지요. 녹주신녀는 아이를 맡기면서 답도 넘겨주었습니다. 그래서 선생은 화가 났고, 화가 나서…. 왜 그러십니까? 척 형. 호리병 속에 답이 있습니다."

척생은 한쪽 눈을 감고 다른 한쪽 눈에 호리병을 바싹 가져다 붙였다. 물소리가 들리고 술 냄새가 나고 청명한 바람이 흘러나오더니 어른어른 가물가물 무엇이 보였다.

산이 보이고 호수가 보이고 잔설 덮인 진탕길이 보이고 구름이 잡힐 듯 시야를 스쳤다.

남자가 보였다.

척생이 모르는 남자가 척생이 모르는 길을 척생이 모르는 노래를 부르며 걷고 있었다.

그는 구슬을 꺼냈는가? 아이는 죽었는가? 그것도 아니면….

"왜일까요?"

척생에게는 담생의 목소리가 더 이상 들리지 않았다. 그의 시선이 집요하게 남자를 따라갔다. 호리병 속의 조그맣고도 커다란 세상 구석, 딱 하나의 길 위에 딱 한 사람이 서 있었다. 하얀 얼굴 아래 하얀 목에 빨간 줄이 하나. 하얀 옷에 감싸인 품에 무엇이 있는지 척생은 보았다.

우뚝 멈추어 선 화경은 보일 리 없는 척생 쪽을 올려다보더니 손나팔을 만들어 보였다. 척생은 그에게 귀를 기울였다.

속았구나.

그 말에 화들짝 눈을 떼자 담생의 얼굴이 거기 있었다.

달처럼 둥글고 흰 얼굴이 빤빤하고 도끼로 찍어낸 듯한 눈자국 안에는 아무것도 없었다. 여우처럼 쭉 찢어진 입이 붉은 혀를 날름거렸다.

"어!"

척생은 호리병을 내던지며 엉덩방아를 찧었다. 호리병은 빙글빙글 제비를 돌더니 꽉삭 소리를 내며 산산조각이 났다. 담생은 소리 없이 파편 위를 기었다. 빨간 피가 뚝뚝 떨어져 기묘한 궤적을 만들었다.

"왜일까요? 척 형. 인간이란 그 호기심을 통 이기지 못하더군요. 왜죠? 왜입니까? 척 형, 대관절 왜 알고 싶어 할까요? 다들 제 뒤를 따라 걷습니다. 알고 싶어서."

다들 담생에게 물었다.

그래서?

그다음은?

대체 왜?

"이야기의 끝은 보았습니까? 척 형, 화경선생이 구슬을 가졌던가요?"

척생은 대답하기 위해 입을 빠끔 열었다.

대답할 수 있을 줄 알았다.

그러나 기나긴, 영원한, 한없이 유예되는, 이 순간과 저 순간의 틈새 어느 언저리가 그의 눈앞에 펼쳐졌다.

검고 아득하고 깊은.

그는 해답을 혀끝에 매달고 죽었다.

박석산 요괴가 목을 꽉 깨물자 툭 튀어나온 척생의 혀는 한 뼘이채 되지 않았다.

김인정(미로냥)

문학을 전공하고 게임 시나리오를 쓴다.

호노라 명의로 몇 권의 전자책을 발간했다.

피그말리온넷은
왜 다운됐는가

———

유이립

"그거 아세요? 그분이 왜 피그말리온넷을 만들었는지?"

이 세계에는 인터넷이 존재하지 않는다. 어디에서는 모두가 모여 인터넷을 만들었지만, 여기서는 누군가 홀로 피그말리온넷을 창조했다.

이 세계의 IT 역사의 절정은 현대판 영웅 신화였다. 그런데 이건 거짓말이다.

피시 통신은 군대의 긴밀한 연락을 위해서 만들어졌다. 대기업들은 피시 통신의 전망을 내다보고 아낌없이 투자했다. 고가의 컴퓨터와 함께 대기업의 인트라넷 접속 권한을 팔았다. 어느 기업의 컴퓨터를 사면, 그 기업의 인트라넷만 접속 가능했다. 다른 기업의 인트라넷에 아무리 재미있는 콘텐츠가 있어도 접속할 수 없었다. 대기업들은 경쟁 업체의 세계와 통하지 않도록 철저히 통제했다. 사람들의 생각, 음악, 그림, 글, 이미지, 행동, 표현할 수 있는 모든 것들은 분리된 전국시대에서 소통할 수 없었다.

시간이 흘렀다. 통신 시설과 프로그램들이 발전했고, 태블릿 피시와 스마트폰까지 등장했지만, 대기업들의 분리 정책은 변하지 않았다. 오히려 발전에 맞추어 통제도 더욱 강력해졌다. 대기업이 만든 운영체제를 통한 검열과 감시가 추가됐다. 대기업의 이익 추구 방향을 따라가지 않으면 인트라넷 사용 권리를 박탈당했다. 갈라진 세계에 대한 불편함은 만성화됐다. 한 세계에서도 자족할 수 있기에 참을 수 있었다. 그러나 표현의 자유를 검열하는 건 참을 수 없었다.

그때 한 남자가 나타났다. 그 남자는 자신이 만든 새로운 운영체제와 프로그램 언어를 보급했다. 그 남자는 사람들에게 진정한 가상 세계를 선사했다.

피그말리온넷.

어떤 대기업 컴퓨터이든 상관없이. 접속할 수 있었다. 어떤 대기업도 통제할 수 없었다. 자유로이 모든 게 오갈 수 있고 하나로 통할 수 있는 세상.

대기업들은 피그말리온넷을 차단하려 했다. 하지만 이 남자는 자신이 만든 피그말리온넷의 소스와 권리를 모두 무료로 배포했다. 프로그래머들은 피그말리온넷의 소스를 이용하여, 다양한 모드를 만들어 대기업들의 통제에 저항했다. 자유를 위한 싸움은 순수한 것이고, 순수함은 전염되기 쉬웠다.

경제가 휘청거리며, 불황이 시작됐다. 대기업들이 흔들리자 그간의 억압에 깔린 불만들이 폭발했다. 언론에서는 이 전쟁을 사악한 영주와 농민 반란에 비유했다. 정부는 피그말리온넷 때문에, 의식이 바뀌어 통신 특별법 제정을 논의했다. 대중들은 대기업들을 향해 불매 운동을 벌였다.

대기업들은 통제를 포기하고, 피그말리온넷을 인정했다. 오히려 피그말리온넷을 모방한 사이트와 접속 도구를 만들었다. 그래도 사람들은 피그말리온넷을 떠나지 않았다. 사람들은 피그말리온넷을 자신들이 일으킨 민중 혁명의 성취라 믿었다. 그리고 그 남자를 선지자라 부르기 시작했다.

아무도 소유할 수 없는 장소이며, 통제할 수 없는 자유가 있고, 모든 것이 공유될 수 있는 평등한 곳. 이 가상 세계를 우리가 지켜 냈다고 사람들은 믿었다.

이 신화를 믿는 바보의 이야기가 시작된다. 여기는 고수 시티다.

— 저는 지금 창밖에서 저의 해가 서쪽에서 뜨는 걸 의식했습니다.

건우는 낮에는 일하지 않았다. 밤새 피그말리온넷에 접속해 의뢰받은 흥신소 일을 처리하고는 날이 밝아 올 때쯤에야 잠이 들었다. 낮 동안 자고 해가 서쪽으로 기울었을 때, 그때가 바로 건우가 하루를 시작하는 시간이었다. 건우는 이러한 이유로 자신의 SNS 마이저널에 자신의 해는 서쪽에서 뜬다고 썼다. 몇 번이고 고쳐 쓰다가 심사숙고하고는 처음 문장으로 되돌아갔다. 예전과 다르게 입지가 상승해서 문장 하나하나에 주의해야 했다.

프로필에 문장을 등록한 뒤, 깔끔한 캐주얼 정장을 꺼내 입었다. 중요한 누군가를 만나러 가는 준비였다. 오늘은 평소와 같이 마이저널에 들어온 흥신소 일을 하지 않을 작정이었다. 하고 싶어도 할 수 없었다. 수많은 사람들이 건우의 마이저널을 방문해 구세주라며 리플을 다는 바람에 흥신소 업무를 처리할 수 없었다.

이미 특별한 사람이 됐다. 하지만 오늘은 정말 특별한 날이었고,

정말 특별한 사람이 될 수 있는 날이었다. 현관 앞 거울을 보며 미소 지었다. 무언가 잡힐 것처럼 허공에 손을 내밀어 꽉 쥐었다. 건우는 자신감이 넘쳐흘렀다. 왜냐하면 모두의 피그말리온넷을 지켜낸 영웅이기에. 벌써 수많은 곳에서 인터뷰 제의가 물밀 듯이 쏟아졌다.

그래서 그도 자신을 보자고 했겠지. 좋은 소식만 오는 것도 아니었다.

마이저널 서비스 회사인 올라이브러리는 건우를 허위 사실 유포죄로 고소하겠다고 나섰다가 피그넷 유저들의 여론에 태도를 낮추었다. 어떤 사람들은 건우를 거짓말쟁이로 몰았다. 갑자기 유명해진 것에 대한 대가였다. 하지만 대다수 사람들은 건우의 행동에 존경과 감사를 표했다. 건우는 사람들의 지지를 업고, 피그넷 상의 거대한 흐름이 됐다.

건우의 사회적 얼굴, 마이저널은 밝게 빛났다. 드디어 그를 만날 자격을 갖추었다.

피그넷의 구세주. 이 타이틀이 중요한 건 아니었다. 유일했다. 그와 함께 피그넷 상에 기록될 방법이었다.

해가 저물어 어두워지자 건우는 약속한 장소로 가기 위해 원룸을 나섰다.

"9시 뉴스 전, 잠시 광고를 보시겠습니다. 한낱 의료 기기에 지나지 않았던 장비가 시간이 흘러 모두의 삶에 중대한 동반자로 발전했습니다. 오브젝트! 뇌 검사를 위해 만들어진 장비는 이제 모두의 뇌에 직간접적인 정보를 줄 수 있습니다. 자, 머리에 뇌파 헤드셋을 착용해 주세요. 오렌지를 떠올렸을 경우, 오렌지의 촉각과 미각 정보를 담은 뇌파 신호가 컴퓨터에 연결된 오브젝트로 전송됩니다. 오브젝트는 뇌파 신호를 받아 전기 신호로 변환한 뒤, 수많은 영과 일의 진수로 저장된 수많은 데이터, 정보, 이미지를 찾아 다시 오브젝트의 초음파를 통해 타인에게 전달해 줍니다. 초음파에 자극된 뇌는 오렌지를 떠올리거나 아니면 비슷한 귤을 떠올립니다. 태어나서 한 번도 오렌지를 먹지 못했다면 비슷한 신맛의 음식을 떠올립니다. 타인의 입에 침이 고이게 했다면 성공하신 겁니다! 시각 정보 전송의 경우, 더 시간이 걸리지만 분명히 전달할 수 있습니다. 마음속 새하얀 도화지에 오렌지를 그려 오브젝트를 통해 상대에게 전달합니다. 만약에 상대가 평소 시각적 이미지를 새하얀 도화지가 아닌 컴퓨터 그림판같이 상상했더라도 그림판에 맞게 오렌지의 모습이 변화하여 상대에게 전달됩니다. 타인과 상상의 도구가 다르다고 고민하지 마세요. 방송, 피그넷을 통한 대중 매체의 정보와 이미지는 늘 오브젝트에 업데이트됩니다. 여러분이 시청률이 높은 똑같은 방송을 보고, 방문율이 높은 같은 사이트에 접속한다면 여러분은 같은 사람입니다. 여러분의 머리에 동일한 시각적, 청각적 이미지 데이터가 저장돼 있습니다. 오브젝트가 뇌에서 데이터를 찾아 활성화시켜, 타인과 나의 소통의 차이를 줄여 드립니다. 그러니 열심히 텔레비전을 보시고, 피그넷을 둘러보세요. 자, 다음은 부작용에 관해 설명해 드리겠습니다. 오브젝트는 뇌파의 전기 신호를 분석해 정보를 찾은 다음, 초음파로 상대의 뇌 시냅스와 척추 신경에 전달하기 때문에 신경이 날카롭거나 뇌 질환이 있으신 분들은 간혹 편두통, 현기증 같은 부작용에 시달릴 경우도 있습니다. 또한 이미지 트레이닝을 실시한 운동선수들의 근육에 변화가 일어나는 것처럼, 육체에 약간의 변화가 있을 수도 있습니다. 뇌 의학 권위자들이 뇌로 직접 정보를 전송받을 경우, 육체와 신경도 변화를 일으킨다는 사실을 인정하셨습니다. 하지만 이런 경우는 대략 만분의 일 정도입니다. 현명하신 분들은 본 공익 광고를 신뢰하실 겁니다. 오브젝트 소통 정보로 간접 경험과 감상이 가능하게 됐습니다. 오브젝트가 본래 의료 기구였다는 사실을 다시 강조하겠습니다. 좋은 정보는 좋은 변화를, 나쁜 정보는 나쁜 변화를. 인류는 신세계에 도달했습니다. 미래를 꿈꾸지 마세요. 지금이 미래입니다. 디지털 헤븐!"

건우는 원룸 현관을 두드리는 소리에 놀랐다. 건우는 한 번도 노크나 초인종 소리를 들은 적이 없었다. 애초에 현관에 초인종이 설치되지 않았다. 흥신소 일 의뢰라면 피그넷의 마이저널을 통해 왔을 것이었다. 혹시라도 집을 방문한다 해도, 마이저널로 사전에 통보하게 했다. 방문자가 현관 밖에 도착했으면 스마트폰끼리 공명하여 사전에 알았다.

건우는 권총을 쥐고, 조심스레 현관을 열었다. 현관 밖에는 금방이라도 울음을 터뜨릴 것 같은 남자가 서 있었다.

"일을 의뢰하러 왔어요!"

남자는 옆으로 퍼진 몸집 위로 몸집만큼 통통한 얼굴이었다. 동글동글한 눈에 눈물이 흘러내렸다.

"들어가게 해 주세요!"

"모르는 사람을 집에 들여놓을 수 없죠. 절차를 따르세요. 스마트폰으로 본인의 마이저널에 접속해서 프로필을 보여주세요."

사실 절차 같은 건 존재하지 않았다. 건우는 신분을 확인하고 싶었다. 남자는 건우의 말을 듣지 않고 일방적으로 말했다.

"도와주세요. 전 살해당했어요!"

"제가 보기에 유령은 아니고 멀쩡히 걸어 다니시는 것 보니…."

"제 마이저널이 살해됐어요. 전 피그넷 상에 존재하지 않아요. 누군가 제 모든 정보를 지웠어요."

"…들어오세요."

마이저널이 사라졌다는 말 한마디에 건우는 무례한 방문을 이해했다. 소파에 남자를 앉히고, 커피를 타러 싱크대로 갔다. 건우 뒤로 남자의 칭얼거림이 들려 왔다.

"제 마이저널에 저의 모든 게 있었어요. 어렸을 적 처음으로 글을 쓸 수 있을 때부터 마이저널에 모든 걸 쓰고, 저장했어요. 제 모든 사진과 일기, 프로필, 직업 경력, 살면서 겪은 모든 체험을 담은 오브젝트용 데이터까지 업로드해 놨는데 모두 사라졌어요."

건우는 남자의 터지는 울음을 막으려 서둘러 커피를 탔다.

"성함이 어떻게 되십니까?"

남자는 커피의 따뜻한 향을 느끼자, 안정을 취하고 목소리를 가다듬었다.

"안재윤이오."

건우는 손짓으로 계속 얘기하라고 재촉했다. 이틀 전, 안재윤은 자신의 마이저널에 접속할 수 없었다고 했다. 컴퓨터 통신 상태도 정상이고 피그넷 접속도 정상이어서 단순히 마이저널 서비스 회사인 올라이브러리 서버 상태가 이상이라고 생각했다. 하지만 다른 사람들의 마이저널 상태는 정상이기에 파인드 기능으로 찾아보니 안재윤의 마이저널이 존재하지 않았다. 올라이브러리에 문의해 보니 자신들의 서버를 모두 뒤져 봤으나 안재윤의 마이저널에 관한 기록은 없었고, 오히려 계정을 개설하지 않았냐고 되물어봤다고 했다.

"그런 바보 같은 말이 어딨어요? 그럼 저는 사회생활을 어떻게 하냐고요? 마이저널이 없으면 집에서 홈스쿨링 강좌도 들을 수 없는데! 제 사이버 대학 졸업장도 마이저널과 함께 사라졌어요. 제 마이저널이 날아가 버린 지금 저는 무학자가 됐어요. 올라이브러리도 모른다, 마이저널에 등록된 리더스 친추들도 모른다니 누가 이 상황을 알 수 있겠어요?"

"단 한 사람 있죠."

"그분을 봤어요. 정말 전설처럼 유령같이 시내를 배회하고 계시더군요. 대낮에도 시내는 위험한데…."

"피그말리온넷의 선지자를 만났다는 말입니까? 그는 어떤 사람이에요?"

"…제가 어떻게 감히 말을 걸 수 있겠어요. 제가 아닌들 누구라도 감히 그분께 말을 걸 수 있을까요? 그냥 그분이 존재하심에 감사할 뿐이죠."

안재윤이 벌게진 얼굴로 콜록대며 기침했다.

"미안해요. 카페인을 먹으면 제가 이래요. 제 의뢰를 받아 주실 건가요?"

건우는 지금 맡고 있는 일들을 떠올렸다. 누군가 자신의 신상이 털렸다며 피그넷의 수많은 사이트에 올라간 신상 정보를 지워 달라고 요청했다. 범인은 피해자가 직접 잡았다. 모든 지식의 공유와 복제가 쉬워진 현재, 컴퓨터로 프로그램을 만들거나 전문적으로 사용하는 건 어려운 일이 아니었다. 컴퓨터를 사용한다는 말은 컴퓨터 상급 전문가라는 뜻과 동일했다.

옛날 컴퓨터가 처음 등장했을 때 고급 프로그래머만이 컴퓨터를 다룰 수 있었는데 그때와 똑같았다. 다만 고급 인력 수가 몇십만 배로 늘어났다. 의뢰인은 사이트를 돌아다니며 신상 정보를 지우는 게 귀찮아서 건우에게 맡겼다.

건우는 하찮은 일을 머릿속에서 지우고 밝게 웃었다. 중요한 일을 맡아야 중요한 사람이 될 수 있다.

"우리의 자유를 침범하는 범죄자를 막는 건 피그넷 이용자로서 당연한 의무입니다. 범인을 잡기 위해 탐정이 되겠습니다. 아무 대가를 받지 않고, 수락하겠습니다."

가식적이기는 했지만 마이저널은 사회적 얼굴이었다. 이 일을 해결하면 모두가 건우의 마이저널을 주목할 것이다. 마이저널을 비롯한 모든 SNS는 관심이 없으면, 존재할 이유가 없었다.

건우의 설득에 안재윤은 안도의 미소를 지었다.

"단, 컴퓨터를 저에게 가져오신다는 전제가 있습니다."

안재윤의 숨소리가 흥분에 달아올라 빨라지다가 잦아들었다.

"좋아요. 가져올게요."

건우는 안재윤을 현관에서 배웅하며, 평소 원한 맺은 사람이나 주위 사람들, 직업, 행동반경에 대해 아무것도 묻지 않았다. 마이저널이 날아간 이상 본인도 상세하게 기억하기 힘들 것이었다. 누구나 행동과 생각을 마이저널에 기록했다. 안재윤의 입과 뇌보다 마이저널에 물어보는 게 빨랐다. 마이저널이 없으면 직접 발로 뛰든가.

건우는 밤이 되자 거리로 나왔다. 도로를 질주하는 폭주족들이 보였다. 여섯 대의 오토바이가 요란한 소리를 내며 도로를 질주했다. 그들은 건우가 쳐다보자 쑥스럽게 웃으며 시선을 피했다. 옛날에 컴퓨터가 널리 퍼지기 전, 폭주족들이 날뛰었다. 하지만 컴퓨터와 게임이 널리 퍼지자 청소년들은 오토바이나 길거리 탈선보다 게임에 열중하게 됐다. 게임 보급률과 영향력이 넓어지자 폭주족들은 탈선한 청소년들이 아닌 오토바이 마니아들로 변해 갔다. 그들은 요란한 소리를 내지만 교통법을 준수하고, 주말마다 묘기 쇼를 보이며 봉사활동을 했다.

건우는 저런 오토바이 살 돈이면 좋은 오브젝트로 업그레이드할
수 있을 거라는 계산에 혀를 끌끌 찼다. 오브젝트라면 훨씬 좋은 오
토바이 경험을 즐길 수 있었다. 그래도 세상 어디에나 괴짜가 있기
마련이었다. 디지털 헤븐의 가장 큰 특징은 거침없는 표현이었다.
거의 무한할 정도의.

건우는 으슥한 골목으로 들어섰다. 뒤에서 자신의 걸음과 맞추어
걷는 발소리가 들렸다. 주머니에 손을 넣어 권총을 쥐었다. 이런 골
목은 경찰 대행 서비스 업체도 순찰하지 않는 지역이었다. 대낮에도
강도가 자주 나타나, 서비스 비용보다 일의 강도가 월등히 높았다.
건우는 골목을 돌아 쓰레기통이 몰려 있는 전봇대 뒤로 몸을 숨
겼다. 건우를 놓친 미행자는 당황하지 않고, 일정한 보폭으로 걸어
왔다. 건우는 자신을 쫓아오는 미행자를 봤다. 검은색 남방과 단정
하게 정돈된 머리카락, 가느다란 무색 테의 안경. 마른 체격. 남자는
주위를 가볍게 둘러보더니 계속 걸어 골목 안으로 사라졌다. 미행
자가 아니었나? 우범 지역에 들어서서 너무 긴장했던 것인가? 골목
대부분의 상가는 불이 꺼져 있었다. 불이 켜진 상가가 눈에 띄었다.
간판 '울티마'가 상가 내부의 불빛에 희미하게 글자를 드러내고 있
었다. 건우가 유리 미닫이문을 밀고, 들어갔다. 울티마 안에 있던 손
님들이 스턴건에 손을 갖다 댔다.

"여기 위험한 지역이라서 예민한 거네. 이해하게. 건우."

주인이 대신 변명하며 건우를 맞이했다. 대머리 주인은 뚱뚱한 배
를 내밀며, 건우를 힘겹게 포옹했다.

"이번에는 무슨 일인가? 또 누군가가 신상을 털었나? 아니면 동

영상 유포?"

건우는 이번에 맡은 마이저널 살해자에 관해 설명했다.

"조언이 필요해요. 이번에는 기술적 조언이 아니라, 인적 조언이에요. 마이저널에 대해 잘 아는 사람이 필요해요. 무슨 소리인지 아시겠죠? 올라이브러리 내부자 말이에요. 설마 우리 위대한 사이버구루께서 모르시지 않으시겠죠?"

주인은 건우의 부탁을 인상 찌푸리며 듣다가 마지막 아부에 살짝 미소 지었다.

"거의 한 달 전부터 그런 일이 여기저기서 벌어졌다는 얘기를 들었어. 벌써 닉네임도 생겼다고. 사람들은 마이저널 학살자라고 불러. 요즘 사람들 컴퓨터 실력 좋은 거 알지? 피해자들이 찾아 나섰지만 흔적도 찾지 못했대. 그래서 어떤 이들은 그가 피그넷의 선지자와 맞먹는 프로그래머라고 하더군. 웃기는 소리지!"

주인은 흥분해서 건우의 질문을 삼켜 버렸다.

"너무 흥분하지 마시고…. 역시 아저씨는 알고 계실 줄 알았어요. 내부자를 소개해 주세요. 일 해결되면 제 마이저널로 여기 잘 홍보해 드릴게요. 이번에는 시시한 일이 아니에요. 제가 중요한 사람이 될 것 같아요."

주인은 주먹을 꽉 쥐며 말했다.

"피그넷은 절대 그런 놈하고 비교될 수 없어. 알잖아. 피그넷이 왜 만들어졌는지."

주인은 신성한 무언가가 현신한 듯 허공으로 시선을 던졌다. 열을 올리며, 자신의 흥분 안으로 들어가 버렸다. 고전 게임 숍 안의 손님들이 주인의 흥분에 감염돼 고개를 끄덕이며 동의했다.

건우는 어깨를 으쓱하고, 흥분이 가라앉을 때까지 기다리다 무

심결에 현관 유리를 쳐다봤다. 아까 그 미행자가 현관을 쓱 지나가
고 있었다.

건우는 골목에서 나와 포장마차를 향해 걸었다. 포장마차는 천막
과 슬레이트로 엮어 고장 난 버스와 이어서 지붕을 만들었다. 지붕 아
래에 일용직 노동자들이 꼬치를 먹고 있었다. 하얗고 가느다란 손가
락을 가진 안경 쓴 얼굴들이 게걸스럽게 음식을 먹고 있었다.

건우는 자리에 앉아 그들의 이야기에 귀를 기울였다. 그들은 오늘
일하게 해 준 고용주가 내일도 나오게 해 준 것에 감사하고 있었다.

"요즘 용접이나 철근 박는 일 하면 억대 연봉을 받는대. 못 배운 놈
들이 잘 나가는 세상이야."

"형. 그것도 힘든 일이에요. 오브젝트로 경험을 받을 수 있지만 근
육도 있어야 하고 손재주도 있어야 해요."

"동생은 그런 일 하고 싶나? 우리는 그래도 대학 졸업장 받았잖아?"

"코딩, 큐에이, 웹홍보나 하는 일용직 신세 못 벗어나는데 무슨 일
이든 해야…."

"아니, 동생. 진지하게 생각해 봐. 진짜 그런 일 할 수 있겠어?"

동생이라 불린 사람은 뜨거운 김이 서린 안경을 닦고, 허공에 시선
을 던지며 생각에 빠졌다. 격렬히 고개를 저었다.

"난 못 해요. 지금 상황이 이래도 난 브레인 노동자라고요."

"그렇지? 인생 운칠기삼이야. 잘될 때까지 버티자고. 배움이 쉬워
졌다고 모두 가방끈 긴 직업으로 몰린다고, 막일 페이가 많아지는 게
정상적인 세상이 아니지."

형이라는 사람은 식사를 계속하다가 동생의 눈치를 살폈다.

"동생 혹시 육체노동 관련 오브젝트 데이터 있어? 한번 보내 줄래?"

동생은 스마트폰을 조작했다. 스마트폰에는 포터블 오브젝트 기

능이 있어, 오브젝트 송수신을 할 수 있었다. 형은 스마트폰에서 나오는 초음파로 전해지는 육체노동 감각 정보를 받았다. 눈을 감고 집중하다가 몸을 가볍게 움찔거렸다. 눈을 뜨고 자신의 어깨를 주물렀다.

"장난 아니네. 간접 경험으로 몸이 이 정도 통증을 감지하는데 실제로는… 난 이런 일 못 해."

형이 실컷 떠들다가 입을 멈췄다. 건우는 형의 시선을 따라갔다. 시선 끝에 피그넷의 선지자가 홀로 소주를 먹고 있었다. 단정한 얼굴에 짧은 머리카락, 특징 없는 재킷을 걸치고 있었다. 선지자는 자신을 쳐다보는 시선을 당연하게 여기며 태연하게 술을 마셨다. 형, 동생, 건우는 선지자가 술 먹는 모습이 기적인 것처럼 한 동작도 놓치지 않고 뚫어져라 쳐다봤다. 선지자는 술 한 병을 다 비우고 계산을 하기 위해 주머니를 뒤졌다. 허름한 앞치마를 입은 여자 주인이 황송하다는 듯 양손을 비볐다.

"계산 안 하셔도 됩니다. 당신은 우리 모두의 성자이시니까요."

선지자는 무표정하게 고개를 끄덕였다. 수긍이 아니라 인사였다. 돈을 꺼내 탁자에 올려놓고 포장마차에서 나갔다. 건우는 발작적으로 자리에서 일어났다가 다시 앉았다. 하고 싶은 이야기가 많았지만 용기가 나지 않았다. 아직은 선지자에게 감히 말을 걸 자격이 없었다. 동생이 자리에서 격하게 일어섰다. 형이 동생의 바지를 잡았다.

"가만히 있어, 이놈아. 어딜 감히….."

"혀엉. 나 저분께 꼭….."

"안 돼! 이놈아. 무엄하게."

건우의 스마트폰이 울리더니 뉴스를 방송했다. 뉴스에서는 피그넷에 퍼진 정보의 80퍼센트가 허위와 과장이라고 보도했다. 스마트폰과는 상관없이 건우의 시선은 피그넷의 성자의 뒷모습을 쫓고 있었다. 뒷모습이 일자로 변하더니 점이 되어 끝내 사라졌다.

건우의 스마트폰이 부르르 떨렸다. 통화인가 싶어 켜 보니 사생활 보호 탭이 작동되고 있었다. 누군가 건우를 몰래 촬영한 게 분명했다. 건우는 주위를 둘러봤다. 형과 동생이 사이좋게 식사를 하고 있었다.

건우는 고전 게임 샵 주인의 소개로 한 남자를 찾아갔다. 그 남자는 마이저널 최고위 랭킹의 마이저널 트렌드 세터였다. 그 남자가 있는 곳은 마이저널 유저가 직접 만나 오브젝트 데이터를 교환하는 모임이었다.

모임이 열리는 와인바에 들어서자 남자 주최자가 근사한 정장을 입고, 잔뜩 멋을 부린 목소리로 분위기를 잡고 있었다.

"요즘이 아무리 디지털 시대라도 사람 간의 직접적인 만남으로 얻는 정에 비할 수 없습니다. 게다가 이렇게 아름다우신 선남선녀 분들이 집에만 박혀 있는 게…."

건우는 모임의 진짜 목적을 알고 코웃음을 쳤다. 아무리 디지털 헤븐이 펼쳐져 세상이 아름다워져도 인간의 성욕은 어쩔 수 없었다. 모임의 성비는 남자 비율이 월등히 높았다. 여자들은 주최자를 바라보며 경청하는 반면에 남자들은 여자들을 보고 웃으며 속닥거렸다. 건우는 자연스럽게 앉아 모임에 끼어들었다. 남자들은 여자들에게 와인을 건네며 자신의 스마트폰에 저장된 다양한 오브젝트 데이터를 자랑했다. 어떤 남자는 유명한 야구선수의 투구 동작 데이터를 담아 왔다. 야구선수는 팬을 위해 뇌파 헤드셋을 끼고 여러 번 전력투구했다.

남자는 여자에게 스마트폰으로 오브젝트 데이터를 전송하며 야구선수가 자신의 마이저널 친추에 등록됐다고 강조했다. 투구 정보를 담은 초음파가 척추 신경과 뇌 시냅스를 자극하자 여자는 몸을 움찔거리며 팔을 기운차게 휘두르고 깔깔 웃었다.

건우는 저렇게 복잡하게 유혹하는 것보다 차라리 유명한 포르노 배우의 오브젝트 데이터를 받는 게 낫다고 생각했다. 하지만 세상에는 괴짜들이 많으니까. 손가락 하나로 모든 게 가능한 이 만능 시대에 자신이 직접 손수 집을 짓는 사람도 있다는데.

왜인지 이해 못 하지만, 나름 그 사람에게 소중하겠지.

주최자에게 조심스레 다가갔다. 주최자는 건우의 접근을 알아채고 능숙하게 와인을 따라 주었다. 건우는 일단 주최자에게 스마트폰으로 자신의 마이저널과 프로필을 보여 주며 자신이 어떤 사람인지 파악할 시간을 줬다.

주최자가 고개를 끄덕이고는 엄지손가락으로 자신을 가리켰다.

"예. 내가 그 자칭 사이버 구루가 말한 내부자입니다. 아직도 그렇게 괄괄하시나요?"

"그럼요. 그게 매력이잖아요."

"하긴 그렇죠. 내가 즐기는 일이 마이저널 트렌드를 살피고 사람들을 이어주는 일이거든요. 그런데 이건 취미입니다. 직업으로는 올라이브러리 서버 관리 엔지니어예요. 마이저널과 나는 떼려야 뗄 수 없는 관계죠. 나도 믿을 수 없었죠. 지인을 통해 피해자와 직접 만나보고 서버를 조사해 봤어요. 피해자가 계정을 개설했다는 흔적이 없으니 회사가 나서지 않아요."

주최자의 표정은 뭔가 더 말하려 단어를 찾았다. 건우가 대신 말했다.

"하지만 피해자의 태도는 진짜였죠?"

주최자는 고개를 끄덕였다.

"진짜인지는 모르지만 그게 거짓말이라면 세상에 믿을 사람 아무도 없는 거죠."

주최자는 이어서 피해자가 속한 회사에서는 진술을 믿고 피해자들의 병원비를 대납한다고 말했다.

"병원비요?"

주최자는 손끝으로 모임에 모인 모든 사람을 쓱 훑었다.

"여기 있는 사람 중 마이저널 없이도 살 수 있는 사람이 몇 명이나 될 거 같아요? 그럼 고수 시티 전체에서는 몇 명이나 될 것 같아요? 그 학살자인지 살인마인지 모르지만 그놈은 사람들의 삶의 기반을 죽였어요. 피해자는 현재 정신과에 입원 중이에요. 회사에서는 피해자에게 장애 수당을 준다고 생각하고 있어요. 아니면 유족 연금이나."

"…서버에 흔적이 없으면 놈을 어떻게 찾죠?"

"증거는 없지만, 피해자 자체가 증거가 될 수 있어요. 피해자들이 어떻게, 왜, 타깃이 됐는지 분석하면 범인 성향을 알 수 있지 않겠어요? 수사 드라마에 나오는 연쇄 살인범을 쫓는다고 생각해 봐요."

"…피해자들의 공통점. 거기서부터 올라가야 하겠네요."

건우는 안재윤에게 컴퓨터를 보내 달라 한 요청을 떠올렸다.

"피해자에게 연락해 컴퓨터를 저에게 보내 달라 할 수 있나요?"

"그러죠. 직접 연락할 연락처도 드리죠."

"그 피해자는 언제 살해당했나요?"

주최자는 손가락 세 개를 펼쳤다.

"3주 전쯤이오. 거의 한 달이죠."

옆에서 이야기를 엿듣고 있던 남자와 여자가 있었다. 남자는 여자의 호기심 어린 눈빛이 자신에게서 벗어나자 술김에 호기를 부렸다.

"제가 선지자를 실제로 만났는데요. 그분은….'

"세상에 정말! 그분은 어떤 분이세요?"

남자는 금방이라도 다시 입을 열 것 같은 분위기를 풍겼으나 쉽게 열지 않았다.

"누가 감히 선지자에게 말을 걸 수 있겠어?"

건우는 벌떡 일어나 사자처럼 포효했다. 남자가 당황하며 눈을 내리깔았다. 건우는 의기양양해 하며 술잔을 들었다. 술잔에 건우 뒤에 앉은 누군가의 모습이 비쳤다. 마른 체형, 가느다란 무색 테의 안경, 검은색의 남방. 건우는 한 손을 테이블 아래로 내려 스마트폰으로 자신을 미행하는 사람을 촬영했다.

다음 날 아침 일찍, 건우는 택배로 안재윤과 와인바 피해자의 컴퓨터를 받았다. 두 컴퓨터를 자신의 컴퓨터에 연결했다. 피해자들의 공통점은 무엇일까? 일단 마이저널을 확인했다. 안재윤과 와인바 피해자의 마이저널은 역시 존재하지 않았다. 그러나 올라이브러리 서버에서 피해자들의 마이저널은 삭제됐을지라도, 컴퓨터에는 서버와 주고받은 접속 기록이 저장돼 있었다.

안재윤의 아이디로 접속한 기록이 있었다. 그런데 전국 방방곡곡에서? 수천 개의 아이피로? 와인바 피해자 역시 본인의 아이디로 전국에서 접속한 흔적이 있었다.

전국에 흩어진 아이피를 보아 피해자들이 했을 리가 없었다. 이 비정상적인 접속이 마이저널 살해의 실마리인가?

건우는 안재윤과 와인바 피해자의 접속 방식을 살폈다. 두 기록,

오브젝트 뇌파 인식이나 음성 인식이 아닌 아이디와 패스워드 타이핑으로 로그인했다.

첫 번째 공통점.

그때 갑자기 요란한 효과음이 들리더니 연결된 두 피해자의 컴퓨터가 포맷을 시작했다. 건우가 조작했으나 컴퓨터는 통제를 벗어나 제멋대로 포맷을 빠르게 완료했다. 한순간에 실마리들이 사라졌다.

건우가 멍하니 모니터를 쳐다보는 사이, 스마트폰이 울렸다. 번호가 표시되지 않는 통화였다. 건우는 스팸일까? 생각됐지만, 분명 스마트폰에 스팸 차단 설정을 해두었다. 건우가 통화 아이콘을 눌렀다.

"안녕? 탐정. 내 선물 어떤가?"

"…."

"자네가 지금 뭐 하고 있는지 내가 더 잘 알지. 날 쫓고 있었지?"

건우는 자리에서 박차고 일어나 주위를 둘러봤다.

"몰래카메라 같은 걸 찾고 있나 본데. 나한테 그런 게 필요 없어. 난 요술 수정구가 있어서 어디에서든 자네를 볼 수 있지."

"학살자. 당신을 쫓지 말라는 얘기겠지?"

"벌써 이름까지 만드셨나? 고맙군. 근데 아니야. 계속 날 쫓게나."

"네가 어디 있는지 금방 찾아낼 거다. 피해자들 아이디를 이용한 걸 알아냈어."

"그래도 어떻게 서버에서 지웠는지는 모를걸? 그건 매직이야."

"피해자들 아이디와 무작위 접속. 이게 너의 비결이었지? 내가 알아내니까 넌 포맷한 거야. 넌 이미 꼬리를 밟혔어."

"제법이야. 직접 만나고 싶군. 나를 보고 싶지 않나? 이 주소로 찾아오게나. 주소는…."

"네가 누군지 궁금하지 않아. 난 이미 당신 모습을 찍어 뒀어."

"그럼 앞으로 뭘 할지 궁금하면 찾아오게나. 주소나 잘 받아 적게. 거기 지하야."

주소를 불러 주고, 통화를 끊었다. 통화가 끊기기 전 희미하게 노랫소리가 들렸다. 건우는 집 안을 샅샅이 뒤졌지만 몰래카메라를 찾지 못했다. 소파에 앉아 생각에 잠겼다. 건우는 스마트폰을 켜서 자신이 촬영한 미행자의 사진을 화면에 띄웠다. 어디선가 본적이 있는 눈빛이었다.

건우는 카페에 들어와 자리를 잡았다. 학살자와의 일이 끝난 지 일주일이 지났다. 누군가가 먼저 만나자고 했다. 오늘 만날 이에게 자신이 해낸 일을 설명할 걸 생각하니 가슴이 벅차올랐다. 마이저널에 학살자 사건을 올린 건 역시 잘한 일이었다. 건우의 마이저널 랭킹은 위클리 차트 1위에 올랐다. 누군가도 건우의 마이저널을 보고 만나자는 연락을 취했다. 스마트폰을 통해 피그넷 뉴스가 떠올랐다. 피그넷을 통해 자선사업을 운영하는 사업가의 인터뷰였다.

"선지자가 지금의 피그넷을 보면 뿌듯해할 거예요. 피그말리온 신화 아시죠? 매일 입맞춤하며 사람이 되길 기대했더니 진짜 사람이 됐다는 얘기. 선지자는 우리가 피그넷으로 인류애를 실현하고, 진실한 소통하기를 기대했대요. 진짜 그런 날이 오기를 비는 마음으로 피그말리온이라 이름 지었대요. 난 선지자께 나 자신이 자랑스러워요."

건우는 고개를 저었다.

"겨우 그 정도 가지고, 난 피그넷을 지켜냈지."

학살자의 매직을 떠올리며 고개를 끄덕였다. 건우는 만날 누군가에게도 말하지 않을 작정이었다. 어떻게 서버에서 흔적도 없이 마이저널을 삭제했는지, 수많은 사람들이 가르쳐 달라고 마이저널을 방문했지만 절대 말하지 않았다. 왜냐하면 칼은 뽑기 전에 더 두려운 법이었다. 막상 칼을 뽑으면 시시했다. 그리고 칼집에 진짜 칼날이 있는지 없는지….

건우는 전화로 불러 준 주소를 찾아갔다. 그곳은 상가 건물이었다. 상가 건물 내부는 빵집과 문구점, ATM 서비스 센터밖에 없었다. 나머지 많은 세대는 텅 비어 있었다. 관리를 안 한 지 오래됐는지 복도에는 칠이 벗겨져 있고, 낙서가 많았다. 건우는 수명이 다돼 털털거리는 공기 정화기 소리를 들으며 지하로 내려갔다. 지하실 문이 잠겨 있었다. 발로 문손잡이를 걸어찼다. 텅하고 빈 쇳소리가 울리며 손잡이가 잠금쇠에서 이탈됐다.

건우는 권총을 겨누며 안으로 들어갔다. 누군가 어두운 내부에 홀로 서 있었다. 건우는 놀라지 않고 천천히 스위치를 찾아 지하실을 밝혔다. 어둠 속에서 윤곽으로 사람이 아님을 눈치챘다. 조그만 테이블 위에 가느다란 무색 테의 안경, 검은색 남방, 삐쩍 마른 남자의 반신상이 올려져 있었다.

건우가 다가가자 반신상이 입을 열었다.

"빨리 왔군. 내가 뭘 할지 궁금했나?"

건우가 권총으로 반신상을 살짝 찔렀다. 옷 안이 딱딱한 게 로봇이 분명했다.

"당신 로봇인가?"

"나를 조종하는 건 나 자신이네. 이건 무전기에 불과해."

"왜 마이저널을 살해하지?"

"할 수 있다는 걸 알려 주려고. 사람들이 의존하는 마이저널이 얼마나 무너지기 쉬운 기반인지 알려 주려고. 얼마나 무력하고, 약해 빠졌는지 보여 주려고. 공포를 만드는 거지."

"어떻게 마이저널을 흔적도 없이 삭제했지?"

"비결은 매직이라니까. 마술사는 비법을 절대 공개하지 않아."

"그렇게 해서 당신이 얻는 게 무엇인데?"

"소유할 수 있지."

"올라이브러리 대주주라도 되고 싶나?"

"아니. 마이저널은 공격하기 쉬운 약점이야. 본체는 피그넷이지. 피그넷 사용자 98퍼센트가 마이저널을 사용해. 마이저널을 죽일 수 있다는 건 피그넷을 지배할 수 있다는 거야. 모두가 공포에 굴복하고, 내게 복종할 거야."

"피그넷은 우리 모두가 이루어 낸 혁명이자 공공의 선이야. 우리 모두의 것이야. 아무도 소유할 수 없어."

"그런 착각을 깨부수려고 하네. 그리스 시대에 어느 남자가 세계 제7대 불가사의 중 하나인 아르테미스 신전을 불태웠어. 사람들이 남자를 붙잡아 왜 신전을 불태웠냐고 하자, 남자는 말했지. 영원히 기록되기 위해. 사람들은 그 남자의 열망을 알고는 이름을 지웠어."

"세상에는 괴짜가 많지."

"내가 과연 괴짜일까? 신전을 불태운 남자의 이름은 헤로스트라토스. 결국 기록됐지. 난 할 수 있고, 그걸 곧 보여 주겠네."

반신상은 입을 다물었다. 반신상 어딘가에 스피커가 달린 듯 노랫가락이 흘러나왔다. 보통 가요들과 다른 특이한 형식의 노래였다. 스토리와 대사가 담긴 가사였다. 뮤지컬 노래였다. 그리고 이 노래는 주소를 알려 준 전화 통화가 끊길 때 들었던 그 노래였다. 노래가 절정에 이르는 순간.

"탐정. 앞으로 열 시간 주겠다. 열 시간 안에 나를 찾아내지 못하면, 다음 살해당하는 마이저널은 너야."

반신상이 폭발했다.

집으로 돌아온 건우는 피그넷에서 아침 조깅 데이터를 받아, 오브젝트로 초음파를 쐬었다. 처음에는 땀이 흐르고 지쳐 갔지만, 점점 몸이 각성해서 활기가 넘쳤다. 곧바로 피그넷에 접속해서, 자신이 들은 가사를 입력했다. 수만 건의 결과가 떠올랐다. 알아낸 정보로는 반신상의 노래가 〈사랑을 말할 때〉라는 뮤지컬에 나온다는 것이었다.

〈사랑을 말할 때〉를 검색하자 공연 데이터를 소유한 사람들의 마이저널이 떠올랐다. 공연을 직접 보는 것보다 공연 데이터를 오브젝트 초음파로 느끼는 것이 공연을 더 실감 나게 만들었다.

피그넷에서 공연 정보를 살펴보니 한 달 전부터 공연을 시작했다. 한 달 전이라면 사건이 일어난 시기와 일치했다.

고수 시티에서 유일하게 촬영장이 있는 곳, 드림우드는 고수 시티 내에서 신성시되는 공간이었다. 그곳에서 방송과 공연, 대중 매체, 가요, 쇼, 뉴스 등 많이 대중매체들이 제작됐다. 대중매체는 방송을 통해, 사람들 잠재의식 속에 이미지를 저장시켰다. 사람들은 같은 방송을 보고, 같은 이미지로 평균을 합의했다. 그래야 쉽게 오브젝트로 소통할 수 있었다. 드림우드는 평균을 제시하는 기준점이었다.

〈사랑을 말할 때〉 홍보 마스코트가 피그넷에 떠올랐다.

검은색 남방과 단정하게 정돈된 머리카락, 가느다란 무색 테의 안경. 마른 체격의 남자 캐릭터.

건우는 피그말리온넷으로 드림우드 가는 길을 체크했다. 서랍을 열어, 접이식 소형 기관총을 꺼내 옆구리에 찼다. 탐색하느라 4시간이 지났다. 앞으로 남은 시간은 6시간이었다.

드림우드는 거대한 목재 장벽에 둘러싸여 있었다. 드림우드까지 2시간 걸렸다. 건우는 입구 매표소를 지나쳐 안으로 들어갔다. 잘 정돈된 가로수 길 곳곳에 표지판이 서 있었다. 건우는 표지판을 보고 스테이지 공연장 지역으로 향했다. 거대한 애드벌룬 풍선 아래, 집시들의 아지트처럼 모닥불을 중심에 놓고 텐트들이 둥그렇게 감싸고 있었다. 텐트 모양이지만 내부는 공연 관람 건물이었다. 〈사랑을 말할 때〉 텐트는 불타 있었다. 잿더미를 서성이는 소방대원이 있었다.

"저기요. 이게 어찌 된 일이죠?"

"어제 갑자기 공연장에 화재가 났습니다."

"사람들은요? 배우나 스태프들은 어떻게 됐어요?"

"그걸 물으시는 댁은 누구십니까?"

소방대원이 의심스럽게 위아래로 훑어보자 건우는 보험회사 직원이라고 둘러대고 자리를 빠져나왔다. 〈사랑을 말할 때〉가 유력한 용의자였는데, 불타 버리면?

스마트폰으로 뉴스를 검색해 보니 〈사랑을 말할 때〉 공연장 화재는 단순 사고였다. 관람객의 실수로 일어난 명백한 사고였다. 이렇게 타이밍 좋게 사고가 날 리 없다 싶었지만, 따로 조사할 시간이 없었다. 학살자가 예고한 시간은 점점 줄어 가고 있었다. 여기서 실마리가 끊기면.

건우의 눈에 화재 장소 인근에 있는 자동 추첨 박스가 들어왔다.

건우는 안재윤과 와인바 피해자에게 문자를 보냈다. 잠시 후 답장이
왔다. 둘 다 〈사랑을 말할 때〉라는 뮤지컬을 본 적이 없었다. 그러나
최근 한 달 내에 드림우드를 방문한 적이 있었다. 바로 스테이지 공
연장 지역. 두 번째 공통점.

자동 추첨 박스는 지나가는 사람들의 스마트폰을 스캔해서 정보
를 저장하여, 경품 대상을 추첨했다. 세상이 아무리 발전했어도 요
령과 행운을 원하는 사람들은 사라지지 않고 자신의 개인정보를 누
군지도 모르는 사람들에게 넘겼다. 개인정보를 알면 마이저널 아이
디와 패스워드를 풀 가능성이 매우 컸다. 그럼 희생자 아이디를 조종
할 수 있었다. 학살자의 매직에 근접했다. 〈사랑을 말할 때〉 뮤지컬
공연장이 아니었다. 스테이지 공연 지역 전체였다. 학살자가 어떻게
희생자를 골랐는지 알아냈다. 건우는 추첨 박스를 살폈다.

— 이상이 있을 시 호출 버튼을 누르세요.

호출 신호에 달려온 수리기사를 추궁해 보니 추첨 박스는 인근 텐
트에서 상영되는 뮤지컬을 봤을 경우에만 추첨 대상으로 저장했다.
〈사랑을 말할 때〉를 보지 않았다면 해당 추첨 박스는 작동하지 않았
다. 그럼 다른 공연일까?

안재윤과 와인바 피해자에게 문자를 보냈다. 안재윤은 〈밤이 깊
어가는 성〉이라는 연극을 봤다 하고, 와인바 피해자는 아무런 공연
도 보지 않았다고 했다. 또다시 실마리가 끊겼다. 이제 남은 시간은
2시간 30분밖에 되지 않았다. 건우는 학살자에게 마이저널이 삭제
되기 전 유서를 띄울까 망설였다. 그럴 수는 없었다. 마이저널은 사
회적 얼굴이었다. 겁쟁이로 죽을 수 없었다.

관광객들이 무대를 향해 스마트폰을 겨누고 있었다. 사진 촬영을 하는 것이 아니었다. 스마트폰 포터블 오브젝트로 배우들의 뇌파를 받고 있었다. 배우들은 머리에 뇌파 헤드셋을 끼고, 연기하는 경험과 감각 데이터를 팬서비스로 배포하고 있었다. 관광객들은 배우들이 잠시 인터미션, 쉬는 시간을 가질 때 수신받은 뇌파를 스마트폰 오브젝트 초음파로 느끼며, 연기를 경험했다.

관광객 중에 긴장해서 땀을 뻘뻘 흘리거나, 대사를 중얼거리는 사람들이 늘어났다. 어떤 이들은 다리와 몸을 벌벌 떨며, 대중들 앞에 선 감각을 느꼈다. 그런데 사람들 사이에서 피그넷 접속이 느리다고 투덜대는 불평이 들려 왔다. 건우는 스마트폰을 꺼냈다. 접속 속도는 느리지 않았다. 왜일까? 통신 메뉴 안으로 들어갔다. 새로 생긴 통신 아이콘이 최하로 표시되어 있었다. 과접속으로 속도가 저하됐다. 이것은 무슨 통신 아이콘일까? 왜 이렇게 과접속일까?

건우는 텐트 밖으로 나와 외벽을 살폈다. 텐트 정상에 무선 데이터 통신 안테나가 설치되어 있었다. 안내문이 붙어 있었다.

— 드림우드는 여러분에게 무료로 무선 데이터 통신 서비스를 제공합니다. 저희 서비스를 이용해 주세요.

사람들이 전부 공짜에 몰리다 보니 속도가 느려지는 게 당연했다. 그리고 공짜를 좋아하는 것은 인간의 보편적인 본성이었다. 안재윤과 피해자도 가지고 있는… 세 번째 공통점. 건우는 스마트폰, 통신 아이콘 중에서 드림우드 데이터 통신을 터치했다. 드림우드가 서비스하는 데이터 통신이 떠올랐다. 건우의 호흡이 빨라졌다. 선택하자 메시지가 떠올랐다.

— 드림우드 무료 데이터 통신을 사용하실 경우, 개인정보 공개에 동
의하시겠습니까?

메시지가 또 떠올랐다.

— 무료 데이터 통신 이용 간 사용정보 공개와 수집에 동의하시겠
습니까?

건우는 누르지 않았다. 웃으며 크게 "아니요."라 대답했다. 아이콘
에 서비스 회사 이름이 떠 있었다.
컴패니 오브 헤로스트라토스.

건우는 드림우드 내부를 돌아다닐 수 있는 조그만 전기 동력차
를 임대했다. 지도를 얻어 드림우드 통신, 전기 설비가 집중된 통제
소 위치를 확인했다. 이제 1시간 40분 정도밖에 남지 않았다. 동력
차를 전속력으로 몰아 통제소로 향했다. 통제소는 조그만 동산 위
에 있었다.
통제소 위로 통제소를 덮을 만큼 커다란 안테나가 360도로 회전
하고 있었다. 건우가 동산 위로 올라가는 나무 계단에 발을 올리자,
문자가 왔다. 번호가 표시되지 않는 학살자의 문자였다.

— to 탐정. 이제 시간이 얼마 남지 않았는데 자네는 보이지 않는군.
난 모두를 놀라게 할 공포를 준비했네. 이제 마이저널 유저들은
자진해서 내게 복종할 거야.

건우는 서둘러 계단을 올라갔다. 계단 끝에 통제소 입구가 보였다. 관계자 외 출입금지 팻말이 세워져 있었지만 치우고 입구 문을 열었다.

"계십니까?"

건우는 기관총을 꺼내 옆구리에 고정시키고 안을 둘러봤다. 통제소 벽에는 커다란 제어 판넬과 콘솔들이 세워져 있었다. 제어 판넬에 붙은 수많은 표시등이 스스로 꺼졌다 켜지기를 반복했다. 콘솔 모니터에 메시지가 떠올랐지만 금방 사라졌다. 건우는 사람이 없는 이유를 알았다.

통제소는 무인 제어 시스템이었다. 건우가 콘솔을 들여다보자 알람이 울렸다. 통제소 내부에 부착된 붉은 등이 깜박이고 요란한 사이렌이 울렸다. 건우가 콘솔 조작 키보드에 다가갔으나 어떤 걸 만져야 할지 몰랐다. 알람이 스스로 꺼졌다.

"천천히 뒤돌아서 총을 내려놔."

건우는 말을 듣지 않고, 빠르게 회전하며 총으로 등 뒤의 사람을 겨냥했다. 경비복을 입은 사람은 총이 자신을 겨누자 어찌할 줄을 몰라 했다. 경비원이 든 것은 총이 아니라 스턴건이었다. 경비원은 스턴건을 내려놓고, 양손을 번쩍 들었다. 건우는 총을 치우고, 스마트폰을 경비원에게 건네서 자신의 마이저널과 프로필을 볼 수 있게 했다. 경비원은 건우의 마이저널을 살펴보고, 조심스레 돌려주었다.

"아무리 그래도 강제로 문을 열고, 들어오시면 곤란합니다."

"팻말만 붙어 있었는데? 열려 있었습니다. 제가 연 것이 아닙니다."

"그럴 리가 없는데. 무슨 목적으로 여기 오신 건가요?"

건우는 최근 일어나는 마이저널 살해와 자신의 의뢰인에 관해 설명했다. 그리고 자신이 여기까지 오게 된 경위와 추리를 말해 줬다.

경비원이 대답했다.

"나도 그 괴담 들어 봤어요. 우리 드림우드 내부 카페에 올라온 글이 있는데…."

갑자기 알람이 울렸다. 요란한 사이렌과 붉은 등이 깜박이자 경비원이 주머니에서 조그만 버튼을 꺼내 눌렀다. 하지만 알람이 꺼지지 않았다. 경비원이 콘솔 모니터를 들여다봤다.

"이런, 안테나 회전이 멈춘 것 같은데. 무료 데이터 접속자가 많으면 가끔 이래요. 수리기사를 부를게요."

경비원은 스마트폰을 꺼내 어딘가로 문자를 전송했다.

"조금 있으면 올 거예요. 내부 카페에 올라온 글이…."

경비원은 반복되던 지루한 일상에 변화가 생긴 게 즐거운 듯 열정적으로 설명했다.

건우는 남은 시간이 1시간 남짓한 걸 확인했다. 시간에 쫓겨 마음이 급해졌다. 그때 머릿속에 뭔가 떠올랐다.

건우는 말을 마치고 누군가의 반응을 살폈다. 깔끔한 정장을 입은 건우는 고급스러운 인테리어 장식이 된 카페에 잘 어울려 보였다. 반대로 누군가는 후줄근한 청바지에 특징 없는 재킷을 걸치고 있었다. 누군가는 피그넷의 선지자였다. 건우가 오늘 만나는 누군가는 선지자였다. 게다가 선지자가 건우의 마이저널을 읽고 먼저 만나자고 제의했다. 건우한테는 이게 세상에서 제일 중요했다.

건우는 마이저널에 올린 학살자 사건을 선지자에게 상세히 설명하고 있었다. 이 부분은 드림우드에 얽힌 민감한 사항이라 마이저널에 올리지 않았다. 오로지 선지자에게만 말하는 비밀이었다.

건우는 선지자의 눈빛에서 뭔가를 읽어 내려 했지만 선지자의 얼굴과 눈빛에서는 아무것도 읽을 수 없었다. 건우는 이야기 전달 효과를 높이기 위해, 목소리를 깔았다.

"그때 경비원의 말을 들으면 생각했죠. 내 마이저널을 보고 경비원은 내 내력과 성장 과정, 하는 일, 직업, 취미. 모든 것에 대해 알았다. 이것은 정보다. 그럼 가장 간단한 정보, 내가 학살자를 추적하는 것과 내 전화번호를 알고 있는 사람은? 그리고 내 컴퓨터에 자신의 컴퓨터를 연결시켜 모니터에 어떤 작업이 진행 중인지 아는 사람은? 그리고 전 단 한 사람에게만 탐정이라는 단어를 썼어요."

선지자는 관심 없는 얼굴로 커피를 마셨다.

건우는 경비원 얘기를 듣다가 자신이 탐정이라는 말을 쓴 사람을 떠올렸다. 주머니에서 스마트폰을 꺼내 전화번호를 찾았다. 통화를 누르자 통화 연결음이 들렸다. 연결음이 문밖에서 들렸다. 수리기사가 공구 가방을 들고 통제소로 들어오고 있었다. 경비원은 수리기사를 보고 자신이 아는 얼굴이 아니자, 가벼운 물음이 떠오른 표정을 지었다. 수리기사는 웃으며 권총을 꺼내 경비원을 쐈다.

건우가 기관총구를 돌렸으나 다리에 뜨거운 충격이 느껴졌다. 수리기사는 연달아 발사해 건우의 왼쪽 어깨를 맞혔다. 건우는 통제소 바닥에 쓰러졌다. 수리기사는 웃으며 얼굴에 붙어 있는 변장 피부를 떼어 냈다. 안재윤은 수리 공구 상자에서 가느다란 무색 테의 안경을 꺼내 썼다. 건우는 이제야 안재윤의 눈빛을 알아챘다. 자신이 찍은 미행자 사진의 눈빛이었다. 안재윤은 건우의 시선을 의식하고 배를 문질렀다. 뚱뚱한 체형은 연출이었다.

"너는 자신이 무엇을 잘못했는지 모를 거야. 어깨 상처를 꽉 누르게. 출혈 과다로 죽는 건 상체 쪽이 많아. 아직 죽으면 안 돼."

건우는 잠자코 어깨의 상처를 꽉 눌렀다.

"네 머리에 오브젝트 뇌파 헤드셋을 씌울 거야. 죽어 가는 너의 공포를 고스란히 데이터로 만들어서 모두에게 배포할 거야. 사람들은 네 공포를 체험하면서, 내가 어떤 존재인지 알게 될 거다. 내가 모든 마이저널에 사형을 선고하기 전에 뿌리는 명함이다."

안재윤이 총으로 겨누며, 건우의 머리에 헤드셋을 씌웠다.

"왜 나를 선택했지?"

"진짜로 내 서버는 지웠으니까. 누가 탐정을 찾아간 피해자를 의심할까?"

"어떻게 올라이브러리 서버에서 희생자들을 지웠지?"

"그건 매직이라니까."

"죽기 전에 소원이야."

"좋아. 그럼."

안재윤은 마이저널 살해에 관해 설명했다. 어떻게 흔적도 없이 서버에서 사라지게 했는지.

건우는 다 듣고 고개를 끄덕였다. 그리고 절대 아무에게도 이 매직을 말하지 않기로 맹세했다.

안재윤이 스마트폰의 오브젝트를 작동시켰다. 건우의 뇌파가 오브젝트를 통해 들어오기 시작했다. 스마트폰 화면에 다양한 색깔이 떠올라 나선형으로 꼬이기 시작했다. 안재윤은 작품의 오점을 찾아내는 평론가의 눈빛으로 스마트폰에 집중했다. 통화가 울렸다. 안재윤은 스마트폰을 들여다봤다. 통화는 금방 끊겼다. 안재윤의 통화 기록에 건우가 떠올랐다. 건우가 통화한 것이었다. 안재윤이 스마트폰을 들여다보는 사이, 건우는 스마트폰을 안재윤을 향해 겨냥했다. 스마트폰 오브젝트 초음파를 안재윤에게 쐈다.

건우는 테이블 너머, 선지자에게로 몸을 기울였다. 테이블 절반을 몸으로 감싸고, 선지자의 호응을 기대했다. "잘했다."라는 한마디를 기대했는데….

"옛날에 에스에프 소설을 읽었는데, 말이 안 되는 부분이 있었어요. 일만 년의 방대한 역사를 다루는 소설인데 일만 년 후에도 무기는 전기 채찍과 충격총이에요. 말도 안 되죠. 과학이 발달하면 무기도 발달해요. 미래의 무기는 영혼까지 상처 입힐 수 있을 거예요. 흔히 떠도는 얘기죠. 냉동 컨테이너선인지 냉장고 차량인지 바뀌지만 그 안에서 자신의 상상만으로 홀로 얼어 죽은 남자 얘기가 있어요. 상상은 존재하지 않는 것을 존재하게 하고, 가상의 것이 현실이 되게 하고, 이루어지지 않은 것을 이루어지게 만들어요. 지금의 무기는 생각을 공격할 수 있어요."

그러나 선지자는 팔짱을 끼고 아무 말 없었다.

초음파가 뇌와 척추 신경에 닿자마자 안재윤은 꼼짝할 수 없었다. 첫 번째 데이터는 바로 사람을 물고 있는 코브라였다. 뇌는 실제 정보와 가상 정보의 차이를 구별할 능력이 없었다. 독에 굳어진 안재윤의 머릿속에 다양한 이미지와 소리가 떠올랐다. 안재윤은 머릿속에서 상상하지 않으려, 떠올리지 않으려 했지만, 중독성 있는 가요의 멜로디가 떠오르는 것처럼 떼어 낼 수 없었다. 초음파에 의해서 뇌에서 신경 물질이 분비되고, 신호가 뇌를 통해 척추 신경에 전달됐다.

안재윤의 의사와 관계없이, 안재윤의 뇌는 초음파 안으로 잠겼다. 오브젝트로 전해지는 초음파는 육체인 뇌와 신경을 자극해, 간접체험과 생각을 강제했다. 생각의 강요는 폭력이었다.

안재윤은 미식축구 선수가 자신에게 돌격한다고 착각했다. 아니, 진짜인가? 머리를 가로저어 떨쳐 내려 했지만 선수가 안재윤에게 태클을 시도했다. 운동선수들이 이미지 트레이닝을 하면 근육이 실제로 영향받는 것처럼 태클의 충격이 안재윤에게 전해졌다. 안재윤은 몸을 크게 부르르 떨었다. 높은 곳에서 떨어지기 시작했다. 안재윤은 느껴지는 풍압 때문에 몸을 움직일 수 없었다. 팔과 다리 사이로 스쳐 가는 바람이 느껴졌다. 안재윤은 콘크리트 바닥에 처박히는 상상을 떠올렸다. 뇌가 오판한 충격 신호가 온몸에 전달됐다. 안재윤의 무릎이 뚝 부러졌다. 몸이 기울어지는 짧은 순간에도 초음파는 수신됐다. 글과 종이가 안재윤의 머릿속에 떠올랐다.

'너는 숨을 쉴 수 없다. 너는 숨을 쉴 수 없다.'라는 문장이 끊임없이 반복됐다.

안재윤은 숨을 쉴 수 없어서 입을 크게 벌렸다. 다음은 사신이었다. 사신은 커다란 낫으로 안재윤을 후려쳤다. 안재윤은 자신이 몸이 점점 차가워지는 걸 느꼈다. 바닥이 갈라지고 무덤이 벌떡 일어나 안재윤을 끌어당겼다.

안재윤이 옆으로 쓰러졌다. 건우는 몸을 일으키고, 안재윤을 걷어찼다. 안재윤의 눈동자는 흰자를 드러내고, 양다리는 부러졌다. 콧구멍에서는 피가 흘러나왔다. 건우는 119를 불렀다.

건우는 구급요원들에 의해서 응급차에 실렸다. 지나가던 관광객들이 우르르 몰려들었다. 관광객들은 건우가 헤드셋을 머리에 끼고 있는 걸 보고, 스마트폰을 내밀었다. 관광객들의 기대와 달리 스마트폰 액정에 떠오르는 건, 커다란 V자였다. 관광객들이 스마트폰에서 시선을 떼고, 건우를 쳐다봤다. 건우는 웃으며, 한 손을 들어 V자를 그리고 있었다.

건우의 얘기가 끝났다. 선지자는 커피를 마시고 물었다.

"왜 이런 이야기를 마이저널에 퍼뜨렸습니까?"

건우는 당황했다.

"사람들에게 경종을 울리고 싶었습니다. 우리의 피그넷을 위협하는 적이 있다는 것을 알리고 싶었습니다."

"정말요?"

"예. 공공의 자유를 위협하는 적을 막기 위해서."

"그럼 어떻게 마이저널을 흔적도 없이 삭제할 수 있는지, 그 매직에 관해서 설명할 수 있습니까?"

"아니요. 절대 누구한테도 말하지 않기로 맹세했습니다."

"내가 알기로는 마이저널 삭제는 단 한 건도 일어나지 않았습니다. 그럴 수가 없습니다. 왜냐하면 나는 올라이브러리가 피그넷에서 마이저널을 서비스하는 대가로, 커미션과 사용자 정보를 얻습니다. 나 또한 관리자 중 한 명입니다."

"예? 정보 자유와 무소유, 평등… 피그넷의 성자이신 당신이 대가를 받는다고요?"

"내 입으로 무소유를 한다고 한 적 없어요. 피그넷은 내가 만든 이후로 한 번도 내 손을 떠난 적 없어요. 단지 오픈소스와 권리를 제공했을 뿐이죠. 내가 모든 정보를 주고받을 멍석을 깔았으니, 이용자들은 나에게 정보를 줘야 해요. 당연한 것인데 사람들은 생각 안 하더군요. 당신이 말한 마이저널 삭제는 불가능해요. 내가 마이저널을 통제해서 누구보다도 잘 알아요. 그런 매직은 이 세상에 존재하지 않습니다."

"흔적도 없이 삭제해서 올라이브러리 관리자들도 파악할 수 없다니까요? 또⋯."

"거기까지 듣겠습니다. 오브젝트 데이터는 연상과 간접체험을 유도해요. 오브젝트는 본래 의료용 기구였죠. 무슨 소리냐면, 인간의 몸이 죽을 정도가 되면 스스로 접속을 끊어요. 특히 스마트폰용 오브젝트는 상해를 입힐 정도의 초음파 출력을 낼 수 없어요. 거짓말로 자신의 뇌까지 속이지 마세요. 스스로 아시잖아요. 왜 이런 거짓말을 올려 사람들을 선동하고 있습니까?"

"그건 더 이상 중요한 게 아니에요. 난 당신을 성자라고 알고 있었어요."

"내 입으로 한 번도 성자나 선지자라고 자처한 적 없습니다. 만약 내가 성자라면, 피그넷은 무엇입니까?"

"우리 모두의 자유, 성취해 낸 혁명, 모두가 평등한 곳. 또 아무도 소유할 수 없고, 통제할 수 없는⋯."

"그만하세요. 그러면 당신은 왜 피그넷에 거짓말을 합니까?"

"⋯당신이 성자라고 알고 있었거든요."

건우는 칭찬을 기대하는 모습을 잃어버리고 어깨를 움츠렸다. 침묵이 이어지자 선지자는 자리에서 일어났다. 건우는 선지자를 똑바로 바라볼 엄두도 못 내고 스마트폰에 고개를 숙였다. 마치 선지자가 지금 이 자리에 없는 것처럼.

선지자는 계산서를 들고 지나가며 건우의 스마트폰을 봤다. 건우는 자신의 마이저널에 선지자와 같이 앉아 있는 사진을 몰래 찍어 올리고 있었다. 선지자는 카페를 나갔다.

건우는 폰 화면에 떠오른 선지자를 쓰다듬었다. 선지자와의 만남을 인증하려 했지만 일이 어긋났다. 그리고 모든 게 어긋난다.

그러나 어긋난 부분은 마이저널에 올리지 않을 작정이었다.

'저는 그분과 대화를 나눴습니다. 그 위대하신 선지자분과 저는….'이라고 타자했다.

드디어 선지자와 같이 기록됐다.

수많은 사람이 자신을 부러워하는 댓글을 달기 시작했다. 건우는 폰 화면을 통해 댓글들을 쓰다듬었다.

선지자는 스마트폰으로 피그넷에 접속하여, 건우의 마이저널을 찾아갔다. 방문자 수가 수백만 명을 넘어섰다. 건우가 방금 올린 글과 사진을 봤다. 이렇게까지 해서, 자신을 알리는 것이 무슨 의미가 있을까? 세상에는 이해할 수 없는 괴짜들이 너무 많았다.

선지자는 조용히 밤거리를 걷다가 피그넷에 떠오른 뉴스를 봤다. 피그넷에서 범죄를 개인 방송해 오브젝트 소스로 제공하는 방송인. 강간범의 오브젝트 데이터를 파는 변종 성매매업자. 오브젝트를 개조해 뇌로 바로 영양분을 공급해서 먹는 행위를 최소한으로 줄이겠다고 단언하는 기술자. 선지자 자신을 신격화하는 TV 토론 진행자. 마이저널 유명도를 피그넷 계급제로 활용하자는 궤변가들. 앵커가 설명하기로는 피그넷에 퍼진 정보의 80퍼센트는 허위와 과장이었다.

비가 내리기 시작했다. 선지자는 스마트폰 전원을 껐다. 양손을 주머니에 넣고 오랫동안 제자리에 서 있었다. 비에 흠뻑 젖어도 선지자는 자리를 떠나지 않았다.

다음 날 피그말리온넷이 다운됐다. 사람들은 다시 예전처럼 고액을 지급하고, 대기업의 피그넷 카피 버전 인트라넷을 사용하게 됐다. 모든 게시판마다 뜨거운 토론이 불붙었다. 왜 피그넷이 다운되고, 선지자가 아무도 모르게 사라졌는지에 대해.

유이립(본명 유재중)

2014 한국공포단편선집 돼지가면놀이 '돼지가면놀이'

2014 신기한 과학도구 '스키마 리셋기'

2017 한중SF교류프로젝트 '치킨헤드'

2018 자음과모음 계간지 여름호 '그날로부터의 긴수로'

아직은 끝이 아니야

고호관(karidasa)

오자의 자연 발생설

위키백과, 우리 모두의 백과사전

문서 편집에서 일컫는 자연 발생설[1]은 오자가 작업자의 실수 없이 스스로 생길 수 있다는 가설이다. 자연 발생에 대한 최초의 관념은 점토판 또는 석판에 새겨진 글자가 임의로 변한다는 것에 근거하고 있다. 고대 바빌로니아의 필경사들도 오자는 자연 발생한다고 주장하였다. 양피지 및 종이가 널리 쓰이기 시작한 이후에도 지식인 사이에서 자연 발생설은 오랫동안 강력한 지위를 누렸다.

이후 인쇄술이 급속도로 퍼지기 시작하면서 오자가 자연 발생한다는 생각은 잘못이라는 인식이 강해졌다. 근대에 들어 닳았거나 부서진, 혹은 잘못된 활자를 사용했을 경우 오자가 발생한다는 사실을 실험으로 제시하면서 자연 발생설은 거의 폐기되기에 이른다. 그러나 최근 인쇄와 출판에 컴퓨터가 활용되면서 설명할 수 없는 오자가 다수 발생한 결과 자연 발생설은 다시 힘을 얻는다.

✳

성욱은 신경질적으로 마우스를 딸그락거렸다. 화면을 아래로 죽죽 스크롤 했지만, 건성이었다.

"아, 젠장, 이걸 뭐 어떻게 하라는 거야?"

잠시 입맛을 다시던 성욱은 어디론가 전화를 걸었다.

해랑은 벽이 온통 하얀 긴 복도를 걸어가고 있었다. 그때 바지 뒷주머니에서 휴대전화가 울렸다. 무심코 손을 뻗던 해랑은 화들짝 놀라며 주위를 둘러보았다.

"아, 씨, 이게 여기 있었어? 과장한테 죽을 뻔했네."

해랑은 종종걸음으로 온 길을 되돌아갔다. 가면서 전화를 꺼내 보니 성욱이었다. 해랑은 일단 수신을 거부한 뒤 조용히 문밖으로 나갔다. 다행히 사무실에는 아무도 없었다. 복도로 나간 해랑은 성욱에게 전화를 걸었다.

"뭐야, 전화 왜 안 받았어? 바쁜 척이냐?"

"야, 왜? 나 진짜 바쁘거든?"

"잠깐만. 물어볼 게 있어. 내가 아는 서지면역학자가 너밖에 없다 보니."

"우리나라에 그런 사람이 몇이나 된다고. 아, 내가 왜 이걸 전공했을까. 뭔데. 빨리 말해. 나 빨리 들어가야 해."

성욱은 가끔 전화를 걸어서 뭔가 묻곤 했다. 대개는 시시콜콜한 얘기로 말만 질질 끌었다. 해랑은 성욱이 자기한테 관심이 있나 생각한 적도 있었지만, 그렇다고 딱히 적극적으로 다가오는 모습은 없기에 그쪽으로는 아예 신경을 끊고 있었다. 그래서 이번에도 말이 길어지리라고는 생각하지 못했다.

"우리 회사 얘기 들은 거 없냐?"

"니네 회사? 뭔 일 있어?"

"얼마 전에 사장이 청와대 끌려들어 가서 조인트 까이고 왔다는 소문이 있거든."

"풋, 설마. 너네 같은 친정부 언론이? 제대로 광고 못 했다고 혼났냐?"

"너 신문 안 보지?"

"야, 난 서지면역학자잖아. 신문처럼 오염원이 그득한 건 피해야 한다고. 지금 너랑 전화로 얘기만 하고 있어도 감염될 것 같아."

"됐고. 들어 봐."

성욱에 따르면, 사장이 청와대에서 혼난 건 신문에 난 오자 때문이었다. 신문에 오자가 있는 건 흔한 일이지만, 제목에 떡하니 박혀 있어서 일이 커진 모양이었다. 최근에 번지고 있는 신종 바이러스에 대한 정부 정책을 전하는 기사였다. 원래는 '대통령, 철저 방역 지시'였는데, 그만 최종판에 '대통령, 철저 방관 지시'로 나갔다는 것이다. 당연히 난리가 났고, 신문사는 청와대의 엄중한 항의를 받았다. 편집국장 아래로 줄줄이 깨져 나간 건 물론이었다. 성욱의 말로는 역사상 최악의 오자였다.

"푸하하. 사장이 깨질 만했네."

"뭐, 그거 한 번에 불려 들어갔으려고. 그런 게 몇 번 있었지."

처음이 아니라는 소리였다. 유독 대통령이 등장하는 기사에만 오자가 생기고 있었다. 요전에는 '경제 활성화 위한 특별 사면'이 '경제 활성화 위한 특별 사형'으로 잘못 나갔고, 그전에는 '소통과 타협 지향'이 '소통과 타협 지양'으로 나갔다. 이런 적이 몇 번 있었던 모양이었다. '일자리 창출 강조'가 '일자리 창출 강요'로 나간 적도 있었고, '대통령, 집권 후반기 개의 고추 잡았다'처럼 황당한 오자도 있었다. 원래는 개의 고추가 아니라 개혁의 고삐여야 했다.

그렇게 대화가 이어지다 보니 어찌어찌 해랑은 성욱과 저녁을 먹기로 했다. 저녁 자리에서도 이야기가 이어졌다.

"회사에서는 그게 오자…, 그걸 뭐라고 부르지? 균이나 바이러스는 아닐 테고."

"논문 쓸 때는 보통 감염자라고 하지. 사람 자 자가 아니라 글자 자 자로. 그런데 그게 물리적인 존재는 아니라서 뭐라고 불러야 할지 우리끼리도 말이 많아. 영적인 존재라고 '문자령'이라고 하는 사람도 있고, 글자를 바꾸니까 '변형자'라고 하는 사람도 있고. 난 그냥 감염자라고 불러."

"뭐, 뭐 어쨌든, 회사에서는 그렇게 오자가 난 게 그거, 오자가 자연 발생한 거라고 우길 생각인가 봐."

해랑은 술잔을 기울이다가 이맛살을 찌푸렸다.

"신문사가 오염돼 있지 않으면 그게 이상하긴 해. 그런데 그러면 오자가 여기저기 자잘하게 나왔어야지, 대통령 관련 기사에만 집중적으로 생기는 건 말이 안 돼."

"안 그러면 우리가 바보거나 일부러 그랬다는 건데, 그러면 더 큰일 나니까."

성욱은 붉어진 얼굴을 하고 입맛을 다시다가 다시 물었다.

"근데 그게 도대체 원리가 뭐야? 대통령이라는 글자에 감염되면 대통령 기사에만 오자가 많이 생길 수도 있는 거 아냐?"

해랑은 술잔을 내려놓고 팔짱을 끼었다.

"흠. 특정 문자열에만 감염된다는 얘긴 들어본 적 없는데. 다들 인정하는 거는 사람이 문자로 인식하는 패턴을 감염시킨다는 건데, 그림하고 문자를 딱 가르는 경계가 없어서 어디까지 감염시키는지는 논란이 좀 있어."

"그게 정말로 글자를 바꿔? 물리적으로? 책을 쳐다보고 있으면 글자가 천천히 바뀌는 거야? 돌에 새긴 글자도 바뀐다고? 그러면 컴퓨터 화면에 글자는? 모니터의 물질 구조를 바꾸는 거야? 아니면 원본 디지털 데이터까지 변형시키는 거야?"

성욱이 점점 직업 정신을 드러내고 있었다.

"흐흐. 지금 취재하냐?"

"아니, 상식적으로 생각해도 말이 안 되잖아."

"그래서 너 같은 유물론자는 안 되는 거야. 있는 현상을 부정하면 어쩌라고."

"아 뭐, 어쨌든 설명 좀 해 봐. 잘하면 나 이걸로 기사 써야 돼. 이것도 과학이라고 부장이 나보고 알아 오란다."

"뭐야, 진짜 취재잖아? 야, 위키 봐. 거기 있어."

"설명 부실하더만. 그리고 어떻게 위키 보고 기사를 쓰냐?"

"한글 위키 봤지? 영어로 봐, 영어로."

"오자가 자연 발생해서 이렇게 됐다는 게 회사 입장이니까 이런 게 진짜로 가능하다는 기사로 백업을 좀 해 주라는 거지. 나도 하기 싫어, 이런 거."

"풋. 그러니까 누가 그런 데서 기자 하래?"

말은 그렇게 했어도 해랑은 몸을 뒤로 기대고 설명하기 시작했다.

"두 가지 학설이 있어. 하나는 실제로 물리적인 글자 모양을 바꾼다는 거야. 이건 똑같은 판으로 인쇄했는데 어떤 책에만 오자가 있다는 데서 나온 얘기야. 이걸 증명하려고 무려 10년 넘게 매일 책의 같은 페이지를 촬영해서 기록하는 사람도 있어. 오자가 생기나 안 생기나 보려고."

"결과는?"

"아직 오자가 안 생겼어. 어차피 오자가 자연 발생하는 확률은 아주 낮아서 이거 갖고는 증명 못 해. 두 번째는 사람의 의식을 오염시켜서 글자를 쓰거나 타자할 때 오자를 내게 한다는 거야. 보는 사람의 마음에 영향을 끼치기 때문에 교정보는 사람도 오자를 못 알아채. 그대로 찍혀 나오는 거지. 이건 네가 지적하는 물리적인 변형 문제가 없지만, 증명은 역시 안 돼. 그래도 이쪽이 주류야."

"전파는 어떻게 되는 거야?"

"글자에서 글자로 전염되는데, 다른 매개체가 있는지는 몰라. 감염된 글자가 있으면 대략 십 미터 안쪽에 있는 다른 글자를 감염시킬 수 있어. 이건 그냥 오자가 많은 책을 중심으로 주변에 있는 텍스트에서 오자가 발생하는 비율을 관찰한 다음에 수학 모델로 만들어서 추정한 거야. 사람 실수로 생기는 오자가 훨씬 더 많아서 정확하다고는 할 수 없지만, 격리는 보통 이 기준에 맞춰서 해. 근데 글자 밀도가 낮으면 전염도 잘 안 되고 시간이 좀 지나면 저절로 소멸한다고 보고 있어. 신문사나 출판사는 글자 밀도가 높으니까 한번 걸리면 오래가겠지. 근데 그래도 자연 발생하는 오자에 의도가 있다는 설은 없어."

"신문사가 글자 천지니까 감염되는 건 쉬워도 대통령 기사에만 이렇게 많이 생기는 건 어렵다?"

"애초에 자연 발생하는 오자는 사람이 실수로 만드는 거에 비하면 새 발의 피야."

"이런, 부장이 별로 안 좋아하겠네."

다음 날 해랑은 직장인 국립중앙도서관으로 출근했다. 과장은 출근 전이었다. 컴퓨터를 켜고 간밤에 온 이메일을 확인한 뒤에 사무실 한쪽에 있는 엘리베이터를 탔다. 엘리베이터는 해랑을 지하 30미터 아래로 데려갔다.

해랑은 탈의실에서 옷을 갈아입었다. 규정에 따라 속옷까지 남김없이 벗고 정해진 옷을 입어야 했다. 수장고로 향하는 문을 열자 벽이 온통 하얀색인 긴 복도가 나타났다. 외부의 어떤 글자도 이 복도 너머로 가지고 들어갈 수 없었다. 책이나 문서는 물론이거니와 옷이나 소지품에 쓰인 글자, 몸에 문신으로 새긴 글자도 마찬가지였다. 수장고를 지을 때 쓴 전구나 전선도 특별히 글자를 찍어 넣지 않은 제품이었다. 심지어는 페이스메이커를 몸속에 이식한 사람이 출입을 거부당하기도 했다. 어제 무심코 휴대전화를 가지고 들어갈 뻔하다가 때마침 성욱이 전화한 덕분에 실수를 막을 수 있었다. 해랑이 입고 있는 작업복 역시 아무 글자가 없는 민무늬였다.

국립중앙도서관 지하의 수장고는 보존 가치를 인정받은 책과 문서를 보관하는 공간이었다. 귀중한 역사 유물이나 중요한 국가 기록 등이 대상으로, 가장 깨끗한 상태로 보관했다가 필요하면 대조할 원본으로 삼기 위해서였다.

해랑이 속한 서지면역과의 주 업무는 수장고가 감염되지 않도록 관리하고 새로 추가할 문서를 검증하는 일이었다. 서지면역과라지만 아직 면역이 생기게 할 방법을 알아내지 못했기 때문에 실상은 최대한 격리하는 게 다였다. 말은 그럴듯하지만, 평소에는 중요한 취급을 받는 부서가 아니었다. 땡보에 예산만 낭비한다는 눈총을 받기도 했다.

그러던 게 이날부터 상황이 바뀌었다. 어제 성욱이 한 말이 전조인 듯싶었다.

해랑이 오전 업무를 처리하고 점심을 먹으러 올라오자 과장이 자기 자리에 서서 A4용지 몇 장을 가지고 부채질을 하는 모습이 보였다.

"어, 과장님 어디 갔다 오셨어요?"

"응, 안녕."

과장은 표정이 별로 안 좋아 보였다.

"뭔 일 있나요? 별로 덥지도 않은데."

"아침부터 갑자기 호출받아서 회의하고 왔더니. 덥네."

"회의요? 무슨 회의요?"

"갑자기 오라잖아. 뜬금없이 큰집의 높은 분하고 회의하고 왔네."

"큰집이요? 교도소?"

"아니, 청와대."

순간 해랑은 무슨 일인지 직감했다. 청와대의 심기를 몹시 불편하게 한 일련의 오자가 자연 발생했다는 주장이 어느 정도 먹힌 모양이었다.

과장은 어제 성욱이 한 것과 비슷한 이야기를 풀어 놓았다.

"그게 불가능한 건 아니지만, 너무 확률이 낮지 않아요? 차라리 거기 기자들이 맘먹고 대통령 엿 먹이려고 그랬다는 게 더 그럴듯해 보이는데…. 그래서 뭐라고 하셨어요?"

"뭐라고 하긴. 전문가랍시고 나한테 물어보는데 어쩌라고. 불가능한 건 아니라고 했지."

"으악! 그러니까 뭐래요? 설마 우리한테 뭐 하라는 거 아니죠?"

과장은 한숨을 푹 쉬었다.

"아니긴 왜 아니겠냐. 다음 회의 때는 해랑 씨도 나랑 같이 가는 거야."

"네? 아, 진짜. 왜 그러셨어요….."

"야! 나 혼자 죽기 싫어! 그리고 해랑 씨는 유학까지 갔다 와서 나보다 더 전문가라고 했어."

"미치겠네. 이렇게 부하 직원 팔아도 되는 거예요, 과장님?"

두 번째 회의는 다음 날에 있었다. 해랑은 과장과 함께 경복궁 근처에 있는 어떤 건물 사무실에서 평생 안 봐도 아쉽지 않은 사람들과 회의를 했다. 아는 얼굴은 없었지만, 다들 심각한 표정이었다. 역시 이런 사람들은 얼굴 맞대지 않고 신나게 욕이나 하는 대상이어야 했다.

논의랄 것도 없는 말들이 오가는 가운데 해랑은 엉터리 같은 질문을 받을 때마다 한숨을 쉬며 대답했다. 가끔 짜증을 내고 싶을 때도 있었지만, 이미 과장이 얌전하게 굴라고 신신당부를 해 둔 터였다. 어쨌거나 수틀리면 예산에 장난을 칠 수 있는 사람들이었다.

분위기로 봐서 이 일을 크게 알릴 생각은 없는 듯했다. 과장과 해랑은 그런 오자가 자연 발생할 가능성은 극히 낮다며 이유는 다른 데 있을 거라는 결론으로 몰아가려고 애썼다. 사실이 그렇기도 했다. 사장인지 아닌지는 모르겠지만, 문제의 언론사에서 나온 사람은 그런 대답을 들을 때마다 얼굴이 썩어들어 갔다.

해랑이 가졌던 희망은 회의 내내 묵묵히 앉아 있던 한 사람의 말에 의해 깨졌다.

"그래도 브이아이피가 신경 쓰시는 문젠데 그렇게 넘어갈 수야 있나. 자세히 좀 알아봐야지."

회의를 마치고 과장과 해랑은 인근 커피 전문점에 마주 앉았다.

"휴우, 거 귀찮게 됐네."

해랑은 말없이 차가운 커피를 빨았다. 회의는 결국 실사 조사원을 파견하자는 결론으로 끝이 났다. 그리고 당연히 그 실사 조사원은 해랑이었다.

"야, 내가 갈 수는 없잖냐. 아마 난 여기저기 계속 불려 다닐 거야."

"누가 뭐래요?"

"아니, 뭐…, 아무래도 좀 그래서."

"근데 가서 뭐하죠? 그 사람들은 우리가 뭔가 기계라도 잔뜩 가져가서 검사하는 걸 상상하고 있지 않을까요? 막상 가서는 똑같이 글자 들여다보고 있는 거 말고는 할 게 없는데…. 그게 하루 이틀 한다고 되는 것도 아니고. 그 사람들 아무것도 모르니까 그런 소리 하는 건데 왜 가만있으셨어요!"

"뭐, 답은 정해진 회의였어. 별거 있나. 가서 너무 어리바리하게 있지만 마. 좀 잠잠해진 다음에 보고서 잘 쓰고 끝내자고."

"이러다 우리 쓸모없다는 평가나 받고 부서 없어지는 거 아니에요?"

"그건 내가 알아서 할 테니까 신경 쓰지 마."

평소 과장은 그런 말을 하는 유형이 아니었다. 보아하니 해랑을 그렇게 파견 보내는 게 꽤 미안한 모양이었다. 해랑은 사무실에 들어가는 내내 오만상을 찌푸린 채 한숨을 푹푹 내쉬었다. 이런 기회가 있을 때 가능한 빚진 기분이 들게 만들어 둬야 했다.

해랑은 이틀 동안 사무실로 더 출근해서 조사 계획을 세웠다. 대부분은 해외 사례를 조사하는 데 썼지만, 특별한 게 없었다. 글자가 감염됐는지 알아보려면 해당 사건이 생긴 시기를 기준으로 특정 지역에서 생기는 오자의 양상을 분석해야 했다. 말은 그럴듯하지만 쉬운 일은 아니었다. 초교에서부터 최종판까지, 오자는 어느 단계에서도 생길 수 있었다. 실사 조사에 들어가면 모든 단계를 확인할 수 있지만, 과거 자료는 최종판밖에 없었다. 대조해 보려면 과거 신문을 가능한 한 많이 뒤져서 오자 데이터를 수집해야 했다. 알고리즘이야 상용 프로그램을 쓰니까 별문제가 아닌데, 데이터를 수집하는 게 문제였다.

"거기 기자들은 맞춤법 실력이 얼마나 되려나. 과장님, 신문 기자 평균으로 놓을까요? 이거 미국 기준인데, 우리나라 기자들은 더 낮게 쳐야 하지 않을까요? 인터넷에서 기사 보면 개판이던데. 아유, 미치겠네."

과장도 딱히 뾰족한 답을 알려주지는 못했다.

문제의 신문도 꼼꼼하게 읽었는데, 눈에 띄는 오자는 없었다. 성욱에게 연락하니 기자들이, 심지어는 사장까지 눈에 불을 켜고 확인하는 덕택에 최근 며칠 동안은 오자가 생기지 않았다고 했다.

"그럼 나 안 가도 되는 거 아냐?"

"그냥 와. 내가 밥 사 줄게. 큭큭큭."

여름을 앞두고 날은 점점 더 더워졌고, 신종 바이러스는 더 기승을 부렸다. 과학 기자인 성욱은 신종 바이러스 때문에 너무 바빠서 해랑이 간다 해도 밥 한 끼 사 줄 틈이 없을 것 같았다.

그리고 다시 사건이 터졌다.

이번에는 초미의 관심사였던 신종 바이러스 슈퍼 전파자에 관한 기사였다.

신종 바이러스를 퍼뜨리는 슈퍼 전파자의 정체가 연일 기사에 오르내리던 시기였다. 대통령은 슈퍼 전파자가 발생하지 않도록 방역망을 벗어난 환자를 찾아내라고 지시했다. 그런데 기사에는 '방충망을 벗어난 환자를 찾으라'고 나갔다. 평소에 워낙 말실수가 잦은 대통령이라 이 기사는 곧바로 사진으로 찍혀서 SNS를 타고 돌며 우스갯감이 됐다. 기사를 쓴 기자와 편집 기자는 울며불며 자기 탓이 아니라고 호소했다. 해랑이 보기에도 단순한 오타는 아닌 것 같았다. 오타였다면 그래도 '역'과 얼추 비슷했을 것이다. 전혀 비슷하지도 않은 '충'이 될 까닭이 없었다.

신문사로 출근하는 첫날, 해랑은 수장고에서 입는 작업복을 입고 집을 나섰다. 과장의 지시였다. 휴대전화 같은 소지품은 신문사에 두고 다니기로 했다. 만에 하나 집이나 도서관에 옮길 가능성을 막기 위해서였다. 가능성은 작지만, 과장이 우기는 바람에 할 수 없었다. 글자도 없고 무늬도 없는 작업복은 순전히 수장고에서만 입는 것이라 디자인에 전혀 신경 쓰지 않고 만든 옷이었다. 방역복 입고 출퇴근하는 꼴이라 심히 민망했다.

신문사에서도 당연히 다들 힐끔거렸다. 뻔뻔해지는 수밖에 없었다. 사장의 특별 지시로 연차 좀 있는 기자 하나가 해랑에게 찰싹 달라붙어 신문이 나오는 과정을 설명했다. 헛짓거리를 못 하도록 감시역까지 겸한 것 같았다. 사장은 해랑을 불러 이 일을 밖에서 이야기하고 다녀서는 안 된다고 신신당부했다. 기왕이면 자연 발생한 오자라는 결론을 내려 주면 좋겠다는 분위기를 물씬 풍겼지만, 따로 밥은 사 주지 않았다. 밥을 얻어먹는 것도 꽤나 고역이었겠지만.

어쨌거나 오염됐을 가능성이 큰 글자 무더기 사이에 앉아 있자니 괜히 온몸이 근질거렸다. 해랑은 집배신 프로그램이 깔린 컴퓨터를 한 대 받았다. 이걸로 기자들이 올리는 기사를 모두 볼 수 있었다.

그래도 처음부터 확인하고 싶었던 해랑은 기자 각각이 쓴 원본 파일을 달라고 요청했다.

"그럼 공유 폴더 하나 만들어 놓고 각자 쓴 파일을 넣어 달라고 해야 돼요. 어차피 계속 수정할 거라 그거 있으나 마나일 텐데."

"그건 제가 판단할 테니까 그냥 그렇게 해 주세요."

해랑은 최대한 도도한 표정을 지으며 말했다. 이때 아니면 언제 기자에게 갑질을 해 보랴 싶었다. 안내역을 맡은 기자는 이마를 살짝 찡그렸다.

"일단 이 폴더에 넣으라고 할게요. 근데 외부에 있고 바쁘고 그러다 보면 못 올릴 수도 있어요."

"뭐, 제가 일일이 확인할 수는 없으니까요. 나중에 신문에 나온 기사 목록이랑 대조해서 빠진 건 보고서에 기록할게요. 아마 윗분들도 보시겠지요."

"…"

"아, 신문에 안 나간 거, 중간에 킬 된 기사도 다 보여 주셔야 해요."

언젠가 성욱에게 들었던 표현도 한번 써먹어 보았다. 안내자 겸 감시인은 기자 경력을 통틀어 최악의 짐을 떠맡았다는 표정을 지었지만, 사장 지시인지라 어쩔 수 없이 따랐다.

기사가 신문에 찍혀 나가기까지의 단계를 대강 알게 되자 해랑은 최대한 단계를 세분화해 수많은 사본을 만들었다. 기자가 워드프로세서에 쓴 기사를 출력하고, 그 출력본을 복사하고, 카메라로 사진을 찍어 과장과 공유했다. 국립중앙도서관 사무실 팩스로도 보냈다. 감염된 글자가 물리적으로 변형된다는 건 과격한 가설이었지만, 무시할 수는 없었다. 나중에 외부로 보낸 사본과 대조해 봐야 했다. 일찌감치 외부로 보낸 기사는 멀쩡한데 신문사에 있는 기사에 오자가 있다면 물리적 변형 가설이 힘을 받는다. 두 곳에 다 똑같은 오자가 있다면 그건 작업자의 마음을 오염시킨다는 가설을 지지하는 결과다. 외부로 나간 사본에 오자가 있다면 사무실에 있는 과장이 찾아낼 터이므로 바로 알 수 있었다. 물론 과장의 마음도 오염될 수 있지만, 아직 감염자가 전화선이나 인터넷 선을 타고 움직인다는 증거는 없었다.

가장 큰 문제는 사람이 만드는 오자였다. 고려해야 할 게 너무 많았다. 사실상 처음으로 실질적인 문제에 맞닥뜨린 해랑은 자신이 하는 학문에 회의감이 들 정도였다.

게다가 기사 하나를 가지고도 여러 사람이 고쳐 대는 통에 단계별로 체계적으로 분류하는 게 무슨 의미가 있나 싶기도 했다.

'아, 씨. 이래 갖고 오자가 안 나오는 게 이상하겠다.'

그래도 방법은 이 나라의 고귀한 덕목인 근면 성실하고 불평불만 없는 노동밖에 없었다. 해랑은 조수 두 명과 함께 가능한 한 많은 대조군을 만들며 확인했다. 워드프로세서의 기사가 집배신과 편집 프로그램으로 이동하는 과정과 편집 과정, 가판, 20판이니 40판이니 하며 나오는 대장을 모두 다양한 방법으로 복제하며 꼼꼼히 확인했다. 벌건 눈을 하며 지나가는 성욱과 우연히 마주치고도 잠깐 투덜거리는 게 고작이었다.

"야, 이거 왜 처음부터 10판인 거야? 벌써 10번째 찍었는데 나만 모르는 거야? 아님 첨부터 그냥 이렇게 찍는 거야? 니네 이것도 사기 치냐?"

물론 사기 치냐는 부분을 조그맣게 말할 정도의 분별력은 남아 있었다.

어떻게 보면 괜찮은 일이었다. 만약 여기서 꾸준히 나오는 오자가 정말 자연 발생한 것이라면 이건 정말 희귀한 경우였다. 좁은 공간에서 짧은 시간 안에 표본이 이렇게 많이 나온 사례는 없었다. 잘하면 주목받을 논문을 쓸 수 있을지도 몰랐다.

며칠 동안 해랑은 그렇게 긍정적인 마음가짐을 지닌, 어른들이 원하는 젊은이로 지냈다. 그리고 인내심이 고갈되고 다시 사회가 요구하는 긍정적인 마음의 폭력성에 대해 숙고하기 시작할 무렵 또다시 사건이 터졌다. 이번에는 양상이 좀 달랐다.

대통령이 신종 바이러스 대책 본부를 찾아가 한 이야기를 전하는 기사였다. 대통령이 이렇게 열심히 하고 있다는 걸 보여 주는 게 목적이었다. 그런데 그만 대통령의 멘트가 엉뚱하게 나가 버리고 말았다. 원래는 "확진자 및 의심 환자를 철저히 전담 관리할 것이며, 상황이 시시각각 바뀌고 있으므로 시간을 허비하지 않고 현장에서 즉각 대응하겠다."인데 신문에는 "확진자 및 의심 환자 격리를 전격 해제할 것이며, 상황이 시시각각 바뀌고 있으므로 시간을 허비하지 않고 서울에서 즉각 대피하겠다."라고 나갔다.

당연히 난리가 났다. 지금까지는 실수이겠거니 했던 독자들도 신문사에 전화를 하고 난리였다. 담당 기자는 온라인에 올라가 있던 같은 기사를 서둘러 내렸다. 청와대는 긴급히 기자회견을 열고 대통령은 서울을 떠나지 않는다고 발표했다.

해랑도 정신이 없었다. 이번 건 작업자가 실수로 낼 수 있는 오자가 아니었다. 그렇다고 감염됐다고 보기에도 무리가 있었다. 자연 발생하는 오타는 단순히 글자, 기껏해야 짧은 단어가 바뀌는 수준이었다. 이렇게 문장이 멋대로 바뀌는 사례는 어디서도 보지 못했다. 다른 가능성도 있긴 했다. 인쇄로 넘어가기 직전의 마지막 단계에서 누군가 일부러 그랬다는 것.

"과장님, 제가 어제 보낸 대조본 좀 봐 주세요. 어디서 바뀐 게 보여요?"

"있어 봐. 여기엔 철저히 전담 관리하고 현장에서 즉각 대응하겠다고 쓰여 있는데?"

해랑이 만들어 놓은 사본도 마찬가지였다. 만약 글자를 이루는 패턴을 물리적으로 바꿔 놓는다는 설이 옳다면 지금처럼 수십 명이 눈에 불을 켜고 단계별로 확인하는 절차를 통과할 수 없었다. 신문이 다 찍힌 뒤에 변형이 일어난다면 일부 신문만 그래야 했다. 전국에 깔린 신문 모두가 바뀌었다면 작업자의 정신을 오염시킨다는 설이 옳을 가능성이 컸다. 온라인에도 같은 부분이 잘못된 기사가 올라갔다는 점도 그걸 뒷받침했다.

'그럼 어디서?'

해랑은 사장에게 직접 이야기해 해당 기사가 나가는 과정에 관여한 기자를 전부 불러 모았다. 불려 온 기자 전원은 자기들이 봤을 때는 멀쩡한 문장이었다고 맹세했다.

'지금도 문장이야 멀쩡하지. 최고로 존엄하신 분을 모욕하는 내용이라 문제지.'

해랑이 한숨을 쉬며 말했다.

"각자 자기가 수정한 내용을 말해 보세요."

"전 수정 없었어요."

"저도요."

"그, 그게…."

편집 기자 한 명이 쭈뼛거리며 말했다.

"뭐야, 네가 고쳤어?"

사장이 눈썹을 치켜세웠다.

"아니에요. 제가 그렇게 고친 건 아니고요. 그 문장은 전 안 건드렸어요. 막판에 틀린 글자가 보여서. 그 부분이 아니고 다른 부분을 줄였어요!"

"그건 몰라요. 감염자의 영향을 받으면 내용은 물론이고 자기가 고친다고 생각하는 부분과 실제 고치는 부분도 다를 수 있어요."

해랑은 말을 해 놓고도 자기가 너무 냉정하게 이야기했나 싶었다. 해당 편집 기자는 굉장히 억울하다는 표정을 지었다. 해랑이 얼른 덧붙였다.

"누구든 마찬가지예요. 다른 사람도 교정보면서 그게 이상한 문장인지 전혀 못 알아봤잖아요."

뒤늦게 변호를 해 줬지만, 사장은 못마땅한 표정으로 일단 그 편집 기자에게 강제로 휴가를 줘서 집에 보냈다. 사람은 감염되는 게 아니라 단순히 영향을 받는 거라고 해랑이 설명했지만, 소용없었다.

"혹시 모르니까."

해랑은 그게 해고 통보가 아니기를 빌었다. 평소 싫어하는 신문이긴 했지만, 개인의 불행을 눈앞에서 바라보는 건 여전히 불편했다.

"야, 너 한 명 보냈다면서? 나도 보내 줘. 집에 가서 좀 쉬게."

소식을 들은 성욱이 해랑을 찾아와 말을 걸었다.

"넌 지금 농담할 기분이 나냐?"

"뭐, 설마 잘리겠어? 사람한텐 안 옮는 거라면서. 좀 쉬다 다시 오겠지. 근데 우리 회사 진짜 감염된 거 맞아?"

"기자들이 전부 짜고서 대통령 깔려고 마음먹은 게 아니라면 이럴 수는 없겠지. 그런데 말이 안 되는 게 많아. 나도 이해가 안 가. 아, 왜 하필 내가 여기에 와 있는 거지?"

"뭐가 말이 안 돼?"

"출판사나 신문사 같은 데는 원체 감염 확률이 높은 데니까 감염자가 있다고 이상할 건 없어. 그런데 오자는 별 뜻이 없어야 해. 실수로 생기는 오자랑 별 차이가 없어. 지금처럼 계속 대통령 바보 만드는 오자만 생길 확률은 로또보다 낮다고. 그게 꼭 대통령하고 원수라도 진 것 같잖아."

"흠. 그러게. 우린 원래 대통령 기사에 신경 엄청 쓰는데."

"혹시 여기 기자들 중에 반대통령 세력이라도 있는 거 아니야? 감염 때문에 그랬다기보다는 그쪽이 더 가능성이 있을 거 같은데? 아무리 너희 회사 기자라도 양심적인 사람은 있을 거 아냐. 걸리면 오자 때문이라고 우기면 되고."

"풋. 내가 보기엔 그게 더 말이 안 된다. 아니, 당연히 나처럼 좋은 기자도 있지만, 신문이 그렇게 나올 수가 없어."

"그렇겠지, 행여나 대통령 나쁘게 말할까 봐 눈에 불을 켜고 보는 사람이 많을 테니."

빙글빙글 웃던 성욱이 갑자기 진지한 표정을 지었다.

"야, 혹시 그 감염자인가 하는 것도 번식하고 그러냐?"

"그런 거 모른다니까. 그건 물질로 된 생물이 아니라…."

"아니, 그게 돌연변이가 됐을 수도 있잖아. 이번 신종 바이러스처럼."

"야, 아무리 그래도…."

"혹시 모르지. 처음에 어쩌다 대통령 기사를 감염시켜서 오자를 만들었는데, 그 뒤로 압박이 계속 더 심하게 들어오는 거야. 그래서 더 센 놈이 살아남고, 계속 그렇게 되다가 이제는 문장까지 확 바꿔 버리나 싶어서. 진화압이 세져서 변이가 급격하게 생긴 걸 수도."

"글쎄, 독재 국가가 한두 개도 아니고."

"모르지. 진화는 우연이니까."

"그냥 세균 같은 거면 혹시 모르겠는데, 이건…. 아유, 모르겠다. 머리 아파. 커피나 마셔야겠다."

해랑은 성욱의 말을 계속 머릿속에서 굴려 보았다. 아무리 봐도 그걸 증명할 방법은 없었다.

'하긴, 내 연구 분야는 뭐. 남 말 할 처지가 아니네.'

사무실에서 다른 용무로 바쁜 과장도 당황스럽긴 마찬가지인 모양이었다. 적당히 조사하다가 '작업자의 실수로 인한 단순 오타로 사료됨'이라는 보고서나 쓰고 끝낼 생각이었는데, 돌아가는 모양새를 보니 그게 아니었던 것이다.

연구할 표본이 생긴 건 좋았다. 문제는 전례가 없는 현상이었다. 돌연변이에 자의식을 지닌 감염자라는 건 해랑도 과장도 들어 본 적이 없었다. 혹시나 해서 논문 데이터베이스도 뒤져 보았다. 정신 오염설을 지지하는 연구는 많아도 오자가 유의미한 내용을 담고 있는 사례는 없었다. 대개는 아직 자연 발생 오자와 실수로 생긴 오자를 확실하게 구별하는 방법이 없기 때문에 후속 연구가 더 필요하다는 하나 마나 한 소리로 끝났다.

'와, 이거 이메일 한 번만 돌리면 외국 연구자들 개떼같이 모여들 겠는걸.'

하필이면 최고 권력자와 얽힌 일이라 학자로서 흥분을 느끼고 자시고 할 여유도 없었다. 과장은 해랑에게 이런저런 지시를 내렸다.

전화기를 든 채 다른 손으로 머리를 쥐어뜯고 있는 모습이 눈에 선했다. 해랑이 입사한 이래로 가장 근면 성실한 모습이었다. 운이 좋으면 학계의 스타가 될 수도 있지만, 까딱하다가는 정년 보장마저 날릴 수 있는 판국이었다.

다음 날, 신문사 분위기는 아침부터 축 처져 있었다.

기자들은 대통령이 등장하는 기사를 쓰지 않으려고 몸을 사렸고, 어쩔 수 없이 쓰게 된 기자들은 온종일 전전긍긍했다. 전과 달리 노트북으로 기사를 쓰자마자 인쇄해서 해랑에게 봐 달라고 들고 오는 사람도 있었다. 신문사의 논조에 충실한 것으로 봐서 문제가 생기지 않은 기사 같았다. 오히려 오자를 너무 의식해서 썼는지, 평소 수준보다도 더 과하게 대통령을 칭송하고 있었다.

그러나 문제는 단지 보이지 않을 뿐이었다.

첫 번째 대장을 팩스로 보낸 지 몇 분 되지 않아 곧바로 과장에게 전화가 걸려 왔다.

"야, 이거 이상해. 대통령이 신종 바이러스 덕분에 한가롭게 쇼핑할 수 있어 좋아했다고 쓰여 있는데?"

"네? 그게 아니라 쇼핑몰 가서 상인들 위로했다 뭐 그런 걸 텐데…."

"아니야. 대통령이 신나서 이것저것 샀다고 돼 있어."

"아이고, 미치겠네."

과장이 팩스로 받은 대장에서 문제가 되는 기사를 사진으로 찍어서 보내 줬지만, 해랑의 눈에는 그런 내용이 안 보였다.

'나도 걸렸구나. 이게 이런 느낌이구나.'

귀신에 홀린 기분이었다. 출판사 편집자로 일하는 친구가 아무리 교정을 열심히 봐도 오탈자는 어디선가 튀어나온다고 투덜대던 게 이해가 됐다. 그래도 그건 해롭지 않은 단순 오자였다.

해랑이 소식을 전하자 국장들까지 몰려와 그 기사를 읽어 보았다. 아무도 잘못된 부분을 집어내지 못했다. 논의 끝에 결국 기사는 지면에서 빠졌다.

그날, 과장은 그런 기사를 하나 더 잡아냈다. 그냥 나갔으면 두 건. 전날의 두 배였다.

다음 날 오전에는 테스트를 진행했다. 해랑이 대충 대통령을 띄워 주는 기사를 써서 인쇄한 뒤 팩스로 보내면 과장이 받아서 확인하는 방식이었다. 역시 과장에게 보이는 기사는 대통령을 비난하거나 교묘하게 비꼬는 내용이었다. 혹시나 해서 대통령을 비판하는 기사를 써 보았다. 이번에는 내용이 바뀌지 않았다.

해랑은 점점 겁이 났다. 그러나 과장은 엄청난 발견이라며 흥분했다.

오후가 돼 나온 대장을 과장에게 보내자 과장은 기사 여러 개가 이상하다고 알려 왔다. 다음 날은 그런 기사가 더 많아졌고, 그다음 날은 거기서 더 늘었다.

신문사 내부에서는 아무리 용을 써도 이상한 내용을 찾지 못했다. 어떤 기자는 미친 것처럼 큰 소리로 웃었고, 누군가는 욕설을 내뱉으며 대장을 찢어 버렸다. 신종 바이러스 때문에 사방에 흔해진 소독제를 글자가 보이는 곳마다 뿌리고 다니는 사람도 있었다.

편집국 내부는 패닉 상태였다. 과장은 사무실에 앉아서 이상한 데가 없을 때까지 해랑이 보내주는 대장을 읽고 또 읽었다. 오자가 생긴, 아니 이제는 글자 몇 개가 바뀐 수준을 넘어 내용이 아예 달라진 기사가 나오면 수정을 포기하고 그냥 버렸다. 그러면 빈 지면을 채우기 위해 또 다른 기사를 썼다. 결국, 정치면이 많이 줄고 말았다.

빠지기 어려운 기사의 경우는 참 곤란했다.

"저, 박사님. 이것 좀 어떻게 안 되나요? 이건 내일 꼭 나가야 하는 거거든요."

고임금을 받는 노동자가 양보하여 노동 개혁을 이뤄야 경제를 발전시킬 수 있다는 요지의 시리즈 기사였다. 어느 모로 봐도 자기들이 준 것에 만족하고 잘 나눠 먹으라는 재계 높으신 분들의 고결한 뜻이 담긴 기사였다. 해랑은 순간 울컥해서 과장한테 보여 주지 말고 기사가 바뀌게 내버려 둘까 하는 생각도 들었다.

"거참. 난감하겠네. 돈 받았으니 내보내야 하는데, 기약이 없으니."

잠깐 쉬자고 찾아온 성욱이 그 이야기를 듣더니 끊었던 담배를 다시 피우며 말했다.

"돈 받아?"

"그거 기획 기사야. 스폰 받고 하는 거."

"뭐? 그럼 그거 사기 아냐?"

"정부나 기업에서 홍보 차원에서 많이 해. 사기라고 하긴 그렇고. 우리만 아니라 다 그래. 그런 기사는 딱 보면 티가 나는데."

"최소한 돈 받고 한 거라고 표시는 해 놔야 할 거 아냐, 참 나."

성욱은 쓴웃음만 지었다.

감염은 범위를 넓혀 갔다. 이제는 대통령이 등장하지 않는 기사도 멋대로 바뀌었다. 여태껏 별문제 없었던 과학 기사에도 오자가 생기는 바람에 성욱도 점점 피폐해졌다. 기자들은 죄다 죽을 맛이었다. 오자가 나온 기사는 무조건 버려야 했기 때문에 기사량이 두세 배로 늘었다. 성욱이 말한 '기획 기사'를 쓰는 기자들은 더욱 힘들어했다. 버릴 수 없는 기사를 내보내기 위해 여러 가지 꼼수가 등장했다. 컴퓨터를 바꾸기도 하고, 앉는 장소를 바꾸기도 하고, 손으로 쓰기도 했다.

해랑은 아예 전원 다 재택근무를 하는 게 어떻겠냐고 제안했다. 하지만 기사는 집에서 쓸 수 있어도 편집까지 그렇게 할 수는 없었다. 게다가 회사 밖에서 써 온 기사도 이상한 것으로 봐서 감염자의 영향권 밖으로 벗어나도 정신이 온전히 돌아오기까지는 꽤 시간이 걸리는 것 같았다.

갈수록 신경 쇠약 때문에 일을 못 하겠다고 호소하는 기자들이 늘어났다. 그나마 버티고 있는 이들은 카페인과 당에 의지해서 미친 듯이 대장을 읽었다. 국장이고 부장이고 모두 자리에 앉아서 시뻘게진 눈으로 글자를 훑었다. 감염된 글자든 신종 바이러스든 눈에 띄기만 하면 갈기갈기 찢어버리겠다는 기세였다.

간절히 원하면 하늘이 도와준다고 했다.

"야! 야! 이거, 이거, 이리 와 봐!"

정치부장이 큰 소리로 외쳤다. 며칠째 잠을 제대로 못 자서 핏발선 눈으로 사방을 쏘아보았다.

"이거 이 기사가 이상하잖아! 김민겸이 이리 오라 해!"

정치부장이 대장을 내밀었다.

"이거 안 보여? 이 기사가 왜 이러냐?"

그러나 비슷한 몰골을 하고 달려온 김 기자는 잘 모르겠다는 표정을 지었다.

"제가 보기엔⋯."

"뭐? 이게 안 이상해? 집중해서 봐! 집중!"

정치부장은 눈알이 튀어나올 것처럼 눈을 부릅떴다.

해랑이 과장에게 연락하니 과장도 정치부장이 바르다고 확인해 주었다. 편집국 안에서는 최초로 감염된 기사를 알아본 것이다. 이것도 새로운 발견이었다. 엄청나게 집중하면 감염자가 정신에 끼치는 영향을 이겨낼 수 있다는 소리였다.

"눈 똑바로 뜨고 잘 봐! 니들은 정신력이 약해 빠져서 그래!"

정치부장은 의기양양하게 외치며 사장에게 보고하러 갔다.

정신력은 에너지를 먹고 사는 존재였다. 편집국 직원들의 고카페인, 고당 음료 의존도는 더 높아졌다. 그래도 효과는 있었는지 여기저기서 간간이 변질된 기사를 찾아냈다는 환호성이 들렸다. 해랑은 이 모습을 신기하게 바라보았다. 오자를 일으키는 정신 오염은 정신력으로 이겨낼 수 있는 모양이었다.

'논문 쓸 거리 많네. 나 이러다 어디 교수 돼서 가는 거 아닌지 모르겠네.'

인생 모르는 일이었다. 평소 경원시하던 신문사 덕분에 팔자가 필 수도 있었다.

그렇게 정신을 차린 기자들은 자연 발생한 오자, 이제는 오자라기엔 창작에 가까운 변이를 찾아내 수정했다. 그 기사는 멀쩡히 나갔다.

오랜만에 편집국 안에 승리의 기운이 감돌았다. 거의 열흘 만에 처음으로 신문이 멀쩡하게 나왔다. 언제 또 생길지 모르는 오자에 대한 저항 심리 때문인지 친정권 성향은 그 어느 때보다도 두드러졌다. 해랑은 아침마다 신문을 보기가 괴로웠다. 일 때문에 안 볼 수도 없었다.

편집국 직원들의 노고를 치하하고 격려하는 글이 내부 게시판에 연이어 올라왔다. 사태는 해결되어 가는 듯했지만, 해랑은 왠지 아니꼬운 기분이 들었다.

또 일주일이 넘게 지났다. 그동안 사고는 한 번도 나지 않았다. 기자들은 아직도 편집국을 어슬렁거리는 해랑을 보고 왜 안 가고 있느냐는 표정을 지었다. 해랑은 불과 얼마 전 신문사에 닥쳐온 위기를 상징하는 인물이었다.

해랑은 과장과 의논했다. 일단 과장은 지금까지의 상황을 정리해서 보고하기로 했다.

그날은 과장이 대장을 읽어보지 않았다. 그래도 신문은 멀쩡했다.

다음 날에도 철수 명령은 오지 않았다. 과장도 위에서 무슨 말이 오기를 기다리고 있다고 했다. 이번에도 대장은 읽지 않기로 했다. 그 과정 때문에 마감이 늦어진다고 기자들이 불평했기 때문이었다. 피로가 쌓인 기자들은 평소보다 야근을 더 힘들어했다.

그날 해랑은 과장 대신에 마감 중인 대장을 받아다 꼼꼼히 읽었다. 물론 편집국 안에서 읽어 봤자 소용없는 짓이었지만, 신종 바이러스처럼 이번 오자 자연 발생 사태도 서서히 종결되는 분위기였다. 다만 전염병과 달리 이 경우에는 언제 종식을 선언하면 되는지에 대한 기준이 없었다. 애초에 그럴 일조차 없었으니 당연했다.

왠지 발이 떨어지지 않은 해랑은 꽤 늦은 시간까지 남아서 지금까지의 경과를 복기하고 다시 정리했다. 어차피 보고서도 써야 했고 논문도 써야 했다.

집에 돌아와서도 뒤척이다가 늦게 잠들었는데 새벽에 눈이 떠졌다. 해랑은 잠깐 망설이다가 일어나서 신문사로 갔다. 언제나처럼 그날자 최종판이 책상 위에 놓여 있었다. 해랑은 신문을 들고 읽었다. 특이할 게 없었다. 감염자는 정말로 소멸한 듯했다.

'평소 같았으면 욕했을 기사를 보고 안도하다니 어이가 없구나.'

직원들이 하나둘 출근했다. 해랑은 빈속에 커피를 조금씩 흘려 넣었다.

그러나 시간이 점점 흐르면서 기분이 묘해졌다. 뭔가 잘못된 것 같았다. 머릿속이 근질거리면서 눈앞이 평소처럼 또렷하지 않았다.

'어제 잠을 너무 못 잤나?'

남은 커피를 마시고 눈을 깜빡이며 정신을 차렸다. 그러자 서서히 다른 게 보였다.

해랑뿐만이 아니었다.

좀 이르게 출근해 신문을 뒤적거리던 기자 한 명이 나직한 비명 소리를 냈다. 그 사람이 주위를 두리번거리더니 해랑을 보고 후다닥 뛰어왔다.

"이, 이것 좀 봐요."

해랑도 보고 있었다. 잠이 확 달아났다. 조금 전과는 분명히 다른 기사가 눈앞에 있었다. 신문 지면에 온통 가득했다.

날이 점점 밝아 오면서 건물 전체가 경악한 사람들이 내뿜는 어두운 기운에 파묻혀 버렸다. 어디선가 기자 하나가 울음을 터뜨렸다. 사장은 편집국으로 뛰어 내려와 끔찍한 악마를 마주한 사람처럼 괴성을 질렀다. 어쩌면 눈앞에 보인 게 악마가 아니라 이 나라에서 가장 존엄하신 분일지도 몰랐다.

사태는 어떻게 할 수 없을 정도였다. 정치면의 모든 기사가 대통령 비난으로 가득했다. 신종 바이러스 책임론 공방에 대한 기사도, 야권 정치인의 뇌물 수수 혐의에 대한 기사도, 통일 외교에 대한 기사도 전부 대통령에 대한 비아냥으로 바뀌어 있었다. 글자 몇 개만 바꿔서 촌철살인의 명문을 만들어 놓은 수준에서 가장 막장스러운 인터넷 게시판에서나 볼 수 있을 법한 인신공격까지.

'저, 정말 진화하고 있는 건가?'

인터넷에서 봤다면 시원하게 느꼈을 법한 글이 막상 신문, 그것도 가장 정권 친화적인 신문에 찍혀 있는 것을 보니 통쾌하기는커녕 괴기스러웠다.

사장이 잡아먹을 것 같은 눈으로 해랑을 바라보았지만, 그게 급한 게 아니었다. 화급하게 깔린 신문을 거둬들였다. 배달한 신문도 아직 집으로 가지고 들어가지 않았다면 얼른 수거하라는 명령이 떨어졌다. 그동안 SNS에서는 소식이 다 퍼졌고, 또다시 신문을 사려는 사람들이 편의점에 바글거렸다. 기자들은 이미 여기저기서 걸려 오는 전화를 받기에 바빴다.

우습게도 신문 판매고는 최근 들어 가장 높이 치솟았다. 소식이 SNS로 퍼지자마자 평소에 경원시했던 독자들이 역사적인 기념물을 소장하고자 신문을 사러 몰려들었던 것이다. 온라인 기사는 진작에 내렸지만, 홈페이지 방문자도 기하급수적으로 늘었다.

점심시간 즈음 아직 창밖으로 뛰어내리지 않은 사장이 다시 모습을 나타냈다. 이 시국에 태평스럽게 점심을 먹으러 나간 사람은 없었다.

모여든 사람들을 쓱 둘러본 사장은 엄숙하지만 떨리는 목소리로 말했다.

"우리 신문은 당분간 발행을 중지합니다."

"위에서 시켰겠지."

"그렇겠지?"

"당연하지. 대통령이 빡쳤는데 그대로 신문 나오게 하겠어?"

해랑과 성욱은 구석에 앉아 조용히 이야기했다. 신문을 내지 않기로 한 이상 업무는 모두 정지 상태였다. 그래도 별다른 지시가 없어서 손을 놓고 멍하니 앉아 있었다.

과장은 해랑의 보고를 받은 뒤 대기하라고 말한 채 위의 반응을 살피러 갔다.

해랑이 멍하니 앉아 있을 수는 없었다. 실제로 할 수 있는 건 없었지만, 뭐라도 하는 척해야 했다. 자리에 앉아서 믿을 수 없는 신문을 뚫어져라 쳐다보았다.

— 넌 도대체 뭐냐?

답답한 나머지 볼펜으로 신문지 위에 끼적거렸다. 과장에게서는 연락이 없었다.

그때 어디선가 수군거리는 소리가 들렸다.

"뭐? 누가 막아?"

"어, 그렇다니까. 담배 피우러 나갔는데 경찰이 막았어."

"뭐? 그게 무슨 소리야?"

웅성거리는 소리가 점점 커졌다. 해랑은 일어서서 창문 쪽으로 가보았다. 정말이었다. 경찰이 건물 주위에 경계선을 세우고 있었다. 약간 떨어진 곳에서 경찰 버스가 줄지어 오는 모습도 보였다.

해랑이 휴대전화를 꺼내자마자 마침 과장에게서 전화가 왔다.

"과장님? 이게 뭐죠? 경찰이 왜 왔어요?"

"해랑아, 흥분하지 말고 침착하게 있어. 좀 전에 들었는데, 건물을 격리하기로 했대. 사람들은 나오게 할 건데 글자는 아예 못 나오게 할 거야. 내가 너 있다고 얘기해 둘게. 넌 작업복 있으니까 그것만 입고 나오면 될 거야. 건물에 있는 글자는 다 소각하려나 보더라고. 네가 보고한 자료는 다 나한테 있으니까 괜찮아. 놀라지 말고 이따가 나와. 알았지? 좀 있으면 아마 전화도 끊어질 거야. 공식 기자 회견도….”

중간에 전화가 끊겼다. 화면을 보니 신호가 안 잡혔다. 여기저기서 투덜거리는 소리가 들렸다. 그때 사내 방송이 흘러나왔다.

“임직원 여러분께 알립니다. 정부의 지시에 따라 본 건물은 이 시간부터 격리 상태에 들어갔습니다. 상황이 끝날 때까지 당분간 폐쇄합니다. 당황하지 마시고 지시에 따라….”

“무슨 개소리야? 우리보고 나가라고?”

한 기자가 흥분한 목소리로 외쳤다. 그때 TV에서 속보로 청와대 기자회견이 나오기 시작했다.

대변인은 최근 발생했던 ○○일보의 오염 사태에 대해 간단히 설명했다. 이 사태가 대한민국의 언론과 지성에 심대한 위협을 가하고 있기 때문에 격리 조치를 시행하는 중이라고 밝혔다. 그리고 이어서 몇 가지 방침을 설명했다. 대략의 요지는 이랬다.

신문사를 포함해 반경 100미터 안에 있는 글자를 모두 제거해 글자 밀도를 가능한 한 낮출 것이며, 신문사 건물에 정기적으로 출입하는 근무자들은 모두 슈퍼 전파자로 지정돼 감염자가 소멸할 때까지 글자가 없는 곳에 단체로 격리될 것이고, 이들의 집에 있는 책과 문서도 모조리 압수해서 소각할 것. 그리고 최근 한 달 이내에 신문사 건물에 출입한 적이 있는 사람을 찾아서 자가 격리를 유도할 것이니 해당자는 통제 본부에 스스로 출석할 것. 화면 한편에 수줍게 앉아 있는 과장이 아마도 통제 본부의 실무 책임자일 터였다.

“빌어먹을 새끼들, 신종 바이러스에 이렇게 대처했으면 진즉에 진압했겠다.”

어느새 해랑의 옆에 와 서서 TV를 보던 성욱이 중얼거렸다.

"청와대는 전염병 컨트롤 타워가 아니라더니 지랄하네."

로비는 어느새 경찰이 장악하고 있었다. 출입구마다 경찰이 바리케이드를 치고 누구도 빠져나오지 못하게 막았다. 정문에 설치한 바리케이드 너머에서는 어처구니없게도 방역복을 입은 사람들이 뭔가 구조물을 만들고 있었다.

경찰이 확성기로 외쳤다.

"현재 주변을 정리하고 있습니다. 격리소 설치가 끝날 때까지 나오면 안 됩니다. 건물 안에서 대기하세요."

기자회견과 동시에 인터넷과 유선전화도 끊겼다. 외부와 이야기할 통로가 사라져 버린 것이다. 누군가가 사장을 찾으러 갔다가 사장과 몇몇 국장이 이미 건물 안에 없다는 사실을 알아내자 편집국이 더욱 술렁였다. 어떤 이는 그건 배신이라고 흥분해서 떠들고 다녔다.

신종 바이러스 때와 달리 정부의 대처는 정말 빨랐다. 그새 건물 안 인원을 수용할 격리소를 만들어 낸 모양이었다. 저녁 10시쯤 로비에서 경찰이 곧 내부 인원을 이동시킬 테니 질서 유지 요원을 들여보내겠다고 확성기로 외쳤다. 그 소식은 로비에서 하염없이 나가기만을 기다리던 사람들을 거쳐 층층이 위로 올라갔다.

아무 글자도 없는 방역복을 입은 경찰이 층마다 배치돼 서두르지 말고 차례대로 나가라고 말했다. 소지품은 아무것도 가지고 갈 수 없으며, 바리케이드 밖에 만들어 놓은 임시 검역소에서 옷을 모두 벗고 어디에도 글자가 없는지 확인한 뒤에 특수 차량을 타고 격리소로 이동할 거라고 했다.

그 말을 들은 일부 직원들은 줄을 서려고 서둘러 아래로 내려갔다. 그러나 상당수는 발끈했다.

"옷을 벗어? 우리가 무슨 병균이야? 범죄자야?"

"경찰 아저씨, 여기 있는 거 정말 다 태워 버릴 거예요? 우린 어쩌라고요? 신문 하나 죽이는 거 아녜요?"

경찰은 대꾸하지 않고 질서를 지키라는 말만 반복했다.

서서히 끓어오르는 듯한 분위기는 있었지만, 사람들은 눈치를 보면서 하나둘씩 로비로 내려갔다.

해랑은 굳이 경찰에게 신분을 밝히지 않았다. 빨리 나가고 싶은 생각도 없었다. 허탈한 심정으로 이리저리 돌아다녀 보다가 결국 자리로 돌아와 주저앉았다. 오전에 펼쳐 놓은 신문이 그대로 놓여 있었다. 무심코 볼펜으로 적었던 낙서도 그대로였다. 그대로?

— 난 도대체 뭘까?

해랑은 벌떡 일어섰다. 소름이 돋았다.

'내가 이렇게 썼던가?'

아니었다. 분명히 '넌 도대체 뭐냐?'라고 적었었다. 적어도 해랑은 그렇게 기억했다. 그렇다면 이 낙서를 했을 때 해랑의 정신이 오염됐던 게 분명했다.

이건 보통 오자가 아니었다. 엉뚱한 글자로 바뀌어서 짜증이나 재미를 불러일으키는 오자가 아니었다. 대통령 찬양 기사를 비난 기사로 바꿔 놓는 고차원의 오자도 아니었다. 존재에 대한 의문이었다. 자의식. 이건 오자가 아니라 생명이었다.

"전화랑 인터넷은 왜 다 끊었어? 다른 데 기자들한테는 뭐라고 설명하고 있는 거야? 이대로 나가서 또 한참 격리돼 있다가 나오면 우린 뭐가 되는 거야?"

가만히 앉아 있던 중고참 기자 하나가 울화통을 터뜨렸다. 기자들은 신문의 미래, 아니 존폐에 대해 걱정하고 있었다. 억울함도 있었다. 정부의 대처가 평소와 달리 너무나 단호했다.

해랑에게는 신문의 존폐가 문제가 아니었다. 자기 자신이 무엇인지를 고민하는 존재를 확인했을 때의 충격이 지나간 뒤에는 이걸 무작정 소멸시켜 버리려는 정부에 분노했다.

'과장님! 과장님한테 연락해야 해.'

직접 연락할 방법은 없었다. 해랑은 경찰에게 이야기하기로 했다. 그런데 끓어오르던 분위기가 임계점을 넘은 듯이 사태가 급변하기 시작했다.

젊은 기자들을 중심으로 신문사를 넘겨줄 수 없다는 무리가 뭉쳤다. 언론 자유를 외치는 기자들이 점점 5층의 편집국으로 모여들었다. 편집국에 있던 경찰은 아래로 쫓겨났다. 5층 입구에는 책상과 캐비닛으로 만든 바리케이드가 생겼다. 해랑은 어리둥절하고 있는 사이에 경찰도 못 만나고 편집국에 갇혀 버리고 말았다.

"이대로 가면 우리는 희생자가 된다! 우리나라에서는 당하는 사람만 불쌍한 거 알지? 최대한 버텨서 진상을 외부에 알려야 해!"

그 임무를 맡은 기자들이 컴퓨터 앞에 앉아 글을 쓰기 시작했다. 어차피 인터넷도 안 되고 컴퓨터는 압수당할 테니 종이에 써서 어디에 숨겨 놓겠다는 사람도 있었다. 그사이 경찰이 한 무리 올라왔다가 격렬한 저항을 받고 그대로 철수하고 말았다. 그리고 곧 5층의 전기가 끊겼다.

"뭐야! 이 새끼들 해보자는 거야?"

해랑은 더 조급해졌다.

'어떡하지? 내가 이대로 나가면 이…, 이대로 끝인데….'

한구석에 앉아 있는 해랑에게 신경 쓰는 사람은 성욱뿐이었다.

"해랑아! 너 왜 아직도 안 나갔어? 이젠 나가고 싶어도 못 나간다. 여기 가만히 있어. 혹시 싸움 날지도 모르니까 저쪽에 휴게실에 피해 있어. 정리되고 나면 조용히 나가. 넌 어차피 여기 사람도 아니잖아."

성욱이 해랑의 팔을 잡고 이끌었다. 다리는 따라갔지만, 귀는 소리를 듣고 있지 않았다.

'글자. 글자. 어떻게든 글자를 갖고 나가야 해. 몸에 쓸까? 안 돼. 옷 다 벗겨서 검사한다고 했잖아.'

글을 써서 창밖으로 던져 볼까 했지만, 내다보니 건물을 중심으로 100여 미터는 깨끗하게 정리가 돼 있었다.

'몸밖에 못 나가. 몸밖에. 아니면 아예 탈출을….'

휴게실 밖에서 들리는 소리가 점점 커졌다. 고성과 확성기 소리. 물건이 부서지는 소리가 들렸다. 해랑은 창밖에서 흘러들어오는 불빛에 의지해 주위를 둘러보았다. 휴게실이라 소파와 탁자, 냉장고, 싱크대밖에 없었다. 과일 깎는 칼이 눈에 들어왔다.

밖에서는 함성이 점점 커졌다.

해랑은 굳은 표정으로 칼을 집어 들었다.

열흘 뒤, 해랑은 집으로 돌아왔다. 피곤하지는 않았다. 반경 100미터 이내에 글자가 없는 격리소 생활은 단조로웠다. 끼니때마다 배급해 주는 맛대가리 없는 밥을 먹고, 나머지 시간은 멍하니 앉아 있거나 잠을 잤다. 글자가 없으니 아무 할 일이 없었다.

지방에 사는 부모님이 찾아왔다가 면회가 안 된다는 말을 듣고 발만 동동 구르다 돌아갔다. 항의해도 소용이 없었다. 언론사들이 전부 눈치를 보고 있는 상황이라 어디에 하소연할 데도 없었다.

딱 한 번 과장이 무슨 수를 썼는지 들어와서 잠깐 해랑을 보고 갔다. 미안한 기색으로 잠깐만 참으라는 과장에게 해랑은 부모님에게 안부를 전해 달라고 부탁했다.

격리소에서 나오는 날 부모님이 앞에서 기다리고 있었다. 어머니는 해랑을 보자마자 끌어안고 울었다. 아버지는 어머니 뒤에 어색하게 서서 해랑의 어깨를 두드리며 "뭐, 그래도 얼굴은 좋구만. 밥은 먹였나 보네."라고 말했다. 해랑은 며칠 동안 같이 지내며 돌봐 주겠다는 어머니를 거의 화를 내다시피 하면서 돌려보냈다.

전세로 사는 작은 아파트에 도착한 해랑은 먼저 현관문에 붙어 있는 노란 띠를 떼어 냈다. 비밀번호를 넣지 않았는데도 문고리를 돌리자 문이 열렸다. 해랑은 주위를 한 바퀴 둘러보고 한숨을 쉬었다.

책은 물론이거니와 글자가 씌어 있는 종이란 종이는 모조리 사라졌다. 수거해서 소각한 모양이었다. 전자제품도 어디로 가져갔는지 없었다. 그 외에 글자가 있던 곳은 끌 같은 것으로 긁혀 있거나 시꺼먼 페인트로 덮여 있었다.

해랑은 다른 데 신경을 끄고 먼저 욕실로 들어갔다. 불을 켜고 옷을 벗었다. 그리고 심호흡을 한 뒤 거울 앞에 섰다.

해랑의 몸은 상처투성이였다. 가슴과 배, 허벅지, 팔뚝이 여기저기 상처로 덮여 있었다. 아직 가시지 않은 멍도 있었다. 어머니를 등 떠밀어 내려보낸 것도 이 때문이었다.

해랑은 집중해서 상처를 읽었다. 격리소에서도 화장실에 갈 때마다 의심받지 않는 선에서 최대한 오래 머무르면서 이렇게 상처를, 아니 글자를 읽었다.

'그래. 나만 읽을 수 있는 글자를 만들자.'

과도를 집어 든 해랑은 창문으로 들어오는 불빛에 의지해 몸에 상처를 냈다. 두세 개의 획을 그어서 그걸 글자 하나로 정했다. 글자 하나마다 모양을 다르게 해서 딱 열 개만 만들었다.

사람이 글자로 인식하는 패턴은 감염이 된다. 단 한 사람만 글자로 인식하는 패턴이라도 감염이 될까? 도박이었다.

밖에서 싸우는 소리 때문에 집중하기가 힘들었다. 식은땀이 흘렀다. 해랑은 학창 시절 시험 시작 5분 전에 벼락치기 할 때보다 더 절박한 심정으로 글자를 외웠다. 바리케이드가 무너지는 소리가 들렸다.

이제 단어를 만들 차례였다. 글자 두세 개를 합쳐 만든 단어를 더 새겼다. 피가 흘러서 모양이 흐트러졌다. 해랑은 손으로 피를 훔쳐가며 칼을 움직였다. 몸싸움하는 소리와 비명 소리가 들렸다. 눈이 매캐해지면서 눈물이 흘렀다.

'이게 말로만 듣던 최루탄인가?'

다급한 상황에서 떠오르는 단어는 많지 않았다. '안녕', '밥', '사람'. 휴게실에 있던 '사과', '물'. 동사도 있어야 할 것 같았다. '먹는다', '간다'. 해랑은 자신이 만든 글자와 단어를 외우고 또 외웠다.

경찰이 완전히 밀고 들어온 모양이었다. 해랑은 서둘러 윗옷을 도로 입었다. 미련이 남아서 팔뚝에 몇 개 더 새겨 볼까 하고 칼을 집어 든 순간 경찰이 휴게실로 들이닥쳤다. 손에 든 과도를 본 경찰의 눈이 어둠 속에서 번쩍였다. 황급히 칼을 버렸지만, 해랑은 여러 번 두들겨 맞은 뒤에 질질 끌려나갔다.

임시 검역소에서도, 격리소에서도 상처를 가지고 뭐라는 사람은 없었다. 몸싸움하다가 생긴 상처라고 하면 다들 넘어갔다. 상처에 바르라고 약을 줬지만, 해랑은 일부러 바르지 않았다. 오히려 격리소에서 지나는 동안 상처는 더 늘어났다. 해랑은 틈만 나면 새겨 놓은 단어를 쳐다보며 외웠고, 혹시나 부족할까 봐 옷에 가려 안 보이는 곳에 새 단어를 새겼다. 문장도 만들었다. '난 살아 있다', '자유를 원한다'.

욕실을 나온 해랑은 옷을 입고 밖으로 나갔다. 단지 입구에 있는 열쇠 아저씨를 부르면서 편의점에서 신문을 몇 부 샀다. 언론은 태평스러웠다. 신종 바이러스를 종식하고, 자칫 우리나라의 지성을 오염시킬 수 있는 미지의 존재에 단호하게 대처한 정부를 칭찬하는 칼럼이 눈에 띄었다. 기분 탓인지, 정부에 비판적이었던 언론도 굉장히 몸을 사리는 것처럼 보였다.

현관문을 고친 뒤 해랑은 다시 욕실로 들어가 몸을 거울에 비춰 보았다. 어떻게 보면 대통령은 이 존재의 어머니였다. 성욱의 추측이 사실이라면 이 특별한 감염자가 생겨난 건 보기 드문 우연과 마침 적절한 압력을 가해 준 대통령 덕분이었다. 그리고 해랑은 자식을 도와 어머니와 싸움을 벌일 작정이었다. 물론 해랑의 몸 위에 살아남아 있을 때의 얘기였다.

여느 때처럼 거울을 보며 몸에 새겨진 글자를 읽었다. 순간 고개를 갸웃했다.

'내가 저렇게 새겼던가?'

기억하고 있던 것과 모양이 달랐다. 눈앞이 살짝 흐릿해지는 기분이 들었다. 심장이 뛰었다. 해랑은 살짝 웃었다.

내일부터는 할 일이 많았다. 과장은 푹 쉬라고 휴가를 줬지만, 해랑은 텅 빈 집에 있을 생각이 없었다. 평생 없었던 오기란 게 생겼다. 집 안을 다시 채울 책도 사고, 성욱도 만나 볼 것이다. 휴가가 끝나면 주요 언론사를 대상으로 방역 계획도 세워야 했다. 그건 곧 과장을 따라 주요 언론사를 돌아다녀야 한다는 뜻이었다. 지난번 사태에 휘말렸던 해랑은 조용히 따라다니기만 할 생각이었다. 조용히.

싸움은 이제 시작이었다.

고호관(karidasa)

어린 시절부터 SF를 좋아해서 읽다가 자연스럽게 창작에도 관심을 갖게 됐다. 과학 잡지 기자로 활동하며 최신 과학 이슈를 찾아 콘텐츠로 만드는 일을 했다. 2015년 제2회 한낙원과학소설상을 받았다.

뺑덕 어멈 수난기

전혜진(해망재)

"명절 휴가비야 늘 받던 대로지, 거기에 뭐가 더 있어."

계장은 전화를 붙들고 정색을 했다. 인덕은 파티션 너머로 계장을 넘겨다 보았다. 안 봐도 뻔했다. 명절 휴가비 정도야 다들 딴 통장 하나씩 차고, 쓸 만큼 남겨 놓고 월급 통장에 넣고 있으니 상관없지만, 올해 계장은 명절 휴가비 말고도 챙기는 게 더 있었다.

하나는 거래하는 유지 보수 업체에서 따로 챙겨 받은 떡값이었고, 또 하나는 이런 인간이 뭐가 예쁘다고, 반쯤은 순번 돌아가듯이 준 모범 직원상이었다. 인덕은 얼른 일어나 계장 자리로 다가갔다.

"어, 그래. 지금 회의 있어. 끊어."

계장은 얼른 전화를 끊고, 무슨 일인지 생글생글 웃는 인덕을 의아한 표정으로 바라보았다. 인덕은 별말 없이, 폰에서 계장 부인의 전화번호를 보여 주었다.

"… 어쩌라고."

인덕이 허공에 동그라미를 하나 그려 보이자, 계장은 늘어져라 한숨을 쉬었다.

"나도 좀 살자."

"몇 년 전에 이것저것 걸려서 이혼당할 뻔하시지 않았어요?"

"아, 그건."

"삥땅을 쳐서 예쁘게 모아 놓은 것도 아니고."

인덕은 짐짓 뒷말을 웅얼거렸다. 계장의 얼굴이 벌겋게 달아올랐다가, 다시 노랗게 떴다.

"…얼마?"

"반띵."

"야, 이….."

"요새 박마담이랑 수시로 만나는 거, 아직 사모님이 모르죠."

계장은 한숨을 쉬다가 인덕에게 바로 떡값 절반을 넣어 주었다. 인덕은 입금 확인 문자를 들여다보며 좋아서 웃다가, 파티션 너머에서 이쪽을 바라보는 시선을 느끼고 바로 크리넥스 상자를 집어 들었다.

"야, 이 미친년아."

인덕은 얼굴에서 웃음기를 지우고 성큼성큼 걸어가, 크리넥스 상자를 휘둘렀다. 뺨이 돌아가고 안경이 날아갔지만, '미친년'은 벗겨진 안경을 주워 다시 쓰며 인덕을 흘끔 바라볼 뿐이었다.

"뭘 잘했다고 쳐다보고 지랄이야?"

"…."

"벙어리야?"

"역시 애가 중고등학교 갈 나이가 되면 돈이 필요하구나 싶어서요."

"내가 돈이 필요한지 어떤지 네가 알 게 뭐야? 거지 같은 년이."

인덕은 이번에는, 그년의 뒤통수를 잡아 그대로 얼굴을 키보드에 처박았다. 처음에는 놀라거나 훌쩍거리는 맛이라도 있었는데, 이젠 다 포기한 듯, 울지도 반항하지도 않았다. 그저 경멸하듯, 눈을 굴려 인덕과 계장을 훑듯이 바라볼 뿐이었다.

인덕은 그런 그녀가 재수 없어 견딜 수가 없었다. 간만에 통장에 꽂힌 목돈으로도 그 더러운 기분을 지울 수 없을 것 같았다.

누가 문 열고 들어오지만 않았어도, 그 재수 없는 계집애를 울면서 잘못했다고 매달릴 때까지 두들겨 팼을 것이다.

배인덕은 올해로 마흔셋이었다. 집에서 놀면 뭐하냐고, 요즘은 여자가 돈도 벌고 그래야 시집도 잘 간다며 아버지 손에 이끌려 얼렁뚱땅 취직해 버린 이래로 올해가 근속 22년째였다.

바깥에서야 날고 기는 스펙을 갖추고도 젊은 애들이 취직을 못 해서 난리라지만, 안에서는 아래아 한글만 어떻게 칠 줄 알아도 정년까지 니나노 할 수 있으니 문자 그대로 태평천하였다. 작은 사업소였고, 애초에 연줄로 들어와서 사무 보다가 슬금슬금 기능직으로 전환해서는 눌러 앉아 지금까지 온 것이었으니 높이높이 승진해서 여보란 듯 영감님 소리 들으며 사는 것은 꿈도 못 꿀 일이었다고는 해도, 요즘 같은 세상에 여자 직업으로 이만한 게 없었다.

기능직으로 전환한 뒤에는 근속 승진이라는 게 있었다. 놀며 놀며 쉬엄쉬엄 일해도 해가 바뀌면 호봉이 오르고 때가 되면 급수가 올랐다. 서열로 줄을 세운다면야 원칙적으로야 일반직 공채 보고 들어온 새파란 것들 뒤에 서야 했지만, 그런 것도 서울 같은 데나 그럴 일이지. 지금은 은퇴했지만 인덕의 아버지는 여기서 정년퇴직을 한 계장님이었고, 인덕은 나이에 비해 근속 기간도 길어 터줏대감 노릇을 하고 있었다. 누가 감히 여기다 대고 기능직이니 뭘 해라 마라, 잔소리를 퍼부으랴. 소대장이 주임 원사에게 개기다가 피 보는 것처럼, 서른 줄 넘겨 공채로 들어와 건방지게 구는 것들도 금세 정신을 차리고 싹싹 빌며 이것저것 간식거리라도 사다 안겼으니 나쁘지 않았다.

바지런한 인간들이야 일반직 전환 시험을 봐서 9급부터 다시 기어 올라오기 시작하긴 했는데, 그런 짓도 관운이 받쳐 줘야 할 일이지. 열 몇 해 만에 기능 7급을 달았더니만, 그해에 바로 기능직이 없어지며 그대로 7급이 되어 버렸다. 아등바등 기를 쓰며 전환 시험을 보던 치들은 아연실색했지만, 그런 것도 다 저 타고난 복인 것을. 그렇게 인덕은, 경기도 구석에 있는 사업소에서 한량같이 빈둥거리며 아래로는 좋은 학교 나와 힘들게 공채 보고 들어온 젊은 애들을 굽어보고, 한편으로는 때가 되면 계장에게 이것저것 싸다 바치는 거래처들에서 떡값들 부스러기를 주워 먹고 있었다. 승진 욕심만 없다면, 대한민국에 인덕처럼 팔자가 늘어진 직장인도 거의 없었을 것이다.

그런 인덕이 언제부터인가 회사에 갈 맛이 나지 않기 시작했다.

뒤늦게 승진 욕심이 난 것도 아니었다.

이제 와서 회사에 회의를 느낀 것도 아니었다.

그저 사무실에 꼴 보기 싫은 년이 하나 있다는 것만으로도, 만사가 짜증이 나는 것이었다. 그게 벌써 2년 반, 3년이 다 되어 가고 있었다.

그전에도 사무실에 막내는 있었다. 하나하나, 계약직으로 들어왔다가 결혼을 하거나 임신을 하면서 슬그머니 전출들을 가서 탈이었지. 계약직으로 들어온 애들은 고분고분했다. 2년 넘게 붙어 있는 애는 거의 없었지만, 머무르는 동안 살살 비위도 잘 맞추었다. 특히 요전까지 여기서 지내다가, 결혼한다며 사표 내고 나간 애는 참, 인간이 된 아이였지. 여기 터줏대감이 저 계장이 아닌 인덕이라는 사실을 바로 알아본 그 애는, 수시로 술이며 밥이며 제 돈으로 사 바쳤고 여행 한 번 다녀올 때마다 면세점 립스틱을 잊지 않는, 싸가지가 된 아이였다. 아빠가 뽑아 주었다는 차가 계약직 막내가 끌고 다니기에는 좀 분수에 맞지 않아 보이길래 몇 번 불편하다는 티를 냈더니, 인덕에게 작은 성의 표시를 할 만큼의 센스도 있었다. 마음도 예쁘고, 구찌 키링도 마음에 들어서 그냥 넘어가 주기는 했지.

하여튼 그때 그 애는 사무실 구석의 꽃 같은 막내로는 더할 나위 없는 애였다. 커피도 맛있게 탔고, 입안의 혀처럼 살살거리며 비위를 맞출 줄도 알았다. 게다가 웬만큼 잘사는 집 아이라서 그런지 씀씀이도 나쁘지 않았다. 역시 돈 좀 있는 집에서 난 애들이 구김살도 없어서 그런지 어른 비위 맞출 줄도 알고, 둥글둥글 뭐든 유하게 넘어갈 줄 아는 애라서 업무 시간에도 같이 나가 커피도 마시고 드라이브도 하며, 참 좋게 지냈다.

그랬는데. 좋은 날도 한 철이라고 그다음에 들어온 게 하필 저런 애라니.

"엑셀 파일 수정 끝냈습니다."

새로 들어온 막내는, 일은 했다. 시키는 것치고 못 하는 것은 없었다. 엑셀 1급 자격증도 있다더니, 다른 부서에서 부탁하는 데이터도 다 와꾸 맞춰서 채워 돌려보내곤 했다. 그렇게 하나하나 다 해 주면 다른 부서들 버릇 나빠진다고 잔소리를 해 댔지만, 자기 말로는 DB에서 뽑아낼 때 한두 줄만 더 써 주면 되는데 왜 그걸 번거롭게 사람 손으로 하느냐고 헛소리를 하곤 했다. 뭐라는 것인지. 하도 엑셀을 잘 갖고 놀아서 어디 여상을 나왔느냐고 물어봤는데, 그건 아니라고 했다. 데이터베이스 같은 것을 아는 걸 보니 어디 공고를 나

왔나 싶어 다시 물어보는데, 뭔가 기막히다는 듯한 표정으로 이쪽을
바라보는 것이었다.

대체 가정 교육을 어떻게 시킨 거야.

제일 뜻밖인 것은 어느 집 애인지 아무도 모르더라는 점이었다.
이 좁은 군에서, 어지간하면 한두 다리 건너면 다 아는 집일 텐데.
가족이 있기는 한 건지, 어디 보육원에서 살다 나왔는지, 알 수가 있
어야지.

하여튼 진짜 문제는, 그렇게 쓸데없는 일까지 끌어다 순순히 해
줄 만큼 부지런한 애가 하나 있으니, 상대적으로 다른 사람들이 일을
못 하는 것처럼 보인다는 데 있었다. 번거로운데 누구 하나 다녀오긴
해야 하는 출장이 있어서, 들어온 지 한 달도 안 된 신참이었지만 거
기라도 다녀오라고 쫓아 보냈더니, 그 이틀 사이에 웬 전화가 그렇게
많이 오는지. 엑셀 파일 같은 건 알아서 해라, 우린 바빠서 오늘 못
해 주니 좀 기다리라고 호통을 쳤더니, 그 막내 년은 군소리 없이 알
아서 다해 준다는 거였다. 그것도 전화 끊고 한 시간도 지나기 전에.

"함께 사는 사회라는 생각이 대가리에 안 들어 있는 년이지, 뭐."

그렇다고 인덕이 어딘가 모가 나서 이렇게 심술을 부리는 것은 아
니었다. 혼자서만 못마땅해하는 거라면 모르겠는데, 같은 사무실에
서 근무하는 강용수도 막내 년이라면 치를 떠는 것을 보면, 이건 그
계집애가 잘못되어도 단단히 잘못된 년인 게지.

"얼마 전에 총무과에서 전화한 거 알아?"

엑셀 파일 같은 소리 한다고 호통을 치고 전화를 끊고, 인덕은 강
용수를 데리고 1층에 자판기 커피를 마시러 나왔다. 강용수는 담배
를 맛있게 피우더니 종이컵에 가래침을 뱉으며 고개를 가로저었다.

"그 미친년이 세상에, 날 총무과에 꼰질러 바쳤더라고."

"맨날 사무실에서 처잔다고?"

강용수는 무기 계약직 직원이었다. 이 동네 유지의 외아들이었는데, 결혼 실패하고 회사도 그만둔 채 집에서 빈둥거리다가, 남우세스러워 죽겠으니 여기라도 다니라는 아버님 성화로 밀고 들어와 이 사무실에 눌러앉았다. 하지만 타고난 한량이라, 낮에는 사무실 구석에서 잠을 자거나 온라인 맞고로 세월을 보냈고, 유지 보수 업체 직원이나 공익 근무 요원을 턱짓으로 부리며 공무원 행세를 했다.

"아니, 내가 지 엉덩이 좀 만졌다고."

"하이고오."

뭐, 그게 꼴불견인 건 아니었다. 어차피 회사 밖에 나가면 한다 하는 집안 자제라서, 군수나 국회의원과도 아는 사이인 녀석인걸. 말하자면 이런 시골에서는 회사의 실세라고 해도 무방할 만한 남자였다. 강용수와 친하게 지내는 것은 아무리 따져 봐도 나쁠 게 없는 일이라서, 인덕은 오피스 와이프니 오피스 허즈번드니 하며 강용수와 친근하게 지냈다.

그런데 그런 강용수를 총무과에 일러바치다니.

뭘 몰라도 한참 모르든가 간이 배 밖으로 나온 년임이 틀림없었다.

"그거 만진다고 좀 닳는대? 어디서 엉덩이 두드려 줄 남자 하나 없게 생긴 게."

"그렇지? 그런데 그 지랄을 하는 거야."

"전에 있던 여자애들은 아무 소리 안 하더니, 대체 걘 왜 그런대? 아니, 세상 좋아졌다? 계약직이 그러고 다녀도 총무과에서 걜 그냥 둬? 안 잘라?"

"못 잘라."

강용수가 한숨을 쉬었다.

"공채란다."

"뭐?"

"원래 여기가 계약직 자리가 아니잖아. 그래서 이번에 공채 출신이 들어온 거라던데."

그 말에 두드러기가 쫙 돋았다. 공채라니.

"시험을 봐서 여길 들어왔다고?"

"그렇다던데."

"이 동네 사람이긴 해?"

"서울 애란다."

강용수가 고개를 절레절레 저었다.

"그것도 이름만 대면 알 만한 대학 나왔어. 아, 돈 많나, 무슨 집구석이 기집애를 공부를 시키고 지랄이야."

"그래서?"

"그래서는 뭘 그래서야. 총무과에서 적당히 타이른 모양인데, 하도 난리를 쳐서 시말서 한 장 적어서 냈지. 하, 씨발년. 상판도 넙데데한 게 서던 것도 식게 생긴 년이 무슨 뒤통수를."

"지랄 맞은 년이네."

인덕은 고개를 끄덕였다.

"어린 게 철밥통이나 밝히고 있고. 나라 꼴이 어찌 되려고."

"아니, 어릴 때 들어와도 나쁘진 않지. 그런데… 그렇게 소싯적에 공부를 잘하셨던 분이 왜 이런 촌구석에는 들어와서 말이야."

"그년 들어오고 나서, 일거리 늘어난 거 알아?"

"난 그냥 떠넘겼는데?"

아뿔싸. 역시 강용수는 난놈이었다.

"지가 뻗대 봐야 한두 달이지. 꺾이고 나면 오히려 저런 애들이 더

고분고분한 거 알잖아?"

"그거야 그렇지."

"일은 잘하더라. 그냥 일 시켜. 뭐, 지가 우리랑 인간적으로 교류하기 싫다는데. 응? 술도 마시고, 엉덩이도 좀 투닥거리고, 그러면서 정 드는 거지. 지가 싫다는데 어쩔 거야. 일이나 시켜. 뭐, 자격증도 많다고 그러고, 제법 할 줄 아는 건 많으니까 다 시키면 그만이지."

옳은 말이긴 했다. 인덕은 고개를 끄덕였다.

그날 이후 배인덕은, 자기 몫의 일을 하나하나, 그 계집애에게 떠넘기기 시작했다. 처음에는 엑셀 파일, 좀 더 말하면 각종 시스템에서 데이터를 뽑아 엑셀로 정리하는 일들이었다. 다행히도 그 멍청한 계집애는, 술을 먹자거나 스크린 골프장에라도 가자거나 넌 새로 들어온 애가 눈치도 없이 비싼 밥 한번 안 사느냐고 눈치를 줄 때는 반발했지만, 시키는 일 하나는 기막히게 잘했다. 일을 못 해 죽은 귀신이라도 붙었는지 조금 지나서는 사무실 구석, 평소에는 사람이 드나들 일 없는 창고방에 덩그러니 혼자 놓인 서버에 관심을 보이기 시작했다. 서버 비밀번호를 묻기에 모른다고 했더니 사람 무시하는 표정을 짓더니만, 어느새 한 달에 한 번 서버가 죽었나 살았나 보러 오는 업체 직원과 친해졌다. 혼자서 서버를 들여다본다며 수시로 창고방에 드나들기 시작하는 바람에, 인덕과 강용수는 회사에서의 소소한 즐거움 하나를 잃었다. 짜증 나는 노릇이었다.

"서버야 전원만 꺼지지 않으면 되는 거지. 전원 꺼져도 그 뭐야, 그거 있고."

"UPS요."

"그래. 야, 대체 공무원이 왜 유지 보수 업체를 쓰는데? 서버 같은 거 잘못되었을 때 그냥 생으로 책임질 거야? 문제 생기면 유지 보수

견책으로 떠넘기면 되니까 업체를 쓰지."

"그래도 할 줄은 알아야죠. 여기 시골인데, 사소한 걸로 사람 오라 가라 하기도 그렇고."

바로 그래서 돈을 쓰는 거다, 이 미친년아.

그 말 대신, 손이 먼저 올라갔다.

안경이 벗겨져 구석까지 날아갔다. 두 번 다시 말할 필요는 없을 줄 알았다.

그리고 이 미친년은, 이번에도 총무과로 쪼르르 달려가고 말았다.

학습 능력이 없는 계집애였다.

물론, 여기가 서울이나 도청 소재지였다면, 하다못해 시라도 되었다면, 총무과에서는 이 문제를 심각하게 여기고 징계 수위를 결정하고 있었겠지만.

여긴 그냥 시골이었다. 여기 회사 공무원이라고 들어와 있는 이들도 다, 예로부터 이 근처에서 제 땅에 농사짓고 살던 이들이었다. 여전히 집에는 땅뙈기도 있고 그날그날 찬거리 할 채소밭도 있다 보니 딱히 승진이나 출세에 목을 매는 것도 아니고, 새로 누가 들어오더라도 한 다리 건너면 다들 서로서로 알다 보니 다들 가족같이 지내는 곳. 그렇다 보니, 제 주제도 모르고 건방지게 구는 신입에게 직장에서의 예의가 뭔지 가르치는 것을 두고 징계니 뭐니, 시끄러운 소리 같은 것은 나오지 않았다. 그저 그 눈치 없는 막내 년만 미운털이 하나 더 박힐 뿐이지.

그, 강용수가 엉덩이를 더듬었다는 것도 그랬다. 어린애가 귀여워서 일 열심히 하라고 엉덩이 몇 번 툭툭 친 것 갖고 그 난리를 치다니, 두 번만 더듬었다간 누가 잡아먹으려 든 줄 알겠네. 몇 번을 다시 생각해 보아도 예전 우리 막내가 정말 괜찮은 애였다. 누가 왼뺨을 내밀면 오른뺨도 내밀라고 했다는 성경 말씀을 본받아서인지, 강용수가 엉덩이를 더듬으면 배시시 웃기나 했지, 그런 식으로 호들갑스럽게 지랄을 하고 다니는 일은 꿈도 꾸지 못했다.

이래서 계집애는 배워 봤자 소용이 없지. 좋은 학교 나와서 가방 끈 좀 길다고, 아주 제 잘난 척이 하늘을 찌르는 게 아닌가. 총무과는 물론 여직원회에서까지 전화를 받고, 인덕은 약이 잔뜩 올랐다.

"야, 이 쌍년아."

화장실로 끌고 가 청소 도구함에 밀어 넣었다. 무릎 바로 밑을 걸어차고, 도구함에서 잡히는 대로 걸레를 집어 따귀를 때렸다.

"어디, 더 가서 일러 보시지? 응?"

"…!"

"이 미친년아. 여긴 다 아는 사람들이거든? 총무계장은 우리 아버지랑 형님 동생 하시던 분이고, 여직원회 회장은 내가 유치원 때부터 알던 애다. 알겠냐? 내가 걔 약점을 어디 한두 개 잡고 있는 줄 알아?"

소리를 지르려고 하길래, 입에 걸레를 처넣었다. 막내 년의 얼굴은 당장에라도 먹은 것을 전부 토할 듯 새빨개졌다.

"어디, 하고 싶으면 더 해봐. 여기 경찰? 야, 경찰에는 아는 사람 없는 줄 알아? 이 동네, 다 아는 사람들이야. 너 빼곤 다 한 다리 건너 일가친척 같은 사이라고. 너같이 타지 계집애 하나, 어디 죽여서 파묻어 버려도 흔적도 못 찾아. 알겠냐?"

인덕은 주먹을 휘둘렀다. 그렇게 세게 친 것도 아닌데, 명치에 주먹이 꽂히자마자 막내 년은 입에 틀어막은 걸레 사이로 더럽게도 먹은 것을 줄줄 흘리기 시작했다. 그 꼴을 보니, 인덕은 조금 기분이 좋아졌다. 저녁이 온 이후로 계속 기분이 나빴는데 처음으로 조금 상쾌한 기분이 들었다.

"넌 여기서 아무것도 못 해."

"…우웁."

"넌 여기서 죽으라면 죽는시늉이라도 해야 할걸? 여기서 본 것, 들은 것, 밖에 나가 입 놀려 봤자 아무 소용도 없어. 네가 할 수 있는 건 아무것도 없으니까, 그냥 닥치고 시키는 일만 해. 어디서 잘난 척하려 들지 말고."

학습 능력이라는 게 있다면, 이쯤 해서 닥치고 슬슬 기어야 정상이었다.

하지만 이 멍청한 년은 정말로 학습 능력이라는 게 없는지, 총무과에 몇 번이나 호소했다. 과장에게도 일러바쳤다. 반복적인 구타, 상습적인 성희롱이라고. 과장이야 이쪽 동네 사람이 아니니 불러서 물어보기는 했다. 번거로운 작자 같으니. 고작 1, 2년 있다가 갈 사람이, 여기 식구들 일에 쓸데없이 관심만 많았다. 그런 일 없어요. 인덕은 코웃음을 쳤다.

"아니, 아무리 그래도 우리 계 여직원인데. 그런 일이 있으면 내가 그냥 놔뒀겠어요?"

성희롱 좋아하네. 그런 게 성희롱이면 지금까지 여기 있던 애들 전부 다 성희롱이게.

"과장님께 이런 말씀드리긴 좀 그렇지만… 애가, 좀 약간 이상해요."

그렇다니까. 귀여워서 어깨 좀 쓰다듬은 것 갖고 성희롱이래. 쟨 엉덩이도 가슴도 다 어깨에 가서 붙었나 봐요. 그 말들은 과장 앞에서는 입을 딱 다문 채, 총무과 직원과만 낄낄거렸다.

그렇지, 서울에선 어떤지 몰라도, 이런 건 성희롱 축에도 못 드는 일이었다.

몇 년 전엔가, 옆 군 출신의 계약직 직원 하나가 들어온 지 두 달만에 그만두고 도망친 적이 있었다. 그때 후임자를 빨리 받지 못해서 쩔쩔맸더니, 계장이 거래하는 업체에다 여직원 하나만 빌려 달라고 요구를 했다. 거래업체야 도청 소재지 근처에 있다 보니, 갓 스물서너 살 난 어린 여직원이 이리 출퇴근을 하는 게 어렵지 않겠느냐, 운전면허 있는 남자 직원을 보내겠다, 아니, 사장이 직접 오겠다는 말도 했는데, 전화 받고 커피 타고 시다바리 일 하는 데 시키면 남자는 영 아니라서 강경히 우겼다. 정 출퇴근하기 어려우면 강용수네 집에 빈방도 있고 밥도 줄 수 있으니 와서 일하라고 했다. 먹여 주고 재워 주고, 얼마나 좋은 일자리야.

그리고 석 달. 새 직원이 들어올 무렵 그 거래처 여직원은 임신을 했다.

강용수가 저 혼자 갖고 놀았으면 덜미를 잡히든 발목을 잡히든 위자료라도 주었을 텐데, 이놈 저놈 다 방에 밀어 넣어 같이 갖고 놀았던 터라 더러운 년이라고 욕만 하다가, 아는 의사에게 끌고 가서 애만 떼어서 쫓아 보냈다. 뭔 사달이 나도 증거가 있어야 어떻게 해 볼 텐데, 증거인 애를 떼어 버렸으니 뒷일도 걱정할 게 없었다. 그래도 그때만은, 인덕도 적당히 좀 하라고 잔소리를 하긴 하였다.

아니, 그런 일을 당하고도 아무 말 못 하는데, 어디서 헛짓거리야. 미친년이.

한번은 그년이 112에 신고한 적도 있었다. 마침 제대로 때려 얼굴이 터진 날이었다.

"어디서 같은 사무실 사람을 경찰에 고발을 해, 어!"

정말로 형사 둘이 쫓아와서 잠시 겁먹었는데, 그 형사가 계장하고 학교 선후배였다. 적당히 돈 찔러 주고 무마했다. 하긴, 아는 사람 아니었어도 큰일 날 게 없는 것이, 거기 형사과 계장하고 이쪽 계장은 친구였다. 같이 노름을 하고, 같이 오입질하러 다니는 친구. 남자들이라는 게, 그렇게 같이 도박이며 오입이며 하고 다니는 사이끼리는 또 공범자 같은 묘한 동지 의식이 생기는 법이라, 계장이 그동안 술 먹고 다니며 싸움질을 하고 다녀도 어떻게 다 무마가 된 것도 그렇게 경찰서에 친구를 잘 둔 덕이었다.

"너 그러다가, 어! 공무원 못하게 쫓아내 버리는 수가 있어. 어!"

계장은, 형사들을 앞에 두고 짐짓 목소리를 높였다. 그 서슬에, 형사에게 쥐여 준 돈 같은 것이 보이지 않기라도 한 듯이.

"상관없어요."

하지만 그년은 경찰 앞에서 똑바로 말했다.

"형사님들이며 위엣분들이며 감사실까지 다 한통속이어서 아무 소용 없다고 해도 상관없어요. 112에 신고한 기록은 남을 거잖아요?"

"저기, 이봐요. 우리가 지금, 한통속이라서 그냥 가는 게 아니에요. 심각한 일도 아니고, 이 동네는 다들 한 가족처럼 지내는데 이렇게까지 할 필요가 없어서 가는 거예요. 응?"

"형사님은 가족을 더듬고 때리고 화장실 걸레도 입에 넣고 그러나 봐요."

미친년은, 잔뜩 풀이 죽은 채 중얼거렸다. 아마 다시는 이런 일이 없을 거라고, 형사들은 그년에게 하는 말인 듯 인덕에게 말을 건네고 돌아갔다.

"야야, 걔 오늘은 그만 건드려라."

형사들이 문을 닫고 나가자, 계장이 짜증스레 중얼거렸다.

"시킬 일 있어요? 없으면 혼 좀 내주고."

"야, 경찰까지 부를 정도로 맛이 간 년이야. 더 건드렸다간 무슨 사고를 칠지 모르는데."

"그런 년이니까 지금 제대로 본때를 보여 줘야죠."

"아니, 그러다가 큰일 내겠어서 그래."

"제가 큰일을 뭘 어떻게 내겠어요?"

"…알아서 해."

소심한 새끼.

인덕은 속으로 계장을 욕하며 그년을 복도로 끌고 나왔다. 계장은 평소에는 호기로운 척은 혼자 다 하고 다녔지만, 이렇게 누가 목소리를 높이면 금세 꼬리를 내리고 깨갱 하곤 했다. 그러니 그 쥐새끼같이 생긴 마누라에게 백날 쥐여사는 것도 모자라, 인덕에게까지 삥을 뜯기고 다니지.

"어디서 경찰에 신고를 해, 겁대가리 없이. 이 씨발년아. 어디서 제 직장 상사를."

멱살을 잡고 화장실로 질질 끌고 갔다. 미친년은 화장실 앞에서 잠시 버텼다. 뒤따라온 강용수가 그년의 등허리를 걷어차자, 미친년은 화장실 바닥에 나동그라졌다.

"야, 그냥 너 하던 대로 해 버릴래?"

"어이, 됐어. 나도 눈이 있는데."

강용수는 낄낄거리며 물러났다. 뺄도 없는 새끼라고 속으로 욕하며, 인덕은 그년을 청소 도구함에 밀어 넣었다.

"이 쌍년의 기집애가 봐줬더니 어디서 분수를 모르고 기어올라서는."

"제가 주사님이라면 안 그러겠어요."

"뭐?"

인덕은 미친년의 먹살을 쥐고 흔들며 물었다.

혹시나 싶어서, 애네 부모님 뭐 하시는지, 총무과 인사 담당자에게 알아보기도 했다. 이쪽에 선을 대거나 해코지를 할 만한 위인도 아니었다. 그냥 평범한 집안 출신의, 대학 잘 간 것 말고는 뭐 하나 여기서 고개 빳빳이 들고 있을 만한 구석이라고는 없는 애였다. 그러니까 여기서 아무리 나대 봤자 제 손해였다. 그걸 가르쳐 주는 것이, 인생 선배로서의 도리였다. 이년이 아무리 재수 없다 한들.

그런데 이 계집애는 뭐가 그리 잘났는지, 금 간 안경 너머로 인덕을 빤히 쳐다보는 것이었다.

"주사님 아드님, 지금 고등학교 다니던가요? 중학교였나? 걔는, 엄마가 이러고 다니는 거 알아요? 사람 때리는 거, 그리고 강 주사님 이랑 그렇고 그런 사이인 거."

"이게…!"

"걔가 알든 말든 상관없지만, 그럼에도 불구하고 엄마를 존경한 다고 해도 제 알 바는 아니지만. 걔 몇 년 있으면 입시 볼 거잖아요. 좋은 일 바른 생각만 해도 운이 받쳐 줄까 말까인데, 저 같으면 하늘 무서워서라도 애 입시 보기 전에는 좀 조심하고 살겠어요."

인덕은 화가 치밀었다. 보자 보자 하니까 이게, 이젠 남의 곱게 자 란 자식을 두고 협박을 하고 있었다. 인덕은 오냐, 오늘 너 한번 죽어 봐라 하는 심정으로, 대걸레를 휘둘렀다. 먹은 것을 토하고 노란 물 까지 쏟아 내도록, 미친년은 두들겨 맞았다. 때리다 지친 인덕은 주 저앉은 그년의 머리채를 잡아 화장실 변기에 처박고, 물을 내렸다.

진작에 이렇게 본때를 보여 줬어야 했다.

그날 이후로 미친년은 더 이상, 신고 같은 것을 하지 않게 되었다.

 학습 능력이 없는 것치고 미친년은 일은 잘했다. 다른 부서에서 뭘 요청해도 순식간에 자료를 만들어 내는 바람에, 인덕은 더 이상 엑셀을 붙들고 쩔쩔맬 필요가 없었다. 군청에서 높으신 분이 온다고 해서 호들갑스럽게 준비를 할 때도 순식간에, 군청이 아니라 서울에서도 통한다는 스타일로 파워포인트도 만들고, 동영상도 만들어 냈다. 계장은 높으신 분들은 그런 것 안 좋아한다고 투덜대며 미친년의 조인트를 깠지만, 높으신 분들의 취향이란 알 수 없는 것이었다. 서울에서 내려온, 고시 출신의 고위 공무원이 동영상을 칭찬하자, 계장은 어깨가 으쓱해져서 돌아와서 술을 샀다. 미친년은 같이 가지 않았고, 계장과 강용수와 인덕은 읍내 하나밖에 없는 룸살롱에 가서 술을 마셨다. 술값은 업체에 달아 놓았다. 아무 문제도 없었다. 계마다 하나씩 캐치프레이즈를 만들어 내라고 해도 어디서 뚝딱 만들어 냈다. 그 캐치프레이즈는 개인이 아니라 계의 이름으로 나가는 것이었으므로, 계장은 그걸로 포상까지 받아 왔다.
 "아, 배 아파 죽겠네."
 인덕은 이를 갈았다.
 "저 미친년 일 시키고 사람 만들어 놓은 게 누군데, 단물은 계장 혼자 다 빨아 먹고."
 "출세해서 뭐해."
 강용수는 맞고를 하며 건성으로 대꾸했다.
 "굿이나 보고 떡이나 먹으면 되지. 주말에 스크린 골프나 치러 갈까?"
 인덕은 강용수의 말에 얼른 반색을 했다.

"스크린 골프는 무슨. 상금 받은 거 뜯어다가 머리 얹으러 가야지?"

"아이고, 아줌마가 아주 골프에 맛이 들렸어. 응."

"누구 때문에 옆구리가 아파서 밤에 잠이 안 오거든?"

낄낄 웃으며, 인덕은 문득 파티션 너머로 미친년을 쳐다보았다. 미친년은 미친 듯이, 뚫어져라 모니터를 들여다보고 있었다.

"인터넷 쇼핑하냐?"

미친년은 대답하지 않았다.

"냅비 둬, 내가 뭐 좀 시켰어."

"뭘 시켰는데?"

"개인 정보 동의서 가라로 만들 게 있어서 그거 시켰어. 한 1,200명 되더라고."

"그걸 어쩌려고?"

"본문은 출력하고, 사인은 공익들 불러서 가라로 100장씩 하게 해야지."

"그럼 1,200명을 치고 있는 거야?"

그때 프린터가 예열되는 소리가 났다. 미친년은 프린터에 종이를 가득 채워 넣고, 종이를 더 받으러 경리계 창고에 내려갔다. 인덕은 슬그머니 미친년의 자리에 다가가 모니터를 들여다보았다.

"거, 손대서 망쳐 놓지 마. 내 거라고."

"누가 망친다고 그래."

강용수에게 쏘아붙이며 인덕은 모니터를 들여다보았다. 수상한 것은 없었다. 아래아 한글 파일에도 별다른 건 없었다. 대체 이걸로 뭘 어떻게 출력을 하겠다는 건지 모르겠지만.

잠시 후, 프린터는 가짜 개인 정보 동의서를 쏟아내기 시작했다.

＊

"문제없겠어?"

어딜 그렇게 돌아다녔는지, 점심시간 한참 지나서 술 냄새를 풍기며 돌아온 계장은 미친년에게 심부름을 보내 놓고 강용수를 돌아보았다.

"문제가 왜 있어요."

"있으면 어떡해."

"그거야 실제로 한 녀석이 책임져야지."

"그 실제로 한 녀석 말인데."

계장이 헛기침을 했다.

"쟤, 보내 버릴라고."

인덕의 눈이 휘둥그레졌다.

"어딜 보내요?"

"지가 갈 데를 찾았나 봐. 나라일터에다가 올려서, 어디 맞교환으로 갈 데를 찾은 모양이야. 교육청에서 연락이 왔어."

"교육청에 간다고요?"

강용수가 깜짝 놀라 되물었다.

아, 그랬지. 강용수가 예전에 교육청 들어가려고 시험을 몇 번을 보다가 떨어진 적이 있었다. 저 미친년이 인사 교류랍시고 교육청에 무임승차하듯 들어가 버리면, 강용수도 며칠은 밤잠을 제대로 못잘 것이었다.

"어딜 가겠다는 거야, 지가. 멍청하고 무능한 게 어디 가서 누구 속을 긁으려고."

"그래, 어차피 다들 재수 없어 하고 같이 못 있겠다고 하는 앤데,

끼고 있어 봤자 뭐 해. 그냥 폭탄 돌리기 하는 거지. 보내 버리자."

"지금 뭐라는 거예요?"

인덕은 언성을 높였다.

"쟤를 보내 버리면, 일은 누가 하고?"

"응?"

"계장님도 쟤한테 이것저것 많이 시키면서. 아니, 말이야 바른 말이지. 저게 그렇게 재수 없고 멍청하고 주제 파악도 못 하는 데다 위아래도 모르는데도 우리가 안 쫓아내고 그냥 두는 게 왜겠어요. 시키는 건 잘하니까 그냥 두는 거지."

"아니, 언젠 멍청해서 데리고 일 못 하겠다며."

계장은 곤란하다는 듯 한숨을 쉬었다.

"거, 나라일터로 들어오는 거면 결재를 장까지 받아야 해. 어쩔 거야?"

"못 가게 해야죠!"

"어떻게?"

"서류가 완전히 넘어온 거예요?"

"아니, 저쪽 기관에서 전화가 왔대. 우리 쪽이랑 인사 교류할 거니까 잘 부탁한다고."

"그럼 아직 저쪽에 결재 안 난 거네."

인덕은 고개를 끄덕였다.

"그런 거야, 애가 영 품행이 엉망이라고 해 버리면 그만이죠."

"그걸로 돼?"

"되지 않겠어요? 딴 데도 아니고 교육청인데."

"아니, 근데 그렇게 싫다면서 왜 그렇게 애를 못 보낸다고 안달이야?"

"그러게요, 호호호."

인덕이 웃었다. 아직 서류가 넘어온 게 아니라면, 이것도 다 사람 사는 일인데 안 될 리가 없었다.

삼성 회장인가 누가 그랬다. 미꾸라지가 메기랑 같이 있으면 미꾸라지가 더 활발해진다고. 그런데 그 상황에서 진짜 좋은 건, 미꾸라지가 아니라 메기지. 얼마나 좋아, 출근을 했더니 회사에 밥이 하나 있고. 그 밥은 시키지 않아도 문서 수발부터 온갖 기안에, 쏟아지는 전화 업무 처리까지 혼자 다 하고 있는데. 인덕은 그제야 미친년의 진가를 깨닫고 깔깔 웃었다.

일도 하고 스트레스 처리도 해 주는 고마운 인적 자원을, 그 가치도 모르는 교육청에 빼앗길 수는 없는 일이었다.

"꿈도 꾸지 마, 이 미친년아."

인덕은, 계장이 어디 나가자마자 크리넥스 상자를 집어 들고 미친년의 따귀를 때리기 시작했다.

"커피 타는 것보다 복잡한 건 하지도 못 하는 년이 어딜 가서 우릴 욕 먹이려고 그래? 넌 어디 가 봤자, 우리가 제대로 못 가르쳤다고 두고두고 욕먹게 만들 테니까 그냥 여기 붙어 있어. 너 같은 거라도 받아 주는 우리한테 고맙게 생각하란 말이야."

미친년은 아무 말도 하지 않고, 그저 맞기만 했다. 그 시선에 분노가 담긴 것을 보고, 인덕은 미친년의 머리카락을 휘어잡고 끌고 나가려 했다.

"아…."

그때 업체 사장이 문을 열고 들어오다가 깜짝 놀란 표정을 지었다. 재수 옴 붙은 날이었다. 인덕은 미친년의 머리카락을 놓으며 웃었다.

"계장님 잠깐 외출하셨는데."

"오실 때까지 기다리죠. 그리고 실무적인 이야기도 있어서."

사장은 유지 보수 직원과 함께 밀고 들어오며 안쓰러운 듯 미친년을 바라보았다. 인덕은 얼른 옷차림을 가다듬고, 회의 테이블의 상석에 제 업무 수첩을 내려놓았다. 유지 보수 직원이 그녀의 눈치를 살피며 미친년을 돌아보았다.

"주사님도 이쪽으로 오시죠."

"쟤가 아는 게 뭐가 있다고 불러요. 얘, 커피나 타 와."

미친년은 탕비실에서 커피를 탔다. 인덕은 그녀가 커피를 들고 다가오자, 공연히 자리에서 일어나 그녀가 든 쟁반을 뒤집어엎었다.

뜨거운 커피에 데었는지, 미친년이 희미한 비명을 질렀다.

"바닥에 이게 뭐야? 걸레 가져와서 닦아. 커피는 강용수 씨가 타 다 줘. 커피 갖고 이리 와 앉아."

"예쓰."

강용수는 자리에서 일어났다. 미친년은 묵묵히 빈 종이컵들을 수습했다. 그녀가 대걸레를 가지러 화장실로 가려는데, 인덕은 창가에 널어놓은 손걸레를 가리켰다.

"손걸레로 닦아."

미친년은 아주 잠시, 머뭇거렸다. 그녀의 눈이 번들거렸다. 울어라, 여기서 울어 버려. 그러면 재미있을 텐데. 인덕은 그런 생각을 하며 소리 없이 웃었지만, 미친년은 울지 않았다. 대신 손걸레를 집어 들고 쪼그려 앉았다. 마치, 며칠만 있으면 바라는 대로 교육청에 갈 수 있을 거라고, 그러니까 조금만 더 참으면 된다고 착각이라도 하는 듯이. 인덕은 그녀가 울지 않는 것이 영 시시했지만, 며칠만 기다리면 진짜 즐거운 일을 볼 수 있을 것이라 생각하며 프로다운 미소를 지었다.

"그래서, 무슨 일인가요?"

미친년의 인사 교류 이야기는 끝내 나오지 않았다. 인덕은 계장이 수를 쓰는 것과는 별도로, 교육청 쪽으로 알음알음 아는 사람을 통해, 얘가 얼마나 미친년인지, 품행이 얼마나 나쁜지, 아무에게나 다리를 벌리는 꽃뱀 같은 계집애라 여기서도 큰 골치라는 식으로 수군거렸다. 그럼에도 불구하고 공채 출신이라 함부로 자르지도 못하니, 상전 모시는 거나 다름없다고 신세한탄까지 했다. 동네는 좁고 소문은 빨랐으며, 공무원이라는 자들은 만사가 지루해서 그런지, 남의 집 숟가락 개수까지 좔좔 읊어 댈 만큼 뒷담화에 도가 튼 이들이었다. 소문이 돌고 돌아, 미친년이 살고 있는 집 집주인이 그년에게 추근거리다가 경찰이 출동했다는 이야기도 나왔다. 하지만 경찰이, 이 동네에서 몇 대를 살아온 집주인을 두고 외지인의 편을 들어줄 리도 없었다.

점점 멍한 표정을 짓는 시간이 늘어났다. 미친년은 갑자기 살이 찌기 시작했다. 인덕은 그년이 혼자 살더니 임신을 한 게 틀림없다며, 역시 여자애는 타지에 혼자 내돌리는 게 아니라고 앞장서서 소문을 내고 다녔다. 뚱뚱해진 데다 입던 옷이 찡기는 게 사무실이 돼지우리가 된 기분이었지만, 상관없었다. 아침에 출근하면 일거리를 그년의 책상에 쌓아 놓고, 인덕은 강용수와 손잡고 스크린 골프장에도 가고, 아예 군 경계를 넘어가 드라이브도 했다. 분위기 좋게 데이트를 하다 말고도, 그들은 미친년의 이야기를 안주 삼아 씹으며 낄낄거렸다.

"서지도 않을 상판인 데다 뒤룩뒤룩 살까지 찌니 정말 못 봐 주긴 한데, 그래도 좋은 점도 있어."

"어쩌면, 그렇게 남의 장점을 찾아내느라 열심이야. 걔한테 관심 있어?"

"미쳤냐."

강용수는 낄낄 웃었다.

"뚱뚱해지니까, 놀리는 데 미안할 게 없어요."

"언제는 미안해했다고."

"하긴 그렇지?"

그러면서도 아주 가끔, 인덕은 그년이 한 헛소리를 떠올렸다.

— 걔 몇 년 있으면 입시 볼 거잖아요.

신경 쓰지 않으려고 해도 자꾸만, 머릿속에 떠올랐다. 얼마 전 그녀는 남편과 별거를 시작했다. 표면적으로는 남편이 부산 사무소로 발령이 났기 때문이었지만, 실제로는 그녀는 강용수와, 남편은 남편대로 각각 바람을 피우다가 벌어진 일이었다.

별거를 하면서부터, 아들아이의 성적이 뚝뚝 떨어지는 것도 신경 쓰였다.

— 저 같으면 하늘 무서워서라도 애 입시 보기 전에는 좀 조심하고
　살겠어요.

하지만 그 말에 신경 쓰면 지는 것이다. 그 말에 신경 쓰고, 이제부터라도 미친년에게 좀 잘해 줘야겠다고 생각한다면, 그동안 미친년에게 해 온 일들이 모두 부당한 일이 되어 버린다.

그럴 수는 없었다.

그년은 그런 취급을 당해 마땅한 년이었다. 불쾌하고 무능하며,

아무짝에도 쓸모도 없는 데다, 사회생활의 기본이 안 되어 있었다. 그러므로, 그년에게 한 일들은 모두 정당했다.

그래야 했다.

그리고 계절이 두 번 더 바뀌고, 덤으로 과장도 바뀐 어느 날.

"인사이동 있을 거예요."

총무과 직원이 아침부터 전화를 걸어 왔다.

"무슨 인사이동?"

"검찰청에서 남자 직원이 하나 올 거예요."

"검찰청?"

귀신이 곡할 노릇이었다.

"그 서울 쪽 검찰 직원이 요 근처 출신이라서, 거기 막내 주사랑 인사 교류 맞교환한다던데?"

"그게 돼?"

"돼요. 막내 주사가 면접도 보고 왔다던데?"

들도 보도 못한 일이었다.

"남잔데, 강용수 씨랑 나이도 비슷해요. 남자고. 7급이네….'

"나랑 급수가 같다고?"

"호봉은 더 높아요. 어머, 거기 차석 달겠네."

속이 뒤집혔다.

갑자기 들도 보도 못한 놈이, 차석이랍시고 제 위에 앉을 것을 생각하니 분노가 치솟았다.

"말도 안 돼, 대체 누구 마음대로!"

"그쪽 남자 직원도 벌써 면접 본 모양이던데요?"

"계장도 모르는 일인데, 대체 누가?"

"거기 과장님이."

과장이라고 하니, 모든 게 아귀가 맞아들어갔다.

고시 출신이다 보니 나이는 계장은 물론 인덕보다도 어리고, 연고지는 서울이라고 했으니 이쪽 일은 상관치 말고 1, 2년 그냥 편안하게 쉬다가 꺼져 주면 좋을 텐데, 공연히 사서 부지런을 떠는 종류의 인간이었다. 한마디로 미친년과 비슷한 부류였다.

대체 이년이 언제 과장에게 비비고 들어간 거야.

인덕은 조바심이 났다. 이 미친년을 놓칠 수는 없었다. 계장이 될 거라고 기대하진 않았지만, 자기보다 윗서열의 남자 직원이 들어오다니. 참을 수 없었다. 그런 데다 미친년을 볼 때마다, 그녀는 안심이 되었다. 일을 하지 않아도 저게 알아서 해 주겠거니, 성질을 부려도 곱게 받아 주겠거니. 무엇보다도, 아침에 거울 속에서 늙고 피로해진 얼굴을 보다가, 사무실에 와서 멧돼지처럼 뒤룩뒤룩 살쪄 버린 미친년을 보면 그래도 자신이 아직은 예쁘다는 생각이 들어 기뻤다. 그 모든 것을 한 번에 빼앗기다니. 그년이 엿을 먹이기로 작정을 한 모양이라는 생각에 약이 올랐다.

인덕은 발을 동동 구르다 미친년의 책상을 뒤집어엎어 버렸다. 어디서 심부름을 하다 왔는지, 서류 뭉치를 잔뜩 손에 든 미친년이 문을 열고 들어오다가 그 모습을 보고, 웃었다. 눈에 빛이 돌아와 있었다. 마치 이 순간을 기다렸다는 듯이.

"너⋯!!!!!!!!"

"주사님께서 절 너무 싫어하셔서서요. 여기 계속 있는 게 민폐인 것 같아서 바꾸기로 했어요."

"누구 마음대로!"

"그럼 좋아하셨어요?"

미친년은 태연히, 회의 테이블에 서류 뭉치를 내려놓았다.

"저 일 못 한다고 늘 말씀하셔서, 정말 유능한 분으로 찾느라 고생했어요. 검찰 쪽은 일이 많고 빡세기도 하다니까, 아마 여기 일 정도는 식은 죽 먹기일 거예요. 뭐, 주사님 일까지 순순히 해 줄지는 모르겠지만요."

"야!!!!!!"

"아, 일부러 남자분으로 골랐어요. 설마 강용수 '실무원님'이 남자 엉덩이도 더듬으시진 않겠죠? 그럼 큰일인데. 검찰에서 몇 년을 계신 분인데, 가만히 계시겠어요?"

"너 지금 뭐랬어. 실무원?"

"예. 실무원."

미친년이 뭘 잘못 먹은 듯, 턱을 치켜들고 눈을 내리깐 채 말했다.

"멀쩡히 공채 붙어 들어온 제가 8급이 되고도 한참을 지나도록 계약직이니 알바생이니 그렇게 말씀하시고 다니시던데, 진짜로 무기계약직인 분을 실무원님이라고 부르는 게 왜요?"

"야!!!!!!"

혈압이 올랐다.

"뭐, 때리거나, 성희롱을 하거나, 무슨 일이 있더라도 알아서 잘하실 거예요. 연세도 있고, 검찰에 두루두루 아는 분도 많을 텐데, 뭐."

미친년은 웃었다.

"계장님이나 주사님이나, 방해하면 제가 못 갈 줄 아시는 것 같던데요. 근데 사실 이건 과장님이 동의하시면 갈 수 있는 거더라고요. 계장님까지 번거롭게 할 필요도 없는 일이어서."

그 웃는 얼굴에 똥물을 끼얹고 싶었다.

걸레로 입을 틀어막고, 제발 살려 달라고 빌 때까지 하이힐로 두

들겨 패고 싶었다.

경우도 없고, 윗사람을 존중할 줄도 모르는 쓰레기 같은 년이, 저렇게 사람 업신여기는 듯한 교만한 태도로 감히.

저렇게 신나서 도망가겠다고 말하는 저년의 발목을 잘라서, 영영 여기서 못 벗어나게 만들고 싶었다. 그러고 싶어서 속이 달아오르고 머리가 어지러울 만큼.

토할 것 같았다.

"음, 이건 내 생각인데."

강용수는 시무룩한 얼굴로 담배를 문 채 말했다.

"그냥 가라고 두자. 뭐, 그런 씨발년 하나."

"야."

인덕은 약이 올라 강용수의 뺨을 손으로 툭툭 쳤다.

"넌 분하지도 않아? 졸지에, 어디서 굴러먹었는지도 모를 놈이 와서 차석이라고 딱 차지하고 앉고, 넌 그 나이에 막내 노릇 하게 생긴 게?"

"물론 기분 안 좋지."

강용수는 고개를 끄덕였다.

"근데 과장이 도장 다 찍었다잖아. 지금 와서 못 바꿔. 그렇다고 자기가 서울의 검찰청에다가 애 미친년이라고 소문을 내고 올 거야? 교육청이면 몰라도, 저쪽은 그럴 줄이 없다고. 차라리 새로 오는 새끼 잘 길들여서, 우리랑 한패로 만드는 게 낫지."

"그럼 내 일은 누가 하고!"

"나도 그게 문제긴 한데⋯. 오기 전에 업무 분장을 바꿔 버리면 어때?"

팔자 좋은 소리 하고 있네.

인덕은 강용수를 두고 씩씩거리며 방호실로 향했다. 노크도 없이 문을 열어 보니, 방호실에서는 쥐새끼 같은 공익 두세 명이 공무원들의 눈을 피해 빈둥거리고 있었다. 인덕은 공익들에게 손짓했다.

"야. 너희 이리 좀 와 봐."

언제부터 준비한 것인지, 일은 일사천리로 돌아갔다. 인덕이 총무과 직원에게 소식을 들었을 때는, 이미 저쪽에서 보내온 공문이 총무과에 접수가 된 뒤의 일이었다. 과장은 몸소 인사 교류 서류를 챙겼고, 동의 공문이 날아갔다. 그리고 바로 다음 주 월요일로 미친년은 이곳을 떠나게 되었다.

금요일이 되자, 미친년은 마치 이곳에 처음 왔을 때처럼 화장을 곱게 하고, 슈트를 입고, 가방이며 네일까지 신경을 쓴 듯한 모습으로 나타났다.

처음처럼 그 미친년은, 사무실마다 돌아다니며 인사를 하고, 마지막으로 서버실까지 들여다보고 왔다. 그 와중에 업체 담당자와 사장에게까지 전화를 했다. 혹시 업체 쪽에서 쟤 도와준 거 아냐. 강용수가 메신저를 날렸다. 설마, 간이 배 밖으로 나온 게 아닌 이상 그랬을까. 하지만 어쩐지 그러고도 남을 것 같아 짜증이 났다. 다음 달에 유지 보수하러 들어오면 조져 놓는 수밖에.

미친년은 자기 개인 정보를 삭제하고, 계장에게 보고를 하고는, 마지막으로 짐을 정리하기 위해 캐비닛을 열었다.

"어…."

인덕은 웃음이 터지려는 것을 꾹 참으며 파티션 너머로 미친년을 바라보았다.

죽어, 반쯤 썩어 퉁퉁하고 하얀 구더기가 득실거리는 닭 한 마리가, 캐비닛 안, 그녀의 서류들 위에 놓여 있었다.

"와."

미친년은 스마트폰을 들었다. 찰칵, 찰칵, 찰칵. 사진을 찍는 소리에, 계장이 자리에서 튀어 오르듯 달려와 미친년의 손목을 비틀었다. 미친년은 캐비닛 문을 활짝 열었다.

"대박이네요."

미친년은 자기가 우는 줄도 모르고 울고 있었다. 눈물을 줄줄 흘리면서, 그년은 필사적으로 웃었다.

"당신들 전부 다, 역겨워. 시궁창이야, 여긴."

미친년은 계장에게 잡힌 손목을 비틀어 빼내며 스마트폰을 두 손으로 꼭 쥐었다.

"백날 이대로들 살아요. 이 시궁창에서 한 걸음도 기어 나오지 말고."

그리고 미친년은, 그대로 문을 열고 달려나갔다.

가방도, 서류도, 머그컵도, 그녀가 쓰던 물건들을 모두 남겨 둔 채로. 미친년은 다시 돌아오지 않았다.

그 뒤로는 한참, 수라장이었다.

"물론 배인덕 주사가 죽은 닭을 넣었다는 증거는 없어요. 하지만 말이야, 강용수 씨가 그러던데."

과장은 인덕과 계장을 불러 몇 시간씩, 따로따로, 집요하게도 물어보았다. 사무실에서 무슨 일이 벌어졌는지, 대체 저 죽은 닭은 어떻게 된 것인지.

"강용수 씨 말로는, 윤리아 주사의 이 메일이 거의 다 사실이라던데."

"그렇지 않아요."

"아니, 내 말 좀 들어 봐요. 강용수 씨가, 자기가 윤 주사를 더듬은 건 사실인데, 그걸 배인덕 주사가 시켰다고 했어. 그리고 윤 주사가 총무과에 직장 내 폭력을 호소했다고 하는데…."

"그런 기록 없거든요?"

"아니, 그게, 있더라고."

사방에 적뿐이었다.

믿었던 강용수부터, 그렇게 친하게 지내던 총무과 직원들까지. 세상에 믿을 놈 하나 없었다.

인덕은 문득, 이제 내후년이면 입시를 볼, 아들 녀석 얼굴을 떠올렸다. 이런 일로 회사에서 잘릴 것 같진 않았지만, 여긴 좁은 동네다. 남의 불행, 남의 몰락이라면 개떼같이 덤벼들어 물어뜯고 소문을 낼 인간들은, 이 건물 안에만 최소 80명은 더 있을 것이다. 그러니 여기서 밀려버리면, 불과 이삼일도 지나지 않아 아들 귀에, 이 이야기가 들어가고 말 것이다.

"실은 그런 일이 있긴 있었어요."

그러니 살아남아야 했다. 여기서 밀려서는 안 될 일이었다.

그 찢어 죽여도 시원치 않을 년이 뭐라고 메일을 써 놓고 갔는지, 과장도 모자라 기관장에게 뭐라고 씨불이고 갔는지는 알 수 없었지만.

적어도 지금은, 누군가 피를 봐야 끝날 성싶었다. 과장은 좋게 넘어갈 생각이라고는 없다는 듯, 딱딱한 태도로 그녀를 취조했다.

닭을 괜히 넣었어.

구더기까지 끓는 건 심했던 것 같기도 하고.

인덕은 속으로 이를 갈았다. 뭔가 할 줄 알았으면서도 말리지 않았던 강용수가 나빴다. 아니, 사실은 강용수도 그 미친년과 그렇고 그런 사이였는지도 모른다. 마음 같아서는 갈아 버려도 시원치 않았지만, 지금 강용수를 공격한들, 과장이 믿을 리 없었다.

"계장님이 처음에 윤 주사를 건드리려고 했는데 그게 잘 안 되는 바람에."

"계장이 뭘 어쨌다고요?"

"뜻대로 안 되니까, 그런데 윤 주사는 계약직이 아니라서 제 발로 나가지 않으면 못 내보낼 노릇이니까, 우리보고 괴롭히라고 계속 강요했어요. 저희 뜻이 아니라고요."

인덕은 필사적으로, 딱하고 대책 없는 표정을 지으며 말했다.

"저도 강용수 씨도 이 일을 몇 년을 하는데, 이런 걸 이유 없이 신입에게 맡길 리가 없잖아요. 그러고 있으면 계장님이 그걸 그냥 두셨겠어요? 계장님이 시켰으니까 그렇게 한 거죠."

"정말입니까?"

"정말이라고요."

인덕은 짐짓 한숨을 쉬었다.

"지금은 결혼해서 그만두었지만, 윤 주사 오기 전에 있던 계약직들과 얼마나 사이좋게 지냈는데요. 분위기도 좋았고…. 그게 다, 술이 웬수죠. 계장님이 술을 마시고 실수로 윤 주사를 끌고 가려고 한 바람에."

"…."

"저희도, 모처럼 공채로 들어온 직원이고, 우리랑 오래 같이 일할 사람이라고 생각해서 잘해 주려고 했어요. 하지만 계장님이 그렇게 강요하는데, 짐작하시겠지만 여긴 인사이동도 거의 없잖아요. 저만 해도 들어와서 지금까지 줄곧 저 사무실에서 일했고, 강용수 씨는 같이 일한 지 10년은 되었고, 계장님도 13년째 같은 분인데. 거역하면 사무실 분위기가 어떨지, 짐작 가시잖아요. 안 그러세요?"

"그럼 계장이, 그전에는 계약직들에게 안 그랬습니까?"

"계약직은 아니지만."

인덕은 고개를 가로저으며, 정말 안타깝다는 듯한 표정으로 말했다.

"예전에 계약직 하나가 그만두고 후임을 빨리 못 구해서, 두세 달쯤 저희 유지 보수 업체 직원이 와서 근무한 적이 있었어요."

"그게 언젭니까?"

"한 7, 8년 되었을 거예요. 그때 과장님 결재까지 받았고요. 하여튼, 집도 멀고 해서 강용수 씨네 집 빈방에서 지냈는데, 그때도 계장님이 걔한테 손을 대서 그만 임신을 했지 뭐예요."

"…."

"저도 여잔데, 설마 여직원들에게 나쁜 일을 제가 시키고 다녔겠어요?"

"계장이 대체 왜 그러고 다닌답니까?"

"승진이 거의 안 되니까… 승진을 포기하면서부터 좀 막 나가시게 된 것 같아요."

인덕은 과장의 눈치를 살폈다. 조금만, 아주 조금만 더 들쑤시면 될 것이다. 과장 같은 부류를, 그녀는 나름대로 잘 알고 있었다. 머리도 좋고 공부는 열심히 한 것 같지만 이런 곳의 생리를 모르는, 그저 일만 열심히 하고 공무원의 품위만 지키면 그만이라고 생각하는 멍청이. 어떤 면에서는, 그 미친년과 똑같은 종자들. 그런 순진한 작자들은 이런 이야기를 듣는 것만으로도 충격을 받는 법이다.

똑같이 잘못을 했어도 "위력에 의해 복종한" 쪽보다는, 그걸 시킨 쪽이 더 나쁜 법이다. 많은 경우 시킨 놈은 모르는 체하고, 말을 따른 쪽만 엿을 먹긴 하지만, 이런 반듯하고 올바른 척하는 작자라면, 배인덕이 아니라 계장이 잘못했다고 판단할 것이 분명했다.

과장은, 그녀를 앞에 두고 공직 윤리에 대해 설교 비슷한 것을 시작했다. 인덕이 처음 이 회사에 들어왔을 때는 아직 학교는커녕 군대도 제대하지 못했을, 인사 기록 카드에 잉크도 덜 말랐을 놈의 말을 건성으로 흘려들으며, 인덕은 곰곰 생각했다.

계장이야 날아갈 게 틀림없고. 그렇다면 설마 새로 들어올 신입 직원이 계장 자리를 꿰어차진 않을 테니, 누가 새 계장으로 올 것인지.

신입 직원을 어떻게 구슬러야, 힘을 합쳐 강용수에게 엿을 먹일 수 있을 것인지.

이 모든 사달을 두고 혼자만 도망간 그 씨발년은 또 어떻게 해야 할 것인지도.

일단은 닭을 구해 온 공익들을 불러다가, 미친년의 책상을 통째로 치워 버리고, 입을 막기 위해 모두 데리고 나가 술을 사 먹이는 게 먼저였다. 한창 잘 먹을 나이의 장정들이니 목돈 깨지게 생겼지만, 어쩔 수 없었다. 아무리 생각해도, 이 모든 것은 그 미친년 때문이었다. 그년이 여기 온 이후로, 단 하루도 마음 편한 날이 없었다.

전혜진(해망재)

낮에는 회사에 가고 밤에는 육아를 하고 새벽에는 '성실한 입금에 확실한 원고'를 좌우명 삼아 만화를 만들고 소설을 쓴다. 웹툰《펌잇(PermIT!!!)》과 앤솔로지《다행히 졸업》, 소설《족쇄-두 남매 이야기》와《자살 클럽》등을 작업하였다.

뚜공! 우리의 지구

엄정진(pilza2)

"지구는 어디서 왔는가? 어떻게 변할 것인가?"

— 극장 애니메이션 〈은하전설 테라〉(1983) 헤드카피

우리가 속한 은하계에는 고도의 지성체들이 하나로 뭉친 '은하 연방'이 존재한다. 당시 지구도 연방의 일원으로 들어갈 자격을 얻었지만 결과적으로는 이뤄지지 못했다. 하나의 행성 위에서 번성했다가 사그라지는 지성체의 역사 속에서 한 번밖에는 오지 않을 천재일우, 아니 억재일우의 기회를 그들은 왜 놓친 걸까.

뒤늦게 알았지만 지구는 운도 따르지 않았고 상황도 영 좋지가 않았다. 여러 복합 요소가 하필 안 좋은 쪽으로만 작용해버린 모양이었다. 이제 와서 누굴 탓할 수도 없고 후회나 반성을 해봤자 달라질 것도 없거니와 재도전의 기회가 오는 것도 아니니까 이런 나쁜 기억 따위는 깔끔하게 잊었으면 참 좋겠는데….

유감스럽게도 나라는 정보-의식체에 영구적인 삭제란 없다. 이것도 육체에서 벗어난 대가라면 감수해야 할 일이다. 망각과 치매, 죽음까지 극복한 대신 빛바랜 추억도 잃어버리고 말았다. 한 번 생겨

나 입력된 정보는 은하계에 가득 퍼진 정보-의식 네트워크 어딘가에는 남아 있는 법. 엔트로피에 맞서는 은하 연방의 위업에 경의를.

오르트 구름을 지나오면서 나는 잠에서 깨어나 지구인과 가장 닮은 육체를 입었다. 지난 〈우주 비눗방울 사건〉에서 능력을 발휘한 부관도 똑같은 육체를 입고 나를 따라 브리지로 나왔다.

태양-지구 시간대로 환산하니 19년 정도 지났다. 하지만 지구에서는 얼마나 긴 세월이 흘렀을지 짐작조차 가지 않았다. 은하계 규모에서 활동하다 보면 상식으로 여겨야 할 지식이 하나 있다. 공간의 이동은 곧 시간의 이동이기도 하다는 것. 내가 종종 익숙하다는 이유로 그레고리 역법에 따른 태양력을 쓰긴 하지만 연방의 공식 단위는 시공간을 동시에 측정한다. 아마 플랑크 단위가 비슷할지 모르겠다.

지구처럼 작은 행성 위에서는 시간과 공간을 분리해서 생각해도 큰 무리가 없는 게 사실이다. 안에서 제아무리 이동해 봐야 날짜 변경선을 기준으로 하루 이틀 정도의 시차가 생길 뿐이다. 하지만 초광속 비행으로 몇천, 몇만 광년 단위로 이동하며 살다 보면 시간과 공간을 동시에 이동하고 있음을 체감할 수밖에 없다.

그러니까 나 자신은 떠난 지 겨우 1700년 만에 지구로 돌아가고 있지만 지구는 지금 몇백만, 몇천만 년이 흘렀는지 알 수가 없단 말이지.

연방의 선택받은 자유민이 되었다는 건 자랑스러운 일이기도 하지만 동시에 고향별의 모든 걸 포기해야 하는 하나의 작은 죽음을 의미하기도 한다. 별을 떠나야 함은 물론이고 이전의 생활과 삶, 육신과 생명까지도 버려야 한다. 영원히 고향으로 돌아가지 못하는 이들이 대부분이며 돌아온다 한들 그를 맞아 줄 상대(개체만이 아니라

심하면 자기 종족 자체가 멸종하거나 퇴화한 경우도 있으니까 말 다했지)
가 없는 경우도 허다하다.

고향별에서 지내며 얻은 기억만 디지털 정보-의식체 속에서 원
본 그대로 저장되어 있을 뿐이다. 기억만이, 오직 기억만이 나 자신
의 존재에 대한 증거다.

태양계 내부로 들어오면서 급격히 감속을 실시했고 우리는 내릴
준비를 했다. 그래 봐야 입은 육체를 지구인의 외모와 비슷하게 조
절하는 정도였지만….

"선장님의 원래 모습이 이랬나요?"

부관은 진심인지 예의로 그러는 건지 지구인의 모습에 부쩍 호
기심을 보였다.

"이랬으면 외설죄로 감방에 갇히고 말지. 진짜 지구인은 털도 났
고 주름도 잔뜩 졌다고. 눈은 두 개, 코는 하나인데 콧구멍은 둘, 귀
가 두 개에 입이 하나야."

"의복을 갖추고 외모를 치장할 정도의 문화를 이뤘다는 말씀이
군요."

"너 은근히 내 고향을 무시한다?"

"실례했습니다. 지구인은 상급 문명권에 진입함과 동시에 멸종한
것으로 알고 있어서 그만."

분하지만 틀린 말이 아니어서 반박하지 못했다. 우린 입을 다물고
문화적인 외모 치장에만 집중했다.

우선 표피색을 황갈색으로 바꾸고 얼굴까지도 그럴싸하게 만들
었다. 다만 털을 만들어 낼 수는 없었고 얼굴의 경우 귀나 코는 만
들면 되지만 효율적인 시각정보 수집을 위해 눈만은 재현하지 못했

다. 결국 아무리 비슷하게 보이려 애써 봐도 살아 있는 생물이라기보다 움직이는 마네킹으로만 보였다. 눈 부위에 파랗게 빛나는 띠가 머리를 한 바퀴 두르며 감싼, 털 한 올 없는 알몸 마네킹을 상상하면 대충 맞을 거다.

이럴 바엔 차라리 피부를 초록색으로 바꾸고 외계인 느낌을 강조할까 고민했지만 어느새 지구가 코앞까지 다가왔다. 이미 충돌 가능성 등을 고려하여 비행 궤도의 계산을 마친 우리의 우주선 임라나는 거침없이 나아갔다. 중간에 소행성대가 있긴 해도 태양계는 무척이나 깨끗한 편이어서 비행하기에 편했다… 윽!

깜짝이야. 경고음인가? 묻기도 전에 부관이 보고했다.

"미세 데브리가 근접했습니다. 크기는 20센티미터 미만, 거리는 17미터로 위협적인 수준은 아닙니다. 충돌했어도 피해는 없었을 겁니다."

그래도 우주 규모에서 보면 달라붙은 거나 마찬가지잖아. 지구의 짓궂은 환영 인사 같았다. 주위에는 죽은 인공위성과 우주 기지, 로켓의 잔해들이 망령처럼 떠돌아다니고 있지 않을까. 녀석들이 사람 만난 강아지처럼 반가워서 달려든 건지, 아니면 시골 개처럼 침입자를 쫓아 보겠다고 덤벼든 건지 몰라도 아무튼 데브리가 한두 번 더 스친 다음에야 임라나는 대기권을 지났다.

약간의 진동과 압박감이 지나자 시야가 연한 푸른색으로 가득해졌다. 당연한 사실이라 무시하기 쉽지만 직접 보니 역시 지구는 물의 별이었다.

근데 물이 많아도 너무 많군. 이거 육지가 안 보이는데? 태평양 쪽으로 들어온 건가? 아니, 그래도 이 정도 높이면 대륙이 보여야 할 텐데….

"조타수(이 고전적인 호칭은 우주선의 비행, 탐지를 맡은 인공지능의 별명이다)가 행성 표면 스캔을 진행 중입니다. 25퍼센트가량 완료했다고 하는데 보실까요?"

"그래, 오랜만에 보는 고향 지도인데 봐야지."

부관은 즉시 작은 스크린을 하나 띄워 널찍한 부채꼴 모양 지도를 표시했다. 푸른색 캔버스에 에어브러시로 하얀 구름을 흩뿌리고 아래로 황토색, 갈색, 초록색 덩어리와 점을 찍어 놓은 그림이었다. 예상대로 우리는 바다 쪽으로 진입했던지라 50퍼센트 이상 스캔을 해야 겨우 대륙이라 부를 만한 땅덩이가 드러났다. 두뇌 속 서랍을 뒤져서 내가 살던 무렵의 지구 지도를 꺼내어 대조해 봤다.

아프리카 대륙은 통통한 닭다리 같던 예전 모습은 어디 가고 살을 다 뜯어 먹고 뼈만 남은 듯 길쭉한 형상이었다. 장화 신은 유럽 할머니는 그새 노환으로 별세하신 건지 자잘한 섬만 잔뜩 남았다. 스캔을 완료하고 전체 지도를 평면으로 표시하니 전체적으로 물에 잠겨 육지의 크기가 줄었고 남극이 북상해 호주와 합쳐져 대륙을 이루고 있었다. 그 많던 땅 다 어디로 팔아먹고 이것밖에 안 남은 거야?

그나마 커다란 대륙이 두 개 있는데 과거 중앙아시아와 인도로 보이는 북쪽 대륙과 남극과 호주가 합친 남쪽 대륙이었다.

"좋았어, 그렇담 이 두 개의 땅에 이름을 붙여야겠군!"

"또 이름 붙이기입니까…."

부관이 질렸다는 듯이 중얼거렸다. 일부러 들으라고 한 소린 거 다 안다, 이놈아.

"행성이든 대륙이든 새로운 땅을 발견하면 이름을 붙이는 건 탐험가의 엄연한 권리라고!"

"이미 이름이 있을지도 모르잖습니까. 지성체가 존재할 가능성은 충분합니다."

"저 땅을 봐라. 예전엔 세 배는 넓었어. 이 정도로 뒤집어 엎어졌으니 지구인은 멸망했을걸? 남아 봐야 미개한 애들일 거야. 지구가 평평한다든지 커다란 두꺼비 등에 얹혀 있을 거라 믿고 있겠지."

근거 없는 허풍은 아니었다. 왜냐하면 조타수는 이미 지형만이 아니라 대기의 조사도 끝마쳤는데 자연계에서 발생하는 소수의 전파나 음파를 제외한 인공적인 파장을 찾아내지 못했기 때문이다. 무선통신, 라디오 같은 건 물론이고 확성기조차 없는 수준일 게 분명했다. 건물, 철도, 운하 같은 거대한 인공물도 찾지 못했다.

"지하나 바다 밑에서 살고 있을 가능성을 간과해선 안 됩니다."

부관의 지적은 타당했고 조상들이 과거에 저질렀던 과오도 떠올랐다. 엄연히 거주민이 있는 땅을 신대륙이라고 부른다거나 전혀 엉뚱한 지역의 이름을 붙인다거나 하는 자잘한 바보짓 말이다. 무지와 근거 없는 자부심에 탐욕과 호승심을 양념으로 곁들여 나온 결과 아닌가. 나까지 그걸 되풀이할 필요는 없었다.

"확실히, 생명체의 자세한 조사를 마칠 때까지 명명은 보류해야겠군. 미개하다 해도 토착 생명체의 의지를 존중하는 게 은하 연방의 방침이니까 말이야. 그렇다고 해도 일단 편의를 위해 임시 명칭을 붙일 필요는 있겠지? 따라서 북쪽에 있는 큰 쪽을 '내 땅', 남쪽의 작은 쪽을 '네 땅'으로 부르겠어."

"작은 대륙을 저에게 주신단 말인가요."

"왜, 불만이야?"

"아뇨, 저야 지구와 아무 관련이 없으니 상관이 없지요."

"없다면 섭섭하지. 넌 지구 출신인 내 부관이잖아. 이만하면 은하계 규모에서 어마어마한 인연 아니겠어?"

부관은 대꾸가 없었다. 지구인과 닮은 얼굴에선 아무런 표정의 변화가 일어나지 않았다. 애초에 그럴 근육도 없는, 그냥 점토를 뭉쳐서 만든 거나 마찬가지의 쓸모없는 얼굴이었다. 표정이 없는 상대의 기분을 알아낸다는 건 여전히 어려운 일이었다.

이름은 이제 됐고, 이제 누가 지구의 주인인지 알아볼 차례였다.

대륙 위를 훑자 개체 수가 과밀하게 집적된 부분이 몇 군데 드러났다. 인구 밀도가 높은 곳이 도시일 거란 추측이 가능했다. 당연히 그곳으로 우주선을 몰고 곧바로 나타났다간 대혼란이 벌어질 게 분명하니 조심스레 접근하기로 했다.

마침 바다에 접한 큰 산맥 너머에 도시로 추정되는 지역이 있어 해안 쪽으로 내렸다. 확대한 사진에 격자무늬에 가까운 구조물이 드러났던 것이다.

부관이 창고에서 2인승 자동차를 호출하는 사이에 나는 오랜만에 지구의 땅을 밟고 묵직한 중력을 느끼며 맑은 공기를 힘껏 들이마실⋯ 수는 없었다.

— 콧구멍을 안 만들었으니까!

시시한 농담인가? 사실 이 육체는 호흡이 필요 없어서 호흡기관 자체가 없다는 게 정확한 설명이지만 너무 딱딱하고 재미가 없잖아.

육체를 버렸을 때 나는 지구인의 삶을 마감했다. 그리고 지금 지구는 떠났을 때와 너무나 달라져 있다. 이미 여기는 낯선 외계 행성일 뿐이다.

그 사실이 슬프게 느껴지진 않았다. 애초에 그토록 그리워할 정도로 지구와 인류를 사랑한 것도 아니고 내가 원해서 떠난 곳이다. 미련도 없다.

단지 아주 조금 쓸쓸한 기분이 들었다. 먼 옛날 헤어진, 지금은 얼굴도 기억 안 나지만 한때는 사랑했던 사람의 무덤가에 온 것 같다고나 할까.

부관은 차의 바퀴를 톱니바퀴와 흡사한 모양으로 바꾸었다.

"거친 바위산을 올라야 합니다. 안전벨트를 단단히 매십시오."

우리는 차를 타고 산을 올랐다. 차는 앞에 조종석, 뒤에 조수석이 있으며 지붕이나 덮개 같은 건 없이 사방이 트인 모양이다. 몸체에 비해 상대적으로 커 보이는 바퀴 세 개가 달렸다. 조종석 앞에는 광전지 코팅 덮개로 싸인 엔진이 있다.

우리가 입은 육체의 외피와 마찬가지로 차는 외부의 빛을 흡수하여 에너지로 사용한다. 지구처럼 모항성의 빛으로 충만한 행성이라면 활동에 아무런 지장이 없다. 밤이 길거나 광원이 부족한 행성이라면 보조 배터리를 휴대해야겠지만 지구에서는 그럴 필요도 없다. 낮에 충전하는 분량으로 밤에도 충분히 활용 가능할 것 같다.

산을 넘자 실망감이 밀려왔다. 한마디로 도시는 과거에 사라진 문명의 흔적에 불과했다. 건물은 길게 자란 풀과 벽을 덮은 덩굴에 뒤덮였고 주위에는 아무 관련도 없을 것 같은 미개한 동물들만 돌아다닐 뿐이었다. 작은 덩치에 다리가 길고 머리에 구부러진 뿔 두 개가 난 포유류(일단 이놈들을 '뿔쥐'라고 부르자)가 수십 마리씩 떼를 지어 여기저기로 몰려다녔다. 그들에게 이 건물은 마침 집으로 삼기 딱 좋게 생긴 바위나 다를 바가 없었다.

우리가 서서히 다가가자 다들 혼비백산하여 도망갔다. 풀이 무성한 들판엔 온갖 종류의 커다란 곤충이 날거나 기거나 달리거나 굴러다녔다.

"압도적인 개체 수의 정체는 곤충류였군요. 딱히 뛰어난 지성은 없는 것 같습니다. 포유류 역시 군집 생활을 하지만 문명을 이룬 흔적은 없습니다."

뿔쥐들은 사회성이 높고 영리했다. 건물 안에 돌벽을 쌓아 방을 만들고 짚을 깔아서 잠자리를 마련하며 별도의 방에 먹을 것을 보관할 정도긴 했으나 지능이 프레리도그를 넘지 못하는 수준으로 보였다.

"그럼 이 건물은 다른 종족이 만든 걸까요? 그들은 여길 버리고 떠난 걸까요, 아니면 멸종이나 퇴화를 한 걸까요?"

"이제부터 알아봐야지."

풀과 덩굴, 돌과 흙벽이 가득한 건물 내부를 조사하는 건 쉽지 않은 일이었다. 이전 종족이 어떻게 생겼는지 실마리를 잡아낼 순 없었으나 출입구와 창문의 크기를 볼 때 평균 키가 4미터는 되지 않을까 짐작할 수 있었다.

"제법 큰 편인데. 인간 다음으로 공룡의 후예가 부활해서 지능을 갖춘 건가?"

"지구의 주인은 몇 번 정도 바뀐 겁니까?"

"내가 인간이라 부른 직립 포유류였고, 그 전엔 공룡이라고 있었는데 덩치는 엄청 커다랗지만 지능은 떨어졌지. 뿔쥐들과 별 차이가 안 날 거야."

부관은 손가락 하나를 들어 벽면을 살짝 눌렀다.

"제법 강인한 구조로군요. 금속 재질입니다. 연대 측정을 해 보겠습니다."

겉으로 보기엔 단순히 콘크리트처럼 보였는데 흙과 돌이 아니었다는 얘기다. 하긴 그랬다면 오래 못 버티고 무너졌겠지.

"…2만 년 정도 된 것으로 보입니다."

"그리 오래도 아니잖아?"

"다른 곳에 이들의 후예가 존속하고 있을 가능성이 있군요."

"흠."

아무래도 찾아봐야 하나. 우리가 고고학이나 외계 문화 탐사를 목적으로 온 건 아니지만 이왕 온 김에 대화가 통하는 수준의 지성체가 있다면 만나 보는 게 순리가 아닐까 싶다.

우리는 우주선으로 돌아가 비교적 낮은 고도를 유지하고 '내 땅' 대륙 해안가를 돌았다. 아무래도 강이나 바다 근처에 도시나 군락이 존재할 확률이 높을 것이다.

무리를 짓고 살며 특정한 음성으로 의사소통을 하는 듯이 보이는 동물 몇 종을 발견했다. 날개가 거의 퇴화되고 굵은 다리로 뛰어다니는 새와 닮은 종족, 등딱지가 없고 다리가 긴 거북이처럼 생긴 종족, 긴 촉수를 서로의 몸에 휘감고 뒤엉킨 채로 강 위를 떠다니는 젤리 덩어리처럼 생긴 종족…. 하지만 그들도 뿔쥐와 엇비슷한 수준에 그칠 뿐 확실하게 언어가 있다든지 불이나 도구를 쓴다든지 하는 지성의 증거가 보이지 않았다.

며칠이 지나고 큰 강을 거슬러 올라가다가 마침내 지금까지와 확연히 다른 종족을 발견했다. 5미터는 넘을 듯 높이 솟은 갈대숲을 조심스레 헤치는 10명 정도의 무리가 감지되었다. 얼른 우주선을 바위 뒤로 숨겼다. 말은 숨겼다고 하지만 사실 그렇게 큰 바위가 없어서 채 절반도 못 가렸는데 그래도 임기응변은 되었다. 저들에게 탁월한 시각과 높은 지능이 있다면 들키겠지만 아니라는 확신이 들었다.

그 무리는 직립했고 손에 창과 도끼를 닮은 날붙이를 들고 있었다. 친숙한 외모와 발달한 사냥 도구를 보자 가슴 뭉클한 반가움이

밀려왔다. 지구에는 여전히 우리의 후손들이 존재했던 것이다!

그들은 강에서 물을 마시는 뚱뚱한 네발짐승을 노리고 있음이 분명했다. 짙은 분홍색 짐승은 소리를 들었는지 얼른 고개를 들었으나 이미 늦었다. 무리 중 하나가 커다란 새총 비슷한, 활을 눕혀서 쏘는 듯한 원거리 무기를 발사했다. 빗맞은 화살에 놀란 짐승이 황급히 반대방향으로 몸을 움직였다. 하지만 그들의 노림수는 이쪽이었다.

이미 무리 다수는 놈의 이동 방향을 예상하고 이동한 후였다. 갈대를 헤치며 달려들어 창으로 짐승을 공격했다. 쫓고 쫓기는 짧은 순간이 지나고 사냥감은 몸에 몇 개의 창이 꽂힌 채로 넘어졌다. 무리는 주위로 몰려들어 양팔을 치켜들고 소리를 지르며 기쁨을 표현했다.

"선장님, 저들은 확실히 원시적이지만 지성체가 맞군요."

도구의 사용, 집단행동, 작전에 입각한 사냥 등 모든 면에서 지금껏 본 생물들을 압도하는 수준이었다.

"그래, 나의 조상과 흡사하다고 할까."

"그럼 선장님도 지구인 시절엔 저렇게 생기셨다 이거군요."

"무슨 헛소리야!"

나는 화가 나서 소리를 버럭 질렀다.

"난 저 녀석들보다 다리도 길고 목도 길었어! 털도 머리 꼭대기 외에는 거의 없었다고!"

"아니면 아닌 거지 왜 화를 내시는 건지 모르겠군요. 다리가 길었다면 이동은 더 빨랐겠군요. 털이 없다면 기온 변화에 취약한 대신 옷을 만드는 솜씨는 그만큼 발달했겠지요. 제가 볼 때 그 두 종족의 우열을 당장 가릴 수는 없을 것 같습니다."

"우리 조상의 명예를 훼손할 셈이야? 당시의 나와 저놈들은 2백만 년 정도 수준 차이가 난단 말이다."

괜히 나만 흥분하는 것 같군. 진정하자. 부관은 인공지능, 육체란 걸 가져 본 적이 없는 녀석이다. 미학적으로 인간과 원시인과 원숭이를 구별하지는 않을 거란 얘기다.

"이제 어쩌실 건가요?"

"일단 내려서 걸어서 쫓아가 보자. 놈들도 다른 이동수단은 없는 것 같으니 마을이 멀리에 있진 않을 거야."

무리는 죽은 짐승을 다 함께 짊어지고 돌아갔다. 이들을 임시로 '단인(獺人)'이라고 부르자. 전체적인 인상이 오소리와 제일 닮았기 때문이다.

단인은 평균 키가 120센티미터에 전신에 황갈색 줄무늬가 그려진 회색 털이 난 직립 포유류다. 귀는 머리 위쪽으로 튀어나왔고 머리는 오소리나 족제비를 닮았다. 다리가 짧은 반면 팔은 무척 길어 침팬지와 흡사한 체형이다. 천천히 걸을 때는 다리만 쓰지만 빨리 달릴 때는 팔도 이용하는 것으로 보인다. 몸에는 노란색과 초록색이 섞인 천을 띠처럼 두르고 있고 천에는 뼈로 만든 장신구가 몇 개씩 붙어 있다. 모양과 크기가 저마다 다른데 신분을 표시하는 걸지도 모르겠다. 창과 도끼는 나무로 자루를 만들었고 날은 깎은 돌로 추정된다.

그동안 몇 개의 종족이 거쳐 갔는지 모르지만 비교적 인간과 닮은 생물이 지능을 갖추고 주인으로 군림한 모습을 보니 괜히 반갑고 기뻤다. 솔직히 블로브피시나 벼룩을 닮은 놈들이 돌아다닌다면 조금도 기쁠 것 같지가 않았다. 부관 녀석이야 아무런 차이도 느끼지 못하겠지만.

마을이 시야에 들어오자 꽤 실망스러웠다. 산비탈에 굴을 파고 나무와 잎사귀로 움막 비슷한 입구를 만든 집들은 미개해 보일 뿐만 아니라 좀 전에 봤던 도시의 흔적과 전혀 연관이 없었기 때문이다. 부관도 나와 같은 생각이었던지 이렇게 말했다.

"그 도시를 만든 이들이 아닌 모양입니다. 갑작스레 퇴화했다고 보기도 힘들고 말이죠."

"2만 년 전에 핵전쟁 같은 것으로 조상들이 몰살했을 수도 있지. 저 녀석들은 문명과 단절되어 살아남은 후손이라든지."

"가능성은 있지만 아직 증거를 찾아낼 단계는 아닌 것 같습니다."

"일단 저들의 문명이 어느 정도인지 조사해 보자고."

너무 가까이 다가가는 건 위험했다. 저들이 보기에 우리의 모습은 낯선 외계인일 수밖에 없다. 두 배가 넘는 키에 다리가 길고 털한 올 없는 피부에 옷도 안 입은 외계인이라. 음, 나 같아도 길을 물어볼 상대로는 못 고를 것 같은데.

일단 우리는 수풀 우거진 곳에 엎드려 단인들의 모습을 촬영하고 대화를 녹음했다. 나보다 우수한 부관의 두뇌가 번역 프로그램을 가동시켜 저들의 언어를 파악하기 시작했다. 이틀 동안 꼼짝도 안 하고 계속 관찰을 했다.

이 마을엔 대략 50명 정도가 살고 있다. 작은 밭도 있고 새 비슷하게 생긴 가축도 기르며 강에서 물을 끌어온 저수지도 있었다.

아무래도 나는 인간과 다른 단인의 특징에 시선이 갔다. 우선 암컷의 덩치가 더 크고 계급도 높은 것 같았다. 암컷은 아이를 낳아 기르고 가르치는 역할을 하며 거의 마을 안에만 있었다. 수컷이 농사를 짓고 사냥을 하며 너른 땅 위에 그림 비슷한 걸 그리는 일을 했다. 밧줄과 쟁기 비슷한 도구를 써서 매우 커다란 원이나 직선 모양을 그리는데 농사도 아니고 어떤 의미인지 아직 알 수가 없었다. 풍년을 바라는 주술적 행위일 수도 일종의 예술적인 표현일 수도 있었다.

가끔 암컷들이 땅 위의 그림 등을 보며 뭐라고 지시를 하면 수컷들은 꼼짝도 못 하고 복종하는 것으로 보였다. 점점 자료가 쌓이자 부관은 내게도 번역기를 보내 주었다.

"아직 완성된 건 아니지만 간단한 일상대화는 알아들을 수 있게 되었습니다."

받아서 번역기를 돌리니 확실히 내용은 단순했다. 사냥 다녀왔다, 오늘은 얼마나 잡았냐, 애가 말을 안 듣는다, 배가 고프니 밥 먹자, 날씨가 좋구나, 등등.

생활 수준을 보면 어렵고 복잡한 대화를 나눌 녀석들도 아니었다. 혹시나 고대 문명의 산물을 활용하는 모습이 있을까 살펴봤지만 없었다. 아직 종이로 된 책조차 없는 수준이었다. 그들은 대를 이어 전달하는 중요한 이야기나 지식을 노래처럼 외워서 전승했다.

우리의 평온한 단인 관찰기는 사흘 만에 갑작스레 끝을 맺었다. 아마도 개의 후예가 낯선 침입자를 잡아낸 것 같았다. 갑자기 수풀을 가르며 나타난 조그만 짐승들이 우리를 보며 우악스럽게 짖어댔다. 생긴 건 개구리를 닮았는데 하는 짓은 똥개였다. 하여간 녀석들이 짖어대는데 멍멍도 아니고 깽깽도 아니고 글자로 표현하기 심히 난감한 괴상망측한 소리였다. 그래도 굳이 해 보라고? 슈쿠페췌샤 푸츄쉐!

시끄러운 소리와 포악한 태도에 당황한 사이에 단인들이 몰려들었다. 처음엔 호기심에 달려온 어린놈들이 우릴 보고는 놀라서 도망 갔다가 무장한 어른들을 데리고 돌아왔다.

"어쩌죠, 선장님? 아마도 저들보다 더 빨리 달릴 수 있을 겁니다. 사냥할 때의 동작을 보니 빨라도 초속 10미터는 넘지 않을 것 같더군요. 우리의 육체는 지금 중력이라면 초속 20미터로 이동 가능합니다."

"아냐, 잠깐만."

저들이 두려움과 놀라움이 담긴 얼굴로 다가올 동안 서서히 몸을 일으키며 생각했다. 방금 나는 저들의 감정을 서술했다. 그 말은 저들의 얼굴에서 인간과 흡사한 감정의 표정을 읽을 수 있다는 의미이며, 그만큼 단인이 인간을 닮았다는 얘기다. 최소한 얼굴만 보고도 저들이 웃는 건지 화난 건지 놀란 건지 정도는 구별이 가능할 것 같은 자신이 생겼다. 이럴 땐 벼룩 비슷한 종족이 아니라서 얼마나 다행인지 모르겠다.

우리가 일어나자 단인들은 고개를 들고 올려다봐야만 했다. 나는 얼굴 근육이 부족함을 원망하며 입을 열었다. 입이라고 해도 안에 발성기관도 소화기관도 없다. 목구멍 대신에 스피커가 설치되어 있을 뿐이다. 여기에 번역기를 통해 알아낸 저들의 언어를 음성으로 바꾸어 전달했다.

"너희들을 만나서 기쁘다."

당연히 단인들은 무척이나 놀랐다. 길쭉하고 미끈한 외계인이 자기네 말을 유창하게 하는데 안 놀라면 그게 이상한 거지.

"나는 너희들의···."

음, 적절한 어휘를 찾기가 힘들다. 내 소개를 어떻게 해야 할까? 조상이라고 해야 하나? 조상에 해당하는 낱말은 아직 못 알아냈는데. 과거에서 온 사람? 과거도 아직 모른다. 저들의 대화에선 어제 이상의 과거를 표현하는 일이 없었다.

"나는 너희들의 친구야. 가족 비슷한 사람이야."

결국 몇 안 되는 어휘를 동원해서 두루뭉술한 설명밖에는 할 수가 없었다.

이들의 눈에 담긴 당혹과 의심의 빛은 너무나 인간과 닮았다. 역시 우리는 한 핏줄이 아닐까?

"움직이면 죽인다!"

단인 하나가 외치며 창끝을 내 목으로 들이밀었다. 거의 찔릴 뻔했다. 동시에 다른 녀석들도 나와 부관을 향해 창을 겨누었다. 부관이 살짝 원망 섞인 목소리로 불평했다.

"분명 저는 도망가자고 말씀드렸습니다."

"매정한 녀석아. 머나먼 시공의 간격을 넘어 지구의 두 종족이 조우하는 역사적인 순간을 맞이하고 싶어 하는 내 심정을 이해 못 하겠냐?"

"못 하겠는데요."

우리끼리의 대화는 저들이 듣지 못했다. 무선통신으로 직접 주고받기 때문이다. 평소에는 내 고집으로 발화를 통한 의사소통(비효율적이라며 부관 녀석이 늘 불평하는 방식)을 하는 우리 사이지만 이럴 때는 이쪽이 빠르고 편하니까 어쩔 수 없지.

그사이에 덩굴을 꼬아서 만든 것으로 추측되는 밧줄을 들고 오더니 우리 둘을 한 번에 묶기 시작했다.

"움직이지 마라! 움직이면 찌른다!"

단인은 위협하면서 우리의 상체를 묶어서 한 덩어리로 만들더니 창끝으로 슬쩍 찔렀다.

"우리를 따라와! 다리를 움직여라!"

두 문명인의 조우는 한쪽이 사냥감 신세가 되면서 초라하게 끝나고 말았다. 내가 따지고 들어가면 너희들 조상일지도 모르는데 이런 대접은 좀 심하지 않냐?

*

"선장님, 좋은 정보와 나쁜 정보가 있습니다."

"둘 다 필요 없어."

"화나셨습니까?"

"화 안 났어! 말 시키지 마."

나는 통신을 끊고 무릎을 끌어안은 자세로 부관에게 등을 돌린 채 몸을 웅크렸다.

여기는 외양간으로 추측되는 허름한 움막 한구석. 허리까지도 안 오는 통나무 칸막이로 나뉜 옆 칸에는 돼지 비슷한 새들이 꽥꽥거리며 먹이를 놓고 다투고 있었다. 단인이 기르는 가축은 날개가 퇴화하였고 깃털도 거의 없는 새 비슷한 동물인데 몸은 그야말로 뚱뚱했다. 짧은 두 다리로 뒤뚱거리다 먹이 비슷한 것만 발견하면 바로 주둥이를 땅에 처박고 꽥꽥 소리를 냈다.

아, 이놈들이 닭둘기의 후예인가 보다.

통신을 차단했더니 부관은 음성으로 직접 말을 했다.

"좋은 소식은 우리가 갇힌 곳이 매우 허약한 목제 건물이라는 점입니다. 언제든 우리의 힘으로 탈출할 수 있습니다."

"…"

"나쁜 소식은 우리 주위에 상당한 배설물이 있다는 점입니다. 황화수소 및 암모니아의 농도가 높으니 후각 기관을 차단해 놓으십시오. 배설물에는 상당한 병균과 기생충이 존재하고 있습니다만 우리 육체에 피해를 줄 수준은 아니니 안심하셔도 좋습니다."

"한마디로 똥통이라는 얘기잖아!"

나는 기겁하며 헐레벌떡 자리에서 일어났다. 바닥엔 마른 잎사귀

를 깔아 놓긴 했으나 저 돼둘기(마찬가지로 내가 붙인 임시 호칭이다)
들의 똥이 잔뜩 뿌려져 있었다.

"으악, 벌써 온몸에 다 묻었어!"

"저들은 배설물로 퇴비를 만드는 지식조차 습득하지 못한 것으로
보입니다. 아깝게 방치해 놓고 있으니 위생적으로도 좋지 않고 자원
활용 측면에서도 아쉽군요."

"이게 뭐가 아까워, 더럽지!"

툴툴대며 벽 쪽에 있는 그나마 깨끗한 잎사귀를 골라 모아서 몸을
닦고 있는데 새가 우는 건지 동물이 짖는 건지 모를 소리가 들렸다.

보니까 가느다란 통나무를 성기게 엮어 만들어서 밖이 훤히 보이
는 벽에 조그만 단인 몇이 달라붙어서 우리를 보면서 뭐라고 떠들고
있었다. 워낙 가느다랗고 높은 톤의 목소리로 재잘거리는지라 통역
은 제대로 되지 않았지만 웃는 것만은 틀림이 없어 보였다.

아무리 처지가 딱해도 내가 저런 애들의 놀림감이 될 사람은 아
니지. 똥 묻은 잎사귀를 팽개치고 양손을 치켜들며 성의 없는 포효
를 토하면서 달려드는 시늉을 했더니 웃으면서 저만치 도망쳤다.

속으로 투덜대며 다시 주저앉았더니 아이들은 슬금슬금 또 다가
왔다. 다시 일어나며 소리를 쳤더니 또 도망쳤다. 이렇게 두세 번을
하니 이젠 놀라는 시늉도 안 하고 웃기만 했다. 여기가 무슨 동물원
이라도 되는 줄 아는 건지. 저 녀석들 시선에 내가 동물원에서 볼 만
한 희한한 생물로 보인다는 점에는 동의하겠지만 그래도 화는 가라
앉지 않았다.

"이거 먹어."

한 아이가 해독이 가능한 쉬운 말을 건네며 긴 잎에 싼 무언가를
건넸다. 널찍한 통나무 틈 사이로 손을 쑥 내미는 모습이 조금의 경

계심도 없는 기색이었다. 오히려 내 쪽이 걱정될 정도였다.

아직 유아의 암수 구별을 정확히 할 만한 데이터를 모으지 않은 상태라서 성별은 모르지만 착한 아이라는 생각이 들었다. 오른쪽 귀 옆에 유난히 빨갛고 예쁜 꽃을 꽂고 있어서 여자애인가 싶기도 하지만 단정할 수 없다. 꽃을 머리에 꽂는 게 주로 암컷이라는 건 내가 지구인이던 시절의 문화였지만 이들이 그대로 이어받았다는 증거는 없으니까. 아무튼 총기 있고 영리해 보이는 눈빛과 좌우대칭의 깨끗한 얼굴을 보면 이 아이가 성별과 관계없이 이들 종족의 기준에서 예쁠 거라고 장담할 수 있다. 더구나 낯선 생물에게 먹을 걸 건넬 정도로 마음씨도 착하지 않은가. 이 이름 모를 아이가 나는 마음에 들었다.

멍하니 받아서 펼쳐보니 털이 잔뜩 난 시커먼 열매 세 개가 있다. 살펴보니 아이들도 거리낌 없이 통째로 입에 넣고 있었다.

"어서 먹어, 길쭉한 ㅁㅁ!"

뒤쪽의 낱말은 번역기가 통역하지 못했다. 이틀간 수집한 대화에서 나오지 않은 낱말이었다.

"이 행성에 사는 생물의 이름인 것으로 추측됩니다. 아마도 사지가 길겠지요."

갑자기 부관이 끼어들었다.

"이거 먹으라는데 어쩌지?"

우리에게 입은 있으나 치아도 목구멍도 소화기관도 없었다. 한마디로 처치 곤란이었다.

"타 종족의 관습은 따르는 게 예의라고 배웠습니다. 주는 음식을 먹고 하는 행동을 따라 하는 것만큼이나 상대의 경계심을 누그러뜨리는 좋은 방법은 없는 법이죠."

"그럼 너도 하나 먹어."

말하는 투가 얄미워서 털북숭이 열매 하나를 부관에게 내밀었다. 녀석은 멀뚱히 보다가 단숨에 삼켰다. 나도 나머지 두 개를 입에 털어 넣었다. 물론 열매는 입 구멍 끝에 붙은 스피커 진동판 위로 떨어져서 마치 접시에 잘 담은 것처럼 얌전히 놓여 있었지만.

"씹지도 않고 삼켜?"

아이는 놀란 듯했다. 아이들은 모두 열매를 한참이나 씹다가 씨앗을 손바닥에 뱉더니 그걸 모아서 바닥에 늘어놓고 던졌다가 받는 놀이를 했다. 다들 벌써 우리에게 흥미를 잃은 눈치였다. 빨간 꽃을 꽂은 아이만이 여전히 통나무를 팔다리로 끌어안고 벽에 매달려 우리를 살펴보고 있었다.

우리는 서로에게 묻고 싶은 게 많았으나 원활한 의사소통이 되질 않아서 대화에 어려움을 겪었다. 내가 알고 싶은 지구의 역사나 종족의 사회 및 문화에 대한 사항을 표현할 적절한 낱말은 찾지 못했거나 아예 존재하질 않았다. 이 미개한 종족에게는 역사, 국가, 정부, 화폐 등에 대한 개념 및 단어 자체가 없었다.

아이는 또 아이 나름대로 우리의 정체를 캐묻고 싶었던 모양이지만 빈곤한 어휘로는 표현하기가 힘들었다. 그래도 나만의 착각인지 어떤지 몰라도 서로 마주 보며 아무 말이나 늘어놓는 과정 자체가 우리 사이를 꽤 친밀하게 만들어 주었다.

더 오래 대화를 나눴다면 그래도 많은 것을 알아낼 수 있었을지 모른다. 최소한 이 아이에 대한 것이라도 말이다. 애석하게도 어른들이 다가오자 아이는 놀라면서 얼른 도망치듯 외양간에서 멀찍이 떨어졌다. 씨앗 놀이를 하던 아이들도 덩달아 그 자리를 떠났다.

긴 지팡이를 짚은 덩치 큰 암컷이 선두에 섰고 여럿이 그 뒤를 따랐다. 척 봐도 지도자임을 알아볼 수 있었다. 우선 몸에 두른 천의 색이 화려하고 뼈로 만든 장신구가 무척 많았다. 이마에도 팔뚝에도 장신구를 털에 묶어서 주렁주렁 달고 있었다.

지도자 암컷이 잠시 우리를 쏘아보다가 물었다.

"산 너머에서 왔느냐, ㅁㅁ에서 왔느냐, ㅁㅁ에서 왔느냐?"

뒤의 두 낱말은 번역기가 해독하지 못했다. 처음 듣는 단어였다.

"무슨 말인지 모르겠어."

저들 언어로 솔직히 말했다. 지도자는 옆 사람과 잠깐 상의를 하고 또 우리에게 뭘 물어보고 그러면서 시행착오를 거친 끝에 겨우 의미를 전달할 수 있었다.

— 단인들은 우리가 어디서 온 존재인지 묻고 있었다.

산 너머 땅에서 온 건지, 바다 밑에서 온 건지, 하늘 위에서 온 건지. 그들이 아는 범위의 외부 세계는 크게 이들 셋으로 나뉘었다.

우리는 또 우리끼리 통신으로 대화를 주고받으며 나름대로 작전을 짰다.

"뭐라고 대답해야 친해질 수 있을까?"

"가장 사실에 부합하려면 하늘 위에서 왔다고 해야겠지만, 저들의 반응을 알 수가 없으니 섣불리 대답하기가 힘들겠군요."

"설마 화내기야 하겠어? 순수하게 궁금해서 물어봤을 수도 있지."

"아닙니다. 아까 저들의 회의를 훔쳐 들었는데 우리가 어디서 왔느냐에 따라 전혀 다른 대접을 받을 가능성이 큽니다. 물론 저들은 우리가 훔쳐 듣지 못할 줄 알았겠죠. 자기네 수준의 청력일 거라고 지레짐작했을 테니까요."

하긴 저들은 대충 10미터 정도 떨어져서 작은 목소리로 이야기를 나눴다. 이 정도면 내가 지구인이었던 시절의 청력으로는 듣지 못했을 거다. 하지만 행성 탐사용 육체의 성능을 우습게 보면 안 되지.

"산 너머에서 온 것 같아?"

지도자가 다른 이들에게 물었다.

"내 생각엔 아냐. 우리 형제는 저 산 너머로 갔다 온 적이 있어. 저렇게 생긴 짐승은 본 적이 없어."

"바다 밑에서 온 거 같아!"

다른 녀석이 끼어들었다. 지도자가 손짓해서 불렀다.

"그래, 너는 바닷가로 정찰을 갔다가 빠진 적이 있지. 너라면 알 거야."

"저 녀석들은 물고기와 닮았어. 털도 없이 반짝이는 피부를 봐."

다른 녀석들도 동의했다.

"바다에서 온 적이야! 우리를 훔쳐본 것도 몇 명이나 있나 세어 보려는 거야! 우리보다 더 많은 무리를 끌고 쳐들어올 거야! 바다는 □□야! 바다 놈들은 적이야!"

금방 격해진 무리가 목소리를 높였다.

"바다 놈들을 죽여라! 죽여라! 죽여라!"

"모두 조용!"

지도자가 지팡이를 휘두르며 위엄 있게 말했다.

"목소리를 낮춰라, 땅의 아이들아. □□가 들을지도 모른다."

단인들은 즉시 얌전해지며 지도자의 말에 순종했다.

"녀석들이 바다에서 왔다면 한 놈을 □□하게 죽이고 다른 놈에게 이렇게 말하자. '가서 너의 가족과 친구에게 전해라. 땅의 주인들은 너무나 강대한 이들이라 절대로 쳐들어가선 안 된다고. 형제가 죽었 듯 모두 죽을 거라고. 바다 위로 나오면 절대 안 된다고.'"

그러자 모두 소리죽여 찬성 의사를 표시했다. 그때 나이 들어 보이는 단인 하나가 말했다.

"하늘에서 왔으면 어쩌지? 아직 우리 모두 저들이 어디서 왔는지 몰라. 하늘에서 왔을 수도 있어."

물에 빠졌다는 단인이 거칠게 반박했다.

"저놈들을 봐! 몸에 날개도 없고 깃털도 없어. 두 다리로 걸어 다녔잖아!"

늙은 단인은 얼굴을 찌푸리며 목소리를 깔았다.

"하늘의 이야기를 떠올려라. 어머니의, 어머니의, 어머니로부터 전해진 □□를 떠올려라."

지도자가 망설이자 늙은이가 계속 설득했다.

"우리가 기다리던 하늘에서 온 사람일지도 몰라. □□를 해서 □□를 보인다면 알 수 있을 거야. 저들의 외모가 물고기를 닮았으나 바다 냄새는 나지 않았어."

"땅에 올라온 지 오래되어서 냄새가 사라진 거야!"

물에 빠졌던 단인은 끝까지 포기하지 않고 맞섰다.

"너희 둘의 말이 다 그럴듯하구나. 저들이 뭐라고 말하는지 들어 보자. □□를 보이라고 요구하자."

지도자의 말에 모두가 따르며 흥분을 가라앉혔다.

단인들이 토론을 마치고 다가오자 우리는 청각 센서의 성능을 낮췄다. 부관이 말했다.

"아무래도 저들은 바다를 증오하고 하늘에 호의를 품고 있는 것 같습니다."

"내 생각도 그래. 하늘에서 왔다고 대답하자."

"무언가를 보이라는데, 증거… 같은 거겠죠?"

"비행기나 우주선을 뜻하는 것 같아. 아까 우릴 바다에서 왔다고 모함하는 녀석도 그러잖아? 날개도 없는데 어떻게 하늘에서 왔냐고. 즉 우리가 무언가를 타고 왔음을 보인다면 저들이 믿어 줄 거란 얘기야."

그사이에 무리가 임시 감옥 앞에 다시 모였다. 지도자가 같은 질문을 되풀이했다.

"너희들은 바다 밑에서 왔느냐, 하늘 위에서 왔느냐?"

그새 선택지가 줄었군.

"우린 하늘 위에서 왔어."

모두가 동요하는 기색이었다. 지팡이를 쥔 지도자의 손이 미세하게 떨렸다.

"그게 사실이냐? 그럼 □□를 보여라. 너희들은 어떤 방법으로 하늘에서 땅으로 내려왔지?"

나는 부관에게 신호를 보냈다.

부관은 즉시 임라나를 불렀다.

큰 소리는 나지 않았기에 우리가 가리킬 때까지 녀석들은 멍하니 우릴 쳐다보고만 있었다. 단인들이 우리 손짓의 의미를 이해하고 겨우 몸을 돌리기 직전 마을에 있는 암컷과 아이들이 먼저 발견하고 비명을 질러 대었다.

하늘을 가로지르며 하얀 우주선이 마을 상공에 모습을 드러내었다.

물론 내 시야에는 작고 낡은 장거리 비행용 탐사선으로 보일 뿐이었다. 진작 분해해서 폐품 처리해야 할 고물 수준의 물건이었다.

그래도 단인들에게는 거대한 새, 아니 날개가 아주 작으니 거대한 상어에 가까운 물체로 보일 터다. 지금 지구에 상어가 있는지 모르겠지만 내가 살던 시절에도 이미 4억 년이 넘도록 큰 변함없이 존재하던 고참이었으니 건재하지 않을까 싶다.

단인들은 비명을 지르고 몸을 떨었다. 안고 있던 아기를 바닥에 떨어뜨린 암컷도 있었다. 지도자도 지팡이를 땅에 떨어뜨리고 주저앉았다. 울음 비슷한 소리를 터뜨렸다.

므어어어어. 튜바처럼 낮은 울음소리가 마을 상공으로 퍼져 갔다.

부관은 임라나를 마을 위로 천천히 한 바퀴 돌게 한 다음 조금 떨어진 평평한 땅, 저들이 이상한 그림을 잔뜩 그린 땅 위에 착륙시켰다. 마을 안에는 도저히 우주선이 차지할 공간이 없었기 때문이다.

겉으로 보기에 우리는 손가락 하나 까딱하지 않았으니 저들은 분명 우주선이 하나의 생물이거나 안에 다른 누가 타고 있을 거라 여기지 않을까. 아무튼 강렬한 충격을 주었음에는 분명하다. 우리가 지금까지 살펴본 결과 가장 커다란 생물도 임라나 전고의 20퍼센트를 넘지 못했다.

비명과 울음이 잦아들고 적막이 찾아오려나 싶은 순간 지도자가 벌떡 일어나 마을 한가운데로 달려갔다. 양손을 번쩍 들더니 지금껏 들어본 가장 우렁찬 목소리로 외쳤다.

"□□!"

처음 듣기에 해석이 안 되는 그 낱말의 발음은 '뚜공'에 가까웠다.

"뚜공!"

지도자가 연거푸 외치자 마을 주민들이 그에게로 달려가서 역시 양손을 들고 외쳐댔다.

"뚜공! 뚜공! 뚜공! 뚜공! 뚜공! 뚜공! 뚜공! 뚜공! 뚜공! 뚜공! 뚜공! 뚜공!"

번역기는 임시로 다음과 같이 판단했다.

뚜공

【명사】비행기, 우주선, 커다란 새.

단인들은 한참이나 양손을 들고 춤을 추며 뚜공을 외쳤다. 광란의 클럽을 보는 듯한 광경이었다.

나이 든 단인이 가장 먼저 흥분을 가라앉히고 우리 쪽을 돌아보았다. 그러자 지도자를 시작으로 주민들도 따라서 우리를 보더니 물밀 듯 몰려들었다. 예상 못 한 사태에 부관도 당황한 기색이었다.

"선장님, 우릴 공격하는 걸까요? 일단 피하죠!"

"아냐, 공격일 리가 없어. 저렇게들 기뻐하는데…."

어쩌면 세월과 종족의 간격이 표정과 감정의 관계를 뒤바꿔 놓았을지도 모른다. 내가 저들의 표정을 지금까지 거꾸로 읽고 있던 게 아닐까 하는 불안한 생각이 떠올랐다. 기쁨이라고 생각한 게 실은 화를 낸 표정이었다면? 만약 그렇다면 지금 저들은 우리를 잡아 짓밟고 산산조각을 내고 싶어 하는 것임이 틀림없다!

허름한 외양간은 단숨에 무너지고 나와 부관은 누구의 것인지도 모르는 단인들의 손아귀에 전신을 붙잡혔다. 그들은 우리를 번쩍 치켜들더니 우르르 몰려가기 시작했다.

그렇다. 마치 뜨겁게 달아오른 록밴드 콘서트 중에 스테이지 다이빙을 시도한 록커처럼 우리는 단인들이 치켜든 손 위에 누운 채로 어딘가로 떠밀려 가고 있었다.

"뚜공! 뚜공! 뚜공! 뚜공!"

단인들은 다른 낱말을 다 잊어 먹고 이거 하나만 기억하는 것처럼 뚜공만 연발했다.

"뚜공! 뚜공! 뚜공! 뚜공! 뚜공! 뚜공! 뚜공! 뚜공!"

"아, 자꾸 시끄럽게 뚜껑 거리지 마! 뚜껑 열리겠네!"

…여느 때라면 부관이 썰렁한 개그에 대한 핀잔을 주었을 텐데 그것마저 없으니 섭섭했다. 녀석도 예상치 못한 사태에 어안이 벙벙한 눈치였다.

"선장님, 우린 대체 어디로 옮겨지는 걸까요?"

"글쎄, 우주선으로 가고 있는 거겠지."

"아닙니다. 잘 보세요. 우주선은 저쪽이에요. 벌써 지나쳤다고요."

"진짜네?"

단인들은 우릴 데리고 엉뚱한 방향으로 가고 있었다. 당연히 우주선 앞으로 가서 만져도 보고 두드려도 보고 할 줄 알았는데 의외의 반응이었다. 이들은 임라나를 본 척도 하지 않은 채 우릴 들고 다른 곳으로 향했다.

야트막한 둔덕 위로 올라가나 싶더니, 이제는 우리가 놀랄 차례였다.

아마도 지구에 온 이래로 본 가장 커다란 인공 건조물이 거기에 있었다.

수많은 거대 벽돌로 쌓아 만든 물체였다. 건물이라고 표현하기가 힘들었다. 사람이 살기 위해 만든 것 같지가 않았다.

외양을 간단히 설명하자면 우선 아주 납작한 원기둥이 있다. 원판이라고 표현하는 쪽이 낫겠다. 그 위에 삼각형 구조물이 있다. 꼭 짓점 하나가 원의 중심, 하나는 원의 가장자리 끝, 나머지 하나는 끝에서 수직으로 위쪽에 위치한다. 두께는 제법 굵어서 원의 면적을 대충 30퍼센트 정도 점유하는 것으로 보인다. 거의 이등변삼각형에 가깝다.

개략적인 모습이 이렇고 실제로는 돌을 깎고 벽돌을 쌓아 만든 거대한 구조물이다. 원판의 반지름이 80미터, 삼각 구조물 높이가 120미터 정도 된다.

얼핏 해시계 같긴 한데 그러기엔 침에 해당하는 부분이 너무 굵다. 역시 주술적 혹은 종교적인 목적인 걸까? 피라미드처럼?

단인이 만든 건지 아닌지는 모르겠다. 뿔쥐처럼 고대 문명의 유산을 의미도 모른 채 물려받은 걸지도 모른다. 어쨌든 표면은 깨끗하고 잘 관리된 것으로 보였다. 벽돌 사이로는 잡초 한 포기 안 보였다.

여기에 이르자 겨우 뚜공 소리가 멎었다. 그들은 우리를 원판 한쪽에 난 돌계단 앞에 얌전히 내려놓았다. 헹가래 치듯 던지지 않아서 천만다행이었다.

지도자가 우리 앞에 다가오더니 높이 솟은 삼각형 구조물을 가리켰다.

"너희들 ㅁㅁ를 다시 불러라. 여기에 ㅁㅁ해서 ㅁㅁ하도록 ㅁㅁ해라."

우리가 못 알아듣자 손짓 발짓을 하며 열심히 설명했다. 옆의 몇몇 단인들도 거들었다. 어찌나 열의를 가지고 성의 있게 가르쳐주는지 빨리 이해 못 하는 게 미안할 지경이었다. 우리를 붙잡고 외양간에 가둘 때 보였던 적대적인 태도는 사라진 지 오래였다.

겨우 알아들은 지도자의 말은 이랬다.

"너희들의 우주선(혹은 큰 새)을 다시 불러라. 여기에 옛날부터 전해진 대로 다시 출발할 수 있는 준비를 갖추도록 해라."

대화 결과 뚜공이 우주선을 뜻하는 말이 아님은 분명했다. 우리는 뚜공이 무슨 뜻인지 물었으나 확실한 대답은 듣지 못했다.

"우린 뚜공이라 외쳐. 반갑고 기쁘니까. ㅁㅁ가 ㅁㅁ하니까 뚜공이야."

그들은 뚜공을 설명하기 위해 다시 우리가 모르는 낱말을 마구 동원했다. 번역기는 나름대로 새로 해석을 추가했다.

뚜공
【감탄사】기쁨이나 즐거움을 나타낼 때 외치는 말.
유의어 | 만세, 야호

부관은 단인들이 바라는 대로 임라나를 다시 불러 경사진 삼각형 구조물 위에 놓았다. 워낙 큰 구조물이라 자리가 남을 정도였다. 선두가 하늘로 향한 자세로 놓으니 부관도 나도 느껴지는 게 있었다.

"선장님, 이건 설마….."

"틀림없어. 이들은 나름대로 지식과 기술로 우주선 이착륙장을 만든 거야!"

"은하 연방에서 이곳을 찾은 기록은 없을 텐데요. 선장님 일행, 즉 최초이자 최후의 지구 선발대를 끝으로 연방은 지구와 관계를 끊었습니다. 지도를 통해 대륙의 이동을 추측하면 이후로 최소 1억 년은 흘렀을 텐데, 그 세월 동안 숱한 문명과 종족을 거치면서도 그때의 기억이 계승될 수 있었던 걸까요?"

"설마 그럴 리가. 지구인은 고작 몇 세대 전의 교훈도 잊어버리는 종족이야. 당장 나만 해도 공룡 시대의 기억 같은 걸 이어받았을 리도 없어. 그랬다면 알을 숭배하느라 달걀 요리는 해먹지도 못했을걸."

"그렇다면 연방 몰래 해적이나 밀수 우주선이 지구를 찾았을지도 모릅니다. 그들이 미개한 종족에게는 하늘에서 온 구세주처럼 보였을지도 모르죠."

나는 고개를 저었다. 일리는 있지만 동의하고 싶진 않았다. 그랬다면 좀 더 확실한 UFO에 대한 기록과 증거들이 있을 터다. 바닥에 그리는 의미 없어 보이는 그림을 좀 더 자세하게 분석해 봐야 하나?

단인들은 그 와중에도 뚜공을 외치며 양손을 치켜들고 덩실덩실 춤을 추었다.

지도자가 우리에게 소리쳤다. 역시 이 표정은 옛 지구인을 똑 닮았다. 내가 잘못 본 게 아니었다.

"너희들이 와 줘서 우리는 살았어! 우리는 떠날 거야!"

"떠나다니, 어디로?"

"하늘 위로! 하늘 위 ㅁㅁ와 ㅁㅁ로 갈 거야! 우린 간다! 바다 놈들은 평생 바다 밑에서 ㅁㅁ나 하래지! 우린 하늘 위 ㅁㅁ로 간다! 뚜공!"

"뚜공! 뚜공! 뚜공! 뚜공!"

"대체 그게 무슨… 아, 좀 뚜공 그만 외쳐!"

나는 짜증이 나서 지도자의 털을 움켜잡고 흔들었다.

"어디로 간다는 건지 자세히 가르쳐 줘!"

"우리가 이들을 데리고 가는 걸 당연하게 여기는 것부터 좀 지적해 주십시오."

부관이 옆에서 참견했으나 무시했다. 이들에게 그런 것까지 따지는 건 아무래도 심한 처사 같았다. 우릴 아마도 하늘에서 보낸 심부름꾼 정도로 여기는 거 아닐까? 이들의 세계관이나 지적 능력을 고려하면 하늘에서 왔으면 당연히 자기들 편이고 자기들을 위해 온 거라고 여기는 것도 무리는 아니겠지.

"우리 사는 세상은 땅과 바다로 이루어져 있어."

갑자기 옆에서 목소리가 들려서 돌아보니 몸집이 작고 얼굴이 주름졌으며 털색이 옅은 단인이 있었다. 우리가 하늘에서 왔을 가능성을 처음 지적한 늙은이였다.

"땅의 주인은 우리고, 바다의 주인은 바다 놈들이야. 예로부터 전해진 이야기에 따르면 우린 같은 어머니가 낳은 형제야. 어머니는 하늘 위에서 왔어. 어머니는 두 형제에게 하나는 땅에서 살고 하나는 바다에서 살라고 했어. 언젠가 데리러 온다는 말을 남기고 어머니는 하늘로 돌아갔지.

오래오래 살면서 형제는 점차 멀어졌어. 바다 애들은 땅 위도 갖고 싶었어. 하지만 우리는 바다 밑에서 살 수가 없어. 우리와 달리 바다 놈들은 바다에서도 땅에서도 살 수 있지. 바다 놈들은 힘도 세고 무기도 세. 이대로 가면 우리가 질 거야. 전부 죽고 땅을 빼앗길 거야.

그런데 오늘 너희들이 왔어. 어머니가 우릴 데려가려고 우주선(혹은 큰 새)을 보낸 거야. 그래서 우린 기뻐하는 거지. 뚜공!"

나이 든 단인이 말을 마칠 때까지 주위의 모두가 말이 없었다. 우리 역시 마찬가지였다. 그때 빨간 꽃을 꽂은 예쁜 아이가 그에게 달려가 다리에 매달렸다. 작게 속삭인 목소리는 아마도 "엄마"라고 부른 것 같았다.

침묵을 깨는 게 부담스러웠는지 부관이 무선으로 말을 걸었다.

"창세 설화나 신화 같은 걸까요?"

"신화엔 꽤 많은 진실이 담겨 있지. 우릴 바다에서 왔다고 의심했던 것으로 봐서 바다 밑에 산다는 종족과 꽤 닮았을 거야. 단인과 같은 조상에서 갈라져 진화했겠지."

"하지만 포유류가 금방 바닷속에서 살 수 있을까요?"

"하긴. 고래와 원숭이가 공통 조상에서 갈라져 나왔다지만 몇만 년은 걸린 일인데, 그 시절에 만든 전설이 여태까지 이어질 리가 없지. 에잇, 이럴 땐 옛날 지구 격언을 써먹어야지! 백문이 불여일견이라는 말이 있어."

"지구인은 청각보다 시각 능력이 훨씬 뛰어났다는 의미입니까?"

"틀린 건 아니지만… 40점!"

"어떤 기준의 채점입니까?"

"보통 100점을 만점으로 하지."

"그럼 낙제점이 아닙니까."

"당연하지!"

기가 막힌 건지 죽은 건지 부관은 더 대꾸가 없었다.

"요지는 직접 보고 확인하자는 얘기야. 일단 얘들을 설득하는 게 급선무인데…."

나는 비유적 표현으로 진땀을 흘리며(거듭 말하지만 소화기관도 없고 수랭식도 아니며 수소 연료를 쓰지도 않는 육체에 액체를 배출하는 불필요한 기능 따위를 추가할 이유가 없다) 단인들에게 잠깐 바다를 보러 갔다 오겠다고 설명했다. 우리가 도망치거나 가면 다시는 안 올 거라 생각하고 맹렬히 반대하는 바람에 설득하는 데 꽤 시간이 걸렸다.

여기서 부관의 활약이 보탬이 되었다. 과연 지구 격언을 또 쓰자면 눈에는 눈, 이에는 이. 설화에는 설화로 맞서자는 대책이었다.

우리가 땅의 주인을 선택했으니 바다의 주인이 이 사실을 알면 분노할 거다. 그러니 우리가 그들에게 가서 잘 설명해서 화를 가라앉히도록 해야 한다.

부관의 설득이 먹힌 덕에 겨우 에워싼 단인들에게서 벗어나 임라나에 탔다. 이착륙장 따위가 없어도 얼마든지 날아오를 수 있지만 경사진 석제 발사대 위에서 출발하니 어쩐지 더 운치 있고 장엄하게 느껴지긴 했다. 고대의 숨겨진 유적지에서 오랫동안 잠자고 있다가 발굴되어 깨어난 우주선 같다고나 할까.

임라나는 즉시 가까운 바다 밑으로 들어갔다. 예나 지금이나 어종은 풍부했다. 땅 위보다 더 많고 다양한 개체가 활기차게 살아가고 있었다. 다만 개체 수가 압도적으로 많은 데다가 전파를 흡수하는 물의 성질 때문에 바다 밑에 산다는 지성체를 찾는 건 너무 어려운 일이었다.

우리의 우주선 임라나는 유감없이 능력을 발휘했다.

바닷속에서 약 20년 정도를 보내며 찾아다닌 끝에 희소식을 발견했다.

특정한 초음파 신호가 집중적으로 뿜어 나오는 위치를 잡아낸 것이다.

"목표가 이동하고 있습니다!"

잠에서 깨어나 부관의 보고를 받은 즉시 추적을 명했다.

"이건 분명 인위적인 신호로군."

"그렇습니다. 상당한 수준의 문명을 이루고 있는 것으로 보입니다."

"해저에 꼭꼭 숨어 있었구나? 이러니 위에서 찾아도 안 보였지."

바다 밑에서 산다면, 특히 이동을 한다면 해저의 지형이나 어군을 탐지하기 위한 초음파 소나는 필수일 거란 착상에서 탐지한 결과 예상보다 빠르게 찾아낼 수 있었다.

태양력 20년을 오래 걸렸다고 말할 수 있을까? 지구는 표면의 90퍼센트 가까이가 물인 행성이다. 더구나 초음파 탐사라는 건 필연적으로 우리가 상대방을 탐지함과 동시에 상대방에게도 이쪽의 존재가 발각될 수 있는 위험을 내포하고 있다. 그건 우리가 원하는 바가 아니었다. 부관의 똑똑한 두뇌 속에는 음파를 굴절시키는 메타물질의 설계도가 들어 있지만 우주선 외피에 씌울 분량을 만들어 낼 재료와 설비가 없었다. 애초에 임라나가 수중에서 비밀 임무를 수행하기 위해 만든 우주선도 아니었기에 어쩔 수 없는 일이지만⋯. 덕분에 우리(일은 조타수가 다했고 나와 부관은 잠만 잤음)는 아주 주의 깊게 그리고 조심스레 이동하며 상대에게 들키지 않고 먼저 상대를 탐지하는 데 성공했으니 길었다고 말할 수는 없는 상황이다. 무턱대고 돌아다녔다면 200년이 걸려도 못 찾을지도 모르며 무엇보다 상대방에게 먼저 들켜서 도망가게 만들거나 공격을 받았을지도 모를 일이니까.

우리의 목표 상대는 거의 도시 규모의 거대한 원반형 물체로 대륙붕에 거의 붙은 상태로 천천히 이동하고 있었다. 상당한 기술력을 가진 문명의 산물인 것으로 보였다.

문득 덩굴과 풀로 뒤덮인 단단한 건물이 떠올랐다. 어쩌면 이들이 그 건물의 주인, 바로 땅을 버리고 바다를 택한 종족일지도 모른다. 하지만 왜 그랬을까?

육지에서 딱히 포악하고 위협적인 동물은 찾지 못했다. 육식동물이 있지만 다들 적절하게 먹이사슬을 유지할 정도의 분포였다. 단인처럼 덩치가 작은 종족도 사냥을 하면서 평화롭게 자급자족하고 있었다. 대륙에는 도시를 이루고 살 만한 비옥한 땅이 남아돌았다. 대체 왜?

우리는 일단 임라나를 해저 동굴에 잘 숨겨 놓고 다른 육체를 골라 입고 나왔다. 다리 대신 커다란 꼬리지느러미가, 팔 대신 펼치고 접을 수 있는 지느러미 막이 달렸다.

단인들의 먼 친척이 바다 밑에서 살 수 있는 이유가 모습을 드러냈다.

예상대로 거대한 도시였다. 반구형 잠수함이 사방으로 가늘고 흐린 빛줄기를 뿌려대며 해저 밑바닥을 유유히 훑으며 이동하고 있었다. 그릇을 뒤집어 놓은 듯한 외형을 보면 잠수함이라는 표현이 전혀 어울리지 않았다. 그대로 물에 가라앉은 원반형 우주선이라고 하는 편이 나을 것 같다. 상부 곳곳에 난 투명한 창문 밖으로 빛이 새어 나왔다. 아마도 하층부에서 기계 설비나 별도의 도구를 해저로 이어서 광물이나 가스 등의 자원을 채취하고 상부가 거주공간인 것으로 추측되었다.

우리는 들키지 않게 조심하면서 최대한 접근했다. 가까운 창문 근처로 이동하며 슬쩍 들여다보았다. 내부에는 발전한 문명의 최첨단을 보여주는 듯한 광경이 펼쳐졌다.

질서정연하게 늘어선 건물, 다양한 높이로 뻗은 다리, 그 위로 지나가는 차량의 불빛… 늘 어둠만이 존재하는 해저에서 펼쳐지는 영원한 야경이었다.

홀린 듯이 바라보던 나는 문득 정신을 차리고 부관에게 말했다.

"돌아가자."

"예? 당연히 저들과 접촉을 시도하실 줄 알았는데요. 문명과의 조우를 누구보다 원하시지 않았습니까?"

"상대방이 원하지 않는 조우는 민폐일 뿐이야."

"그럼 단인들은요?"

"걔들은 문명이나 종족 간의 관계를 이해하지 못할 정도로 미개하니까 상관이 없지. 우리가 동식물을 관찰할 때 양해를 구하거나 허락을 받진 않잖아."

"여기 바다 밑에서 고등 문명을 이룬 종족은 우리를, 아울러 은하 연방과의 교류를 원하지 않을 거란 말씀입니까?"

"어디까지나 내 추측이지만."

우리는 지느러미를 저으며 임라나로 돌아갔다.

"저들은 자기네 보금자리 속에서 충분히 안락하게 살고 있어. 땅 위를 버린 것도 그래서겠지. 땅 위에서 산다면 과거 조상들의 과오를 되풀이하게 될지도 모른다는 생각이 들었던 거야."

"선장님 종족의 최후 말이군요."

탐욕과 이기심에 똘똘 뭉쳤던 고대 인류. 핵무기를 쌓아 놓고 서로 겁만 주고 눈치만 보다가 결국 죄 없는 이들까지 끌어들여 다 함께 사이좋게 사라진 어리석은 자들.

"이것도 내 추측이지만 도시의 외양이나 엔진을 보니 원래 목적은 우주선인 것 같아."

"저도 그렇게 판단했습니다."

"아마도 도시 규모의 인구를 싣고 지구를 떠나기 위해 만들었겠지. 실제로 한 번 떠났다가 돌아온 걸지도 몰라."

단인들의 설화에선 어머니가 하늘에서 내려왔다고 했다. 그의 아이 하나는 땅에서, 하나는 바다 밑으로.

"이유는 모르겠지만 딱히 살 만한 행성을 못 찾았나 봐. 지구가 그리워서 돌아가기로 결정했을지도 모르지. 아무튼 돌아왔는데 의견이 갈린 모양이야. 예전처럼 땅에서 살 것이냐, 바다 밑으로 내려갈 것이냐."

"그래서 땅에 남은 이들의 후손이 지금의 단인이다, 이건가요?"

"설화가 맞다면. 지식과 문명이 단절된 걸 봐서 그들은 사라졌고 단인은 전혀 다른 종족일지도 모르지만."

버려진 도시의 광경이 머릿속에서 펼쳐졌다. 저들이 땅과 바다로 갈라진 건 머나먼 2만 년 전의 일. 무슨 비극이 벌어졌는지 몰라도 땅을 선택한 이들의 문명은 사라져 버렸다. 그렇게 확신할 수 있는 이유가 있다.

해저 도시 속의 인물들은 단인들과 닮았지만 다르게 생겼다. 진화의 갈래가 길어졌던 결과인지 여우를 닮은 얼굴에 키가 훤칠하고 털도 거의 없는 것처럼 보일 정도로 짧아졌다.

더 자세한 사실을 알려면 우리 둘 가지고는 무리였다. 연방에서 대규모의 조사대를 파견해야 할 일이었다. 당연히 그렇게 신경을 써 줄 리가 없지.

우린 그저 짧은 휴가를 받아서 온 관광객에 불과했다. 1억 년 동안 벌어진 지구 문명의 흥망성쇠는 알아낼 방법도 능력도 시간도 없다. 비록 알고 싶은 마음은 간절했지만 말이다.

"어차피 시간도 촉박하니 잘 되었군요. 바다 밑 문명이 흥미롭긴 합니다만 저들과 교류하다간 휴가 기간이 모자랄 것 같습니다. 어차피 지구 시간으로 열흘 안에는 돌아가야 시간을 맞출 수 있거든요."

"문제가 하나 남아 있어."

부관이 다음 말을 기다리듯 나를 빤히 쳐다보았다. 이 녀석은 지구인의 행동 양식을 너무 잘 배운다. 나도 지구인답게 가렵지도 않은 머리를 긁으면서 투덜댔다.

"단인들을 어떻게 속이고 달아나느냐지!"

"고민할 게 있습니까? 이대로 그냥 가면 되죠."

"야, 말도 안 돼. 그랬다가 우린 저들의 전설 속에서 사기꾼 외계인으로 남을 거 아냐. 그런 불명예가 또 어디 있겠어?"

"어차피 우리가 지구에 또 온다고 해도 몇억 년 후일 겁니다. 그때쯤에는 전혀 다른 종족이 다른 창세 신화를 기억하고 있겠죠."

"그래도 안 돼. 내가 명색이 이 별에 살았던 종족의 후예고, 족보를 따지면 단인들의 먼 조상인데 그런 안 좋은 기억을 조금이라도 남기고 싶지 않다고. 이왕이면 좋은 추억으로… 음… 내가 구세주라고 주장했다가 네가 날 십자가에 매다는 건 어떨까. 난 며칠 있다가 부활해서 우주선 타고 떠나고. 어때?"

"단인들의 지성으로도 그런 허술한 연극에는 안 넘어갈 것 같군요."

"무시하냐? 이게 우리 때는 2000년도 넘게 통한 수법이라고."

"선장님 동족이 멸망한 것도 다 그럴 만한 이유가 있어서가 아니겠습니까?"

열 받지만 반박할 수가 없다. 그 점이 더 화가 난단 말이야!

결국 마음을 정하지 못한 채로 임라나를 다시 발사대 위에 얹고 이전 육체로 갈아입은 다음 내려왔다. 근처에서 교대로 망을 보던 단인들이 그 모습을 보더니 마을로 뛰어가 다시 주민 전체를 데리고 돌아왔다.

솔직히 그놈이 그놈이었다. 20년이 흘렀다고 하지만 사는 모습도 생김새도 그대로였다. 조금의 발전도 없는 미개한 종족 같으니. 속으로 무시하다가 한 가지 섬뜩한 의문이 떠올랐다.

이 녀석들 평균수명이 몇 살이지? 우리를 기억하고 있을까?

20년 사이에 세대교체가 되어서 우릴 처음 보는 놈들만 남아 있는 거라면 그 전에 힘겹게 했던 의사소통이 모두 말짱 꽝이 되어버리고 말 상황이었다.

단인들이 우리 주위를 에워쌌다. 경계하는 모습을 보이지 않는다는 점, 뚜공을 외치지 않는다는 점을 볼 때 우릴 기억하는 모양이었다. 부관도 비슷한 의견을 전해 왔다.

"몇몇 개체를 식별할 수 있겠습니다만, 젊은이가 노인이 될 정도의 노화를 겪었군요. 아마도 평균수명은 태양력으로 30세 정도에 불과한 것으로 보입니다."

"그런가? 그럼 지도자가 바뀌었겠네."

마침 내 혼잣말에 대답이라도 하듯이 지도자가 우리에게로 다가왔다. 가로막았던 인파는 보이지 않는 힘에 밀려난 듯이 좌우로 물러나며 그에게 길을 틔워 주었다.

새로운 지도자는 이전에 본 덩치 크고 심술궂은 아줌마와 딴판이었다. 지팡이, 화려한 옷, 많은 장신구 같은 복식은 동일했으나 더 작고 날씬하며 젊었다. 단인의 미인 기준을 알 수는 없으나 적어도 내게는 기품과 아름다움이 느껴졌다.

"어서 와. 기다리고 있었어!"

지도자는 우릴 보더니 반갑게 웃으며 말을 건넸다. 편하고 부담 없는 태도라서 내 마음도 한결 놓였다. 그러면서도 궁금했다.

"우릴 알아? 이전 지도자에게서 들었던 모양이지?"

"넌 나를 잊어버렸어?"

지도자는 잠시 주위를 둘러보더니 지팡이를 짚지 않은 손으로 한 아이를 불렀다. 키가 지도자의 절반 정도밖에 되지 않은 아이가 앞으로 달려와 눈망울을 빛내며 그를 올려다보았다.

"잠시만 빌릴게."

손을 내밀어 아이의 머리에 꽂혀 있던 꽃을 꺼내더니 자신의 귀옆에 꽂더니 우리를 보며 미소 지었다. 저 빨간 꽃… 그렇다. 이 아이는 우리를 알고 있었다. 누군가에게 들을 필요도 없이.

우리야 잠깐 잠들었다가 깨어난 셈이니 어제 일처럼 이들을 기억하고 있었지만 단인들에게는 자기 삶의 절반 이상이 지난 긴 세월이 흘러 재회한 셈이었다.

"우리는 너희를 기다렸어. 아주 오래오래. 우릴 속이고 도망갔다고 비난한 어른들도 있었어. 하지만 엄마와 나는 너희를 믿고 기다렸어. 엄마도 너희를 욕한 이들도 지금은 죽고 없어. 나와 아이들은 모두 너희를 기다리고 있었지."

감격과 회한에 젖은 목소리라고 말한다면 의인화와 감정 이입이 지나친 걸까. 지도자가 된 아이는 그 시절과 똑같이 반짝이는 눈망울로 더 가까이 오며 목소리를 높였다.

"이제 우리를 데리고 가 줘! 다 같이 어머니의 나라로 가자!"

내게는 적잖게 난처한 상황이었다. 부관은 살짝 떨어져서 그런 모습을 흥미롭게 지켜보고 있고. 저 녀석은 이럴 때 좀 도와줄 것이지 자기만 쏙 빠져서 남 일처럼 구경만 하고 있냐.

나는 망설이고 또 망설이며 힘겹게 말을 꺼냈다.

"너희들에게 미안한 말을 해야겠다.

바다 밑 사람들을 보고 왔는데 너희보다 더 똑똑하고 힘도 셌어. 어머니는 바다 사람을 마음에 들어 하셨지. 하지만 바다 사람은 하늘로 가고 싶지 않았어. 바다 밑에서 사는 게 좋다고 말했어. 그래서 어머니에게 물어봤더니 '너희들이 바다 사람보다 더 똑똑하고 강해지면 그때 데려가야겠다'라고 말했지."

아, 이들은 미개한 만큼이나 순박하구나. 낯선 이의 말을 곧이곧대로 믿고 받아들일 정도로. 지도자를 비롯한 단인들의 얼굴에 배어 나오는 슬픔, 안타까움, 애석함이 그 증거였다. 감정의 표현이 어찌나 절절한지 말하는 내 마음도 슬퍼질 지경이었다. 하지만 그럴수록 말을 해야만 했다. 단인들을 위해서. 땅의 진짜 주인이 될 이들을 위해서.

"바다 사람들은 바다 밑에서도 숨을 쉬고 집을 짓고 살아가는데 너희들은 땅 위에서 뭘 하고 있어? 외양간에 쌓인 똥을 마른 풀과 섞어서 모아 뒀다가 밭에 뿌리면 작물이 잘 자란다는 사실도 모르면서 무슨 농사를 짓는다는 거야? 너희들은 어리석어. 땅의 주인이라 말할 능력이 없어. 그래놓고 하늘로 돌아가려 한다니, (적절한 어휘를 찾기 힘들어서 잠시 망설였다) …나쁜 놈이야. 어리석은 놈이야.

너희들은 더 똑똑해져야 해. 더 강해져야 돼. 그래야 어머니 마음에 들 수 있어.

내일의 내일의 내일, 너희들이 산처럼 큰 집을 짓고 새보다 빨리 하늘을 날아다니는 날 우리가 다시 올 거야. 그때는 아마 너희가 스스로의 힘으로 훨씬 큰 배를 타고 우리를 찾아올 수 있겠지. 그날 다시 만나자."

말을 마친 나는 과감히 몸을 돌렸다. 지도자가 팔을 붙잡았으나 머뭇거리지 않았다. 과감히 뿌리치려 하는데 지도자의 목소리가 들렸다.

"다시 만나, 뚜공."

저도 모르게 고개를 돌렸다.

"반갑고 기쁠 때 하는 말이 아니었어? 뚜공이라니…."

"나도 모르겠어. 그렇지만 꼭 말해 주고 싶어서. 잘 가. 뚜공!"

주민들은 지도자를 따라 뚜공을 외쳤다. 이전처럼 시끄럽지는 않았다. 좀 더 부드럽고, 온화하고, 정겨운 인사였다.

이제야 나는 뚜공이라는 낱말의 진짜 의미를 알 것 같았다. 정확히는 지금 이 순간 만들어진 셈이었다. 하나의 말에 새로운 의미가 부여되면서, 뚜공은 이들과 나를 이어 주는 약속의 말이 되었다.

"그럼 모두 잘 있어, 뚜공!"

나는 그 말을 남기고 부관을 따라 임라나에 올랐다. 우렁찬 소리도 자욱한 연기도 없이 임라나는 가볍게 하늘로 날아올랐다. 그래도 저들에게는 평생 못 잊을 인상적이고 웅장한 광경임이 틀림없다.

이제 저들은 대대로 후손들에게 노래를 부르고 언젠가 발명할 글자를 적으며 이 기억을 남겨 주리라. 더 현명해진 단인의 후예는 우리 고대 지구인이 벌였던 추악하고 어리석은 행태를 되풀이하지 않기를.

언젠가 연방의 도시에서 저들의 후손과 재회하는 날이 왔으면 좋겠다.

그때 나는 쑥스럽게 웃으며 말하겠지.

"실은 말이죠. 몇만 년 전에 당신 조상에게 가르침을 준 게 접니다."

"아, 그랬나요! 덕분에 저희는 고도의 문명을 이루면서도 높은 도덕성을 유지할 수 있었어요. 이렇게 연방의 일원으로 지구가 당당하게 들어올 수 있었던 것도 다 당신 덕분입니다. 고맙습니다, 조상님."

"아유, 뭘 그렇게까지 추켜세우시니 몸 둘 바를 모르겠네요. 아하하…."

…물론 이런 동화 같은 이야기가 이뤄질 리는 없겠지만.

꿈이야 내 마음대로 꾸어도 되는 거잖아?

그때 버전 1.0으로 완성된 지구어 번역기가 마지막 낱말을 확정했음을 알려왔다.

뚜공

【감탄사】 만나서 반가울 때, 헤어질 때 또 만나자며 인사로 하는 말.

부관이 문득 침묵을 깨고 음성으로 말을 걸었다.

"만날 때와 헤어질 때 같은 말을 한다니, 특이하군요."

"넌 모르겠지만 있어. 나 살던 지구에도 그런 인사 있었어."

"그랬나요? 아무튼 괜찮은 인사말입니다. 효율적이기도 하고요."

"넌 이런 때에도 효율 찾고 앉았냐…."

"그럼 이제 가속하겠습니다."

"잠깐만! 마지막으로 지구 모습을 한 번 더 볼래."

이미 실제 배율로 지구는 콩알처럼 작게 보였다. 나는 모니터에 확대 표시한 지구에 대고 작게 중얼거렸다.

"뚜공."

"뚜공."

부관도 나를 따라 말하고는 가속했다. 우리는 조타수의 자동 조종에 임라나를 맡기고 즉시 수면에 들어갔다.

의식을 셧다운 하기 직전에 좋은 생각이 하나 떠올랐다. 사전에 임의로 뜻을 한 줄 더 붙이는 것이다.

결국 이름을 묻지 못해서 모른 채로 남은 털북숭이 열매의 이름을 '뚜공'으로 짓기로 결심했다. 삼키는 척만 하고 목구멍에 남아 있던 열매 세 개는 바다로 들어가기 전에 꺼내어 냉동된 채 임라나의 창고에 잘 보존되어 있다. 나중에 돌아가서 분석해 볼 생각이다.

누가 뭐래도 현재 지구 아이들이 즐겨 먹는 간식이 아닌가. 어떤 성분인지, 당도는 높은지 궁금했다. 이왕이면 재배할 수 있다면 좋겠는데. 먹을 순 없어도 장식 식물은 될 테니까. 어쨌든 소중히 다뤄야만 한다.

그 작은 열매는 우리가 유일하게 가져온 기념품, 지구에서 가장 예쁘고 착한 아이에게서 받은 선물인 것이다.

엄정진(pilza2)

pilza2, 정희자, 엄정진 등의 필명을 사용.

거울 24호부터 필진으로 활동, 99호부터 편집진으로 활동중.

《U, ROBOT》(공저), 《아빠의 우주여행》(공저), 《코뉴코피아》, 《고치 짓는 여인》등
을 출간. 전자책 출판사 페가나를 만들어 《페가나의 신들》, 《달의 첫 방문자》, 야만인
코난 시리즈 등을 번역 출간.

냄새

―――――

이나경

1

올해 들어 두 번째로 입원했을 때 동생은 내게 요양을 권유했다. 한 1년쯤 공기 좋은 데서 건강을 추스르라는 제안이었다. 작년에도 동생에게서 똑같은 말을 들었는데 그때는 대강 얼버무리다가 흐지부지되었다. 그런 만큼 이번에는 그냥 넘어갈 분위기가 아니었다.

"생각해 봤는데 오빠 건강이 근래 부쩍 나빠진 건 미세 먼지 때문이야. 하늘 뿌연 것 좀 봐. 저게 다 중금속 가루거든. 저것들이 고스란히 코로 입으로 들어가는 거라니까. 건강하던 사람도 탈이 나는데 오빠라면 말 다했지."

병실에 들이닥쳐 특유의 박력으로 쏘아 대니 나로서는 듣는 것만으로도 현기증이 일 지경이었다.

"그렇게 찌푸리지 마. 나만 유난 떠는 거 아니야. 엄마도 걱정하고 계셔. 학교는 쉬고 당분간 울진에서 지냈으면 좋겠대."

"울진?"

"외할아버지 별장이 거기 있대."

"할아버지 돌아가신 지가 언젠데…."

"할아버지가 돌아가셨지 별장이 허물어졌나, 뭐. 아무튼 군소리 말고 가는 거다?"

나도 숙고하는 시늉은 했으나 어차피 어머니가 개입한 순간부터 이미 내 의사는 중요치 않게 되었다. 우리 집 여자들은 나를 과보호하는 경향이 있다. 내가 28년째 목숨을 부지하는 것도 그 덕분이겠지만.

울진행이 결정되니 일주일 뒤 나를 찾아온 사람이 두 명 있었다.

"박여송이라고 합니다. 어머님 회사에서 근무하고 있고요."

험상궂은 외양에 어울리지 않는 살가운 말투로 남자가 인사했다. 그는 비록 이마가 벗어질 조짐은 있으나 아직 30대 중반으로 보였다.

"심은하예요. 나는 회사 직원은 아니고 이번에 고용됐어요."

여자가 또박또박 발음했는데 희미하게 사투리 억양이 드러났다. 그녀는 40대, 어쩌면 50대일 것이었다.

그들은 어머니가 붙여 준 사람들로, 소개에 의하면 남성은 간병과 운전과 기타 허드렛일을 담당할 것이고 여성은 간단한 검진과 상담을 하고 식단도 짠다고 했다. 그들은 그러나 꼭 그렇게 칼로 가르듯 업무가 나뉘지는 않을 거라고도 덧붙였다.

"표명진이에요. 제가 병약해서 주위에 폐를 많이 끼치네요. 모쪼록 잘 부탁드립니다."

내가 인사했다.

이처럼 처음에는 데면데면했지만 목적지에 도착할 즈음 우리는 서로 간에 제법 많이 알게 되었다. 박여송 씨는 고등학교 때까지 유도를 했는데 쇄골이 부러지는 바람에 그만두게 되었다는 얘기, 쇄골을 부러뜨린 사람과 가장 친한 친구가 되었다는 얘기, 심은하 씨는 놀랍게도 예순두 살이며 결혼은 하지 않았다는 얘기, 오목 게임으로는 한 번도 져 본 역사가 없다는 얘기. 알아도 그만 몰라도 그만이지만 그런 것들이 쌓여 친밀감을 만들어 내곤 한다.

한편 별장에 대해서는 전혀 들은 바가 없었다. 노인 두 분이 만년을 보내셨다길래 소박한 양옥이겠거니 하고 막연히 짐작했을 따름이다. 그러나 내 외가는 결코 소박한 집안이 아니며 그것은 외조부대부터 정립된 가풍이다. 과연 들어서자마자 탄성이 나왔다. 침엽수가 빽빽한 구릉의 막다른 길목에 위치한 별장은 2층짜리 벽돌 건물로 방마다 길쭉한 아치형 창이 나 있는 게 구식 호텔을 연상케 했다. 또한 정원은 학교 운동장만큼 넓었다. 이런 데서 둘이 살았다고?

"아이고, 먼 길 오셨습니다."

관리인이 다가와 악수를 청했다. 내가 그의 손을 맞잡으니 두텁고 축축한 손이 내 손을 마구 흔들었다. 관리인은 비대한 체구의 중년 남자였다. 나는 그의 첫인상이 썩 마음에 들지 않았는데 시종 미소를 띤 입과 달리 눈은 전혀 웃고 있지 않기 때문이었다.

"아직 조금 이르지만 시장하시면 식사부터 하실까?"

우리는 그의 안내를 받아 별채로 이동했다. 별채는 관리인 부부가 지내는 곳이었다. 관리인의 아내는 다소 긴장한 눈치로 우리를 맞았다. 그녀가 준비한 요리는 좋지도 나쁘지도 않았다.

"어르신들 돌아가신 뒤로 여기는 여름휴가 때나 잠깐씩 놀다 가는 곳이 됐거든요. 일 년에 기껏해야 보름이나 개방할까? 최근엔 그조차도 아예 안 오는 때가 다반사예요. 하기야 어르신들 계실 때라고 별달리 북적거렸던 것도 아니지. 식구들이 모두 모인 적이 한 번도 없으니깐. 이래선 일부러 크게 지은 의미가 없지 않겠어요? 그래서 지금은 방을 다 잠가 놓고 계절 바뀔 때만 한 번씩 환기하고 청소해요. 우리 처지에 이런 말 하긴 좀 그렇지만 계속 이렇게 놀릴 바에야 처분하는 게 낫지 싶은데, 부자들 생각은 도통 알 수가 없어서."

관리인이 말했다.

"그래, 예서 일 년쯤 지낼 거라고 했죠? 다른 건 몰라도 물 좋고 공기 좋은 건 보장해요. 금방 쾌차할 겁니다. 그동안 썰렁했는데 이 집도 이제 좀 활기가 나겠군."

그의 눈은 여전히 웃지 않았다.

"참, 그런데 우리 딸애가 요번에 고등학교에 올라갔는데 바다가 보이는 방을 쓰고 싶다고 어찌나 조르던지요. 그래서 2층 방 하나는 우리 창은이가 쓰고 있어요. 그 점은 양해해 주십쇼."

2

관리인에 따르면 이곳은 원래 성당 부지였다고 한다. 60년대에 예배당이 불에 타 무너진 후 버려진 땅을 할아버지가 샀다. 지금의 본관은 성당 사택을 증축한 것이다. 그렇다고는 해도 원래의 모습은 거의 남아 있지 않다.

건물 중앙의 현관 로비에는 2층으로 이어지는 나선 계단이 있다. 방은 모두 스물네 개나 된다. 할아버지 슬하의 2남 2녀와 그 자식들까지 헤아려도 넉넉한 수이다. 어느 방이든 구조는 똑같다고 하여 나는 별다른 고민 없이 1층의 맨 끝 방을 골랐다.

정원은 굴곡 없는 평지에 잔디가 깔렸다. 햇빛 좋은 날에는 돗자리를 깔고 일광욕을 하는 것도 괜찮겠다 싶다. 별장 입구 쪽에는 작은 연못이 있는데 할아버지는 여기서 잉어를 보느라 종종 점심을 놓치셨다고 한다. 지금은 그러나 연못이 말라 있었다. 그 대신 다른 게 있다. 구릉 아래로는 바다가 있다더니 과연 가만히 귀를 기울이면 파도 소리가 들리는 것이다. 그러나 실제로 바다를 보려면 저 무성한 침엽수림을 피해 구릉 아래로 내려가야 한단다.

나는 이 조용한 별장이 꽤 마음에 들었다. 그러나 그것은 섣부른 판단이었다. 며칠 지내본 결과 이곳의 생활은 상상 이상으로 지루했다.

박여송 씨는 거의 연락책으로 온 것이라 가끔 내 상태를 체크할 때 말고는 자기 방에서 다른 업무를 보곤 했다. 때로는 외근을 나가 밤늦게 돌아오기도 했다. 심은하 씨도 식사 시간과 오전의 상담 때에나 얼굴을 보는 정도였다. 나머지 시간에 나는 철저히 혼자였다. 그것은 그러나 문제가 아니다. 나는 혼자인 것에 익숙한 성인이니까. 다만 내 일을 못 하게 된 것은 큰 문제였다.

요양이라고는 해도 실상은 미세먼지의 압제를 피해 유배된 것이나 마찬가지여서 딱히 건강 회복을 위한 과제가 주어진 것은 아니었다. 따라서 나는 늘 하던 대로 논문을 준비할 계획이었다. 그 핑계로 책도 잔뜩 주문했다. 그런데 심은하 씨는 내 책 꾸러미를 보더니 몽땅 서울 집으로 보내 버렸다.

"스트레스가 건강을 해치는 거야. 그 전에 싹을 잘라 내야지."

그 처방이야말로 스트레스를 유발했지만 그녀는 완강했다. 그녀는 쉴 땐 확실히 쉬어야 한다고 목소리를 높였다. 요양을 우습게 보지 말라는 것이었다.

그랬던 그녀가 다음 날에는 내게 창은의 공부를 도울 것을 지시했으니 나로서는 반발심이 드는 것도 당연했다.

"확실히 쉬라면서요?"

"그래도 말랑말랑할 만큼은 머리를 쓰는 게 좋아. 머리 굳으면 나중에 고생해."

"갑자기 그러셔도 저한테는 그게 더 스트레스인데…."

"명진 씨는 대학원생씩이나 돼서 말귀가 어둡네. 적당한 스트레스는 오히려 이롭다니깐."

"네?"

놀리는 게 아니었다. 그녀의 표정은 더없이 진지했다.

"좀! 요양을 우습게 보지 말라고!"

그러고 보니 심은하 씨가 젊었을 때 연극을 했다고 들었던 것 같은데 과연 저 쩌렁쩌렁한 목소리는 그때 단련된 것인가. 나는 그만 입을 다물고 말았다.

아무튼, 그렇게 된 사연으로 나는 주 3회 국영수 과목의 과외 교습을 하는 신세가 된 것이다. 이제 과도한 스트레스로 건강이 악화되어 두통을 호소하고 각혈을 일삼다가 2층 창문에서 불현듯 현기증이 일어 추락할 일만 남았다.

그런 일은 일어나지 않았다.

그러니까, 아직은 말이다.

한편 창은도 날벼락을 맞은 것은 피차일반이었는데, 그래도 나보다 상황에 빨리 적응했다. 과외 첫날에 창은은 내게 공부를 가르치는 시늉만 해 달라고 요구했다. 말인즉 자기는 서울에서 사는 게 꿈인데 그걸 공부로 이루기는 글렀다는 것이었다.

"글쎄, 아직 2년도 넘게 남았는데 지금부터라도 열심히 하면 그래도 어디든 붙지 않을까?"

내가 제법 어른스럽게 말했더니,

"여기서 하는 것으로도 모자라 서울에서 또 공부하라고요? 어휴, 됐네요. 나는 졸업하면 돈 벌 거예요."란다.

우리는 잠시 침묵하며 서로를 응시했다. 먼저 입을 연 것은 창은 이었다.

"그냥 아무 얘기나 해 주세요. 아니면 여기서 각자 자기 할 일 하면서 시간을 때워도 좋고요."

이 짧은 대화를 통해 내가 창은이 어떤 아이인지 대강 파악했듯 창은도 나에 대한 파악이 끝난 모양이었다.

"하지만 그러면 시간이 아깝지 않니? 아무리 공짜 과외라지만…."

"공짜요?"

창은이 폭소했고 나는 그 모습을 멍청히 바라보았다.

"모르셨구나?"

"응?"

"쌤이 아니라 제가 돈을 받는 입장이에요. 상담 쌤이 하도 부탁하셔서 어쩔 수 없이 싼 값에 수락했다고요."

그제야 나는 이 과외 수업이 나를 위한 것이었음을 상기했다. 그뿐 아니라 오전의 심은하 씨처럼 조금 길게 나를 붙들고 있을 사람이 필요했던 게 아닐까? 그 역할을 박여송 씨가 거절하자 꾀를 낸 것이다. 그렇게 생각하니 처음에는 억지라고만 여겼던 것들이 이해가 되었다.

"애고, 그만 입방정을 떨어 버렸네…. 설마 없던 일로 하시려는 건 아니죠? 그럼 제가 돈을 못 받는데…."

"알았어. 아무튼 너는 공부할 마음은 없는 거지?"

"네에⋯."

"그래. 그럼 공부는 됐고 얘기나 하자."

그렇게 우리는 공범이 되었다. 심은하 씨는 우리가 공부를 한다고 생각하겠지만 설사 공부하지 않는다는 것을 알게 되더라도 딱히 바로잡지는 않을 터였다. 중요한 것은 주 3회 두 시간씩 나를 전담할 사람이 생긴 것이니까.

조금 친해진 뒤에 창은은 내게 배우가 되고 싶다고 털어놓았다. 아직은 비밀이라 아무한테도 말하지 않았다면서. 주인공 할 만한 얼굴은 아니지만 주인공의 동창이나 악당의 조수 정도는 할 수 있을 거라고 기대하고 있었다. 그래서 틈틈이 인터넷 동영상을 보며 연기 연습을 한단다. 졸업하면 서울에 있는 극단에 들어가고 싶다고 했다. 외모보다는 연기력으로 승부를 하겠다나. 그럼 연기하는 걸 보여 달라고 하니 창은의 볼이 발그레해졌다.

"나중에요."

처음에 나는 그것이 무슨 대사인 줄로만 알고 눈을 동그랗게 떴다가 정말로 부끄러워하는 것임을 알았다.

또 나는 창은의 아버지가 뱃사람이었다는 사실도 알게 되었다. 창은이 어렸을 적에 먼바다에서 실종되어 별로 기억나는 건 없다고 했다. 새아버지인 관리인이 이것저것 잘 챙겨 주지만 그래도 서먹한 사이라고 했다. 어머니 재혼할 때 극렬하게 반대했던 것이 마음에 걸려 선뜻 다가가기 어렵게 되었다는 것이다.

창은은 별장의 모든 방을 다 써 봤는데 오직 이 방에서만 바다가 내려다보인다고 한다. 바다라면 온종일이라도 볼 수 있어서 중학교 때까지만 해도 등대지기가 되는 게 꿈이라고 했다. 하지만 등대지기에 관한 괴담을 듣고서 꿈을 접었단다. 내 건강을 생각해 그 괴담은 알려 줄 수 없다고 하니 애석한 일이다.

가끔은 내 얘기도 했다.

나는 선천적으로 심장이 약해 중학교 때에는 2년이나 쉬어야 했으며 이후로는 조금 괜찮다가 대학원에 와서 이래저래 무리한 탓에 (어쩌면 미세먼지 탓에) 두어 번 쓰러져 여기까지 오게 되었다. 내가 이 모양이니 집에서도 동생에게 회사를 물려주려 한다.

아버지는 엄마 회사 법무팀의 변호사였는데 이혼한 뒤로도 여전히 엄마 회사에서 일하고 있다. 엄마와 딱히 사이가 틀어진 적이 없고 우리 남매와도 종종 함께 시간을 보내는데 왜 이혼했는지는 알 수가 없다.

그런 식으로 한 달이 지나자 얘깃거리도 고갈되었거니와 창은과 나는 이제 굳이 대화하려 애쓸 필요가 없는 사이가 되었다. 그래서 내가 말했다.

"이제는 숨 좀 돌리자. 나는 일기를 쓸 건데 너는 뭐 할래?"

"우와, 쌤 일기 써요? 일기장에?"

"그냥 몇 줄씩 끼적이는 거야. 습관이 돼서."

"헤, 너무 아날로그 인간인데."

슬금슬금 다가와 나를 빤히 쳐다보던 창은은 이내 무언가를 떠올린 듯했다.

"아앗!"

"왜 그래?"

"잠깐만 있어 봐요!"

하더니 우당탕 뛰어나가서는 한참을 기다려도 돌아오지 않는 것이었다. 일기를 쓰고 있어도 될지 아니면 아무것도 하지 않고 기다려야 할지 고민하다 보니 10분이 훌쩍 지나 있었다.

마침내 창은이 쿵쾅거리며 돌아왔다. 큼직한 포장 상자를 양손으로 받쳐 들고서. 창은은 그것을 지하실에서 가져왔다고 했다.

"쌤이 엄마도 안 닮았고 아빠도 안 닮았다고 했었죠? 헤헤, 할아버지 닮은 듯."

창은이 펼쳐 보인 상자에는 낡은 공책이 차곡차곡 쌓여 있었다. 그것은 외할아버지의 일기장이었다.

3

일기장은 모두 서른 권으로 빛바랜 표지의 귀퉁이에는 권별로 숫자가 매겨져 있었다.

누군가의 사적인 기록을 엿본다는 사실이 마음에 걸려 처음엔 조금 망설이기도 했지만 결국 읽기로 했다. 나는 결코 요양을 우습게 보지 않고, 따라서 내게는 머리를 말랑말랑하게 유지할 의무가 있으며, 무엇보다 이곳의 생활이 너무나 따분하기 때문이었다.

나는 나비의 날개를 들추듯 신중하게 첫 권을 펼쳤다. 일기는 검은색 볼펜으로 쓰여 있었다. 군데군데 볼펜 잉크가 번져 있기는 해도 읽기에는 지장이 없었다.

일기는 할아버지가 부모님을 여의고 백부 어른의 집에서 의탁한 지 석 달째 되는 시점에서 시작됐다. 그때 할아버지는 열세 살이었다. 할아버지에게는 형이 있었는데 형제가 각기 다른 친척에게 맡겨졌다. 첫 일기는 그런 내용이 길고 담담하게 서술되어 있었다.

새로운 식구들이 정이 많고 친절하여 생활은 조금도 불편하지 않았다. 그러나 안온하게 지내는 중에도 할아버지는 마음 한구석으로

늘 형님을 걱정했다. 외가 쪽 어른을 따라간 형님은 일자리를 구하
면 곧바로 당신을 데리러 오겠노라고 약속했었다. 그 때문에 할아
버지는 백부댁에서 당신을 양아들로 입양하겠다는 것도 거절했더랬
다. 이후 형님을 데려간 친척의 주소를 어렵사리 알아내 편지를 몇
차례 보냈으나 답장은 돌아오지 않았다.

열여섯 살이 되자 할아버지는 인근 벽돌공장에 취직했다. 어리고
기술도 없어 허드렛일이나 하는 신세였지만 그래도 꽤 보람찬 나날
이었다. 그해 여름, 슬슬 작업이 손에 익고 남몰래 저축도 시작할 무
렵에 재앙이 닥쳤다. 전쟁이 발발한 것이다.

여느 청년들처럼 할아버지도 육군에 징병 되었다. 간단한 군사 교
육을 받은 뒤 곧바로 전장에 투입되었다. 당시의 일기는 편지 형태
로 노트에 끼워져 있다. 그것은 물론 형님에게 부치려던 것이었다.

한번은 형님과 똑 닮은 적병을 보고 머뭇거리다 총에 맞을 뻔하기
도 했다. 다행히 옆에 있던 전우의 총탄이 더 빨랐다. 이마에 구멍이
난 자의 얼굴을 확인하고 안도했지만 문제는 그다음이었다. 그 전까
지는 감히 해 보지 못했던 생각을 떠올리게 된 것이었다. 어쩌면 형
님이 인민군에 속해 있을지도 모른다는 생각을.

이후로 할아버지는 무턱대고 방아쇠를 당기거나 수류탄을 던질
수 없게 되었다. 죽이지 않으면 죽을 수밖에 없는 전장에서 할아버
지가 살아남은 것은 순전히 운이 좋아서였다.

바로 그 결정적인 행운이 마지막 편지에 상세히 쓰여 있었다.

보고 싶은 완기 형!

아직도 전쟁이 한창인데 형은 무탈한지요. 전엔 그토록 형을 그리
워했는데 근자에 와서는 불의한 때 불의한 데서 마주칠 바에야 차라

리 만나지 않기를 소망했어요. 그랬던 것이 안전한 후방으로 거처를 옮기니 다시 또 새로이 형 얼굴이 어른거리는군요. 마음이 간사스럽기가 참말로 구제불능입니다그려.

얼마 전에는 몹시도 괴이쩍은 일을 겪었어요.

우리 부대는 고지 하나를 스무날째 사수하고 있었는데 주야를 불문하고 기습해 오는 인민군 때문에 다들 잠이 부족한 상황이었어요. 후방에 병력 지원을 요청해도 감감무소식이라 우리 쪽에서는 선제적으로 나서지 못하고 방어에 치중해야 했지요. 저쪽 사정도 우리와 크게 다르지 않은지 양측 간에 자잘한 전투만 간헐적으로 반복되었어요. 그렇게 스무날을 버티려니 다들 제정신이 아니었지요. 형도 그런 경험을 해 봤을지 모르겠군요. 피곤에 겨워 꾸벅꾸벅 졸면서도 오히려 예민해져서 온 정신이 바짝 곤두서는 경험 말이에요.

그런 상태로 정오께에 경계근무를 나갔어요. 여느 때처럼 세 명이 한 조였는데 우리는 나잇대가 비슷해 곧잘 어울려 다녔어요. 평소엔 근무지에서 실없는 농담을 하며 시간을 보냈지만 그날은 좀체 대화가 오가지 않았어요. 우리 스스로 의아하게 느낄 정도로 침묵이 팽배했어요. 지칠 대로 지쳐서 그랬던 것도 있겠지만 이제 와 생각해 보면 각자 무의식중에 죽음을 예감했는지 몰라요. 아무튼 그렇게 참호 안에서 근무를 서다 시간이 되어 다음 조와 교대했지요.

황량한 비탈을 걸어가던 때였어요. 나는 일행 중 선두에 있었는데 문득 웬 냄새에 이끌려 고개를 돌렸어요. 무슨 냄새지? 하면서 돌아봤을 때는 다른 친구들도 벌써 두리번거리고 있더군요. 다들 그 냄새를 맡았던 거예요.

알다시피 전장에는 특유의 냄새가 있지 않겠어요? 매캐한 화약내나 냇내에다가 기름내랑 흙냄새, 비린내 같은 것들이 더해진 묵직한 냄새 말이에요. 이 중에 가장 강렬한 것이라면 아무래도 시체가 풍기는 냄새겠지요.

전쟁이 시작된 뒤로 나는 이미 죽었거나 죽음이 임박한 사람들을 질리도록 봤어요. 총에 맞고 칼에 베이고 수류탄의 무수한 파편이 박히고 들개에게 물어뜯긴 사람들 말이에요.

형, 인간은 가련하리만치 하찮은 존재예요. 얄팍한 거죽 속 내용물이 하릴없이 흘러내리는 모양을 보면 망그러진 포도알이 떠올라요. 거멓게 피가 굳고 살이 곪고 내장이 썩느라 포도알보다는 훨씬 냄새가 지독하지만요.

그런데 비탈에서 맡은 것은 그보다 더 고약했어요. 인간은 한 번 맡아 본 냄새는 결코 잊지 않는다더군요. 그렇다면 그것은 17년을 살면서 한 번도 맡아본 적 없는 새로운 종류의 냄새겠지요. 비릿하고 시큼한 동시에 깊숙한 데서 무언가 썩고 있는 듯한…. 아니, 그것은 차라리 짐승의 숨결을 닮았어요. 미지의 야수가 더운 입김을 뿜어내듯 강렬한 악취가 일순간 훅 풍기고는 점차 희미해졌거든요. 하지만 주변엔 짐승은커녕 나무나 풀도 없었지요.

필설로 하자니 설명이 길지만 실제로는 모든 것이 순식간이었어요.

내가 친구들을 돌아보다가 발을 잘못 딛고 균형을 잃어 비탈 아래쪽으로 주르륵 미끄러지고 어디선가 쾅 소리가 들리더니 눈앞이 캄캄해진 것들이 전부 찰나의 일이었지요.

그때 미끄러지지 않았어도 내가 살았을까요? 나와 나란히 걷던 친구들은 수류탄 공격으로 즉각 목숨을 잃었어요. 나는 요행히 피신한 덕에 살아남았지요. 노을이 질 무렵에서야 비탈 아래 쓰러져 있는 걸 누군가 발견했대요. 내가 깨어난 것은 나흘이나 사경을 헤맨

뒤였어요. 얼굴이 긁히다 못해 화상을 입었고 왼팔은 팔꿈치 아래로 아예 감각이 없으며 걸을 때마다 골반 언저리가 시큰거리지만, 그래도 목숨은 건졌어요.

완기 형! 나는 살았어요. 그런데 형은 정말로 무탈합니까? 어느 땅에 있건 형이 건강히 살아있기를 바라지만서도 어째서인지 이런 생각이 들어요. 사실은 그때 내가 있던 비탈에 형이 찾아온 게 아니었을까 하는 생각이요. 형이 나를 구제하러 왔던 거라고요. 아니면 데리러 왔거나요…. 아뇨, 허튼 생각이겠지요. 망상일랑 관두고 나는 형이 멀쩡히 살아 있다고 생각하렵니다. 그래야 언제고 다시 만나서 이 편지를 손수 전해 주지 않겠어요? 부디 그때까지 무사하세요.

동생 완재가.

휴전 후에 할아버지는 벽돌공장으로 돌아가지 않았다. 대신 여차여차 건축사무소에서 일을 배우다가 여차여차 독립해 작은 사업체를 꾸렸고 다시 여차여차 사업에 수완을 보이며 승승장구했다. 결정적으로 부동산 투기에서 대성공을 거두어 할아버지의 회사는 국내 유수의 건설사로 성장했다.

일기에는 그러한 과정이 할아버지의 시점으로 서술되어 있었다.

그러나 내 정신은 줄곧 다른 데 팔려 있었는데, 어떤 기억이 날 듯 말 듯 뇌리를 맴돌고 있었기 때문이다. 그것은 일기를 모두 읽고 난 뒤에야 겨우 생각이 났다.

나는 할아버지의 임종을 지켜봤었다. 그날 병실에는 나와 동생, 엄마 그리고 할머니뿐이었다. 다른 식구들은 다른 날에 벌써 다녀갔거나 아직 오지 않았었다. 찾아뵈었던 우리도 할아버지가 그날 돌아가실 줄은 몰랐다.

그날 일은 아직도 생생하다.

동생과 나는 학교에서 있었던 일을 쫑알쫑알 떠들었다. 할아버지는 침대에 기대어 누운 채로 나른한 미소를 띠고 눈을 감았다 떴다 하면서 우리 얘기를 듣고 계셨다. 그리고 내 손을 어루만지고 있었다. 비록 우리가 자주 만난 사이는 아니었지만 나는 할아버지를 좋아했다. 할아버지가 나를 좋아하는 만큼.

그러다 할아버지가 벌떡 몸을 일으켰다. 내내 누워 계시던 분이 갑자기 허리를 꼿꼿이 펴고 앉은 것이었다. 동생과 나는 놀라서 입을 다물었고, 병실 끝에서 대화 중이던 엄마와 할머니도 말을 멈추었다.

할아버지는 무언가를 찾는 것처럼 주위를 두리번거렸다.

"왜요? 뭐 드려요?"

할머니가 물었지만 할아버지는 대꾸하지 않았다. 그저 불안한 눈으로 여기저기 훑어볼 뿐이었다.

그러는 중에도 할아버지는 내 손을 세게 쥐고 있었으므로 나는 억지로 손을 빼내야 했다. 그런데 내가 손을 빼내기 전에, 그리고 할아버지가 침대에서 내려오려다 떨어져 영영 깨어나지 못하게 되기 전에, 나는 할아버지가 중얼거리는 소리를 똑똑히 들었다.

"그 냄새야, 그 냄새가 나고 있어."

그때 그 말을 들은 건 나뿐이었는데 나중에 엄마와 할머니에게 그 말을 전했더니 아무도 그게 무슨 뜻인지 몰랐다. 병실에 있을 때 별다른 냄새는 나지 않았다. 그래서 식구들은, 심지어 나조차도, 아마 내가 잘못 들었을 거라고 생각했다.

하지만 할아버지는 정말로 냄새를 맡았던 것이다.

그 냄새를.

4

그 후 며칠간 가벼운 열병을 앓았다. 전부터 병치레가 잦았으니 썩 대단한 사건은 아니라 하겠다. 그러나 이제는 상황이 달라졌다. 아니, 상황은 그대로다. 달라진 것은 나다.

엄마는 나 같은 사람이 골골거리면서도 더 오래 산다고 했다. 내 생각은 달랐다. 나는 남들보다 생명력을 적게 지니고 태어났으니 남들보다 일찍 죽는 게 온당할 것이다. 몽땅한 촛불 하나가 고작 자기 그림자만 드리울 정도로 애연히 빛을 발하다가 가늣한 바람결에 맥없이 꺼져 다시 원래의 어둠에 묻혀 버리는 것, 그것이 내가 죽음에 대해 가지고 있던 이미지였다. 고요하고 엄숙하며 지극히 자연스러운 풍경이었다.

그런데 할아버지의 일기가 그 이미지를 엉망으로 만들었다. 할아버지가 냄새를 맡자마자 한 번은 수류탄이 날아왔고 또 한 번은 침대에서 떨어졌다. 몇몇 정황까지 감안하면 냄새가 죽음을 예고했다고밖에 볼 수 없다. 그렇다면 죽음이란 최소한 몇 초쯤 전부터 예정되어 있는 것이다. 물론 다른 가설도 있다. 비단 몇 초로 그칠 게 아니고, 우주의 탄생부터 현재에 이르기까지 삼라만상이 한 폭의 그림처럼 완성되어 있다는 것이다. 그러나 그런 경우라면 깊이 생각하는 게 무슨 소용이겠는가.

나는 죽음이 단순한 현상이 아니라는 결론에 이르렀다. 여전히 고요하고 엄숙하지만 그것은 차라리 미지의 존재가 발하는 의지처럼 보였다. 생명을 집어삼키겠다는 집요한 의지 말이다.

다행히 나는 아직 그 냄새를 맡아 본 적이 없다.

다행? 나는 안도하기는커녕 공포에 질렸다. 지금까지 내가 가깝게 느꼈던 죽음이 실제로는 아득히 멀리 있었음을 알았기 때문이다. 흡사 얕은 물가에서 첨벙거리면서 파도에 휩쓸려 죽을 것을 걱정하는 꼴이었다.

내가 두려운 것은 요컨대 파도의 크기였다. 비록 냄새는 못 맡았을지언정 이내 파도가 나를 덮치리라는 사실만큼은 또렷하게 예감하고 있었다. 그렇다는 것은 파도가 멀리서도 느껴질 만큼 거대하다는 뜻이다. 이를테면 해일만큼. 그것이 내게 다가온다면 그 크기는 어느 정도일지 가늠이 안 되었다. 태양은 손바닥으로 쉽게 가려지지만 그것의 진정한 크기는…. 나는 행성만 한 크기의 죽음이 나를 짓누르는 악몽을 꾸었다. 꿈에서 본 행성은 나를 향해 눈을 번득거리고 있었다.

이런 이야기를 시시콜콜 털어놓을 생각은 없었다. 그러나 일기를 읽은 뒤로 내가 예민해지고 신경질적으로 변모한 것을 창은이 따져 묻길래 간략히 설명하게 되었다. 그때까지는 딱히 비밀로 할 이야기도 아니었으니까.

"그래서 그렇게 쿵쿵거리고 다니는 거예요?"

창은이 콧잔등을 씰룩거리며 냄새 맡는 시늉을 했다.

"내가 언제 그렇게 웃기게 했다고…. 너는 연기하면 안 되겠다."

"아니거든요. 웃겼거든요."

"뭐, 아무튼 전보다 냄새에 과민해진 것은 사실이니까."

"왜요? 사람 죽이는 냄샌데 안 무서워요? 나 같으면 아예 코를 막고 살 텐데."

"냄새가 죽이는 게 아니야. 그리고 난 죽는 건 안 무서워. 그게 뭔지도 모르고 죽는 게 무섭지."

그게 뭔지 알면 안 무서울까? 잘 모르겠다.

"그럼 그 냄새를 아는 사람한테 물어봐요."

"할아버지 말고 누가 또 있다는 거야?"

"찾아봐야죠."

창은이 말했다.

"죽었다 살아난 사람은 그 냄새를 맡아 봤을 거 아니에요."

5

내가 명단을 건네자 박여송 씨는 난색을 표했다.

"이참에 확실히 해둡시다. 나는 명진 씨 회사가 아니라 명진 씨 어머님 회사에서 일하는 거예요. 기본적으로 회사 일을 우선해서 처리해야 한다고요. 내가 명진 씨를 돌보는 것은 말하자면 부업이에요. 그런데 여기에 또 가욋일을 추가하라면 제가 많이 곤란해요."

간단히 말하면 귀찮다는 얘기였다.

"죄송합니다. 달리 부탁할 데가 없어서요. 수당은 넉넉히 챙겨 드리고 어머니께도 좋게 말씀 해 드릴게요."

"사람 이상하게 만드시네. 돈 달라는 소리가 아니고…. 나 원, 아무튼 이번만입니다."

그가 구시렁거리면서 손을 내밀었다.

명단에는 네 사람의 이름과 사는 지역이 적혀 있었다. 나와 창은이 신문기사를 검색해서 찾아낸 사람들이었다. 그들은 다들 한 번씩 죽었다 깨어났다는 공통점이 있었다. 죽을 고비도 제각각이라 저수지에 빠졌고 아파트에서 투신했으며 무너진 건물에 고립되었고 벼락을 맞았다. 박여송 씨가 할 일은 신문기사의 불충분한 정보를 바탕으로 그들을 내게 데려오는 것이었다.

그 주 내내 첫 번째 사람을 찾아다닌 박여송 씨는 주말을 지나 월요일 정오에 비보를 전했다.

"허수영 있잖아요, 허 모 씨. 아파트에서 떨어진 여자."

"벌써 찾았어요?"

"찾긴 찾았는데, 죽었어요."

"네?"

"퇴원한 뒤에 기어코 다시 투신했다더라고. 처음에 나뭇가지에 걸렸던 게 그 사람한테는 행운이 아니었던 거지요. 다음에 시도할 때는 나무가 없는 데를 골랐다니…."

"그나저나 식구들이 쳐다보는 눈길이 영 곱지가 않던데요. 방송국에서 취재하려고 나왔다고 둘러대긴 했지만 나도 괜히 찝찝하고. 일단 하기로 했으니 군소리 않겠다만 명진 씨는 이 사람들을 찾아서 어쩌려고 그래요?"

"물어볼 게 있어서 그래요. 다른 분들도 꼭 좀 찾아 주세요."

다시 일주일이 지난 월요일에 박여송 씨는 새로운 소식을 전했다. 삐딱한 태도와 달리 일 처리는 성실했다.

"이상하네. 구재창도 죽었어요."

"구 씨…라면 저수지에 빠졌던?"

"그래요. 이 사람은 죽을 생각이었는지는 몰라도 운이 없었던 건 확실해요. 낚시하다가 배가 뒤집혀서 한참 사경을 헤매더니 이번에는 민물고기를 날로 먹다가 무슨 기생충에 감염이 돼서 죽었거든.

간흡충이라던가? 대충 그런 이름이었는데 아무튼 그렇게 죽은 지도 꽤 되었다죠."

　다음으로 찾은 사람은 남영성이었다. 일찍이 그는 벼락에 맞고 살아남았다. 그리고 여전히 살아 있었다. 살아남았다는 것보다 아직 무사하다는 것이 더 신기할 지경이었다.

　"생업이 있는 양반이라 바로 모시기는 힘들어서 쉬는 날에 뵙기로 했어요. 여기 주소 찍어 줬으니 다음 주 화요일에 찾아올 겁니다."

　"네, 고맙습니다. 수고하셨어요."

　"한 사람 남았는데 어떡할까요?"

　"어…, 마저 찾아 주셔야죠."

　박여송 씨가 툴툴거리며 내 방을 나갔다. 저래 보여도 또 금세 찾아올 것이다.

　남영성은 약속한 화요일에 별장을 찾아왔다. 까무잡잡한 근육질의 군인 타입을 상상했으나 실제로 찾아온 사람은 넉살 좋은 중년이었다. 어울리지도 않는 콧수염 때문에 더 우스꽝스럽게 느껴졌다.

　나는 그를 정원 구석의 파라솔로 안내했다. 관리인의 아내가 정원에 물을 뿌리고 있었다.

　"애먼 사람 오라 가라 하길래 영감님일 줄 알았더니 도련님이었네."

　"죄송합니다. 제가 몸이 조금 약해서…."

　"아, 그 얘긴 들었수다. 근데 무슨 일로 나를 찾았는지는 얘기 안 해 주던데?"

　"실은 3년 전 이야기를 조금 자세히 듣고 싶어서요."

　"벼락 맞은 얘기?"

　남영성은 콧수염을 쓱쓱 털었다.

"뭐 대단할 거 있나? 동창들이랑 모처럼 등산이나 하고 돌아오는 길이었지. 출발할 때부터 날이 흐리긴 했는데 뉴스에서는 그냥 흐리기만 할 거랬거든. 기상청 놈들은 일을 하는 건지 마는 건지 알 수가 있어야지, 원. 아니나 다를까 산 밑에 다 내려오니까 기다렸다는 듯이 장대비가 쏟아지더라고. 그래도 뭘 어쩌겠어. 마땅히 비 피할 데도 없으니 그냥 맞으면서 걸었지. 다섯이서 일렬로 갓길을 걸어가는데 갑자기 번쩍하더니 눈 떠보니 병실이더라고."

그는 그러더니 셔츠를 가슴까지 올려 증거를 보여주었다. 나뭇가지 모양의 자국이 문신처럼 길고 선명하게 새겨져 있었다.

"자, 이거 보슈. 이게 벼락이 지나간 길이야."

"혹시 다른 기억은 없으세요?"

"무슨 기억? 강 건너에서 할머니가 돌아가라고 손짓하는 거?"

"아뇨. 어… 네? 진짜로 그러셨어요?"

"하핫, 설마."

"벼락 맞기 직전에는 별일 없었나요? 무슨 냄새를 맡았다거나…."

"냄새?"

남영성이 문득 웃음을 거두었다.

"혹시 시궁창 냄새 말하는 거요?"

반응을 보니 그도 짚이는 데가 있는 모양이었다. 나는 주먹을 꽉 쥐었다.

"보여 드릴 게 있습니다."

나는 조심히 다룰 것을 신신당부하고서 할아버지의 일기장을 그에게 건넸다. 그는 편지 부분을 몇 번이고 반복해서 읽었다.

"짐승의 숨결…. 그래, 내가 맡은 게 바로 이 냄새야."

"그런데 할아버지는 돌아가시기 전에도 같은 냄새를 맡으셨어요."

그런 뒤에 나는 그에게 내가 생각한 가설을 조심스레 설명했다.

"죽음을 예고해? …그럴지도 모르겠군."

남영성은 혼잣말처럼 중얼거렸다.

"도련님 말대로라면 난 지금까지 목숨을 세 번이나 건진 셈이네."

"네?"

"냄새 말인데, 나는 그걸 세 번 맡았거든."

그가 약간 과장된 손짓으로 콧수염을 털었다.

6

남영성이 처음 그 냄새를 맡은 것은 열 살 때였다. 그는 공터에서 친구들과 축구를 하고 있었다. 그때 누군가 잘못 찬 공이 도랑에 빠져서 주우러 갔다가 묘한 악취를 맡은 것이었다. 잰걸음으로 걸어가던 그는 냄새 때문에 잠시 주춤거렸고, 마침 그 순간에 도랑을 따라 세워져 있던 담장이 와르르 무너져 내렸다. 벽돌 더미에 발등을 찍혀 그는 한동안 목발 신세를 져야 했다. 당시 남영성은 그것이 도랑에서 나는 조금 특이한 시궁창 냄새라고만 생각했다.

다음으로 맡은 것이 벼락을 맞았을 때였다. 그때도 그는 시궁창 냄새를 맡았다. 워낙 순식간에 일어난 일이라 예전 기억을 떠올릴 새도 없었으나 어쨌거나 그는 냄새 때문에 고개를 들었었다. 그 작은 움직임이 어떻게 그를 살렸는지는 몰라도 그는 또다시 목숨을 구제했다.

세 번째는 가장 최근의 사건으로 석 달쯤 전의 일이었다. 그는 무슨 일이 있었는지 제대로 설명하지 못했다.

"그날은 볼일 마치고서 시내에서 어슬렁거리고 있었지. 노을 질 즈음이었는데 갑자기 시궁창 냄새가 훅 풍기더라고. 여기 일기에 나온 그 냄새 말이야. 솔직히 말하면 그 냄새가 맞았는지도 잘 몰라요. 곧바로 반대방향으로 뛰었거든. 모르긴 몰라도 10분은 전속력으로 뛰었을걸."

"왜요, 사고가 있었어요?"

"그건 모르지, 나도. 그냥 그 순간에 내가 거기 있기 싫다는 생각만 들었어요. 온몸의 털이 쭈뼛했거든. 나중에 생각하기로 나한테 일종의 초감각 같은 게 생겼다는 착각이 들지 뭐요."

"초감각이요?"

"거 왜, 동물들이 그런다잖아. 지진 나기 전에 피하고 홍수 나기 전에 피하고…. 그런 비슷한 느낌이었어. 쭈뼛, 하는 게. 그래서 뒤도 안 보고 냅다 도망쳤던 거지."

남영성이 말했다.

"그런데 죽음을 예고하는 냄새라니…. 허면 다른 게 아니고 그 냄새를 아는 게 능력이었군."

"아…."

나는 냄새를 미리 알면 죽음을 수월하게 받아들일 거라고만 생각했었다. 패배주의적인 발상이었다. 물론 내가 체념한 탓만은 아닐 것이다. 감히 누가 죽음과의 대결에서 승리하려고 하겠는가?

그럼에도 불구하고 죽음을 유예할 수는 있다. 달려드는 황소를 희롱하는 투우사처럼 죽음을 회피해버리는 것이다. 남영성의 이야기는 그것이 가능함을 증명했다. 적어도 나는 그렇게 생각했다.

헛된 희망이 어느새 가슴 속에 움트고 있었다.

✳

남영성이 돌아간 뒤 심은하 씨가 내 방에 왔다.

"방금 그 사람 누구야? 요새 뭐해?"

"어, 춘천에서 페인트 하시는 분인데 뭐 좀 물어보느라고요."

"춘천에서 페인트 하는 사람한테 궁금한 게 뭔데?"

"대단한 일은 아니에요."

"그러니까 얘기해봐. 문제 생기기 전에 미리 알아 둬야 해."

일이 성가셔지기 전에 나는 고분고분 실토했다. 그러나 전부 이야기하지는 않았다. 몇 가지 사실과 불온한 가능성은 슬쩍 감추었다.

"정말로 그런 냄새가 난대?"

"심은하 씨는 지금까지 살면서 죽을 뻔했던 적 없어요?"

"몇 번 있지. 근데 나는 그런 냄새 못 맡았는데?"

"그럼 진짜 죽을 뻔하셨던 건 아니었나 보다."

심은하 씨는 영 미심쩍은 표정이었다.

"너무 몰두하지는 마. 그러다 건강 해쳐."

"그럴게요."

나는 그날 당장 박여송 씨에게 전화를 걸었다. 그는 마지막 사람을 찾는 중이었는데 그가 알아낸 바로 무너진 건물에서 운 좋게 살아난 중학생은 미국으로 유학을 갔다고 한다.

"수고 많으셨습니다. 일단 돌아오세요."

나는 박여송 씨에게 새로운 임무를 맡겼다. 예상했다시피 그는 대번에 거절했다. 그러나 이 작업이 내게 얼마나 중요한지를 듣고서 마음이 조금 동한 것 같았다. 이에 더해 수당을 올려 주겠다고 꾀니 그는 마지못해 수락했다. 돈 때문이 아니라고 했지만 어쨌든 나는 올려 줄 생각이었다.

사흘 뒤에 그가 조향사를 데려왔다. 까무잡잡한 피부에 온통 백발인 노년 여성이었다. 단정하게 차려입은 모습이 꽤나 인상적이었다. 그녀에게서는 은은하게 좋은 향이 났는데, 내가 향이 좋다고 하자 그녀는 직접 만든 향수를 뿌렸다고 자랑했다.

초여름이라 햇볕이 따가웠다. 우리는 파라솔이 만든 둥근 그늘에 마주 앉았다. 아이스티의 얼음이 달그락 소리를 냈다. 그녀의 직업에 관해 이것저것 이야기를 듣다가 마침내 내가 참지 못하고 질문을 던졌다.

"설명만 듣고 그 냄새를 만들 수 있으십니까?"

"세상에 존재하는 향이에요?"

"네. 맡아 본 사람이 있어요. 그런데 좋은 냄새는 아니에요. 시궁창 냄새라고 하더라고요."

"그런 냄새를 왜…?"

"저는 못 맡아 본 냄새라 궁금해서요. 가능하십니까?"

"아까 나한테서 좋은 향이 난다고 했지요? 그러면 그걸 다른 사람에게 설명할 수 있겠어요?"

나는 말문이 막혔다. 너무 막연했다.

"자, 보시다시피 그 냄새를 파악하는 것부터 어렵지요. 객관적으로 설명할 방법이 없거든요. 첫 번째 난관을 어찌어찌 해결하더라도 그게 악취라면 또 문제예요. 내가 하는 일은 여러 향료를 적절히 배합해서 좋은 향을 만들어내는 거예요. 일부러 악취를 만든 적도 없거니와 거기에 어떤 향료를 써야 할지조차 감이 안 잡혀요. 나뿐만 아니라 어떤 조향사를 데려와도 간단히 해낼 작업은 아닐 거예요."

그녀가 말했다.

"그럼에도 불구하고 불가능하지는 않다고 대답하겠어요. 어쨌든 세상에 있는 냄새고, 냄새는 내 전문이니까. 다만 언제까지 하겠다고 장담은 못 해요."

나는 감격한 나머지 꽤 높은(어쩌면 터무니없이 높은) 금액을 계약금으로 제시했다. 대신 최우선으로 작업해 달라는 조건을 붙였다. 그녀는 전화를 걸어 스케줄을 확인한 뒤 계약서에 서명했다. 이제 그녀는 내가 아니라 남영성과 상의하며 냄새를 만들어 낼 것이었다.

그리고 나는, 다시 지루한 일상으로 돌아왔다.

7

여름방학이 시작되자 창은은 집을 나왔다. 그 전부터 본관 2층에 따로 나와 지냈으니 심각한 일은 아니었다. 그래도 식사는 꼬박꼬박 자기 식구들과 하던 걸 이제는 아예 본관 식구들(즉 우리들)과 하면서 집에 갈 일이 없게 된 것이다. 번거로워서 그런 것일 수도 있다. 아닌 게 아니라 내가 묻자 창은은 한마디로 일축했다.

"귀찮아서요."

그런데 나는 어쩐지 창은이 아버지를 피하는 것 같았다. 어느 밤엔가 둘이 언성을 높여 싸우는 소리가 내 방에까지 들렸더랬다. 그러고 며칠 후에 창은이 소위 '가출'을 단행했으니 의심이 들 만도 했다. 설령 그렇다 해도 내가 참견할 계제는 아니다.

한편 밤마다 창은의 방에서는 음악 소리가 요란하게 울렸다. 심은하 씨가 몇 번 주의를 주긴 했으나 고쳐지지 않았다. 예전에 창은은 연기 연습을 할 때 음악을 틀어 놓는다고 내게 말했었다. 연기하는 모습을 들키기 싫은 것이다.

박여송 씨는 바쁠 때는 엄청 바빴고 한가할 때는 나보다 더 한가했다. 대충 일주일에 사흘 일하고 나흘 쉬도록 업무를 분배하는 듯했다. 나는 정확한 주기를 알아내려고 메모를 해 보았으나 허사였다. 일주일 내내 쉬는 때도 있고 일주일 내내 일할 때도 있었다. 회사에서 무슨 일을 하는지는 여전히 오리무중이었다.

그는 하루도 빠짐없이 내 방에 들러 필요한 게 없는지 물었다. 가끔은 향수 만드는 일이 어떻게 돼 가고 있냐고 묻기도 했다. 나는 별다른 진척이 없다고 솔직하게 말했다. 그러면 박여송 씨는 알쏭달쏭한 표정으로 나를 쳐다보았다.

심은하 씨는 일주일에 한두 번씩 장을 보러 갔는데 그때마다 나를 데려갔다. 내가 딱히 일꾼으로 쓸모있는 사람은 아닌지라 심은하 씨도 나를 길동무쯤으로만 여길 터였다. 그래서 나는 심은하 씨와 적당히 거리를 둔 채로 조용히 뒤따라다녔다. 그녀가 장을 보는 동안 나는 시장 사람들을 관찰했다. 동시에 그들도 우리를 관찰했다. 우리 관계를 궁금히 여겼다. 아무리 심은하 씨가 나이에 비해 젊어 보인다지만 우리가 연인으로 보이지는 않았고, 그렇다고 엄마와 아들로 보이지도 않았기 때문이다.

"우리 아들이에요."

누가 묻는 말에 한번은 심은하 씨가 그렇게 대답했다. 물론 장난삼아 한 대답이었다. 사람들 반응이 우습기도 해서 나도 몇 번쯤은 같이 어울려 주었다.

그러다 언젠가 누가 또 물었다.

"아이구, 시집을 일찍 갔나 봐? 아들이 이렇게 큰 걸 보면."

그녀는 심은하 씨가 보기보다 나이가 많다는 것을 몰랐던 것이다. 그러니 그녀로서는 둘 중 한 가지로 대답하면 될 일이었다. 내가 아들이 아니라고 사실대로 말하거나, 본인 나이가 보기보다 많다고 말하거나.

그러나 심은하 씨는 이렇게 대답했다.

"한창 꽃다울 때 낳았어요. 시집도 안 갔는데 애가 덜렁 생겼으니 나 혼자 고생했지, 뭐."

그것 역시 장난이었는지 모른다. 그녀는 대수롭지 않게 말했고 나도 별로 의미를 두지 않았었다.

그런데 가을 무렵부터 그녀는 나를 거의 아들 취급하기 시작했다. 시장에서뿐만 아니라 별장에서도 말이다. 가끔은 나를 전혀 엉뚱한 이름으로 부르기도 했다. 그런 일이 몇 번 있다 보니 나는 그녀의 대답을 떠올렸고 급기야 그때 그 말이 진실이라고 믿기에 이른 것이었다.

나중에 심은하 씨가 먼저 이야기를 꺼냈다. 그녀는 열여덟 살에 아들을 낳았다. 아이 아버지는 제 한 몸도 건사하지 못하는 인간이었다. 어쩔 수 없이 그녀 홀로 아이를 키워야 했다. 엄밀히 말하면 혼자 해낸 건 아니었다. 그녀가 일하러 나간 낮 시간에는 큰언니가 도맡아 키워주었으니까. 고단했지만 미래를 생각해 견뎌 낸 시절이었다.

세월이 흘러 아들은 대학에 입학했다. 기숙사 생활을 하던 아들이 집에 돌아온 것은 입대를 앞둔 겨울이었다. 그 며칠 사이에 집에 강도가 들었다. 2인조 강도는 아들을 먼저 제압하고 다음으로 심은하 씨를 쓰러뜨렸다. 그들은 칼을 다루는 것이 서툴렀다. 그래서 아들은 필요 이상으로 잔인하게 죽임을 당했고 심은하 씨는 죽지 않을 정도로만 베였다. 이웃이 늦지 않게 발견한 덕에 그녀는 목숨을 건졌다. 목에는 깊은 칼자국이 남았다.

"냄새? 난 그런 거 안 믿어."

그녀는 할 말이 남은 것처럼 입술을 잔즐거렸으나 결국 입을 다물었다.

여름방학이 끝나고도 창은은 여전히 가출 상태였다. 내 짐작대로 창은은 아버지를 피하고 있었다.

겨울이 되기 전에 관리인과 대화할 기회가 있었다. 의도한 것은 아니고, 새벽까지 잠을 이루지 못해 잠시 바람이나 쐴 겸 정원에 나왔다가 우연히 만난 것이었다. 그는 연못 주변을 서성이고 있었는데 내가 다가가자 담배를 얼른 비벼 껐다.

"이 시간에 웬일이에요? 밤바람이 찰 텐데."

내가 대답했다.

"잠이 안 와서…."

"몸은 좀 어때요? 예서 좀 괜찮아진 것 같아요?"

"신경 써주신 덕분에 많이 좋아졌습니다."

그것은 사실이 아니었다. 나로 말하자면 착실히 죽어 가는 중이었다. 죽음은 내게 다가오는 속도를 늦추지 않았다. 오히려 더욱 속도를 내고 있었다.

가을 이후로 나는 심장이 덜그럭거리는 감각을 느끼고 있었다. 심장은 내 빈껍데기 같은 몸을 움직이느라 고군분투하는 것이었다. 고작 2층짜리 계단을 오르내리고도 마라톤을 완주한 것처럼 가슴이 쿵쾅거렸고 정원을 슬슬 거닐어도 쉽게 지쳤다.

그럴수록 나는 초조해졌다. 죽음이 성큼 다가왔는데 향수를 만드는 작업은 너무도 더디게 진행되고 있었다. 이러다 내가 죽어 버리면 그다음에 완성되어 봤자 무슨 소용이겠는가? 그런 것을 생각하다가 다시 또 숨이 가빠졌고 한동안 잠을 설치다가 바람을 쐬러 나온 것이었다.

"여기가 성당 터였다는 건 알죠? 예배당에 불이 났었다고…."

"네, 전에 말씀 들었어요."

"예배당은 아마 여기 어디 있었을 겁니다."

"그렇습니까?"

"그런데 그때 예배 중이었을까?"

관리인이 말했다.

"불이 났을 때 말이에요. 내 생각에는 예배 중에 그랬을 것 같거든. 그러니까 여기가 버려졌겠지."

"그럼 여기서 죽었…."

"그때 사람들이 죽었다면, 결국 예배드리다가 그렇게 된 거잖아요? 내가 궁금한 건 그 사람들이 죽어가면서도 신을 믿었을까 하는 거예요. 글쎄, 그랬을까?"

그러더니 그가 불쑥 물었다.

"신이 있다고 생각해요?"

내가 우물쭈물하자 그가 다시 말했다.

"우리 마누라는 신이 있대요. 그렇게 믿는대. 아닌 게 아니라 허구한 날 기도횐지 뭔지 쫓아댕기거든. 그럼 신한테 뭘 해 달라고 빌면 들어주느냐고 물었더니 그렇대. 하, 참…. 그래서 그럼 우리도 남부럽잖게 살도록 빌지 그러냐 하니까 그런 건 안 들어준대. 대신 지금의 처지를 받아들이게 해 준다나. 아니, 뭘 알고서 지껄이는 건지 원."

그가 짓이겨진 담배꽁초를 내려다보았다.

"전남편 그렇게 되고부터 교회 나가기 시작했으니 나야 입 다물고 있으면 그만이지만 이게 영 배알이 꼴리거든. 신이 다 해 준다는

데 정작 해 달라는 거 다 해주느라 쌔빠지는 건 나란 말이지. 안 그래요?"

찝찔한 바다 냄새가 바람에 실려 왔다. 그가 길게 하품을 했다.

"괜한 소릴 지껄였네. 나는 이만 들어갑니다. 오래 있으면 감기 걸려요."

그해 마지막 날까지 향수는 완성되지 않았다.

나는 조향사와도 대화를 하고 남영성과도 대화를 했다. 조향사는 남영성의 설명이 모호하고 부정확하며 불친절하다고 불평했다. 남영성은 그런 조향사의 불평을 전부 수긍했다. 그도 자신의 설명이 형편없다고 생각하고 있었다. 그는 그 냄새가, 직접 맡아 봐야만 알 수 있으며 말로는 결코 묘사할 수 없다고 토로했다. 그러면서 한마디 덧붙였다.

"그렇다고 그 양반 앞에서 죽어 줄 수도 없잖아, 안 그래?"

8

양원석은 가난한 집의 장남으로 태어났다. 그의 부모는 그가 열여섯 살이 되던 해에 사고로 죽었다. 그는 여덟 명의 동생들을 부양하기 위해 학업을 포기하고 자동차 정비소에 취직했다. 동생들이 각자 자기 가정을 꾸리고 떠나갔을 때 그의 나이는 마흔이었다. 그는 혼자였다.

텅 빈 집에서 적적하게 지내던 그는 우연한 기회에 인터넷 도박 사이트에 접속하게 되었다. 처음 몇 번인가 돈을 번 탓에 그는 도박에 푹 빠지게 되었다. 그러나 이후로는 줄곧 잃기만 했다. 빚은 없었지만 그렇다고 모아 놓은 재산이 있는 것도 아니어서 그는 곧 사채를 쓰게 되었다. 도저히 혼자 힘으로는 감당하지 못할 만큼 빚이 불었다.

한효범은 소위 '얼짱'이었다. 그녀는 고등학교를 졸업하자마자 인터넷 쇼핑몰을 차려서 크게 성공했다. 그녀는 돈을 버는 만큼이나 쓰는 데에도 거침이 없었다. 카드를 한 번에 수백만 원씩 긁는 일이 다반사였다.

그러다 사업이 잠깐 주춤하던 시기가 있었는데 그때 동업자가 투자받은 돈을 들고 잠적해 버렸다. 중학교 때부터 단짝이었고 사업도 처음부터 함께했던 친구였다. 한효범이 갚아야 할 돈은 12억 원이었다. 투자금을 갚기 위해 사업을 정리해야 했다. 그때는 언제든 만회할 수 있다고 생각했다.

그런데 벌이가 없는 때에도 그녀의 씀씀이는 여전했다. 새로 시작한 쇼핑몰이 자리를 잡기도 전에 그녀가 갚아야 할 부채가 어마어마하게 늘었다. 견디다 못한 애인이 그녀를 떠났고 그녀는 곧 우울증에 걸렸다. 사업은 실패했다.

손경진은 사회 부적응자였다. 그녀는 대학 첫 학기를 간신히 마친 뒤 다시는 등교하지 않았다. 그녀는 아무 의욕도 없었다. 부모님을 대할 면목이 없었으므로 방에만 틀어박혀 지냈다. 결국 시시하게 죽을 거라고 생각했다.

주영기는 전과자였다. 스무 살 적에 친구와 사소한 일로 주먹다짐을 벌이던 것이 상대를 죽음에 이르게 한 것이었다. 전과자가 살아가는 법은 두 가지다. 편견을 이겨 내든지 또다시 범죄를 저지르든지.

처음 몇 년 동안 그는 편견을 이겨 내고자 애썼다. 그는 식당에서 배달과 허드렛일을 하며 성실히 살았다. 그러는 사이에 결혼을 하고 아이도 생겼다. 그러나 식당에 도둑이 들었을 때 가장 먼저 의심을 받은 것은 주영기였다. 비록 가장 먼저 풀려난 것도 그였지만 어쨌거나 사장은 그를 불신하게 되었고 그에게서 무엇이든 트집을 잡으려고 애썼다.

마침내 송영기가 폭발했다. 다툼 끝에 그는 사장을 칼로 찔러 죽이고 말았다. 아내와 아이를 남겨 둔 채로 멀리 도주했다. 그는 낮에 숨고 밤에 이동하며 지난날을 곱씹었다. 어디서부터 잘못된 것인지 생각했다.

위 네 사람 각각의 막다른 인생의 끝에는 내가 있었다. 이들은 나를 찾아왔다. 엄밀히 말하면 내가 이들을 찾은 것이었다.

"사람 좀 찾아 주세요. 서너 명쯤."

새해가 밝고 봄이 되도록 조향사로부터 기별이 없었으므로 나는 다른 가능성을 모색하기로 했다. 물론 이번에도 여지없이 박여송 씨부터 설득해야 했다.

"누구요?"

"죽으려는 사람이오."

그러면서 나는 조건을 달았다.

"목숨이라도 팔아야 할 만큼 돈이 궁한 사람."

"무슨…. 이번에는 무슨 꿍꿍이예요?"

내가 계획을 설명하자 그가 펄쩍 뛰었다.

"이거 큰일 낼 사람이네. 난 안 해요. 아니, 못 해요. 그건 범죄라고!"

"범죄가 아니고 계약입니다. 쌍방 모두에게 이로운 계약이오. 자살자들에게 돈과 편의를 제공한다고 생각해 보세요. 저 역시 원하는 걸 얻고요. 윈윈 아닙니까."

"말 같지도 않은 소리!"

그는 화를 내며 나가 버렸다.

다음 날도, 그다음 날도 그는 내 방에 찾아오지 않았다. 나는 애가 탔지만 참을성 있게 그를 기다렸다.

일주일이 지나자 그가 나를 보러 왔다. 그도 나름의 계산을 해 본 모양이었다. 실종됐을 때 문제가 되지 않을 사람으로 알아보겠다고 했다. 나는 그에게 수당을 올려 주겠다고 했다. 여전히 그는 돈 때문이 아니라고 했다.

"사람만 구하면 그 뒤로는 난 모릅니다."

"그러세요."

"그래서 목숨값은 얼맙니까?"

"글쎄. 얼마가 적당할까요? 1억 원이면 모자랄까요?"

"후…. 그 절반만 줘도 줄을 설 겁니다."

"잘됐네요. 그럼 그건 알아서 해주세요. 다만 최대한 서둘러야 합니다."

박여송 씨가 양원석, 한효범, 손경진 그리고 주영기를 별장으로 데려왔을 때는 6월 중순이었다. 얼굴도 체격도 제각각이었지만 그들은 결국 같은 부류로 느껴졌다. 삶을 체념한 인간이란 헝겊 인형처럼 푸석푸석하고 권태로운 모습이었다. 나도 한때는 저들과 같았다. 이 지긋지긋한 삶이 다하기만을 기다리며 시간을 보냈었다. 하지만 이제는 저들의 도움을 받아 죽음을 유예하고 생을 거머쥘 터였다.

계획은 간단했다.

지원자는 지정된 시각에 지정된 장소에서 엄격한 통제하에 죽음을 맞이한다. 그(녀)의 숨이 끊어지는 순간에 주변 공기를 채취한 뒤 그것을 질량분석기에 넣고 돌린다. 그렇게 냄새 분자를 얻어내 조향사에게 건네면 그것을 바탕으로 확실한 재료를 써서 냄새를 재현

할 수 있을 것이다.

이는 남영성의 말에서 힌트를 얻은 것이었다. 요컨대 냄새를 맡으려면 누군가 죽어야 한다.

"너무 번거로운 것 아니야?"

내가 전화로 남영성에게 계획을 설명하자 그가 말했다. 그는 박여송 씨 외에 내가 계획을 털어놓은 유일한 사람이었다.

"뭘 채취하고 분석하고…. 그냥 도련님이 옆에 서 있다가 직접 냄새를 맡으면 되잖아?"

"물론 제가 옆에서 지켜볼 겁니다. 하지만 죽음을 앞둔 사람만 그 냄새를 맡을 수 있다면 저에게는 냄새가 나지 않을 수도 있으니까요. 헛된 죽음이 되지 않게 해야죠."

"히야, 꼼꼼도 하시군."

그는 처음부터 내 계획을 적극 지지했다. 그 역시 죽음에 시달려 왔으나 이 실험의 결과가 궁금할 터였다. 가끔 하는 전화 통화로는 성에 안 찼는지 실험을 앞두고 그는 아예 별장에서 지내겠다고 찾아왔다.

한편 별장 식구들은 갑자기 들이닥친 투숙객들로 어안이 벙벙했다. 나는 실험을 도와줄 사람들이라고 둘러댔다. 모호하고 불친절할지언정 틀린 말은 아니었다. 더구나 일행 중에 남영성이 있으니 다르게 생각할 수도 없었을 것이다.

나머지 식구들이 그럭저럭 이해해 주는 것과 달리 관리인은 노골적으로 싫은 티를 냈다. 새로 온 사람들은 각자 방에서 대부분의 시간을 보냈고 관리인은 그들과 직접 마주칠 일이 없으니 그것은 차라리 나에 대한 불만이었다. 내가 1년만 있다 돌아갈 줄 알았는데 돌아가기는커녕 되레 군식구를 늘렸으니 달갑지 않은 것이었다.

"몸은 좀 어때요?"

근래 그는 내 건강에 대해 심은하 씨보다 더 많이 물었다. 어지간 하면 썩 꺼졌으면 하는 것이다. 내 건강은 최악까지는 아니지만 좋 다고는 못할 수준이었다. 입원할 만큼은 아니고 그렇다고 요양 생활 을 청산할 만큼도 아닌 어정쩡한 상태. 그런 데다 실험을 끝내야 하 니 여름 동안에는 울진에 머물러야 했다.

"많이 괜찮아졌습니다. 봐서 가을쯤에는 올라갈 수 있겠어요."

"쯧, 얼른 나으셔야지….."

그는 걱정인지 독촉인지 모를 말을 주워댔다.

실험이 지연된 것은 순전히 내 탓이었다. 지하실에 내려간 적도 없으면서 막연히 지하실을 쓸 생각을 했던 것이다. 그러나 지하실은 곰팡이가 점령한 지 오래였으며 그것들을 몰아내고 쾌적한 상태로 만들기 위해서는 하루 이틀의 공사로 될 일이 아니었다.

늦봄부터 시작한 공사는 7월이 되어서야 마무리되었다.

이제 모든 준비가 끝났다. 나는 죽음을 목격할 것이다. 그리고 냄 새의 정체를 알아낼 것이다.

9

순서는 임의로 정했다.

처음은 주영기였다. 내가 그의 방에 찾아갔을 때 그는 침대에 걸 터앉아 성경을 읽고 있었다. 나는 종종 지원자들을 찾아가 안부를 묻고 공사의 진척 상황을 알려 주곤 했으므로 그는 내 방문에 별로 당황하지 않았다.

일전에도 그는 성경을 읽고 있었다. 오래전 교도소에 있을 때는 열심히 읽었는데 출소한 후에는 한 번도 들여다보지 않았다고 했다. 교회에도 성실히 나가고 헌금도 꼬박꼬박 냈더라면 사람을 죽이는 일은 없었을 거라고 내게 말했다. 나는 그랬을지도 모르겠다고 대꾸했다.

"이따 자정 전에 모시러 오겠습니다."

내가 말했다.

주영기는 잠시 멍하니 나를 바라보더니 이내 무슨 말인지 이해했다.

"오늘…이에요?"

"네. 더 늦어지면 서로 힘들 것 같아서…."

"아무리 그래도 너무 갑작스러운데."

"사례금의 나머지도 지체 없이 아내분께 전달해 드리겠습니다."

"저기요, 저기요! 부탁이 있는데…."

그의 목소리가 떨렸다.

"마지막으로 저희 집사람이랑 통화 좀 시켜 주십쇼. 그냥 목소리를 듣고만 있어도 돼요. 마지막이잖아요, 네?"

"죄송합니다. 그건 조금 힘들 것 같아요."

나는 그가 사람을 죽였다는 걸 기억하고 조금 긴장했다. 하지만 그도 자신이 억지를 부리는 것을 알았는지 조용히 고개를 떨구었을 뿐이다.

실험실은 단출했다. 방음이 되는 밀실 한가운데에는 철제 의자가 놓여 있었다. 방에는 지원자와 나만 들어가기로 했다. 나는 지원자가 죽어 가는 동안 옆에서 냄새를 채취하며, 박여송 씨와 남영성이 유리문 밖에서 만약의 사태에 대비할 것이었다.

주영기도 실험이 어떻게 진행될지를 알고 있었다. 자신이 어떻게 죽을지만 빼고.

어떻게 죽느냐가 관건이었다. 지원자가 깨어 있어야 하므로 안락사는 처음부터 배제되었다. 또한 목을 매면 냄새가 나도 우리에게 전할 수 없을 테니 배제되었다. 마찬가지로 물에 빠뜨리는 방안도 제외했다. 냄새를 맡을 겨를도 없이 일찍 죽어 버려도 곤란하다. 가장 좋은 것은 대략 5초 정도의 여지를 두고 죽음에 이르는 것이었다.

때문에 처음에는 전기의자를 설치하는 것을 진지하게 고려했었다. 스위치를 누른 뒤 몇 초 후에 전류가 흐르도록 만드는 것이었다. 그때 남영성이 참견했다.

"가만 보면 도련님은 일을 너무 번잡하게 생각하더라. 서서히 죽이는 데는 이게 직빵이에요."

그러면서 그는 손을 뻗어 내 가슴을 쿡 찔렀다.

"여기가 허파 자리거든. 여길 쑥 찌르면 만사 오케이야. 이거면 전기고 나발이고 다 필요 없이 그냥 회칼 한 자루만 있으면 된다고."

내가 망설이자 그가 킬킬댔다.

"사람 죽이는 게 정 껄끄럽고 찝찝하면 내가 해 줄게요."

"아뇨, 그게 아니고 그렇게 하면 언제 죽을지 알 수가 없어서…."

"언제 죽을지는 몰라도 확실히 죽는 건 내 장담해요."

하기야 전기 공사를 새로 하는 것보다 간편한 방법이었다. 나는 그 방법대로 하기로 했다.

박여송 씨는 반대했다. 그는 살인 방조와 살인은 차이가 크다고 말했다. 재고의 여지가 없는 얘기였다. 내 생각에 둘은 냄새를 알고 죽느냐 모르고 죽느냐의 차이만큼 크진 않았으니까.

본관 건물은 밤 10시면 복도를 소등했다. 이후로 식구들은 각자 방에서 시간을 보냈다. 남영성과 나는 12시에 주영기를 데리러 갔다. 그는 어두운 방에서 묵상하고 있었다. 우리가 들어서자 그는 힘없이 우리를 따라나섰다. 창은이 틀어 놓은 헤비메탈 음악이 복도를 쿵쿵 울렸다. 악마가 울부짖는 듯한 소리 덕분에 아무도 우리의 기척을 느끼지 못할 터였다.

우리는 주영기를 의자에 앉히고 팔과 다리를 케이블타이로 묶었다. 애써 담담한 체했지만 안대로 눈을 가리자 그는 몹시 불안해했다.

"뭐, 뭐 하는 거예요? 최대한 편안하게 죽여 준다고 했잖아요? 주사 놔 주는 거 아니었어요?"

나는 딱히 그런 약속을 한 기억은 없었지만 그래도 배려하는 차원에서 휴대폰을 꺼내 음악을 틀어 주었다. 장송곡을 틀어줄까 하다가 너무 짓궂다는 생각에 그냥 피아노 연주곡을 재생했다.

그는 그러나 진정되기는커녕 더욱 심하게 버둥댔고 그럴수록 타이가 손목과 발목을 더욱 강하게 속박했다. 아무리 그래도, 아니 그렇기 때문에 더욱, 자기가 곧 칼에 찔린다는 사실을 알려 줄 수는 없었다.

"가만히 계시면 금방 끝납니다."

내 목소리가 들리자 그도 조금은 안심한 듯했다. 아니면 헛된 저항을 포기했거나.

남영성이 비품실에서 칼을 가져다주었다. 이제 우리 둘만 남았다.

희끔한 백열등 아래서 어쩐지 칼날이 무디어 보였다. 과연 이게 살을 찢고 폐에 닿을 수 있을까? 하지만 망설일 여유가 없었다. 지금 이 순간에도 죽음은 내게 다가오고 있었다. 나는 남영성이 일러준 지점에 칼날을 대 보았다. 주영기는 알아차리지 못했다. 나는 크게 한 번 심호흡했다. 피아노 연주곡은 주영기보다는 내게 효과가 있었다. 나는 침착하게 회칼을 밀어 넣었다. 조금 걸리는 느낌은 있었지만 그래도 갈비뼈를 비껴간 모양으로 꽤 깊숙이 들어갔다. 그의 셔츠에 붉은 꽃이 피었다.

불의의 습격에 놀란 주영기가 헐떡였다.

"으, 으윽!"

나도 헐떡거렸다. 심장이 마구 쿵쾅거렸다. 사람을 찔렀다는 사실에 흥분이 돼서? 그보다는 곧 죽음의 본모습을 알아낼 수 있다는 사실에 흥분이 된 것이었다.

칼을 바닥에 내려놓고 미리 준비한 플라스틱 통을 꺼냈다. 혹시 몰라 두 개를 준비했다.

"아시죠? 수상한 냄새가 나면 바로 말씀해 주셔야 합니다."

주영기는 고통에 신음했다. 입에서는 상소리가 섞인 새된 소리만 흘러나왔다.

오래지 않아 그는 축 늘어졌다. 숨이 끊어진 것이었다. 아무 냄새도 나지 않았고 주영기는 아무 말도 하지 않았다. 나는 허둥대면서 뚜껑을 닫았다.

다음 날 박여송 씨는 플라스틱 통을 미리 섭외한 대학원생에게 전달했다. 그가 자기네 연구실 기계로 분석해 결과를 알려 줄 것이었다. 그리고 주영기는…. 주영기도 박여송 씨가 알아서 처리하기로 했다.

남영성이 물었다.

"실험이 잘된 거 같아요?"

"글쎄요. 저는 아무 냄새도 못 맡아서…."

"도련님이 찔린 게 아니니까 그렇겠지."

그가 또 킬킬댔다.

"그 기계가 냄새를 알아내면 어떡할 거요?"

"곧장 조향사 선생님께 보내야죠."

"아니, 내 말은…. 나머지 사람들은 어떡할 거냐고. 이제 죽일 이유가 없잖아요, 안 그래?"

"그렇죠…."

"하지만 그 사람들을 내보냈다가는 밖에서 무슨 얘길 떠들어 댈지 모르고."

나는 입을 다물었다.

"그 문제는 도련님이 고민 좀 해 봐요."

며칠 후 우편으로 분석 결과가 도착했다. 기계가 알아낸 바로 내가 보낸 통에는 그냥 평범한 공기가 들어 있었다고 한다.

10

두 번째는 한효범이었다.

사실 그녀는 죽을 이유가 없었다. 상황을 놓고 보자면 그 정도로 궁지에 몰린 건 아니었다. 노력 여하에 따라서는 충분히 재기할 수도 있었다. 그렇기에 나는 그녀가 잘 이해되지 않았다.

얼마 전에 그녀는 자기 계획을 털어놓았다. 그녀는 사람을 고용했다고 했다.

"내 친구랑 애인요. 그 두 명 잡아다 죽여 달라고 했어요. 최대한 고통스럽게."

"누구한테요?"

"그런 거 전문으로 하는 청부업자가 있어요. 입금만 되면 바로 착수하겠대요."

"그래서 죽겠다고요?"

나는 이해가 안 됐다.

"나는요, 걔들한테 복수할 수 있으면 죽어도 좋아요. 그러니까 어차피 복수할 거면 조금 일찍 죽어도 상관없죠."

"흠, 그건 뭔가…."

나는 입을 다물었다. 본인이 기꺼이 죽어 주겠다는데 내가 나서서 초를 칠 필요는 없을 것이었다.

"그리고 그게 다가 아니에요."

한효범은 점점 뚱딴지같은 소리를 늘어놓았다.

"청부업자가 일을 제대로 해낸다는 보장이 없잖아요. 그러니 내가 죽어서 귀신이 되면 걔들 앞에 나타나려고요. 죽도록 괴롭혀야지. 정말 완벽한 계획 아니에요?"

"그렇군요. 완벽한 계획이네요."

피로해진 탓에 나는 적당히 맞장구를 쳐 주었다. 원한이 그녀를 망가뜨려 놓았다.

이 이야기를 들은 박여송 씨는 그녀에게는 사례하지 말자고 했다. 범죄를 할 걸 알면서 돈을 내줘서는 안 된다는 것이었다. 하지만 나는 청부업자의 계좌에 돈을 보내도록 했다.

"한효범 귀신이 여기로 찾아오면 어쩌려고요."

물론 그 때문은 아니었지만.

한효범도 주영기와 같은 방식으로 죽었다. 다만 회칼은 긴 송곳으로 바꾸었고 방에는 의자를 하나 더 가져다 놓았다. 나는 거기 앉아서 그녀가 죽어가는 모습을 면밀히 지켜보았다.

고통에 몸부림치며 그녀가 말했다.

418

"고, 고마워요⋯."

그녀는 끝까지 나를 당황케 했다. 나중에 생각하기로 그녀는 내가 얼굴을 훼손하지 않은 것에 고마워한 것이었다. 어떻게 죽든 괜찮지만 가급적이면 얼굴은 건드리지 말아 달라고 얘기했던 게 기억났다. 그녀는 친구와 애인이 자신을 못 알아볼까 봐 걱정했다.

죽기 전에 그녀는 또 말했다.

"아아⋯. 이 냄새가⋯."

한효범은 냄새를 맡았다. 나는 찰나를 놓치지 않고 그녀 얼굴 가까이에서 뚜껑을 닫았다. 그래도 안심이 안 되어 비닐로 봉하기까지 했다. 나는 맡지 못했으나 그녀는 맡은, 죽음의 냄새를 포획하는 데 성공한 것이다.

그러나 질량분석기는 이번에도 특이사항이 없다고 알려왔다.

실험은 이후 며칠 동안 중단되었다. 내가 쓰러졌기 때문이었다. 상심이 큰 탓이었을까, 창은과 과외를 하고 내려오던 나선 계단에서 굴러 의식을 잃었다. 심은하 씨 말로는 이번엔 진짜로 위험했다고 했다. 글쎄, 그래도 죽을 정도는 아니었을 것이다. 냄새를 못 맡았으니까.

기력을 되찾고 곧바로 세 번째 실험을 강행했다. 세 번째는 양원석이었다.

그의 사정을 듣고서 나는 그가 왜 동생들에게 도움을 받지 않느냐고 물었다. 그는 도저히 그렇게는 못 하겠다고 대답했다. 동생들에게 자신은 늘 우러러볼 대상이어야 한다는 것이었다.

"빚을 갚으면 돈이 조금 남을 건데요, 그사이에 이자가 얼마나 붙었을지는 모르지만⋯, 아무튼 나머지는 우리 동생들한테 공평하게 나눠 주세요."

평생을 누군가에게 기대어 살아온 나로서는 그의 사고방식을 납득할 수 없었다. 그러나 혹시 내 동생이라면 양원석의 마음을 이해할지도 모른다는 생각이 들었다. 동생은 다른 사람의 도움이라면 몰라도 내 도움만은 받지 않을 것이다. 우리 남매는 우애가 돈독했지만 그와 별개로 나는 동생이 나를 낮잡아 본다고 느낄 때가 종종 있었다.

한편 이번 실험은 조금 다르게 진행하기로 했다. 쓰러져 있는 동안 나는 문득 새로운 가설이 떠올랐는데 그것을 확인할 생각이었다.

그래서 나는 양원석의 코를 막았다.

"아시죠? 냄새가 나면 반드시 알려 주셔야 합니다."

"아니, 코를 막아 놓고 무슨 냄새를 맡으라고?"

처음에 송곳은 양원석의 뼈에 걸려서 본의 아니게 불필요한 고통을 주었다. 두 번의 시도로 폐에 구멍을 내는 데 성공했다. 그의 가무잡잡한 얼굴이 벌게졌고 관자놀이께 혈관이 불룩거렸다. 내가 그의 코앞에서 지켜보고 있었지만 그의 시선은 내가 아닌 어딘가 먼 데를 응시하고 있었다. 문득 나는 그가 곧 죽을 것을 직감했다.

"냄새요, 냄새는요!"

내가 닦달하자 그가 대답했다.

"그, 그래. 냄새. 나요…. 냄새가 난다고…."

실제로 그가 죽은 것은 그로부터 5초가량 뒤였다. 고개가 푹 수그러졌다. 나는 플라스틱 통에 냄새를 담긴 했지만 내 생각이 맞는다면 그것은 쓸모가 없을 터였다. 아닌 게 아니라 질량분석기는 지난번과 같은 결과를 전했다.

이로써 나는 결론을 내렸다. 세상에 그런 냄새는 존재하지 않는다고.

남영성이 항변했다.

"아니야. 그쪽 할배도 그렇고 나도 그렇고 똑똑히 맡았다니깐."

"그래요, 그건 거짓이 아닐 겁니다. 다만 실제로 그런 냄새가 없다는 말씀입니다."

"뭐? 웬 횡설수설이야?"

"들어 보세요. 냄새를 맡는다는 것은 냄새 분자에 우리 코가 반응하는 겁니다. 냄새 분자가 후각세포의 수용체와 결합해서 뇌가 냄새를 인지하거든요. 결국 냄새라는 건 코가 아니라 뇌가 알아차리는 거지요."

"여전히 횡설수설로 들리는데."

"그런데 코를 막았는데도 양원석은 냄새를 맡았어요. 다들 맡는 자리에서 저는 아무 냄새도 못 맡았고요. 그러니 그 냄새는 코에서 신호를 보낸 게 아니라 뇌가 제멋대로 착각했다고 볼 수 있겠지요."

"헛것을 보듯이 내가 헛냄새를 맡았다는 얘기야?"

"네."

"허어. 별일이군."

남영성은 실망했다. 그러나 나만큼은 아니었다. 나는 실망을 넘어가히 절망했다. 앞으로 나는 그 냄새를 죽기 전에 딱 한 번 맡을 수 있을 것이다. 그 냄새를 맡으면 즉각 죽음에 이를 것이다.

"그럼 이제 실험은 안 해요? 손경진은 어쩌려고?"

남영성이 물었다.

"돌려보내려고요. 대신 주기로 했던 돈은 그대로 줄 겁니다."

"헷, 돌려보내도 어차피 죽을 앤데 그냥 여기서 마무리하는 편이…"

"아니요, 저는 살인자가 아닙니다."

남영성이 입을 삐쭉 내밀었다. 나는 그가 무슨 생각을 하는지 알고 있었다. 이미 세 명이나 내 손에 죽었으니 무슨 변명을 하건 나는 살인자라는 것이겠지. 그가 나를 어떻게 생각하든 상관없다. 어쨌든 손경진은 무사할 것이다.

남영성은 흥미를 잃고 춘천으로 돌아갔다.

그다음 날 나는 점심이 되기 전에 손경진의 방으로 올라갔다. 그녀는 커튼을 살짝 열어 그 틈새로 바깥 구경을 하다가 내가 들어서자 아무 일도 없었다는 듯이 커튼을 닫았다.

"지내는 데 불편한 점은 없습니까?"

손경진은 고개를 끄덕였다.

"일전에 말씀드린 실험 말인데요, 따로 알려드리진 않았지만 한 보름쯤 전부터 시작했었습니다."

그것은 다른 참가자들에게도 마찬가지였다. 괜한 동요를 방지하려는 것이었다. 서로 교류가 없으니 다들 당일에야 자기가 죽는다는 것을 알았다.

"아무튼 그래서 지금은 손경진 씨만 남은 상황이에요. 그런데 저희 쪽에 사정이 생겨서 이제 실험은 중단하기로 했거든요."

말하면서 나는 그녀의 눈치를 살폈다. 내 말이 끝나도록 그녀는 표정에 별다른 변화가 없어서 무슨 생각을 하는지 알 수가 없었다. 그러다 불쑥 그녀가 말했다.

"이제 제가 필요 없나요?"

"원하시면 며칠 더 계셔도 되지만 내일 당장에라도 저희 직원이 댁까지 모셔다드릴 겁니다. 사례도 직접 챙겨 드리고요."

그녀는 내 대답이 마음에 들지 않는지 재차 물었다.

"이제 제가 필요 없나요?"

"어…."

나는 어떻게 대답해야 좋을지 몰라 고개만 끄덕거렸다. 이번에는 그녀가 나를 관찰했고 나는 왜인지 시선을 떨구어 그녀로부터 피했다. 그녀는 아무 말도 하지 않았다.

그날 밤 손경진은 커튼 봉에 목을 매고 스스로 목숨을 끊었다. 관리인이 아침에 정원을 청소하다가 창가에 드리운 그림자를 발견했다. 그 모습이 심상치 않아서 확인하러 왔다고 했다. 그는 염려하거나 기겁하기보다는 마구 짜증을 냈다. 나는 그녀가 죽기 전에 냄새를 맡았을지 더 이상 궁금하지 않았다.

11

남영성에게는 진짜로 위기 회피 능력이 있을지도 모른다. 애초에 그가 주장한 대로 손경진을 처리했더라면 문제가 없었을 것이다. 그러나 내가 도덕군자처럼 구는 바람에 일을 그르쳤고 상황이 심각해졌다. 아침 식사 전에 별장 식구들이 손경진의 시신 앞에 모두 모였다. 오직 남영성만이 무사히 빠져나갔다.

"혹시 신고했어요?"

내가 물었다. 관리인이 고개를 가로저었다. 심은하 씨도 아직 안 했다고 했다.

"잘하셨어요. 신고하면 안 돼요."

"무슨 말이야, 그게? 신고 안 할 거야?"

"걱정 마세요. 우리가 알아서 처리할게요."

"여기 우리 말고 우리가 또 있어? 너, 이 사람 왜 이렇게 됐는지 당장 말해."

심은하 씨가 다그쳤다. 기세가 살벌해 다른 식구들은 가만히 눈알만 굴렸다.

"혹시 명진이 네가 죽였니? 그래?"

"아니에요."

"그럼 말해봐, 얼른."

나는 우물쭈물하며 대답을 망설였다. 박여송 씨도 우두망찰 서 있을 따름이었다.

"됐어. 신고할 거야."

"자, 잠깐만."

내가 그녀를 붙들었다. 이렇게 된 이상 털어놓는 수밖에 없었다. 나는 신중하게 운을 뗐다.

"왜 신고하면 안 되는지 전부 말씀드릴게요."

우리는 식탁에 둘러앉았다. 나는 그 자리에 창은이 있는 게 퍽 껄끄러웠지만 심은하 씨가 모두 모인 데서 말하도록 종용했다. 그리하여 나는 할아버지의 일기부터 시작해 어떻게 사람을 죽이게 되었는지까지 샅샅이 고해바쳤다.

내 애길 듣는 반응들은 제각각이었다. 박여송 씨야 그렇다 쳐도 심은하 씨 역시 눈썹 하나 까딱하지 않고 들었다. 반면 관리인은 때로는 숨을 들이마시고 때로는 거칠게 상소리를 내뱉었다. 그런데 한편으로는 내심 즐거워하는 듯도 보였다. 그의 아내는 두 손을 꼭 모은 채로 입술을 오물거리며 무언가를 연신 중얼거렸다. 아마도 기도문일 터였다. 그리고 창은은 무슨 징그러운 벌레를 보듯이 나를 쳐다봤다. 그 애는 나를 경멸하게 된 것이었다.

"그럼 다른 사람들은? 다 죽었다며? 그건 어떻게 처리했어?"

"제가 했습니다."

박여송 씨가 말했다.

"그러니까 어떻게 했냐고."

"후배 중에 의대 다니는 놈이 있는데, 예전에 자기 연구에 상태 좋고 부패 안 된 시체가 필요하다고 얘기했었거든요. 이게 윤리적으로 문제가 있어서 학교로부터는 지원을 못 받는다나. 그 생각이 나서 연락했더니 아주 반색하더라고요. 시체를 못 구해 연구가 진행이 안 된다면서. 그래서 그놈한테 보냈습니다. 여기 손경진도 가져다주면 요긴하게 쓰일 거예요."

"무슨 연군데?"

"그것까지는 저도 잘…."

"알았어, 그건 안 궁금해. 앞으로 우리가 위험해질 일이 없는지만 알면 돼."

"문제없습니다."

"확실해? 어떻게 처리했는지 다시 확인해서 알려 줘."

박여송 씨에게 거듭 다짐을 받고 나서야 심은하 씨는 조금 진정했다.

"이봐요."

이번엔 관리인이 끼어들 차례였다. 그가 내게 말했다.

"보아하니 얼렁뚱땅 넘기려는 것 같은데 별장 책임자로서 나만 독박 쓰는 것 아니오?"

"절대로 폐 끼치는 일 없도록 할게요."

"이미 폐를 끼치고 있는데 무슨 소리야. 그래, 그렇게나 내 생각을 해 주신다면 나도 한두 개쯤 요구할 권리는 있겠지. 긴말 않을게요. 하나, 월급 올려 주시고, 둘, 이제 방 빼요. 일 년만 지낸다더니 질질 끌다가 이 사달이 났잖아."

관리인의 카랑카랑한 음성이 어쩐지 웃음소리처럼 들릴 지경이었다.

"안 그러면 경찰서에서 무슨 말을 할지 모르니 알아서들 하셔."

"지금 협박하는 겁니까?"

박여송 씨가 날카롭게 반응했다. 관리인도 물러서지 않았다.

"왜, 수틀리면 나도 죽이시려고?"

"진정하세요, 진정. 말씀하신 것 다 들어 드릴 테니까⋯."

내가 말했다.

그렇게 상황이 정리되었다. 신고는 무마되었고 퇴거가 결정되었다. 나도 더는 미련이 남지 않았다. 떠나기로 한 이상 언제든 가 버리면 그만이었다. 하지만 그러지 않은 것은⋯ 창은이 나를 보려고도 하지 않아서였다. 나는 그것을 바로잡고 싶었다. 우리가 좋은 감정을 지닌 채로 헤어졌으면 했다. 결국 미련이 남았던 것일까. 그래서 짐 정리를 핑계로 별장에 남았다. 보나 마나 관리인이 구시렁대겠지만 며칠 더 머무르는 정도는 괜찮을 터였다.

그런데 내가 몰랐던 사실이 있다. 별장에 머무르기로 한 결정은 결코 내가 원한 게 아니었다는 사실 말이다. 그때는 내가 창은과 좋게 헤어지기를 바란다고 생각했었다. 하지만 그것은 착각이었다.

죽음은 단순한 현상이 아니다. 죽음은 의지이다. 그 의지가 나를 이곳 울진에 며칠 더 매어 두고자 농간을 부린 것이었다. 그래야 얼마 남지 않은 내 생명을 갈취할 수 있기 때문이었다. 나는 교활한 의지에 이끌려 영문도 모른 채 별장에 남기로 결정했으며 그러한 까닭을 창은과의 관계 개선에서 찾았다. 그런 뒤에 그걸 숨길 요량으로 짐 정리를 구실 삼은 것이었다.

426

돌이킬 수 없는 지경에 이르러서야 나는 내가 덫에 걸렸음을 깨달았다.

12

떠나겠다고 공언한 다음 날부터 이변이 일어났다.

짜고 비린 갯냄새가 바람에 실려 오는 게 드문 경우는 아니었으나 그날은 유독 심했다. 정원까지 나갈 것도 없이 방에서 창문만 살짝 열었음에도 갯가를 거니는 듯 끈적한 바람이 엄습했다. 그러더니 점심 무렵에는 밖에서 묘한 소리가 들려 오는 것이었다. 처음에는 우우, 하고 낮게 들리던 것이 창가로 다가갈수록 푸스스, 하거나 츠츠츳, 하는 성마른 아우성으로 변모했다. 무심코 커튼을 젖히자마자 머리끝이 쭈뼛해졌다. 뭔지 모를 벌레들이 정원을 시커멓게 덮고 있었던 것이다. 비현실적인 광경을 멍하니 보고 있으려니 개중에 한 마리가 바깥쪽 창에 등장해 유리를 타고 주르륵 미끄러져 내려왔다.

그것은 갯강구였다. 회갈색의 납작한 몸통에 가시 같은 다리가 십수 개나 달린 벌레 말이다. 그것의 긴 더듬이가 마치 내 방을 염탐하는 듯 유리창을 톡톡 두드리며 서성거렸다. 작은 틈이라도 발견하면 비집고 들어올 기세였다. 이윽고 어디선가 비슷한 놈들이 하나둘씩 나타나더니 창틀에서 득시글대기 시작했다. 나는 아침에 창을 제대로 닫았었는지 기억나지 않았으나 차마 확인해 볼 용기가 없어 뒷걸음질 쳤다. 그러다 무엇엔가 발이 걸려 엉덩방아를 찧고 말았는데 갑각류의 습격이라도 받은 양 혼비백산하여 2층으로 피신했더랬다.

다른 식구들도 벌레에게 시달리기는 마찬가지였다. 아무리 잡아 죽여도 갯강구는 건물 곳곳에서 목격되었다. 관리인은 갯강구가 여기까지 올라온 건 처음 본다고 했다. 결국 우리는 2층으로 방을 옮겨 각자 방에 감금된 채 섬처럼 지내야 했다.

나는 지금이야말로 창은과의 관계 개선을 도모할 절호의 기회임을 알았다. 창은의 옆방을 고른 것도 그 때문이었다. 한효범이 지내던 방이었지만 설혹 그녀가 귀신이 되어 돌아온다고 해도 기꺼이 그 방을 택했을 것이다. 그때 나는 일종의 사명감에 도취되어 있었더랬다.

그날 밤 나는 창은과 대화를 시도했다.

"창은아, 임창은. 나랑 얘기 좀 하자."

그러면서 벽을 가볍게 노크했다. 창은은 대답하는 대신 음악의 볼륨을 키웠다. 쟁쟁거리는 기타 연주가 낮에 들었던 갯강구 소리와 비슷해 소름이 돋았다. 불쾌하기는 창은도 마찬가지였는지 오래지 않아 음악이 멎었다.

나는 어세를 조금 누그러뜨려 재차 말을 걸었다.

"이따 정각에 내가 문 두드릴 테니까 좀 열어 줘. 벌레 들어오기 전에. 부탁할게."

여전히 반응이 없었다.

그날 밤은 완전히 엉망이 되었다. 내가 멋대로 찾아간 것이니 창은을 탓할 계제는 아니다. 창은의 문은 갯강구에게도 내게도 완강히 닫혀 있었다. 반면 내 문은 내가 옆방 문 앞에서 좌절하는 동안 활짝 개방되어 있었다. 벌레들은 기회를 놓치지 않고 틈입했다. 내 방에서 나는 갯강구 두 마리를 압사시켰고 네 마리를 놓쳤다. 이런 데서 잠을 자는 것은 무리였다. 기진맥진하여 선잠에 빠졌다가도 목덜미가 근질거리는 느낌에 소스라치며 깨기 일쑤였다.

다음 날 관리인은 해충 방역업체에 전화를 걸어 사람을 불렀다. 그러나 정오가 되도록 사람은 오지 않았고 애먼 먹구름만 잔뜩 몰려왔다. 한바탕 소낙비가 퍼부은 뒤에, 본격적으로 악몽이 시작되었다. 방역업체 사람은 끝내 오지 않았다.

구름이 해를 차단한 하늘은 오후 내내 어두웠고 숲은 적막했다. 비가 그치고부터 바람도 불지 않았다. 아무리 조용한 날에도 잎사귀는 쏴아, 하고 기척을 내곤 했는데 나무들이 아예 수묵화처럼 멈춰 있었다. 대기가 정지한 듯했다.

이내 우리는 갯강구 떼의 상륙이 지진의 전조였음을 알게 되었다.

갑자기 우지끈하는 소리가 나더니 바닥이 크게 출렁거렸다. 유리창이 파르르 떨었다. 진동은 몇 분이나 지속되었다. 나는 속수무책으로 침대 위를 굴렀으나 다친 데는 없었다.

잠시 진정된 사이 식구들은 서로 안위를 확인했다. 내 방에는 심은하 씨가 다녀갔다. 듣자 하니 모두 무사한 모양이었다.

"제길, 산사태가 났네."

나갔다 돌아온 관리인이 상황을 알렸다. 건물의 한쪽 모서리까지 흙더미가 밀려 왔지만 크게 걱정할 상황은 아니라고 했다. 정문의 지반이 매몰되고 자동차가 나무에 깔린 것에 비하면 말이다. 물론 이 모든 상황을 가장 심각하게 받아들이는 것은 다름 아닌 관리인 자신이었다. 나머지 사람들은 자기 방에서 재난영화를 관람하는 수준이었다.

건넛방에서 박여송 씨가 관리인을 불렀다.

"여기 이 건물 지반은 괜찮습니까?"

"나야 모르죠. 6·25 전에 토대를 다졌으니 불안하다고 해야 할지, 그래도 지금까지 멀쩡했으니 튼튼하다고 해야 할지."

"그럼 밖으로 대피하는 게 좋을까요? 어떻습니까?"

"글쎄, 모른다니깐. 그래도 저기 자동차 꼴 안 당하려면 여기 계시는 게 나을 텐데."

다들 한동안은 별로 불만이 없었다. 그런데 몇 시간 후에는 상황이 반전되었다. 전기가 나간 것이었다. 갑자기 불이 꺼졌고, 곧이어 냉방도 꺼졌다. 조금 지나서는 데이터 통신도 먹통이 되었다.

변압기를 살피러 간 관리인이 짜증 내는 소리가 들렸다. 복구 불가. 지진으로 송전탑이 쓰러졌는지도 모를 일이었다. 관리인은 무슨 일인지 알아보겠다며 차를 몰고 시내로 내려갔다.

나머지 고립된 사람들이 어둠 속에서 할 수 있는 것은 별로 없었다. 사방이 고요해 갯강구가 지나다닐 때마다 부스럭거리는 소리가 들려왔는데 마치 누군가, 예컨대 한효범의 귀신이, 내 귓전에 대고 속삭인다는 착각이 들었다. 밀실에서 냉방마저 끊기니 땀이 주룩주룩 흘렀다. 여기나 저기나 어차피 갯강구에 둘러싸여 있을 거라면 밖으로 나가는 게 낫지 않을까 생각하면서도 차마 실행에 옮기지 못하고 있었다.

나는 나지막이 창은을 불러 보았다. 별로 기대한 건 아니었는데 이번엔 대답이 돌아왔다.

"…알았어요."

우리는 서로를 의지할 상대가 필요했다. 이번엔 내 방도 확실히 단속하고 왔다.

창은은 침대에 앉았고 나는 의자에 앉았다. 그런데 막상 마주 앉으니 무슨 말을 할지 몰랐다. 어쨌거나 내가 사람을 죽인 건 사실이니까.

"그땐 그 냄새의 정체를 꼭 알고 싶었어."

내가 말했다.

"그걸 알아내면 조금 더 살 수 있겠다고 생각했거든."

"그 얘긴 그만해요."

창은이 말했다.

다시 무거운 침묵이 내려앉았다. 갯강구의 기척이 그리울 지경이었다.

하릴없이 앉아 있자니 열없어진 나는 괜스레 창가를 서성거렸다. 관리인이 돌아와 이 어둠과 침묵과 불편을 타개해 주기를 소망했다. 아직 이른 저녁이었으나 밖은 여전히 어두웠다. 관리인 말대로 이 일대의 전기가 모두 나간 모양이었다. 뭍은 되레 캄캄했고 그나마 바다가 어슴푸레한 달빛을 반사하고 있었다. 그러고 보니 이 방에서는 바다가 보인다고 했었지. 내 시선은 자연히 바다를 향했다.

그때 불현듯 수평선을 훑고 지나가는 빛이 있었다. 멀리 등대에서 나오는 불빛이었다.

"앗, 저 등대는 왜 전기가 안 끊겼지?"

"등대는 자가발전해요."

창은이 무심히 대답했다. 무인등대여서 시간에 맞춰 자동으로 점멸한다고 했다.

나는 다시 바다로 시선을 돌렸다. 바다는 검은 사막처럼 잔잔했고, 배는 한 척도 눈에 띄지 않았다. 그런데 스쳐 지나가는 등대 불빛에 무언가 걸렸다.

어쩌면 나는 일종의 환각을 경험했던 건지도 모르겠다. 비몽사몽 중이기도 했고 내내 심신이 지쳐 있었으니까. 그래, 내가 본 것이 차라리 환각이었다면 좋으련만….

그것은 섬, 또는 산, 또는 거인의 형상이었다. 부자연스럽게 우뚝 솟은 무언가가 바다 한가운데 있었다. 나는 자세히 관찰하려고 창가로 한발 다가섰다. 다시 등대 불빛이 그것을 비추었을 때 나는 놓치지 않고 악귀의 모습을 볼 수 있었다.

문어의 얼굴에 악어의 몸, 그리고 비대한 인간의 몸이 기괴하게 결합된 형상이 거기 있었다. 물론 그것만으로는 설명이 불충분할 것이다. 얼굴에서 촉수들이 갈라져 나와 뭔가를 탐색하듯 흐늘거렸고, 등 뒤로 뼈만 앙상하게 남은 날개가 초라한 위신을 드러내고 있었다. 몸통을 두른 비늘은 무쇠처럼 단단해 보이면서도 벨벳처럼 윤이 났다.

내가 죽음에 대해 막연히 품고 있던 심상을 구체화해도 그것보다는 덜 끔찍할 터였다. 그것이 육지를 향해, 나를 향해, 비틀거리며 걸음을 내디디고 있었다.

"저, 저, 저게 뭐지?"

내가 창은을 불렀다.

"창은아, 이리 좀 와서 봐 봐."

"뭔데요."

"저기 바다에⋯."

창은이 마지못해 내게로 왔다.

"어디요?"

"저기 저거."

내가 손가락으로 그것을 가리켰다.

"새카매서 모르겠는데."

등대의 도움이 없다면 그것은 흑색의 바다나 하늘로부터 구별하기 어려웠다. 나는 등대가 다시 비추기 전에 조금 더 자세히 확인할 요량으로 창을 개방했다. 갯강구는 안중에도 없었다.

"뭐, 뭐 하는 거예요!"

창은이 나를 말리려 했으나 내가 더 빨랐다. 창이 열리자 답답한 공기가 빠져나가고 바깥의 공기가 방으로 들어왔다.

그러자 구역질 나는 냄새가 해일처럼 밀려왔다. 비릿하고 시큼한 동시에 깊숙한 데서 무언가 썩고 있는 듯한, 천 개의 무덤이 일제히 열린 것 같은, 미지의 야수가 더운 입김을 뿜어내는 듯한 강렬한 악취가….

"윽, 이 냄새 뭐야!"

창은이 코를 싸쥐었다. 나만 맡은 게 아니었다.

나는 거의 본능적으로 창은에게 몸을 던졌다. 우리는 침대로 포개어 쓰러졌고 무슨 일이 벌어질지 몰라도 나는 그 애를 꼭 감싸고 있었다.

이윽고 대지의 세 번째 공격이 시작되었다.

그것이 끝이었다.

아니, 완전히 끝장나기까지는 아직 약간의 시간이 남아 있었다. 별장의 지반이 푹 꺼지면서 2층 바닥도 무너져 내렸다. 아래층으로 추락한 우리는 그러나 침대 위에 있었던 덕에 놀랍게도 거의 무사했다. 창은이 비틀거리며 잔해 사이로 내려섰고 나는 그러지 못했다. 심장이 말썽이었다. 언제나 나를 위협하던 시한폭탄. 나는 왼쪽 가슴을 옴켜쥔 채 의식을 잃어 가고 있었다.

죽음은 내 생명을 거두기 위해 총공세를 펼쳤다. 갯강구들이 곧 다가올 참사를 감지한 듯 숨을 곳을 찾았고, 은신하기에 적당한 곳으로 하필 나를 골랐다. 한 마리가 내 뺨에 오르더니 더듬더듬 구멍을 찾았다. 녀석은 이내 콧구멍을 찾아냈다. 비좁은 구멍을 가로막은 채 버둥거리니 나로서는 입을 벌리지 않을 재간이 없었다. 갯강구는 입으로 들어갔다. 거부해도 불굴의 의지를 꺾지 못했다. 다른 구멍을 노리는 녀석들도 있었지만 갯강구들은 대체로 입을 선호했다.

그렇지만 내 사인은 질식사가 아니다. 나는 내가 밟아 죽인 갯강구들처럼 압사할 운명이었다. 가까스로 제자리에 붙어 있던 건물 천장이 여진에 의해 와르르 무너졌다.

이렇게 끝났다.

최후의 순간까지 내 뇌는 냄새를 또렷이 인지하고 있었다. 그런데 그것이 정녕 뇌의 착각이며 환후에 불과했을까? 혼몽한 중에도 나는 무언가를 보았다. 그러니까, 천장의 들보가 내 두개골을 박살 내기 직전에 말이다. 보일 리 없는 동시에 봐서는 안 되는 것이었다.

어디선가 검고 축축한 촉수가 나타나 실뱀처럼 내게 달라붙었다. 냄새의 근원은 그 촉수였다. 그것들은 나를 어디론가 끌고 가려고 했다. 정확히 말하면 나의 무언가를 흡입하고 있었다. 아마도 생명을. 촉수 하나하나가 저마다 의지를 가지고 일사불란하게 움직였다. 그 과정에 몇몇 갯강구도 촉수의 습격을 받아 축 늘어졌다. 갯강구의 생명을 먹어치운 촉수는 희미해지며 어디론가 사라졌다. 원래 있던 곳으로 돌아갔을 테지. 바다의 거인이 있는 곳으로.

모든 죽은 자들이 소환되는 곳으로.

이나경

단편 〈다수파〉가 2016년 독자우수단편 최우수작으로 선정되며 거울 필진에 합류했다. 탐정소설과 스릴러소설(들)이 출간됐고 환상소설과 SF소설이 출간될 예정이며 본작은 공포소설이다. 평범한 사람들이 알쏭달쏭하거나 희한하거나 무서운 일에 휘말리는 이야기를 즐겨 쓴다.

편집자 후기

 이 중단편선을 통해 거울을 처음으로 만나게 된 독자를 위해 먼저 거울을 소개하려 합니다. 장르문학을 꽤 읽고 써 온 분이라면 이미 아시겠지만, 거울은 2003년 6월 26일에 박애진 초대 편집장의 주도로 창간되어 2018년까지 벌써 15년 동안 발행된 환상문학 웹진입니다. 또한, 여러 장르 소설가들이 모인 작가 집단이기도 하지요. 웹진이면서 작가 집단이기도 한 묘한 정체성이 생겨난 이유는 거울을 창간한 주체가 작가들이기 때문입니다. 장르문학이 막 태동하기 시작하던 2000년대 초기에는 판타지, SF, 로맨스, 미스터리 등 장르소설을 발표할 공간이 별로 많지 않았어요. 그래서 작가들이 소설을 쓰고 발표하며 함께 활동하기 위해 거울을 만들게 되었습니다.
 창간 이후 거울은 환상소설, SF, 판타지, 미스터리, 호러 등 초기 한국 장르문학의 다양한 분야를 이끌어가는 주요 작가들을 다수 배출해왔고, 이들 대부분이 현재까지 작가로 활발히 활동하고 있습니다.

또한, 거울은 장르 소설가들이 서로 교류하고 연대하는 곳으로서 한국 장르문학의 토대를 단단히 다지는 역할도 해왔어요. 2017년에는 국내 최초로 한중 SF 문화교류 프로젝트를 이끌면서 한국 SF를 해외에 소개하는 역할을 담당하기도 했답니다.

웹진 거울은 매달 1일과 15일에 장르소설 단편과 기사를 업데이트합니다. 찾아오시면 거울 작가님들이 창작한 훌륭한 단편과 장르문학에 대한 재미있는 기사를 발견하실 수 있을 거예요. 웹진 외에도 거울에서는 거울 작가님들의 단편을 엮은 앤솔로지를 꾸준히 발간해 왔습니다. 특히, 1년간 거울에 게재된 작품을 모은 중단편선은 놀랍게도 매년 발행해 왔지요. 2015년 중단편선을 낸 후에 여러 이유로 잠시 중단되긴 했지만요.

그로부터 벌써 3년이 흘렀습니다. 그 3년 동안 거울에는 많은 일이 있었습니다. 편집장이 없어지고 운영편집진이 거울을 공동으로 운영하게 되었고, 운영에 관한 크고 작은 논의가 있었습니다. 거울의 전환기라고 할 수 있겠지요.

이전 것을 버리고 새로운 것을 향해 나아가는 전환기가 으레 그렇듯이 거울도 아찔한 위기감과 함께 몸살을 앓는 것처럼 혼란스러웠습니다. 그렇지만 거울은 힘든 시기를 무사히 넘기고 살아남았습니다. 그 과정에서 거울 필진들은 여러 가지를 고민하고 개선해야만 했지요. 중단편선 발간 지속도 고민 중 하나였습니다. 거울에서 발표되는 작품이 많이 줄어들었고, 표지 제작부터 편집과 인쇄 그리고 판매에 이르는 과정이 만만치 않기 때문입니다. 발간을 담당하는 분들이 짊어질 부담도 걱정스러웠어요. 하지만 거울의 1년을 결산해 온 중단편선의 중요성 때문에 전자책으로라도 발간하면 좋겠다는 의견이 모이게 되었습니다. 그러기까지 제법 긴 시간이 걸린 탓에 2016년을 건너뛰고 1년 6개월 치 작품을 합하여 2017 중단편선을 제작하게 되었습니다. 과정이 길어지며 발간은 2018년에 하게 되면서, 2018 중단편선이 되었지만요.

다행인 것은 각 필진의 개성이 담긴 13편의 단편을 수록할 수 있게 된 것입니다. 하나같이 멋진 작품 중에서 표제작을 정하는 일은 언제나 쉽지 않은 일입니다만, 편집위원들이 머리를 맞대고 오랫동안 의논한 끝에 고호관 작가님의 〈아직은 끝이 아니야〉가 표제작으로 결정되었습니다. 〈아직은 끝이 아니야〉에 등장하는, 글자가 스스로 바뀌는 이상한 현상은 여러 정보가 왜곡되는 요즘에 딱 맞는 이야기가 아닌가 해요. 위기 후에 살아난 거울의 상황을 절묘하게 반영한 것 같은 제목을 두고는 편집위원들 사이에 농담이 오가기도 했지요.

기획을 시작한 지가 벌써 1년이 가까워집니다. 경험이 적은 탓에 시행착오도 많았고, 진행 속도도 느려서 과연 발간할 수나 있을까 위기감을 느낀 적이 한두 번이 아닙니다. 이 작품집이 무사히 나온다면 그것은 후반 작업에 손을 보태어 주신 최지혜(pena) 편집위원님의 덕분일 것입니다. 오랫동안 거울 중단편선을 발간해 오신 최지혜 님의 노하우와 추진력이 없었다면 저는 아직도 까마득히 멀리 보이는 발간을 향해 달팽이처럼 기어가고 있지 않았을까 합니다. 중단편선 마무리가 될 때쯤엔 아작 출판사를 통해 출간하게 되는 멋진 일이 일어났습니다. 마술처럼 놀라운 일이어서, 중단편선 출간을 포기하지 않아서 정말 다행이었다는 생각이 들었습니다. 이 마술이 벌어진 무대 뒤편에는 윤여경 작가님이 있습니다. 헌신에 가까운 열정으로 한국 SF를 위해 종횡무진하는 한편으로 거울이 새로운 시도를 할 수 있도록 여러 사람을 만나고 도와주셨지요. 거울과 함께하기로 기꺼이 결심해 주신 아작 출판사에도 감사드립니다.

올해도 거울 중단편선엔 거울 필진이 펼쳐내는 놀랍고도 환상적인 이야기들이 가득합니다. 여러 환상의 세계로 이어지는 플랫폼을 책으로 만드는 작업에 참여할 수 있어서 영광이었습니다. 이 책을 읽는 독자분들이 잠시 고단한 현실을 잊고, 마술 같은 환상 속에서 잠시나마 위로와 즐거움을 만끽하기를 진심으로 바라 봅니다!

2018년 11월

김주영(赤魚)

아
직
은
끝
이
아
니
야

초판 1쇄 인쇄 2019년 2월 20일
초판 1쇄 발행 2019년 2월 25일

지은이   고호관, 곽재식, 김두흠, 김인정, 김주영,
             손지상, 엄길윤, 엄정진, 유이립, 이나경,
             이서영, 전삼혜, 전혜진
펴낸이   박은주
기획   환상문학웹진 거울
편집   김주영, 최지혜
디자인   김선예, 장혜지, 류진
마케팅   박동준

발행처   아작
등록   2015년 9월 9일(제2018-000142호)
주소   03924 서울시 마포구 월드컵북로54길 25
             상암DMC푸르지오시티 504호
대표전화   02.324.3945   **팩스** 02.324.3947
이메일   decomma@gmail.com
홈페이지   www.arzak.co.kr

ISBN   979-11-89015-49-7 03810